# 날라리
# 티쳐와 나

# 닐라리타쳐와 나

초판 1쇄 찍은 날 | 2014년 09월 23일
초판 1쇄 펴낸 날 | 2014년 10월 01일

지은이 | 이정숙
펴낸이 | 서경석

편 집 장 | 권태완
편    집 | 최고은
디 자 인 | 신현아

펴낸곳 | 도서출판 청어람
등록번호 | 제387-1999-000006호
등록일자 | 1999. 5. 31
어람번호 | 제5-0386호

주소 | 경기도 부천시 원미구 부일로 483번길 40 서경B/D 3F (우) 420-822
전화 | 032-656-4452  팩스 | 032-656-4453
http://www.chungeoram.com
E-mail | chungeorambook@daum.net

ISBN 979-11-316-9211-0  03810

Chungeoram romance novel

이정숙 장편 소설

# 날라리
# 티쳐와 나

"니들이 요즘 깝치고 다닌다는 그 애송이들이냐?"
풍선껌이 팡 터졌다.
체육복 위에 교복 치마, 타이트하게 꼭 끼는 교복 상의, 앞머리엔 실 삔,
l카락을 포니테일로 묶어 올리고 야구 방망이 하나를 어깨에 걸치고 서 있다.

도서출판 청어람

# Contents

## prologue
### 날라리 티쳐 = 이지은 선생

"니들이 요즘 깝치고 다닌다는 그 애송이들이냐?"

풍선껌이 팡 터졌다.

체육복 위에 교복 치마, 타이트하게 꼭 끼는 교복 상의, 앞머리엔 실핀, 갈색 머리카락을 포니테일로 묶어 올리고 야구방망이 하나를 어깨에 걸치고 서 있다.

"하, 어이없어. 넌 뭐야?"

인적 드문 밤길, 주택가의 공터 한쪽에서 교복 차림의 날라리 가시내들이 붙었다.

"진심 눈물 돋네. 아이라인 봐라. 떡칠을 했네."

입술 주변에 붙은 풍선껌을 혀로 살살 긁어내서 다시 짝짝 씹으며 교복1이 피식 웃었다. 교복1은 혼자였다.

"그러는 넌 한약 잘못 먹었냐? 잔주름 봐라. 왜캐 늙었냐? 쩐

다, 쩔어!"

짝다리를 짚은 교복2가 반격했다. 교복2는 혼자가 아니었다. 뒤에 선 패거리들이 일제히 같이 킥킥 웃어댔다.

교복1은 여유로운 표정으로 풍선껌을 다시 팡 터뜨렸다.

"니가 아직 바짝 독 오른 독사 대가리를 못 봤구나."

"그게 누군데?"

"날라리 계집애가 대가리도 안 돌아가요. 누구긴 누구야? 바로 나지. 이 구역의 미친년은 나야. 감히 내 영역을 침범해?"

야구방망이를 미련 없이 휘둘러 옆에 선 가로등을 후려쳤다. 징! 하고 기둥에 진동이 일더니 파슷! 하며 가로등 불이 나가 버렸다.

정적.

교복2 패거리들이 일시에 웃음기를 싹 거뒀다.

'저렇게 바로 세게 나갈 줄은 몰랐는데.'

바로 그런 표정들.

"나참, 뭘 이 정도 갖고 바로 안색이 창백해져들?"

야구방망이를 계속 휘두르며 슬슬 다가서자 짝다리들이 슬금슬금 물러나기 시작했다. 교복1이 좌우로 목을 툭툭 꺾었다.

"간만에 몸 좀 풀어볼까?"

"너, 너, 지금 공공기물 파손했어. 이, 일러줄 거야!"

"어머나! 무서워라! 누구한테? 경비 아자씨한테? 관리사무소에? 아니면 니네 엄마한테?"

두 번째로 휘두르자 작은 나무가 소리 없는 비명을 지르며 목이 툭 꺾였다. 짝다리들의 얼굴이 더더욱 허예졌다.

"너, 너 대체 뭐야? 누구야!"

"누구긴 누구야. 이 구역 광년이라니까. 알겠어? 여기 있는 힘 없고 약한 것들은 다 내 먹잇감이야. 니들이 도와주지 않아도 충분히 내가 괴롭혀 주고 있다고."

야구방망이를 다시 한 번 허공에 부웅 휘두르자 꺄악! 하며 두 명 정도가 도망갔다.

"근데 니들이 내 구역을 건드리면 상납금이 줄어들잖아. 앙? 아직 휴대폰 약정도 남았는데!"

굴러다니던 빈 병 하나를 방망이로 확 짓이겨 버리자 두 명이 또 도망갔다.

남은 건 짝다리 하나.

교복1이 풍선껌을 훅 뱉었다. 그리고 주머니에서 뭔가를 꺼내 손수건으로 착착 싸놓은 그것을 천천히 펴기 시작했다.

"이게 뭐게?"

"내, 내가 그걸 어떻게 알앗!"

"내가 껌 대신 씹는 거야. 난 껌을 오래 씹지 않거든. 단물 빠지면 맛없잖아. 짭짤한 피비린내가 그리워진 참인데 면도칼 한 번 씹어볼까?"

사악, 교복2의 얼굴에서 핏기 가시는 소리가 들렸다.

"이게 무슨 뜻인지 알겠어? 여기 니 편 없으니까 몸 사리라고!"

마지막 남은 손수건 자락을 좌락 펼치자 으아아악! 비명을 지르며 결국 짝다리마저 꽁지가 빠져라 도망갔다. 교복1은 피식 웃었다. 손수건이 마저 다 열리자 그 안엔 풍선껌이 있었다.

"쯧쯧, 겁은 많아갖곤."

풍선껌을 홀랑 입에 넣고 질겅질겅 씹기 시작했다. 짝짝 소리가 나자 기분이 좋아졌다.

"하여튼 별것도 아닌 것들이 까불고 있어."

풍선껌을 후 불면서 돌아섰다. 야구방망이를 어깨에 걸친 채 피식 웃고 있던 교복1의 얼굴이 순간 하얗게 굳었다.

그 앞에 어깨에 가방을 멘, 키가 크고 호리호리한 체격의 남학생 한 명이 서 있었다.

단정한 교복 차림새, 반듯하고 짙은 눈썹, 깨끗한 흰 얼굴, 시원스럽고 긴 눈매, 날카로운 턱 선, 조각 같은 얼굴의 그 남학생이 믿어지지 않는다는 표정으로 교복1을 보고 있다가 미간을 왕창 찌푸리며 말했다.

"선생님?"

순간 교복1의 머리카락을 묶고 있던 고무줄이 팅 끊어졌다. 숱 많은 갈색 머리카락이 어깨로 찰랑 떨어져 내렸다.

'무, 문제걸? 젠자앙!'

"사, 사람 잘못 보셨는데요?"

교복1이 확 돌아섰다. 고개를 처박고 꽁지가 빠져라 도망가려는데 앞이 턱 막혔다. 고개를 들어보니 남학생의 가슴이다. 이 시키! 벌써 앞에 와 있다. 죽기 살기로 얼굴을 가려가며 이번엔 옆으로 틀었다. 옆도 막혔다. 후다닥 뒤로 내빼려다가 교복 뒷덜미가 턱 잡혔다. 컥!

이눔 시키! 감히 선생님의 뒷덜미를 잡아?

"야, 이거 안 놔?"

"카랑카랑한 그 목소리. 담탱 맞네, 뭐."

"아, 아니라니까! ……요. 저 담탱 아니에요. 사람 잘못 보셨어!

······요."

"담탱, 왜 교복 입고 있어요? 하. 야구방망이? 와우! 우리 담탱 완전 대박이네요."

"이 시키 계속 담탱담탱 할래? 어디서 감히 담임선생님을 그따 위로 불러!"

결국 성질이 폭발해서 손을 확 치켜 올렸지만, 바로 탁 잡혔다.

이, 이 시키는 왜 이렇게 키가 큰 거야? 힘은 또 왜 이렇게 세고!

재걸이 지은의 손목을 잡고서 씩 웃었다.

"선생님 맞네."

"이, 이거 안 놔? 니가 지금 감히 내 손을 잡았니?"

올가미에라도 걸린 듯 아무리 용을 써도 빠지질 않았다. 하필이면 이런 순간에 딱 걸려선. 안 그래도 재걸이 자신의 담임을 보며 싱긋 웃었다.

"선생님, 변태였어요?"

1화

**난 학생이고 당신은 선생이야!**

　다음 날 지은은 조마조마한 얼굴로 교실 문 앞에 서 있었다. 출석부와 회초리를 끌어안은 팔이 가늘게 떨렸다. 지금까지 이렇게 교실 안으로 들어가기가 겁난 적이 있었던가. 하지만 어차피 부딪쳐야 할 일. 지은은 교실 문을 확 열고 안으로 들어섰다.

　고3이라 교실 안은 조용했다. 한 놈만 피하면 돼, 한 놈만.

　"안녕, 오늘도 즐거운 하루가 시작됐다. 다들 기분들은 어때?"

　지은은 교탁에 서서 학생들의 눈을 마주 보며 미소 지었다. 긴장된 상태라 다른 날보다 어깨나 표정이 영 뻣뻣했지만 아무도 못 알아채는 것 같았다.

　"오늘 전달 사항은 특별히 없고, 지난번에 본 모의고사 성적표가……."

　딱 한 녀석만 보지 않으려 했다. 하지만 맨 뒷자리에 앉아 있는 그 녀석은 눈에 확 띄고 말았다. 남들보다 머리 한 개는 더 얹은 그 기럭지도 기럭지였지만, 워낙 눈에 띄는 얼굴이라 피하려고 해도 피할 수가 없었다.

여기서 문재걸의 이력을 간추리면 이렇다.

학생회장.

선도부장.

각종 경시대회를 휩쓸고 모의고사 전국 10위 안. 전교 1등을 도맡아 하고 있는 천재형 두뇌를 가짐. 그러면서도 샌님 같지 않은 쿨한 성격과 잘생긴 얼굴로 전교 여학생들의 선망 어린 시선을 받으며, 집안도 S그룹 자제라는 빵빵한 뒷배를 갖고 있는, 모든 엄마들의 선망이자 모든 아이들의 질투 대상인 엄친아. 차세대 리더를 향해 달려가는 초특급 열차의 티켓을 거머쥔, '품행방정 승승장구! 당당하다, 문재걸!'

그런데 하필이면 저런 녀석한테 딱 걸려서 이 고생인지 모르겠다.

녀석이 한 손으로 턱을 괸 채 빤히 지은을 쳐다보고 있었다. 빳빳한 교복 셔츠 깃과 하얗고 작은 얼굴, 은은하고 검은 눈빛이 고등학생 주제에 깊기도 하다.

'기분 나쁘게 왜 저렇게 빤히 보는 거야? 뭐, 뭘 어쩔 생각이지? 벌써 애들한테 불었을까? 아님 부모님한테 말했을까? 그것도 아님 교장이랑 직접 담판?'

"쌤, 성적표가 뭐요?"

다른 녀석 하나가 기다리다 못 해 물었다. 지은은 얼른 재걸에게서 시선을 떼곤 다시 반 전체를 바라봤다.

"응, 성적표가 오늘 나오니까, 문재걸! 턱 받친 손 내리지 못해?"

너무 히스테릭했나. 다들 '왜 저래?' 하듯 의문스런 표정으로 지은을 쳐다보고 있었다.

'방법은 없다. 선생의 권위로 저 녀석을 찍소리 못 하게 협박하는 수밖에. 그러려면 좀 무서워질 필요가 있지.'

재걸이 '아!' 라는 듯 턱을 괸 손을 천천히 내렸다.

'봐, 녀석도 내 카리스마에 확 쫄았잖아.'

그 대신 반대쪽 손으로 턱을 괬다. 그리고 싱긋 웃었다.

제길.


지은은 손톱을 닥닥 물어뜯었다.

점심시간, 교무실에 앉아 그러고 있으니 지나가던 학생들이 흘끗 쳐다보고 낄낄거렸다. 탁! 이러고 있을 때가 아냐. 지은은 바로 벌떡 일어나 교실로 날아갔다. 앞문을 활짝 열고 두리번거렸지만 찾는 녀석이 안 보인다.

"쌤, 점심 드셨어요?"

"누구 찾아요, 쌤?"

"어, 재걸이 어디 갔어?"

"재걸이 쌤 뒤에 있는데요."

헉!

돌아보니 재걸이 바로 뒤에서 장승처럼 서 있었다. 무서워라. 현역 시절에 그 어떤 날라리들과 맞짱을 떴어도 단 한 번도 쫄지 않았던 자신이 지금 이 녀석한텐 두려움을 느끼고 있다.

왜냐, 그땐 잃을 것이 없었고, 지금은 잃을 게 너무 많으니까.

"절 찾으셨어요?"

마치 전혀 모르겠다는 듯 시치미를 뚝 떼며 녀석이 공손하게 물었다. 하긴 이 녀석은 전에도 공손하고 예의 바른 이 나라의 청소년 상 같은 모습이었다. 그러니 표정만 봐서는 도통 녀석의 속을 알 수가 없었다.

"그래. 잠깐 좀 따라와 봐."

"네."

전혀 무리 없는 스마트한 대답.

"그럼 상담실에 가 있을 테니까 거기서 보자."

"네."

지은은 먼저 상담실로 갔다. 하지만 금방 올 줄 알았던 녀석은 5분, 10분이 지나도 나타나지 않았다.

"뭐야, 이 녀석? 왜 안 오는 거야?"

이유를 알 수 없어 다시 교실로 달려갔더니 재걸은 없었다.

"재걸이 농구하고 있는데요."

뭬야! 뭐가 어쩌고 어째?

지은은 바로 운동장으로 달려갔다.

"재걸이요? 못 봤는데요?"

농구 골대 앞에서 놀고 있던 녀석들이 갸웃하며 대답했다.

"쌤, 문재걸 체육관에 있던데요?"

문재걸의 팬클럽 소속 여학생이 지나가다가 알려줬다. 미치겠네. 지금 똥개 훈련시켜? 이 시키를 잡으면 그냥 확!

"재걸이 방금 나갔는데요?"

헥헥헥. 또 놓쳤다. 뭐지, 이 녀석은? 동에서 번쩍, 서에서 번쩍. 홍길동인가? 왜 한자리에 있질 않는 거냐고!

재걸이, 못 봤다, 수돗가에, 복도에, 탈의실에, 교실에, 무슨 콜롬보도 아니고, 문재걸의 자취를 찾아 거의 온 학교를 거쳐 겨우 교실에 다시 도착했으나, 결국 수업 종이 쳤다.

헉헉. 거친 숨을 몰아쉬며 교실 뒷문을 통해 문재걸의 자리를 염탐하자 재걸이 보였다. 반듯한 자세로 다음 수업을 준비하고 있는 게 아닌가.

"니가 날 대놓고 물 먹여? 이 시키, 넌 죽었어! 뒤졌어, 아주!"

주먹을 부르르 떨며, 어쩔 수 없이 돌아섰다.


"문재걸!"

녀석을 포획한 건 그날 종례가 끝난 후였다. 돌아가려는 아이들 틈에서 겨우 잡아 붙들어 세웠다.

"좀 남아."

"저 오늘 가족 모임 있어서 안 되겠는데요."

"남아, 이 시키야!"

흰 눈자위를 희번덕거리자 그제야 약발이 먹혔다. 결국 모든 학생들이 돌아간 뒤 텅 빈 교실에서 지은은 문제의 문재걸과 마주하고 있었다.

"일단, 아까 왜 선생님 물 먹였니."

"제가 언제 물을 드렸어요?"

"내가 상담실에 오라고 했지? 넌 '네' 라고 대답했지? 그런데 농구를 하셨다지?"

"선생님은 참, 뭘 모르시네요. 뭐, 모르시면 말고요."

어이가 없었다. 하지만 자신이 십대들의 대화법을 어찌 다 알겠는가.

"너, 누구한테 말했니."

단도직입적으로 묻자 재걸이 물끄러미 지은을 쳐다봤다.

"누구누구한테 말했어."

"적어도 두 명 이상한텐 말했어야 하는 게 되네요."

"지금 나랑 말장난해?"

"흠. 지금 절 협박할 때가 아닐 텐데요."

호, 이 녀석 센데? 지은은 적수를 만났음을 직감했다.

"그래서. 니가 날 협박하겠다고?"

"기성세대란 참, 이해할 수 없네요. 명백히 자기 치부를 확실하게 들켰고 자연 입장도 난처할 텐데 어떻게 창피하거나 미안한 것도 없이 떠벌리고 다니지 말라는 협박부터 할까?"

이래서 이 녀석한테 들킨 게 골치가 아팠던 거다. 하필이면 머리가 팽팽 돌아가는 녀석이라 웬만한 권위 갖고는 명함도 못 내민다.

"그래서 말 했어, 안 했어!"

"육하원칙은 나왔는데, 아직 정확한 판단이 안 내려져서 잠시 보류하고 있었어요."

"뭐가 이렇게 복잡해? 아무튼 일단 말 안 했단 소리 같으니 다행이긴 한데, 뭐? 육하원칙?"

"'누가.' 교복 입은 담임선생님이. '언제.' 어젯밤 야심한 시각에. '어디서.' 동네 공터에서. '무엇을.' 날라리 여자애들을. '어떻게.' 야구방망이로 협박하고 있었다. '왜.' 변태라서."

멍하니 재걸의 육하원칙을 듣던 지은이 정신을 확 차렸다.

"'왜.'가 틀렸잖아!"

"그럼 뭔데요. 선생님이 제대로 수정해 주시죠. 혹시 사이코라서?"

"아니야! 아무튼 세상엔 네가 이해할 수 있는 일들보다 없는 일들이 더 많단 것만 알아둬."

"그건 모르겠고. 현재로선 한 학교의 교사가 한 행동이라고 보기에 문제가 심하게 많고, 또한 사회 통념상 받아들여지기 극히 어렵고 민망하고 자극적인 행태인 동시에 밖으로 알려질 시 파급효과가 너무 클 것이 분명하기에 일단은 보류해 둔 겁니다."

"너 법대 간다고 그랬지?"

"아닙니다. 공대 갈 생각인데요."

"법대 가라, 그냥."

"전 잘 이해가 안 가요."

"법대 가면 잘하겠는데 뭐가 이해가 안 가? 꽉 막히고 융통성 없고 보수적인 게 딱 판례 잘 따르게 생겼는데."

"그거 말고 어제 선생님 차림과 행동 말이에요. 도저히 제 상식으론 이해가 안 갑니다, 아직은."

"그래서 내 말 무시하고 아무렇지 않게 도망 다닌 거니? 들을 필요도 없을 것 같아서?"

"그건 선생님이 주책 맞게 어제 일 추궁할 것 같아서 일부러 봐드린 거죠. 아, 별로 고마워하지 않으셔도 돼요."

"아직 고맙다고 안 했거든, 문재걸."

하지만 지은은 새삼 재걸에 대해 다시 생각하고 있었다. 내심, 어제 그 꼴을 본 후로 자신을 무시하나, 그래서 우습게 본 건가 싶었는데 사실은 배려해 준 거였다니. 이 녀석이 남녀노소 안 가리고 모든 사람들에게 왜 그렇게 인기가 많은지, 또한 어째서 그렇게 성숙한 분위기가 풍겼던 건지 이해가 갔다.

"너 열아홉 주제에 속이 꽤 깊네. 다시 봤다."

"전 존경심이나 신뢰가 반 토막 나서 유감이네요."

"뭐, 그럴 법도 하지. 그래도 반 토막뿐이라니 다행이네. 아예 없어진 줄 알았더니."

"저한테 반 토막은 없어진 거나 마찬가지예요."

제길. 지은은 차마 웃을 수가 없었다.

"아무튼 선생님에 대한 신뢰가 되살아나려면 전 '왜.'에 대한 대답을 들어야겠어요. 발설할지 말지는 그 뒤에 판단할게요. 다만."

지은은 걱정스러운 얼굴로 재걸을 봤다. 왠지 녀석에게 굉장히 밀리는 기분이었다.

"소시오패스는 아니길 바랍니다. 부디 다른 애들한텐 피해 주지 마시죠. 그 병, 고칠 순 있는 거죠?"

잠시간의 정적. 그리고 지은은 더 할 말이 없어서 자리에서 일어났다.

"알았어. 됐으니까 이제 그만 가봐."

"설명 안 해주실 건가요?"

재걸이 예리한 눈매로 비웃듯 물었다.

"아니면 못 하시는 건가요?"

와, 저 녀석을 어떻게 잡지? 지은은 왠지 인생 최대의 천적을 만난 기분이었다. 문재걸을 가르친 건 올해가 처음이라 그동안은 그를 잘 몰랐다. 그냥 자기 할 일 스스로 잘 알아서 하는, 딱히 손 갈 곳 없이 완벽한, 어딘가 다가가기 힘든 애라고만 생각했었다. 그런데 이제 보니 다가가기 싫은 애였다.

"학생한테 미주알고주알 변명하기 싫을 뿐이야. 아무튼 난 선생이고 넌 학생이니까."

"아, 변명이요?"

재걸이 한쪽 다리를 꼬며 여유로운 표정으로 팔짱을 꼈다.

"근데 이 자식이, 다리 안 풀어? 이 건방진 시키!"

그때 갑자기 녀석이 벌떡 일어나는 바람에 잠깐 말끝을 흐리며 쫄았다. 무슨 열아홉이 이렇게 키가 커?

"다른 사람들한텐 말했을까 봐 되게 신경 쓰이시면서 제가 알고 있는 건 괜찮으신가 봐요. 왜요? 제가 그래 봐야 어린 학생이라서?"

정곡이 찔린 기분이었다. 뭔가 되게 속물 같은 어른이 된 느낌이었다.

"겨우 일곱 살 위라고 되게 애 취급 하시네."

"뭐, 뭐? 겨우?"

"사람 잘못 보셨네요. 저 그렇게 어리지도 않을뿐더러 다른 데선 말하지 마, 라고 윽박질러 놓고 무조건 따르게 하는 건 초딩한테나 통할 방법 아닌가요?"

할 말이 없었다. 재걸은 아주 정확하게 그녀의 위선을 지적하고 있었다. 그때 재걸이 뒤도 안 돌아보고 문으로 향했다.

"어, 어디 가니? 말 다 끝낸 거야?"

"가보라면서요. 오늘 선생님은 초딩의 가슴속에 지울 수 없는 상처를 남겼어요. 아마 앞으로의 성장 과정에도 꽤 안 좋은 트라우마로 남을 것 같네요. 그럼 이만 가보겠습니다."

문이 탁 닫혔다.

지은은 아무 말도 할 수 없었다. 자신이 가르치고 있는 학생한테 완벽하게 압도당했다. 그 이상의 냉정함을 본 일이 없었다. 겨우 열아홉 살짜리한테.


"후우!"

컵라면 위로 한숨이 한 바가지는 쏟아졌다.

지은은 동네 편의점에서 대충 저녁 끼니를 때우고 있었다. 한쪽에 서서 젓가락으로 면을 후르륵 먹으며 가방에서 생수병을 꺼냈다. 뚜껑을 열어 거기에 생수를 쪼르르 따라 한 잔 꺾었다.

"캬!"

카운터에 있던 알바생이 흘끗 봤다. '뭔 물을 마시고 저래?' 하는 표정으로. 하지만 이건 술이었다. 소주도 아닌 고량주를 생수병에 담아 갖고 다니는 선생이라니, 알면 바로 모가지지.

"엄마, 난 좋은 선생님이 될 수 없을 거야. 아니, 선생님 자체가 될 수 없을 거야, 애한테 훈계받았는걸."

한 잔 더 꺾었다.

애초에 자신과 맞지도 않고 하고 싶지도 않았던 선생질.

"이게 다 엄마 때문이야. 천국에서 이 꽃밭 저 꽃밭 뛰어다니면서 좀 들으라고!"

몇 잔 더 꺾고 컵라면을 용기째로 들어 국물을 후르륵 마셨다.

딸꾹.

알딸딸해지니 기분이 좋았다.

"국물은 다 마시면 살찌니까 여기서 그만. 히힛. 내가 존경받는 선생은 못 돼도, 몸매 되는 선생은 포기 못 하지."

낄낄거리며 라면 국물을 버리려고 돌아서다가 수다 떨면서 우르르 몰려나오던 여학생들과 툭 부딪쳤다.

"아이쿠, 미안해라. 안 다쳤니?"

교복 끝자락만 보고서 횡설수설하며 바닥에 흘린 라면 국물을 휴지로 닦았다. 그 바람에 교복들이 자신을 유심히 쳐다보고 있단 건 전혀 몰랐다.

"그냥 두세요. 제가 할게요."

알바가 친절하게 국물을 대신 닦아줬다. 지은은 사과의 말을 하고 생수병을 다시 가방에 넣고 편의점을 나왔다. 어두워지는 하늘을 빤히 올려다보며 고량주가 잔뜩 묻은 한숨을 찐득하게 흘렸다.

'후우, 뭐가 이렇게 되는 일이 없어?'


타박타박. 비틀비틀.

구두굽 소리가 인적이 끊긴 거리를 울렸다. 지은은 가끔 갈지자를 곁들이며 동네 길을 걸어가고 있었다. 문득 재걸의 명석하고 똑바른 눈동자가 떠올랐다.

'그 나이에 나는 어땠더라? 어떤 녀석의 등에 매달려 개조한 오토바이에 타고, 빠라바라바라밤! 경적을 울려대고, 패싸움하다가 경찰서 붙들려가서 훈방 조치받고, 애들 삥 뜯다가 학주한테 걸려

서 정학받았었지, 아마. 놀아도 그렇게 놀 수 없었지.'

그런데 지금은 그 화려했던 과거의 기억을 청산하고, 반듯하고 재미없는 공무원으로 위선적으로 살고 있다.

"어이, 아줌마!"

그때 누군가의 앙칼진 목소리가 들렸다.

어떤 아줌마가 지나가나 보네.

"어이! 거기 다 늙은 아줌마! 촌스러운 깜장 마이에 깜장 바지 입은 아줌마!"

어떤 아줌마가 나랑 비슷하게 입었나 보네.

"짝퉁 버버리 가방 멘 아줌마, 너!"

아니, 목소리도 어려 보이는데 아줌마보고 너? 짝퉁 버버리 좀 들었다고 사람을 무시해? 나도 짝퉁 버버리 들었는데 누군지 이걸 확! 분기탱천해서 돌아봤다가 지은은 흠칫하고 말았다.

어제 그 짝다리 패거리들이 피식 웃으며 진을 치고 있었다. 일자로 자른 앞머리를 다들 똑같이 동그랗게 말고서 껌을 짝짝 씹고 있다.

어제보다 두세 명 더 는 것 같은데.

그렇다면 저것들이 부른 아줌마가 바로, 나?

"너희들, 나 불렀니?"

"아니면 누구 불렀겠어. 여기 아줌마가 아줌마밖에 더 있어? 완전 개 어이 털려."

"어머나, 말이 참 걸기도 하지. 그리고 에이, 나 아줌마 아니야. 왜들 이래, 이것들아. 하하……."

"맞지? 맞지? 딱 보니까 어제 정신 나간 사이코 맞지? 아까 편의점에서 라면 국물 쏟았을 때 내가 딱 알아봤다니까?"

"잘했어. 근데 이 아줌마 완전 어이 털리네."

젠장. 그럼 그 국물 쏟았을 때 봤던 교복들이 이것들이었던 건가. 아뿔싸! 지은은 일이 요상하게 꼬여간다고 생각했다.

"어쩐지. 늙어 보인다 싶더라니 이 아줌마 열라 울 엄마 나이잖아? 아줌마, 우리 보고 뭐 느껴지는 거 없어?"

"글쎄. 굳이 말하자면, 깡 세다?"

"어이 상실!"

"그치? 미친 거지? 미친 거 맞지? 어제도 교복 입고 있었잖아. 와우, 소름!"

"아줌마, 대체 정체가 뭐야?"

"시끄러워!"

결국 참다 못한 지은이 버럭 소리치자 교복들이 일순 멈칫했다. 하지만 야구방망이가 없단 걸 깨달았는지 금세 파릇파릇 되살아났다.

"왜? 짝퉁 가방에서 야구방망이라도 꺼내게?"

"그딴 거 없어도 니들 정도는 한주먹감이야. 그리고 나 스물여섯이야. 꽃다운 나이 스물여섯, 파릇파릇한 나이 스물여섯. 어디서 니들 엄마랑 비교하는 거야?"

"들었어? 자기 나이가 스물여섯이래. 아아, 나이 많이 먹어서 참 좋겠어요, 아줌마?"

"아줌마가 아니라 선생님이야. 니들 어디 학교야!"

"선생이래! 들었어? 진짜 망상은 노망의 지름길이라더니. 어디 학교면 왜? 와서 우리 머리도 깻잎으로 빗어주게?"

"너희들 정말 못 쓰겠구나. 어제 그만큼 얘기했으면 알아들었어야지. 니들 교복 사주느라 고생한 부모님 생각은 안 해?"

"아, 진짜 짜증 나게. 뭐래? 야, 잡아!"

"헉! 주, 준비할 여유도 안 주고 갑자기 왜 이렇게 적극적이야? 오지 마. 거기서 그대로 있어라, 응? 너희들 후회할 거야. 내일 니네 학교에 다 말할 거야?"

"아, 말하든가! 그깟 학교 무섭지도 않거든?"

"뭐 해. 얼른 가방부터 뺏어!"

젠장. 인해전술이다. 지은은 슬금슬금 물러났다. 야구방망이도 없고 면도칼을 싸놓은 척한 손수건도 없었다. 어차피 겁만 줄 생각이었기 때문에 얘들이랑 싸울 생각도 전혀 없었다.

왜냐면, 일단은 선생이니까.

근데 선생이 애들한테 맞게 생겼다. 오 마이 갓! 나 울어? 울까? 옛날 실력 보여줄 수도 없고, 그렇다고 애들한테 맞아서 내일 결근하는 수모를 당할 수도 없고. 결국 방법은 하나뿐인가.

"꺄아아악! 이것들이 정말!"

바로 삼십육계줄행랑. 젖 먹던 힘까지 다해서 가방을 미친 듯 휘두르며 겨우 빠져나온 그 순간이었다. 뭔가가 지은의 손을 확 잡더니 그대로 전력질주를 했다.

"뛰어요!"

들린 건 오직 그 소리뿐.

바람이 귀를 확확 스쳤다.

"야, 잡아아!"

뒤에서 교복들의 악다구니 소리도 점점 멀어지고.

허억허억.

숨이 턱까지 차올랐을 때쯤에야 어느 건물 안으로 숨어든 두 사람은 숨을 몰아쉬었다.

"무, 문재걸, 니가 어떻게 여기에…… 아니, 그것보다, 너 왜 이 시각에 싸돌아다녀?"

얼핏 들린 목소리가 재걸의 것 같단 생각에 움찔했었지만 그땐 일단 도망치는 게 먼저였다. 그런데 정말 재걸이 맞았다.

젠장, 이건 또 뭐냐고.

"지금 애들이랑 패싸움하던 사람이 훈계하는 거예요?"

권위는 이미 땅에 떨어졌다.

"패싸움한 게 아니라 당한 거였어! 뒤가 잡혔다고."

"자랑이시네요."

"기집애들, 복수할 줄이야. 쨉도 안 되는 것들이 쪽수로 밀어붙이고 있어. 넌 사내자식이 여자애들도 못 이겨서 거기서 들고 튀니?"

"들고 튀어주지 않았으면 지금쯤 거기서 묵사발되셨을 텐데요? 마침 그 옆을 지나가고 있었으니 다행이지, 요즘 여자애들 얼마나 무서운데."

"그런 것들쯤 내가 교사 자격증만 없었으면 벌써 반쯤 작살났……!"

흠흠, 정신 좀 차리자. 재걸이 엄청 한심하단 눈으로 쳐다보고 있었다.

"선생님은 대체 어떤 사람이에요?"

이미 이 아이 앞에선 돌이킬 수 없는 강을 건넌 것 같다.

"선생도 인간이야. 왜? 내 말이 좀 거칠었니? 아니면 내 퇴근길이 좀 거칠었니? 네 성장 과정에 또 트라우마로 남을 것 같아?"

쳇! 맘대로 생각하라 그래!

어차피 지금까지 조신한 교사인 척 연기하느라 근질근질해 죽는 줄 알았다. 이미 버려 버린 몸, 차라리 이 녀석 앞에서 그동안 못 한 불량스러운 똘끼나 부리면 속이라도 시원할 것 같다.

"완전, 문제 선생이네요."

"이젠 아예 '님' 자도 빼는구나. 맘대로 해라."

갈증이 나서 가방에서 물병을 꺼내 마셨다. 그런데 생각이 짧았다. 물인 줄 알고 녀석이 그걸 확 빼앗아서 자기도 마실 줄이야.

벌컥 들이켜던 재걸이 풉! 하며 내뱉었다. 뭘 고량주 정도 갖고.

"아, 선생님, 진짜!"

그가 손등으로 입술을 박박 닦아가며 소리쳤다.

"쏘리. 너 술 안 마시는구나? 요즘 애들이랑 참 다르네."

"나참, 어떻게 선생이란 사람이 물병에 술을 넣어서 다녀요? 이거 학교에도 갖고 다녔어요? 설마 학교에서도 마신 건 아니겠죠?"

"어머! 말이 되는 소릴 해!"

"마셨죠?"

"안 마셨어!"

"안 마셨어요?"

"교장한테 깨졌을 때 딱 한 번……."

"하아."

"학부모한테 괜히 욕먹었을 때 또 한 번."

"장난 아니네."

"아, 그래. 교육청에서 경고 공문 먹었을 때, 고과점수 안 나왔을 때, 반 평균 떨어져서 교감한테 깨졌을 때, 니들 말 안 들을 때, 내가 선생 자격 없다고 느껴졌을 때 죄다 마셨다, 왜!"

재걸이 믿을 수 없다는 듯 멍하니 지은을 보고 있었다.

"그런 고로 넌 3학년이란 걸 아주 감사하게 생각해. 왜냐면 반년만 참으면 이런 선생한테 배울 일 없을 테니까."

아, 알딸딸하다.

"니들이 선생질하기 싫은 선생이 받는 스트레스를 알기나 해?"

"지금 너무 막 나가시는 거 아니에요? 전 학생이고 당신은 선생님이거든요?"

"뭐? 당신? 이게 보자 보자 하니까. 내가 좀 막 나간다고 너도 막 나가니? 내가 우스워?"

"우스워 보일 짓 하셨잖아요, 지금까지."

뭐, 정론이다!

젠장.

하긴 고량주에 취하지 않았으면 이렇게까지 솔직해지진 않았을 텐데. 술이 웬수지. 아니, 이건 그냥 포화 상태에서 터져 나온 외침이었다. 최대치까지 찰랑찰랑 차올라서 넘치기 직전의 물. 거기에 문재걸 이 녀석이 스포이드로 물 한 방울을 톡 떨어뜨린 것이다. 컵도, 바가지도 아니었다.

겨우 스포이드 한 방울로.

"하아, 나도 모르겠다. 들켰으니 이제 어쩌겠어. 나 같은 선생 밑에서 학교 다니기 싫으면 전학 가든가."

무릎을 끌어안고 다 산 듯 대충 말했더니 재걸이 혀를 찼다.

"참 무책임하시네. 잘못한 건 선생님인데 왜 제가 전학 가요?"

"내가 그만두려면 네가 일단 부모님한테 일러바치고 부모님들은 교육청에 고발하고 교육청은 또 학교에 공문 보내고, 긴급회의가 열리고, 징계위원회가 열리고, 되게 복잡해지잖아. 넌 그냥 간단하게 전학 가면 끝인데."

"어이가 없다, 진짜."

"어떻니? 네가 다 묻어주고 떠나주면 안 되겠니?"

녀석의 손을 턱 잡고 간절한 눈으로 묻자, 녀석이 매정하게 손을 확 팽개쳤다.

"선생 맞아요?"

"님 자 붙이기 싫으면 적어도 교사라고 해줘라."

지은이 자리에서 일어났다. 비틀거리다가 벽을 탁 짚자 재걸이 혀를 차며 다가왔다.

"부축해 드려요?"

"아니, 혼자 갈 수 있어. 내 주제에 무슨 학생한테 부축씩이나. 업어주면 업히겠지만."

"걸어가세요."

그러면서 녀석이 먼저 휙 나갔다.

"성깔 있네, 저 녀석."

지은은 비틀거리며 재걸을 따라 나갔다. 밤바람이 확 밀려오면서 폐에 가득 들어차는 기분이었다.

"아, 덕분에 술이 좀 깨는 것 같다. 그럼 나 간다."

"선생님."

"응?"

"담배도 피워요?"

지은이 피식 웃었다.

"그 정도까진 아니거든?"

"다행이네요."

"작년에 끊었어."

"결국 작년까진 피운 거잖아요!"

풋! 하하 웃으며 지은은 손을 내저으며 걸어갔다. 좀 춥네. 재킷을 살짝 여미는데 그때 옆으로 체온 하나가 쑥 다가왔다. 재걸이 나란히 걷고 있었다.

"말도 섞기 싫어하는 것 같더니 왜 따라와?"

"보디가드 해주려구요."

녀석이 앞을 보며 심드렁하게 대답했다. 그렇게 실망스러운 모습을 보였는데도 선생이라고 챙기다니, 이래서 애들은 애들이란 건가. 문재걸한테 이런 순진한 구석이 있었다니.

지은은 피식 웃었다.

"괜찮아. 가다가 야구방망이 대용으로 하나 구하지 뭐."

"그게 안 괜찮다고요. 제발 사고 좀 치지 마세요."

"내가 친 게 아니라 뒤를 잡힌 거라니까 그러네!"

"아, 알았으니까 제대로 걷기나 해요."

"근데 너 꽤 다정하다? 여자친구한테 잘해주겠는데? 응? 응? 누구니? 옆 반 재은이? 미성이? 응? 응?"

무뚝뚝한 재걸의 옆구리를 쿡쿡 찔러가며 장난을 쳤다가 망신당했다. 녀석이 짜증 만땅인 표정으로 지은의 손을 찰싹 때렸다.

진짜 매섭게.

"이 시키, 너 지금 나 때렸어? 와, 담임을 때리네. 야, 너 어디 가! 지금 사람 무시하니? 아, 같이 가!"

✻ ✠ ✻

"여기가 선생님 집이에요? 다 쓰러져 가네요."

잠시 후, 재걸이 지은의 연립주택을 올려다보며 말했다.

"걱정 마. 아직도 대출금 남았단다."

재걸이 고개를 설레설레 저었다.

"서민들이란."

"시끄러, 이 개똥 같은 자식아! 얼른 가!"

"커피도 한 잔 안 줘요?"

"드라마 그만 보고."

"애인 있어요?"

풋!

지은은 어이없단 눈으로 재걸을 봤다.

"너 설마. 이런 거지 같은 엮임을 인연이라고 착각하고서 나한테 작업이라도 거는 거니? 세상에! 아무리 내가 동안에 나이답지 않게 귀여워도 그렇지, 난 선생이고 넌 학생이야!"

"지금 뭐 하세요?"

썰렁한 바람이 휭 지나갔다.

"애인이 걱정돼서 한 말이었는데 웬 오버예요? 드라마 그만 보세요."

"가!"

신경질 나서 휙 돌아섰다. 재걸도 반대 방향으로 돌아섰다. 하지만 몇 걸음 못 가 지은은 다시 재걸을 불렀다.

"야, 문재걸. 어제 그 일, 선도 차원에서 한 거였어. 믿든 말든 네 자유지만."

"고작 그게 변명이에요?"

녀석이 걸음을 우뚝 멈추고 전혀 안 믿는다는 듯 반응했다.

"변명이 아니라 설명이야."

"만약 선생님이라면 믿겠어요? 제가 만약 어디서 꼴통 짓을 하고 있었는데, 왜 그랬냐고 물었더니 적을 알고 나를 알면 백전백승이다, 그래서 나도 삐뚤어져 봤다, 라고 하면 믿으시겠어요?"

뭐, 저렇게 똑똑한 녀석이 다 있어? 그리고 뭐? 꼴통?

"그 근방에 아는 지인의 딸이 피해를 보고 있단 얘길 들었어. 우리 학교면 어떻게 해보겠는데 다른 학교 애들이니 방법이 없잖아. 어차피 훈계 몇 마디에 통할 애들도 아니고. 눈에는 눈, 이에는 이. 겁주면 당분간은 멈추겠지. 그렇게 생각했을 뿐이야."

"그래서, 선생님이란 사람이 그 구역은 내 구역이니까 건들지 말라고 협박했다구요? 와, 진짜 신선하네. 그게 교육학 이론에 나와 있는 방법인가요?"

"이지은학 이론에 나와 있는 방법이지."

"결과가 옳다고 과정이 잘못된 걸 무시할 순 없어요. 전 그렇게 배웠는데."

재걸이 돌아섰다.

"선생님은 전혀 다른 걸 가르쳐 주시네요. 아무튼 믿을 수 없는 선생님이야. 어른들은 참, 간편하네요."

그렇게 녀석은 가버렸다. 아주 크나큰 불신의 표정을 남긴 채.

왠지 솔직하게 말해놓고도 손해 본 기분이었다.

2화

## 손쓸 수 없는 모범생, 문재걸

간만에 상쾌한 기분이었다.

어제 집에 가서 맥주 열 캔을 따고 잤더니 몸도 가뿐하고 그간 문재걸 때문에 받은 스트레스와 피로도 싹 날아가는 것 같았다.

"뭐, 어쨌건 함부로 입 놀리고 다닐 녀석은 아니니까."

이미 벌어진 일. 더 고민하면 어쩌겠나 싶었다.

"쌤, 하이요."

"안녕하세요."

지은은 등교하는 아이들의 인사를 자애롭게 받아주며 교문으로 들어섰다.

"지금 오세요, 이 선생님?"

"아, 수고 많으세요, 최 선생님."

"어이, 너! 넥타이랑 명찰 어디 갔어. 복장 불량. 저쪽으로 가.

넌 통과. 그럼 먼저 들어가세요, 이 선생님."

학생주임인 최 선생님은 오늘도 팔팔했다. 싱긋 웃고 걸음을 떼는데, 팔에 선도부장 완장을 찬 한 녀석이 눈에 띄었다.

"어머, 재걸아. 안녕?"

아무 일도 없었던 것처럼 뻔뻔하게 인사하고 지나가려고 했다.

그런데 녀석이 앞을 딱 막아서는 게 아닌가.

"응? 왜?"

"선생님, 스타킹 찢어지셨어요. 복장 불량. 저쪽으로 가시죠."

어이없게도 등교 시간에 선도부한테 잡혔다, 선생이!

애들이 깔깔거리며 자지러지고 최 선생님마저 푸하! 웃었다. 지은의 이마에 핏대가 섰다. 하하, 너 죽을래?

"고맙다, 문재걸. 아침부터 최고 인기인이 됐네, 덕분에."

"눈썹도 짝짝, 립스틱은 번지고. 치마 돌아간 건 아세요?"

녀석이 진심으로 진지하게 계속! 복장 검사를 해대고 있는 게 아닌가.

"하하…… 너 그만 안 할래?"

이를 갈며, 물론 손으론 얼른 치마를 돌려가며, 작은 소리로 협박했지만 녀석에겐 전혀 통하지 않았다.

"나참, 술 냄새. 아침부터 마신 거예요? 어제 마신 게 덜 깬 거예요?"

이, 이 자식을!

지은의 안면 근육이 파르르 떨렸다.

두고 보자, 문재걸.

"이 선생님, 교문에서 문재걸한테 복장 단속 걸리셨다면서요?"

자리에 앉아 컴퓨터를 켜는데 마침 교무실로 들어서던 여선생들이 놀려댔다.

'이런 젠장!'

"하하…… 나오셨어요?"

"근데 문재걸이 웬일이래요? 장난도 다 치고. 짓궂은 거 하곤 거리가 먼 녀석이."

"그, 글쎄 말이에요. 재걸이가 저한텐 깜찍하게 장난을 다 치네요."

젠장. 젠장. 젠장.

지은은 대충 둘러대곤 얼른 대화에서 빠져나왔다.

"박 선생, 이번에 연수 들을 거지?"

"들어야겠죠? 안 들으면 승진에 지장 있는데."

"그래도 1년에 200시간 이상이라니 너무하는 거 아냐? 아, 이 선생도 같이 갈 거지?"

"저도 그러고 싶은데 하필이면 이번 주에 정말 중요한 일이 있어서 빠져야겠어요. 아…… 속상해."

하지만 고개 돌린 지은의 입술 끝이 사악 끌려 올라갔다. 주위를 흘긋 둘러보곤 얼른 어떤 프로그램에 접속했다. 두둥, 원격 연수 시스템! 강의를 듣지 않아도 저절로 다음 페이지로 넘어가는 '오토 클릭'까지 설정하면 작업 끝.

'이러면 직접 가서 듣지 않아도 되는데. 이런 편리한 편법을 놔두고 그 지루한 걸 미쳤다고 가서 듣니?

날라리 교사답게 모니터만 툭 꺼놓고서 출석부와 교과서를 들

고 자리에서 일어나 돌아시는데,

"헉!"

언제 왔는지 문재걸이 눈앞에 서 있었다. 그것도 엄청 혐오하는 표정으로 사람을 보고 있다. 저 표정은 설마, 뭔가 아는 거야?

"네, 네가 여기 왜 있어?"

"수학선생님이 잠깐 불러서요."

"그, 그래? 근데 봤니?"

하지만 녀석은 대답도 않고 휙 돌아서서 수학에게 가버렸다. 물론 사람을 휙 노려보는 것도 잊지 않았다.

'본 거야! 게다가 그게 뭐 하는 건지도 아는 표정이잖아. 아니, 도대체 학생이 어떻게, 왜?'

조마조마. 안절부절. 손톱을 뜯어가며 잠시 기다렸다가 수학과 얘기를 끝낸 문재걸이 교무실을 나가자 얼른 따라붙었다.

"야, 문재걸! 너 봤니? 봤지? 그게 뭐 하는 건지 아는 거지? 아, 대체 어떻게 아는 건데? 답답해 죽겠으니까 말 좀 해봐."

"뭐가요? 몰라요."

"알잖아, 명백히 알고 있는데 뭐!"

"애들 쳐다봐요. 쪽팔리지도 않아요?"

"봤지? 뭔지 아는 거지?"

"글쎄 뭐가요."

"말할 거니?"

"나참. 어떻게 그렇게 레퍼토리가 하나도 안 변해요?"

"누구누구한테 말할 건데?"

"맙소사."

그가 대놓고 고개를 절레절레 저으며 가버렸다. 저 혐오의 표정은 대체 뭐냐고!

"문재걸! 얘! 너 거기 안 서?"

요즘은 매일 문재걸만 쫓아다니는 것 같았다.


오늘은 삼각김밥과 바나나우유.

이지은의 저녁 끼니거리였다. 김밥을 먹고 바나나우유를 마시고 가방에서 생수를 꺼내 마신다. 캬! 훈훈 돋는 편의점 알바생이 또 흘끗 쳐다보았다. 지은은 빙긋 웃었다.

궁금하지? 이거 술이다?


"쌤, 이 꽃 이름이 뭐예요?"

그때 문득 낮에 학교에서 있었던 일이 떠올랐다.

지은은 원예부 담당 교사라 특별활동 시간에 원예부 가시내들이 화단을 가꾸는 걸 지도하고 있었다.

"글쎄, 펜지 아냐?"

"에이, 맨드라미잖아요, 쌤!"

"알면 묻지 마!"

여학생들이 깔깔거리며 꽃 이름을 적어 넣는 팻말 작업을 계속했다. 지은은 하품을 하암! 했다.

아, 지루하다.

어차피 땡볕에 나와서 일하는 거라 고과가 낮은 지은이 거의 떠밀려서 맡게 된 사정이었다.

"근데 방울토마토 언제 열려요? 열리면 엄청 귀엽겠죠? 막

이래.”

“열릴 때 되면 열리겠지.”

“에이, 쌤! 그럴 땐 개화 시기, 열매 맺는 시기, 뭐 그렇게 전문적으로 알려줘야 하는 거 아니에요?”

“야, 니들 스마트폰 있잖아. 그런 거 하라고 니들 엄마 아빠가 피땀 흘려서 24개월 약정받아서 사주시는 거 아냐. 카톡질만 하지 말고 그런 걸 찾아봐.”

“깔깔. 진짜 쌤은 특이해요. 딴 쌤들이랑 다르게 뭐랄까.”

“내가 좀 쿨하고 나이스하지?”

“아뇨? 만만한데요? 막 이래.”

깔깔거리며 계집애들이 난리가 났다. 막 이래는 뭐가 막 이래야? 저것들을 그냥 확!

눈을 부라리는데 여학생들이 갑자기 꺄꺄 비명을 지르며 얼굴을 붉히고 난리들을 피워서 의아했다. 어라, 쟨 꼬리빗으로 앞머리 빗고 있네?

“선생님, 잠깐 저 좀 보세요.”

돌아보니 문재걸이 가방을 멘 채 서 있었다.

아하? 그러니까 이 녀석 때문이었군?

“왜? 스타킹 갈아 신었거든?”

“됐고요. 이거 옆 반 선생님이 전해달래요.”

그리고 쪽지 하나를 달랑 건네고는 녀석이 휙 가버렸다. 꼬리빗으로 앞머리를 미친 듯이 빗고 있던 녀석이 거울을 주머니에 넣고 방글 돌아섰다가 히잉, 우는 소릴 냈다.

“얘, 너 늦었거든? 근데 김 선생님이 무슨 일이지?”

갸웃하며 쪽지를 펼쳤다가 지은의 입이 딱 벌어졌다.

쪽지는 김 선생님이 보낸 게 아니었다. 거기엔 이렇게 적혀 있었다.


—선생님, 연수 제대로 받으시죠.


지은은 부르르 떨며 낮의 그 쪽지를 보고 있었다. 어쩐지 어떤 프로그램을 띄웠는지 알고 있는 것 같더라니, 역시나 그랬었다.

"뭐가 어떻게 된 게 모르는 게 없어? 이건 뭐 애늙은이도 아니고, 이 손쓸 수 없는 모범생 녀석을 어쩌면 좋지? 반년이나 남았는데 지겨워 죽겠네. 니가 2학년이었으면 내가 죽어도 전근 갔다."

쪽지를 휴지통에 휙 던지는데 그때 편의점 유리창을 누군가가 똑똑 두드렸다. 흘끗 통유리 밖을 쳐다본 지은의 얼굴이 버석 굳었다.

"아오, 저 끈질긴 것들."

짝다리 패거리들이 유리 앞에 쭉 늘어서서 죽일 듯 지은을 노려보고 있었다.

"아줌마, 기다리고 있었거든? 딱 나오시지?"

지은은 결국 피식 웃었다. 쪽수는, 더 늘어나 있었다.


✠　✠　✠


"이것들이 그러니까 좋은 말로 할 때 정신들 차리지, 꼭 발광들을 하면서 때려달라고 난리들을 쳐대요. 덤비다가 맞으니까 좋냐?

좋아?"

잠시 후, 짝다리들이 여기저기 터져서 파출소 의자에 쫄로리 앉아 있었다.

편의점 앞에서 학익진을 펼치듯 진을 치고 있던 녀석들을 어쩔수 없이 따라갔다. 선생이라고 해도 안 통하고, 그렇다고 도전을 포기할 것 같지도 않고. 이 현대판 칠공주들을 어떻게 하면 좋냐. 그래, 뭘 어떻게 하겠는가. 손봐줘야지.

애초에 때릴 생각은 전혀 없었지만 어쩔 수 없었다. 이럴 땐 그저 힘의 우위를 알려줘서 확실히 밟아주는 방법밖에 없단 걸 경험으로 잘 알고 있었다. 그래서 결국 치고받았다. 아니, 많이 때렸다. 고로 승리했다.

물론 약간의 출혈은 있었지만. 기집애들이 어찌나 끈질긴지 제법 맞아서 이쪽도 스크래치가 이만저만이 아니었다.

"면상들 봐라. 이것들을 확! 어디서 도끼눈을 떠? 확 눈깔 안 깔아? 어쭈, 한판 더 할래? 도로 안 앉아?"

"거기, 아줌마! 아줌마도 앉아 있어요! 애들 얼굴 저렇게 만든 거 아줌마라면서요?"

경찰이 소리쳤다. 지은이 홱 돌아봤다.

"아! 아줌마 아니라고요!"

그렇다. 경찰에 끌려온 건 짝다리들만이 아니었다. 지은도 현행범으로 같이 끌려온 것이다.

"아줌마 아니라 선생님! 저 교사라고 몇 번을 말해요?"

"아, 네네. 선생님. 그러니까 신분 확인해 줄 사람 부르시라구요. 연락했어요?"

"했어요, 뭐."

하긴 했는데 아마 오지 않을 것이다. 아니, 하지 말았어야 했는데 경찰이 워낙 닦달하는 통에 쓸데없는 짓을 하고 말았다.

그때 파출소 문이 벌컥 열리더니 누군가가 바람처럼 뛰어 들어왔다. 지은의 고개가 천천히 돌아갔다. 달려온 건지 숨을 몰아쉬며, 경찰서 풍경과는 전혀 다른 스마트하고 지적인 생김으로 재걸이 거기에 서 있었다.

반면 머리는 산발이 된 채, 얼굴은 여기저기 시퍼런 멍이 들어서, 팔다리 균등하게 빨갛게 긁힌 꼴로 지은이 천천히 입을 열었다.

"재걸아…… 와줬구나!"

재걸이 어이가 없다는 듯 지은을 봤다.

그러다 기막힌다는 듯.

그러다 열 뻗친 듯.

그러다 무표정.

포기라는 듯 결국 마지막엔 건조한 냉소를 흘렸다.

"학생, 정말 저 아줌마가 선생님 맞아?"

"아줌마 아니라고요!"

"아, 아줌만 좀 조용하고요, 학생한테 묻고 있잖아요, 지금!"

지은이 재걸을 바라봤다, 간절하게.

재걸이 쉽게 대답하지 않는다. 하긴 누구라도 그렇겠지. 하지만 지금은 그런 걸 따질 상황이 아니잖아. 재걸아, 제발 부탁해.

그때 재걸이 천천히 입을 열었다. 누가 봐도 결코 선생이 아니었으면 하는 표정으로.

"네, 맞습니다."


교사란 그냥 학교에 가면 있는 존재였다.

마치 칠판처럼, 교실처럼, 혹은 운동장처럼 '학교'와 세트로 이루어진 존재. 특별한 관심도, 호의도, 그렇다고 반발심도 없는 그냥 학교에 있는 어른들. 혹은 교사란 '직업'을 가진 사람들.

그중 좀 더 잘 가르치고 좋은 분이면 선생 '님'이 되고, 그 외엔 '쌤', '노땅', '밥맛', '인간수면제' 등등 여러 가지로 불린다.

그 사람도 그냥 '쌤'이었다. 애들은 '담탱'이라고도 불렀다. 특별히 잘 가르치지도, 휘어잡는 통솔력도, 그렇다고 따뜻하게 끌어안는 신사임당 같은 자애도 없는 그냥 그런 평범한 '교사'였다.

"저기, 재걸아, 나 오래전부터 널 좋아했어."

"미안하지만 난 아니야."

오늘도 재걸은 단 세 마디를 하고 돌아섰다. 잊을 만하면 사람을 따로 불러내 이렇게 저돌적인 고백을 하는 여자애들이 있다. 고3 주제에 입시 고민은 안 하고 고백이라니. 혐오감 혹은 한심함.

연애 따위 전혀 관심 없었다.

"올, 문재걸. 인기남인데?"

그런데 누군가가 기분 나쁘게 낄낄거리며 따라붙어서 돌아봤더니 바로 날라리 담임이었다.

"대체 언제부터 따라왔어요? 설마 숨어 있었어요?"

"숨어 있긴. 벤치에 앉아서 시집 읽고 있는데 고백하는 소리가 들리잖아."

"시집이 아니라 거기 숨어서 몰래 담배 피운 거 아니에요?"

"끊었다고!"

저런 소리를 당당하게 하는 저 인격을 보라.

이 선생님만 보면 머리가 다 지끈거렸다. 며칠 전 특별 과외를 받고 돌아가던 길, 야밤에 맞짱을 뜨고 있는 날라리들을 우연히 발견했다. 그런데 거기에 현 담임선생님이 끼어 있을 줄이야 누가 상상이나 했을까. 문재걸 인생 최대의 불운의 날이었다.

그날 이후로 이 이상한 담임은 툭하면 자신에게 아는 척을 하고 달라붙었다. 목적은 하나, 그날 일을 발설했는지 안 했는지 확인하기 위해서였다. 바로 이렇게.

"오늘도 비밀 지켜줬겠지? 아무한테도 말 안 했지?"

"말 안 해요. 할 생각도 없으니까 학교에서 아는 척 좀 하지 마시죠?"

쪽팔리니까. 이런 사람이랑 친한 사이로 보이는 것조차도 싫었다.

"어머! 선생이 학생한테 아는 척을 안 하면 어떡하니? 그런 무관심 때문에 학교 폭력이 심해지는 거야."

"그 폭력을 누가 일으키고 다녔죠? 아무튼, 어차피 말해도 믿을 사람도 없으니까 이제 그만 신경 끄시죠."

저런 인생이 가능하리라고 누가 생각하겠는가.

"하긴, 내가 좀 반듯하고 청초해 보이긴 해. 그치?"

"아뇨. 한 학교의 교사가 야밤에 교복 차림으로 야구방망이 휘두르고 다니고, 물병에 술을 갖고 다니면서 홀짝홀짝 마시는 걸로도 모자라 연수까지 편법으로 받는다는 걸 누가 믿겠어요?"

"어머, 얘, 머리가 좋아서 그런지 참 정리를 잘 하는구나. 그치만 소리가 너무 크잖아. 닥쳐, 이 시키야. 누가 들으면 어쩌려고!"

어이가 없었다. 정말이지 손쓸 수 없는 문제 교사였다.

"그건 그렇고, 아까 보니까 너 매너에 좀 문제가 있더라. '미안하지만 난 아니야.' 캬! 쿨해 보이기는 한데 인정머리가 없어. 내가 가르쳐 줄게. 기왕이면 앞으론 이렇게 말해봐. '네 마음은 잘 알겠어. 하지만 우리 이럴 때가 아니지 않니? 미래를 위해 좀 더 열심히 공부해서……' 어? 너 어디 가니?"

무시하고 와버렸다.

본인이나 잘하셨으면 좋겠다.


"기말고사가 얼마 안 남았으니까 마지막까지 최선을 다하려는 애들은 그렇게 하고, 지금껏 놀던 것들은 이제 와서 열나게 파봐야 볼펜만 아까우니까 진작 열심히 할걸 후회하고. 이만 종례 마치자."

애들이 벙쪄했다.

재걸은 맨 뒷자리에서 팔짱을 낀 채 혀를 차고 있었다.

저걸 지금 종례라고 하는 건지. 전엔 그래도 선생인 척은 하더니 이젠 아주 막 나가고 있다.

요즘 들어 알게 됐다. 예전에 담임이 했던 모든 말들이 철저히 기계적으로 읊조려진 말들뿐이란 걸. 그건 그냥 선생의 옷을 입었을 때 내뱉는 판에 박힌 말이었다. 거기에 이지은이란 사람의 진심이나 열정은 없었다. 저 사람의 진심은 욕하거나 사고 치거나 취했을 때 오히려 더 선명한 것 같다.

"쌤! 근데 기말고사 반 평균 오르면 뭐 해주실 거예요?"

"어머, 어이없어라. 니들 성적 오르는데 내가 왜 뭘 해줘야 해? 성적 올라서 나 주니?"

"에이, 쌤. 너무해요!"

"아이스크림이라도 쏘세요!"

"옆 반 선생님은 피자 돌렸대요."

"그래? 진짜야? 흠, 알았어. 그럼 우리 반은 성적 오르면 피자보다 더 비싼 박수를 쏜다!"

"우우! 너무해요!"

저럴 때 보면 또 그냥 평범한 선생님 같기도 하고. 하긴 그러니 그동안 저 두 얼굴에 까맣게 속았겠지.

"야, 담탱 귀엽지 않냐?"

그때 옆자리에 앉은 친구 녀석이 물었다.

지금, 나한테 물은 거냐? 어이가 없었다.

"귀엽긴. 대체 어디가!"

참으려고 했는데 분통이 터졌다. 그런데 너무 크게 소릴 쳤나 보다. 모두 자신을 쳐다보고 있었다.

'젠장.'

"애들아, 문재걸이 빨리 종례 마치란다. 그럼 이만 해산."

담임이 실실거리며 교실을 나갔다. 자신이 점점 변해가고 있는 것 같다. 저 이상한 사이코 선생님 하나 때문에. 애들 앞에서 이런 창피한 짓을 당할 줄이야. 심각한 문제성을 느끼며 재걸은 겨우 신경질을 내리눌렀다.

"이 새끼, 깜짝 놀랐네. 갑자기 웬 오버야?"

"됐어. 헛소리할 거면 조용히 해."

"무슨 헛소리? 아, 우리 담탱 얘기? 아, 왜? 약한 척 안 하고 잘 보이려고 가식적으로 굴지도 않고, 요즘 선생들 편애 쩌는데 그런 것도 없고 쿨해서 귀엽잖아. 얼굴도 귀엽고."

짜증 나서 가방이나 챙겼다.

"아, 전에 담임이 나한테 담배도 사줬었는데."

손이 딱 멈췄다.

"뭘 사줘?"

"전에 무단결근했을 때 잡으러 왔었거든. 담배가 딱 떨어져서 편의점 앞에서 한껏 고뇌하고 있는데 쌤이 오더라고. 장난으로 돈 주면서 담배 좀 사줄래요? 그랬더니 진짜 들어가서 사다 주는 거야."

"미쳤군."

"폐암이니 어쩌니 하면서 어차피 자기 죽는 게 아니니까 상관 은 안 하는데 기왕 피울 거면 작작 피우라고 한마디 하더라."

그야말로 문제아와 문제 선생의 확실한 만남이었다. 이 녀석은 가정불화로 한동안 학교를 밥 먹듯이 빠져서 정학 직전까지 갔던 녀석이다. 그런 녀석을 선도는 못 할망정 담임이 담배를 사줬다 니.

더 이상은 안 되겠다. 교장선생님한테 말해야 할 것 같다.

"담임이 담배 사준 거 확실해?"

"짜식, 정색하긴. 문재걸이 이런 사소한 일이나 꼰지를 정도로 속 좁은 녀석이었냐?"

"사소한 일이라고 생각해?"

"그때 담임이 뭐랬는지 알아? 어차피 잔소리 해봐야 뒤에서 몰래 피울 거 다 아니까 딴소린 안 하겠는데, 대신 자기 앞에서 피우라고 결석하지 말랬어. 담배 필요하면 차라리 자기한테 말하라고. 언제든 사준다고."

재걸이 멈칫했다.

"자기들도 제대로 안 하면서 잔소리만 하는 인간들하곤 좀 다르지 않냐? 나한텐 그게 통했는데 너한텐 거슬린다면 뭐……."

어쨌든 녀석은 어느 날부턴가 결석을 접었다. 하지만 그걸 과연 올바른 선도라고 할 수 있을까?

"문재걸, 뭐 해? 안 가?"

언제 왔는지 옆 반의 진세가 와서 재걸을 불렀다.

"오오, 서진세? 나한텐 안 묻는 거냐? 난 언제라도 같이 갈 준비가 딱 돼 있는데."

"시끄러. 닥쳐."

"장미에는 가시가 있는 법. 난 언제라도 기다리고 있을게요, 베이비."

친구 녀석의 너스레를 뒤로하고 재걸은 진세와 교실을 나섰다.

"너 요즘 특별 과외 받는다면서? 너도 너희 엄마 때문에 귀찮겠다. 근데 너 정도 되면 과외 같은 거 필요 없지 않아?"

"그냥 하라는 대로 하는 게 속 편해."

"그럼 나도 같이 들을까? 성적 떨어져서 엄마가 난리거든. 짜증나."

진세는 어릴 때부터 가깝게 지내온 녀석으로, 주변에선 사귀는 게 아니냐는 둥 말이 많았지만 그냥 마음 편한 친구였다. 공부파,

모범생, 반듯하고 똑 부러지는 성격.

이를 테면 담임과는 전혀 다른 이미지의 올바른 인간이라고 할 수 있었다.

"어? 담임이다."

진세의 말에 순간 멈칫했다. 고개를 확 돌려 봤지만 거긴 옆 반 선생님이 보였다. 진세가 자신의 반이 아니란 걸 그제야 깨달았다. 설마 자신이 담임이란 단어에 반응한 건가?

"문재걸, 너 뭐 해? 멍하니 서서. 안 가?"

"가."

왜 그랬을까. 뭔가 안 좋은 예감이 들었다. 설마 이런 식으로 길 들여져서 악의 구렁텅이에 빠지는 건 아니겠지?

"나 저녁에 너희 집 가도 돼? 아무리 봐도 모르는 게 있거든. 좀 가르쳐 줘라."

"글쎄. 안 될 것 같은데."

"왜? 오늘도 과외야?"

"아니, 그냥 왠지 누가 사고 칠 것 같거든."

"누가?"

"아니야. 헛소리야."

하지만 불행하게도, 그건 헛소리로 끝나지 않았다. 그날 저녁 공부하고 있는데 의문의 번호로 전화가 걸려왔다. 전화를 받은 재걸의 얼굴이 확 굳었다.

경찰의 말에 의하면, 담임이란 사람이 파출소에 잡혀 있단다.

❉　✠　❉

재걸은 파출소를 나서고 있었다. 그 뒤로 담임이란 사람이 따라 나오더니 하늘을 올려다보며 중얼중얼 댔다.

"하아, 황천길 한 대 빨고 싶다."

재걸은 혀를 차며 담임을 확 노려봤다.

"이제 아주 막 나가시네요."

"내가 뭐?"

"헛소리하시기 전에 저한테 뭐 잊은 말 없어요?"

"잊은 말, 뭐? 아, 고마웠다."

"끝?"

"뭐 또 있어?"

재걸이 혀를 찼다.

"참 뻔뻔하시군요. 선생이란 사람이 파출소에서 꺼내달라고 학생을 부른다는 게 말이 돼요? 아니, 됐습니다. 어차피 통하지도 않을 말."

"너 화 많이 났구나. 평상시의 너랑 달라. 뭔가 분노한, 아이돌의 얼굴 같아. 너 되게 잘생겼다. 이런 데서 보니까 특히 더 반질반질하니 진짜 부터 나게 생겼는데?"

어이가 없었다.

"아, 그래. 폐 좀 끼쳤다. 신분 증명해 줄 만한 사람을 부르라는데 유일한 친구는 전화를 안 받고 그렇다고 이런 일로 다른 사람을 부를 수도 없고, 어차피 넌 나에 대해서 다 아니까 너밖에 생각이 안 나잖아."

"제가 그렇게 만만해요? 이런 일에 방패막이로 쓸 인간 하나 잘

구했다 싶죠? 아니, 됐어요. 이런 유치한 신경전. 갈게요."

뻔뻔의 끝을 본 기분이었다. 이 사람은 구제불능이다. 열 받아서 그대로 돌아서려는 순간 갑자기 담임이 자기 머리를 마구 쥐어뜯기 시작했다.

"아냐, 사과하려고 했었어. 근데 말이 잘 안 나오는 걸 어떡해. 너무 창피해서 지금 죽고 싶을 정도야. 변명의 여지가 없어. 미안해, 딱 한 번만 봐줘라. 절대 너 만만하게 본 것도 아니고 방패막이로 쓸 생각도 없었어. 겨우 널 떠올렸을 땐 정말 절실했는데 연락하면 절대 안 된다고 생각했어. 하지만 교사 주제에 유치장에서 하루를 잘 수도 없고, 그래서 결국 염치 불구하고 부른 거야."

담임이 간청하고 있었지만, 이미 재걸의 심장은 겨울왕국으로 들어선 후였다.

"그게 바로 절 이용했단 소리예요. 유치장 신세 지기 싫어서 자기 제자를 부르다니, 그걸 이해하란 소리예요? 대체 왜 그러고 사세요?"

"내가 잘못한 건 알지만, 그래도 막상 그렇게 적나라하게 들으니까 울컥하는구나. 아, 우울해."

"차라리 가족을 부르시든가. 됐다가 국 끓여 먹게요?"

"그러게. 근데 내가…… 가족이 없거든."

무심히 말하고 지나쳤다. 재걸이 순간 멈칫했다. 가족이 없다는 건 몰랐다. 그게 사실이라면 자신이 실수를 한 것일 테다. 왜 이런 찝찝한 기분이 드는 건지 모르겠다. 아마도 담임이 너무 아무렇지 않게 말해 버렸기 때문이 아닐까.

"선생님."

낮게 부르자 담임이 멈춰 섰다.

"솔직히 전 이해가 안 돼요. 이 상황도, 선생님이란 사람도."

"그래, 그럴 테지. 나도 가끔은 내가 이해가 안 가니까."

"처음엔 좀 재미있단 생각도 했어요. 다른 선생님들과는 확실히 다르니까. 독특하다고 생각하면 이해 못 할 것도 없었어요. 하지만 선생님은 독특한 게 아니라 민폐예요. 성가시고, 귀찮고. 그러니까 이제 그만하시죠."

담임의 표정이 처음으로 솔직하게 느껴졌다. 미안해하는 것 같고 또 슬픈 것도 같았다. 하지만 자신과는 상관없는 일이다. 아니, 너무도 다른 가치관을 갖고 있는 사람이다. 더 이상 관여하고 싶지 않았다.

"지긋지긋해요. 정말 저한테 미안하시면, 이런 일로 다시는 연락하지 마세요."

재걸은 그대로 돌아섰다.

'지긋지긋하다'. 그 말을 담임에게 두 번 말했지만 이번은 진심이었다. 왠지 뒤통수가 당겼지만 재걸은 무시했다.

다음 날, 재걸은 무심한 표정으로 교실에 앉아 있었다.

"야, 담임 왜 조례하러 안 들어와?"

"가끔 까먹잖아. 담탱 특긴데 뭐."

"지각한 거 아냐?"

"미친 새끼, 담탱은 그런 사람 아냐! 차라리 결근을 하지!"

낄낄대는 소리들을 다른 귀로 흘려보냈다. 조례에 안 와준다면 자신이 더 고마웠다. 어제 그렇게 매정하게 말하고 와버렸기 때문에 자신도 담임을 보는 게 어색했다. 두 번 다시 관여하고 싶지 않은 건 사실이었다. 사람이 사람을 이해하려면 조금이라도 상대방에게 동의할 수 있어야 한다. 사고방식이든, 행동이든, 마음가짐이든. 하지만 그 어느 것도 담임에게 동화될 수 있는 게 없었다. 어디에서 또 사고를 치고 있건 이제 자신은 관계없다.

그런데 알고 봤더니 담임은 조례를 빠진 게 아니라 결근한 거였다. 세계사 수업 시간에 다른 선생님이 들어왔다.

"오늘 너희들 담임선생님 결근하셨으니까 이번 시간은 자습해."

"왜요? 우리 쌤 어디 아파요?"

"감기 걸리셨대. 그러니까 떠들지 말고 복습하고 있어."

애들이 수군댔지만 재걸은 아무 말 없이 문제집을 풀었다. 하지만 이상하게도 도통 집중이 되질 않았다. 감기라고? 나참, 그 말을 믿으라고? 어제 보니 다친 것 같던데 차마 그 꼴로 출근할 수 없었겠지. 이지은이란 사람은 99%의 거짓말과 1%의 뻥으로 이루어진 사람이다.

"무슨 상관이야."

하지만 재걸은 결국 그날 저녁 말도 안 되는 곳에 서 있었다. 담임의 다 쓰러져 가는 연립주택 앞에 와 있는 것이다.

한숨을 푹 흘렸다. 자신이 대체 왜 여기 서 있는 건지. 그냥 뭐, 사람이 아프다니까. 가족도 없는 것 같고. 그저 담임에 대한 최소한의 예의로 와본 것일 뿐이었다.

"근데 몇 호지?"

무작정 와서 호수를 몰랐다. 어쩔 수 없이 휴대폰을 꺼내는데 그때 뒤에서 부앙! 하는 시끄러운 엔진 소리와 함께 오토바이가 멈추는 소리가 들렸다.

설마 하는 생각으로 고개를 돌렸다가 재걸은 어이가 없었다. 그의 눈앞에 제법 값나가 보이는 오토바이 한 대가 서 있었다.

"문재걸?"

아니나 다를까, 헬맷을 벗자 예상했던 대로 담임의 얼굴이 드러났다. 온통 밴드를 덕지덕지 붙인 채로 담임이 눈을 크게 뜨고서 물었다.

"야, 너 왜 여기 있냐? 어젠 지긋지긋하다더니 왜 또 온 건데? 네가 먼저 온 거다?"

이 사람은 어떻게 이렇게 한 치의 고민도 없을 수 있을까. 설마 정말 감기란 생각은 안 했지만 그래도 적어도 집에서 근신하고 있을 줄 알았더니. 어쩌면 어제 자신이 한 말 때문에 상처가 돼서 마음에 타격이라도 입은 건 아닌지 그게 계속 걸렸었는데. 걱정해서 찾아온 자신이 한순간에 멍청이가 된 것 같았다.

"대체 이건 뭔데요?"

"보면 몰라? 오토바이잖아."

"그걸 몰라서 묻겠습니까?"

"어머, 그 떨떠름한 어조와 표정은 뭐야. 왜? 여자는 오토바이 타면 안 된단 법이라도 있니?"

"접근법이 상당히 어긋나 있는 건 아시죠? 여자가 아니라 '선생님'이 오토바이를 타고 다닌다는 게 미스매치라는 겁니다."

"시끄러워. 학교에만 안 타고 가면 되지 무슨 상관이야? 여기

민주주의 국가야. 개인의 권리를 침해할 이유는 어디에도 없다고."

이 사람은 그냥 포기하자.

이렇게 예상을 벗어나는 사람을 만나본 적이 없었다. 마지막 동정심도 이 사람에겐 결국 사치였다. 내가 미친 게지.

"갈게요."

"가긴 어딜 가? 나 걱정돼서 온 제잔데 양잿물이라도 먹여서 보내야지. 뭐 마실래? 빗물? 수돗물?"

"됐고요. 확인 차원에서 묻는 건데 사직서는 내셨어요?"

"그걸 내가 왜 내? 난 너만 걸렸는데 이렇듯 네가 찾아와 줬잖아."

"제가 걸리긴 걸리셨어요?"

"그렇게 매정하게 진실을 말하고 갔는데 어떻게 안 걸릴 수 있니? 마음에 스크래치가 가서 밤새도록 잠 한숨 못 잤다. 네 말을 들으니까 마치 내가 쓰레기 같았거든."

재걸은 흠칫했다.

"뭐, 뭘 또 그렇게까지."

"하지만 스스로 인정하고 이렇게 일부러 사죄하러 와줬으니까 내가 다 용서할게."

"⋯⋯어이가 없네요. 그러려고 온 거 전혀 아닌데요."

"딱딱하긴, 짜식. 아닌 척하긴. 아무튼 이 꼴로 학교를 갈 수도 없고, 딱 봐도 패싸움한 얼굴이잖아. 하루 쉬어야 할 것 같아서 겸사겸사 제낀 거야."

"하루 만에 상처가 낫긴 한대요?"

"그럼 이틀 쉬던가."

"자신이 고3 담임이란 자각은 있으시겠죠?"

"내가 빠지면 다른 학생들은 피해를 좀 보겠지만, 전교 1등인 너한텐 매우 큰 도움이 되겠지. 어때? 나 안 보여서 엄청 속 편했지? 너의 빛나는 성적을 유지하기 위해서 일부러 피해 준 내 마음이 안 느껴지니?"

"그렇게 제 성적이 걱정되시면 이 기회에 아예 때려치시죠. 어차피 선생님 노릇 체질에도 안 맞잖아요."

"안 맞는데 굳이 하고 있는 이유가 있을 거란 생각은 안 들지?"

담임이 으르렁거렸다.

"아무튼 나 안 죽었으니까 그만 돌아가 봐. 하필이면 고3 때 이런 선생을 만난 건 유감이지만 어쩌겠니, 니 팔자가 그런 걸. 잘 가라."

"대체 그 꼴로 어디 가시게요?"

"이 꼴로 머리 식히러 간다. 왜? 탈래?"

"안 탑니다!"

"그래, 그럼."

부릉부릉! 담임이 출발하려고 각을 잡았다. 그러거나 말거나 재걸은 그냥 그대로 돌아서서 안전하고 고요한 자신의 삶을 살아야 했다.

"헬맷이나 주세요!"

하지만 결국 소리쳤다. 담임을 그냥 두고 볼 수가 없었다. 내일 아침 신문에 서울 시내 한 고교의 여선생이 스피드를 즐기다가 가드레일을 들이받았다던가, 폭주족과 죽음의 레이스를 벌이다가 또 가드레일을 들이받았다던가, 그런 뉴스가 순간적으로 머릿속을 스쳐 간 것이다.

이 여자를 믿을 수 없다. 신경 쓰여서 이대로 돌아가 봐야 계속 딴생각만 들 것이다. 도대체 어쩌다가 자신이 이 이상한 여자의 삶에 이다지도 깊숙하게 관여하게 되었는지.

결국 재걸은 어느새 담임의 오토바이 뒤에 탄 채로 육차선 도로를 달리고 있었다.

"문재걸, 어때? 가슴이 뻥 뚫리지? 입시니 대학이니 스트레스 엄청 받을 거 아냐! 타길 잘했단 생각이 들지?"

시끄러워요.

잠시 후, 두 사람은 강변 둑에 앉아 있었다.

"지긋지긋해요. 정말 저한테 미안하시면, 이런 일로 다시는 연락하지 마세요."

그렇게 말하고 간 녀석이 왜 다시 찾아왔을까.

지은은 재걸의 옆얼굴을 보며 곰곰이 생각해 보고 있었다. 그나저나 이 시키…… 조각 같다, 조각 같다 했지만 진짜 비현실적으로도 생겼네. 똑같은 얼굴에 똑같이 다 눈, 코, 입 달렸는데 어떤 사람은 산적 같고 어떤 사람은 이 녀석처럼 빛이 나고. 참 불공평한 세상이다.

"뭘 그렇게 봐요? 설마 한참 어린 애한테 반했어요?"

당황했지만 당황하지 않은 척, 지은은 얼른 딴 데를 슥 봤다.

"좀 쳐다보지도 못 하냐?"

결근했다고 하니까 역시 신경 쓰였나? 자기 때문에 결근한 건 아닌가 싶어서 찔렸나? 하긴 자기가 생각해도 좀 건방졌다 싶었겠지. 의외로 심성이 참 고운 녀석일지도.

"오토바이 재미있었지?"

"자동차라는 훨씬 안전한 이동 수단이 있단 건 아시죠?"

"고리타분한 녀석. 개인의 취향 갖고 왈가왈부하기 있기, 없기! 누가 뭐라고 해도 제시카는 내 보물이야!"

"제시카? 설마 저 오토바이를 말하는 건 아니겠죠?"

"왜 아니야? 월급 모아서 산 재산목록 1호. 실은 유일한 재산이지만."

"확실히, 가난해 보이긴 해요."

"그러게. 요즘 삥을 못 뜯어서 좀 가난해."

녀석이 째려보고 있다.

"농담인데?"

"농담처럼 안 들려서 더 무서워요. 도대체 걔들하곤 왜 또 붙은 건데요."

"재걸아, 재걸아, 네가 그렇게 말하면 어떡하니. 넌 그 상황을 누구보다 잘 알잖아. 내가 어떤 음모와 함정에 빠졌는지. 난 일진들을 평화적으로 정리하고 싶을 뿐이었고, 일진들은 결코 내 뜻을 알아주지 않았고, 그래서 깔끔하게 정리해 줬을 뿐이고. 끝."

재걸이 어이없단 듯 헛웃음을 흘렸다.

"진심으로 말하는 건데, 아무렇지 않게 널 부른 건 아니었어. 너 부르고 나서 나도 정말 많이 후회했어. 그래서 네가 했던 말이 더 가슴을 콕콕 찌르더라. 난 정말 이것밖에 안 되는 인간이구나. 너한테 말할 수 없는 실망을 줬겠구나. 하지만 그래도 그땐 너밖에 없었어."

재걸이 멈칫했다. 녀석이 갑자기 엄청 당황한 것 같은 얼굴로 시선을 확 피해서 지은은 갸웃했다.

"근데 방금 나 새로운 작업 멘트 같은 거 날리지 않았니? 너 설마 오해한 건 아니지?"

"오, 오해할 생각도 없거든요."

없긴 뭐가 없어. 고개 돌리고 있는 녀석의 귓불이 빨갛게 물들어 있었다. 이 녀석 진짜 의외로 순진했었네. 지은이 풋 웃었다. 귀여운 녀석.

"근데 그건 누군데요?"

그때 재걸이 갑자기 턱짓을 스윽 하며 물어서 가리킨 데를 따라가 보니 오토바이 키에 꽂힌 키홀더의 사진이었다.

"누구겠어? 엄마지. 음, 돌아가셨어. 끝. 뭐라 더 할 말이 없네. 아, 뭐 마실래? 물론 니가 사와야 되지만."

"다른 가족은, 없어요?"

녀석이 나름 조심스럽게 물었다. 자식, 어제 그 말 듣고 신경 쓰였나 보네.

"아, 그 자식, 꼬치꼬치 묻긴. 원래 엄마뿐이었어. 전문용어로 천애고아. 됐냐? 근데 너 왜 이렇게 나한테 관심이 많아? 내가 몇 번을 말해! 물론 그 나이엔 연상의 여선생님을 좋아할 수 있지만 그건 지나가는 바람 같은 거라고!"

"혼자 참, 잘 노시네요."

지은이 하하 웃었다.

"내가 좀 오버했나?"

"하긴, 교복 차림의 선생님이 문득 생각나긴 해요."

뭐? 지은이 고개를 갸웃했다. 뭐지, 이건?

"그 임팩트가 워낙 커서 그런가. 마치 제 또래처럼 느껴지기도 하고. 그냥 별다를 거 없는 담임이었는데 요즘엔 갑자기 선생님이 문득 궁금하기도 해요. 뭘 하고 있을까. 또 무슨 사고를 치고 있을까. 선생님은 도대체 어떤 사람일까. 오늘도 또 이렇게 찾아와 버렸고. 무시하려고 했는데 그게 잘 안 되더라구요, 어이없게도."

물끄러미 녀석이 사람을 쳐다봤다.

애, 애가 갑자기 왜 이래? 뭘 잘못 먹었나? 왜 대화가 그딴 식으로 흘러가는 거야? 그것도 나름 심각한 얼굴로? 아무래도 내가 어제 너무 큰 충격을 준 게야.

"짜식, 그 말은 선생님의 관심을 받고 싶단 말 같은데? 어이구, 그래쩌요?"

일부러 오버하며 녀석의 뺨을 양손으로 잡고서 찍 늘렸다.

그런데 그 손을 도리어 반대로 탁 잡혔다. 우습게도 심장이 덜컹했다. 그냥 전혀 이럴 리 없는 상황에서 전혀 생각지도 못 한 반응이 나왔으니까.

"너 지금 뭐 해?"

"자꾸 사람 무시하니까 기분 상해서 이러고 싶잖아요, 괜히."

하긴 이 나이 또래의 녀석들은 어린애로 취급받는 걸 기본적으로 자존심 상해한다. 열아홉, 가장 감정이 가파르게 상승하고 변화도 빠른 시기, 자칫 잘못하면 전혀 다른 길로 삐끗해서 나아갈 수도 있어서 옆의 사람들은 늘 조심해야 하는 시기. 그런 녀석을 무시했으니 자신이 실수한 걸 수도 있겠다. 하지만 그 나이에 이런 식으로 사람을 쳐다보는 게 가능한가? 생각했던 것보다 더 성숙한 시선으로, 십대란 말이 무색하게 눈빛이 깊다. 덕분에 소름이 오소소 돋았다, 징그러워서.

"너 지금 선방 날린 거지? 나도 한 대 쳐도 되는 거지?"

"한 번 쳐보시죠. 절 이길 수 있다면요."

"그래, 좋아. 한 방 간다."

그가 피식 웃었다.

"분위기 돌리려고 애쓰지 마시죠. 그렇게 어른인 것처럼 선 그으려고 오버하지도 말구요. 어차피 선생님은 이미 저한테 또래보다 한참은 더 만만한 상태거든요."

이런 젠장.

"그래서 뭐 어쩔 건데? 니가 선생 되고 내가 니 학생이라도 될까?"

"한 번만 말할 테니까 진지하게 들으세요."

꼴깍. 절로 침이 넘어갔다. 그 정도로 녀석의 시선이고 어조에는 어떤 힘이 있었다.

뭐, 뭐지? 뭔데 이 녀석의 표정이 이렇게 단단한 거야. 아, 안돼. 설마 내친김에 고백하는 거? 나한테 홈빡 빠져 버렸다고 학교 때려치우고 같이 살자고 하면 어떡하지?

"이제부터 오토바이 타지 마세요. 학교 망신이에요."

뎅.

김칫국을 너무 마셔 버렸다. 녀석이 손을 확 놓고 자리에서 불쑥 일어났다. 그러고는 자연스럽게 제시카에 올라타서 시동을 걸었다.

"뭐 해요? 늦었는데 안 가고."

가만, 근데 왜 저 녀석이 내 키를 갖고 있는 거지? 지은의 눈이 뎅그래졌다.

"너, 너, 지금 뭐 하는 거야! 감히 니 녀석이 내 제시카를 건드려?"

"제 말 못 들었어요? 이건 압수예요."

와, 저 징그러운 자식! 저러려고 자기보다 반세기를 먼저 태어난 늙은이한테 장난을 쳤던 거냐? 사람을 벙찌게 만들어놓고 그 사이에 키를 낚아챈 거냐고!

물론 자랑스럽게도 자신은 털끝만큼도 흔들리지 않았지만.

"그래서 안 타겠단 거죠? 그럼 그러시든가."

"기다려, 이 자식아!"

결국 분기탱천해서 뒤에 확 올라탔다.

"너 운전은 할 줄 알아?"

"껌이죠. 아, 뭐 해요? 허리 안 잡고."

"잡잖아!"

"장난해요? 더 꽉 잡아야지. 설마 저 의식해요? 와, 기분 나쁘게 지금 날라리에 노처녀가 저처럼 팔팔한 청춘한테 흑심 부리는 거예요?"

"흑심 같은 소리 한다. 출발이나 해, 이 시키야!"

오토바이가 부드럽게 출발했다. 겁도 없이 키를 꽂더니 제법 몰아는 본 모양이다.

"너 이 시키, 왜 이렇게 능숙해? 학생이 하라는 공부는 안 하고 대체 언제 오토바이는 몰고 다닌 거야? 이거이거, 알고 보면 날라리 아냐? 우등생과 날라리가 몸 안에 같이 사는 자웅동체 아냐?"

"아, 시끄러워요. 그리고 자웅동체는 그 뜻 아니잖아요."

"뭐라고? 안 들려!"

"시끄럽다고요!"

"이 자식이 어디서 선생님한테!"

녀석의 목을 졸랐다가 위험천만한 일을 당할 뻔했다. 오토바이가 휘청하며 바퀴가 미끄러질 뻔한 것이다.

"아, 쫌!"

아슬아슬하게 곡예를 벗어나자 재걸이 버럭 소리쳤다.

"쏘리."

잘못하면 진짜 황천길 갈 뻔했다. 내가 미쳤지. 조심해야겠다. 그때 눈앞에 커브길이 나타났다. 그래도 저기서 그 짓을 안 하길 망정이지, 생각한 그 순간 지은의 눈이 천천히 커졌다. 안 그래도 커브로 접어드는 순간 재걸의 운전이 약간 불안해진다 싶었는데, 지은의 시야로 중앙선을 침범하고 달려오는 큰 차가 보였다.

도통 아무 생각이 들질 않았다.

위험.

경고.

에이, 설마. 그럴 리가 있어? 하는 의심.

그럼에도 왠지 모를 불안.

"무, 문재걸, 조심해! 꺄악, 조심하라고 했잖아, 이 시키야! 왼쪽! 왼쪽! 정신 차려! 야, 대체 뭐 하는데!"

뭐라고 하는지 자신도 알 수 없었다. 아무것도 들리지 않았는데도 지은은 그냥 미친 듯 소리치고 있었다. 극도의 공포. 심장의 술렁거림. 재걸이 뭐라고 소리쳤다. 하지만 그 소리도 들리지 않았다. 그리고 빠아아앙!

이게 대체 무슨 일일까. 급브레이크 밟는 소리, 비명 소리, 재걸의 다급한 표정, 바퀴가 확 쏠렸다. 오토바이 동체가 옆으로 휙 돌고, 몸이 부웅 뜨는 느낌.

"무, 문재걸!"

고막을 찢을 것 같은 자신의 비명 소리와 함께 뭔가에 온몸이 툭 부딪쳤다. 의식이 서서히 흐려져 갔다.

그렇게 재앙은 닥쳤다.

3화
너는 내가 되고, 나도 네가 될 수 있었던
수많은 기억들의 정체는, 대체 뭐지?

"지은아, 학교 가야지! 이지은!"

"으응, 5분만 더……."

"5분은 뭐가 5분이야. 아, 후딱 일어나!"

엉덩이를 철썩 맞는 바람에 지은은 벌떡 일어났다.

"어떻게 된 게 고등학생이 돼서도 변한 게 없어? 그래서 학교는 다니겠어? 으이그, 누굴 닮아서 저 모양인지. 아, 빨리 일어나서 밥 먹고 학교 가!"

엄마다.

엄마가 살아 있다.

하지만 어째서? 자신은 분명히 사고를 당했었는데. 오토바이 사고는 최소가 식물인간인데. 그렇다면 여긴 천국인가? 재걸이는 어떻게 됐지? 그 녀석은 대체 어떻게 됐을까. 내 탓인데. 자신이

전도유망한 특별한 청소년 하나를 죽게 만들었다.

"이게 왜 이렇게 멍해? 아, 아직도 잠 안 깼어?"

등짝을 팡 얻어맞는 바람에 정신이 번쩍 들었다.

아닌가? 그건 꿈이었나? 문재걸이란 애는 없었던 건가?

지은은 침이 흐른 턱을 닦아가며 주변을 둘러봤다. 침이 아니라 피가 흐른 것 같았는데 그게 다 꿈이었단 말인가? 도통 정신을 차리지 못한 채 벌떡 일어나 옷장을 열어보았다. 교복이 걸려 있다. 고등학교 교복이다. 그렇다면 자신은 지금 고등학생인가? 뭐지? 타임슬립이라도 한 걸까? 뺨을 꼬집어봐야 한다는 건 알고 있었지만 손이 가지 않았다.

"아, 안 씻어!"

밖에서 엄마의 고함 소리가 들렸다. 기차 화통처럼 쩌렁쩌렁 울리는 엄마의 목소리.

엄마도 한때는 순박한 여고생이었을 텐데 지금은 건물 청소를 하느라 손은 우악스러워지고 목소리는 걸걸해지고 몸은 군살이 덕지덕지 붙은 아줌마가 됐다.

서른이 넘어 늦게 얻은 딸.

원래부터 도박에 술에 절어 살던 아빠. 엄마는 아빠의 폭력과 빚에 시달리다 못 해 지은이 중학교 때 이혼을 했다. 술만 취하면 늘 엄마를 때리던 아빠는 엄마뿐만 아니라 지은도 괴롭혔다. 지은이 엇나간 건 순식간이었다.

"너 왜 학교 안 갔어?"

근데 왜 이렇게 시간이 확확 지나가는 거지? 아깐 분명히 내 방에서 잠을 깬 것 같은데, 지금은 다른 날이다. 거실에서 설거지를 하고 있다.

"감기 걸린 것 같아서. 에췌!"

실은 정학을 받았다. 엄마는 딸이 손쓸 수 없는 날라리란 사실을 전혀 모른다.

"엄마, 엄만 내가 뭐 됐으면 좋겠어?"

또 다른 날이다. 엄마랑 장을 보고 있다.

"공무원이면 좋지? 월급 따박따박 나오고 시집도 잘 가고."

"우엑, 지루해."

"뭐가 우엑이야? 엄마 친구 딸이 학교 선생인데 어찌나 부럽던지."

"우엑, 엄마 친구 딸."

"우리 지은이가 선생님이 되면 얼마나 좋을까. 그럼 죽어도 여한이 없겠네."

"아, 죽긴 왜 죽어?"

"그럼 안 죽어? 천년만년 살아?"

"천년만년 살아! 내가 선생 돼서 호강시켜 줄 테니까! 그깟 선생 해버리지 뭐!"

"어이쿠, 앓느니 죽지. 니깟 게 선생을 해?"

"아! 아깐 하라고 난리더니 이젠 하겠다니까 자라나는 새싹을 막 밟아대냐? 내가 진짜 선생 되면 어쩔 건데?"

"덩실덩실 춤추지? 이제껏 나 무시하고 깔보던 것들 찾아가서 내 딸이 선생이다! 소리쳐 주지?"

"누구야! 누가 엄말 무시하고 깔봤는데? 아, 놔. 내가 가서 손 좀 봐줄까?"

"꼬라지 보니 잘도 선생질 하겠다. 아서, 이년아. 어느 학생들 신세 망치려고."

"아, 되란 소리야? 말란 소리야?"

"되면 좋지? 최고로 행복하지?"

"어느 장단에 춤추란 건지."

엄마의 고목나무 껍데기 같은 손. 그 손이 지은의 얼굴을 쓰다듬어 주었다.

친구들 엄마보다 훨씬 늙은 우리 엄마, 훨씬 고생한 엄마, 너무너무 불쌍한 엄마, 늘 가난하던 엄마, 늘 돈에 치이던 엄마.

"지은아, 수업은 됐으니까 지금 XX 병원으로 가봐. 어머니께서……."

선생님의 떨리는 목소리.

지은은 미친 듯 달렸다. 달리고 달리고 또 달렸다. 눈물이 펑펑 쏟아졌다.

응급실 문이 활짝 열렸다. 이동 침대에 실려 나오는 어떤 사람. 시트 아래로 보이는 푸르둥둥한 발. 그 투박한 발. 평생 고생만 해서 못이 박힌 발. 그리고 손……. 고목나무 껍질 같은 그 손. 거칠고 마디가 툭툭 붉어진 너무도 불쌍하고 가엾은 그 손이 침대 아래로 툭 떨어졌다.

"흐어엉! 엄마아!"

엄마의 손을 부여 쥐었다. 눈물이 그 불쌍한 손을 적셨다.

"잘못했어. 내가 잘못했으니까 이러지 마, 엄마. 말 안 듣고 나쁜 짓만 하고, 착한 딸인 척해서 미안해. 이제 안 그럴게. 말 잘 들을게. 나쁜 짓도 안 할게. 그러니까 제발 눈 좀 떠. 나 혼자 두고 가지 마!"

늘 미안했다. 하지만 언젠가는 꼭 호강시켜 줄 거라 생각했는데 엄마는 기다려 주지 않았다.

자신이 나쁜 딸이라서, 엄마를 실망시키는 못된 딸이라서.

그래서 엄마가 죽었다.


"우리 지은이가 학교 선생님이 되면 얼마나 좋을까?"

"되면 좋지? 최고로 행복하지?"


"엄마, 나 선생님이 됐어. 엄마가 그렇게 노래를 부르던 선생님이 됐어."

천천히 시트를 들추었다. 순간 지은의 얼굴이 새파랗게 질렸다. 시트 안에 누워 있는 건, 재걸이었다.


"꺄악!"

벌떡 일어나 앉았다.

"헉헉."

미친 듯 숨이 터져 나왔다. 식은땀. 온몸에 한기가 돈다. 머리가 깨질 듯 아프고 팔이 욱신거렸다. 천천히 아래를 내려다봤다. 팔에 깁스가 되어 있다. 그리고 환자복, 링거, 병원 침대, 뭐? 병원? 지은은 고개를 번쩍 들었다.

'병원이라고? 그럼 나 안 죽은 거야?'

아무도 없다. 잠깐! 재걸인 어떻게 된 거지? 내가 살았으면 재걸이도 살았나?

'재……'

아, 그런데 목이 너무 아파서 목소리가 나오지 않는다. 아픈 목을 만져 봤다.

'저, 저기요! 밖에 누구 없어요? 간호사! 의사 선생님!'

그때 문이 벌컥 열리며 처음 보는 사람들이 우르르 안으로 몰려들어 왔다.

"아이고, 깼구나, 깼어!"

"괜찮니?"

"그나마 이 정도 다친 게 어디야. 관세음보살!"

뭐지? 누구지? 이 사람들은 누굴까. 내가 아는 사람들인가? 저할머닌 또 뭐고 다들 무슨 소릴 하고 있는 거야. 대체 왜 표정들이 저렇게 간절하고 걱정스러운 걸까. 불투명한 막에 갇힌 듯 지은은 아무것도 선명하게 알아차릴 수가 없었다.

'저기…… 아! 아!'

목을 쥐어짜고 가다듬어 봐도 너무 아파서 말이 잘 넘어오지 않았다. 겨우 힘들인 끝에 지은은 가까스로 소리를 밀어냈다.

"누, 누군지 모르겠지만……."

"조용히 해봐요! 얘가 무슨 말을 해요!"

누군가가 자신의 손을 덥석 잡았다. 근데 가만히 보니 눈에 익은 사람이다. 이 사람은 육성회장님? 이란 것은, 재걸이 어머님인데…… 근데 이분이 여긴 왜 있는 거지?

"재, 재걸인 어떻게…… 됐어요?"

목소리가 진짜 갔구나. 엄청 거칠고 굵직하게 나온다. 도저히 자신의 목소리 같지 않다.

그런데 이상했다.

적막.

뿐만 아니라 다들 사람을 엄청 절망스러운 눈으로 쳐다보고 있
다.

서, 설마 재걸이가 죽은 거?

"어떡해…… 머리를 다쳤나 봐."

"우리 재걸이 어떡해요, 여보!"

다들 펑펑 운다. 결국 지은의 얼굴이 하얗게 질렸다.

우르릉, 쾅쾅! 재걸이가, 정말 죽은 거야?

그런데 그 순간 뭔가 이상한 게 눈에 들어왔다. 자신의 손이 이
상하다. 왠지 되게 커진 것 같고 손가락이 길쭉길쭉, 관절도 단단
하고, 팔도 한참은 더 긴 것 같다.

쭉 뻗어봤다. 이상해, 역시 이상해.

환자복 바지를 확 걷어봤다. 헉! 그 순간 털이……! 얼른 바지를
확 내렸다. 뭐지? 내 다리에 언제부터 이렇게 털이 많았지? 부들
부들 떨리는 손으로 얼굴을 만져 봤다. 역시 뭔가 골격이 다르다.
좀 더 강하고 날렵하고 콧날은 우뚝 섰다.

"자, 잠깐 화장실에……."

후들후들 떨며 침대에서 내려섰다. 비틀거리자 육성회장님이
얼른 달려와서 부축했다.

"재걸아! 괜찮아? 괜찮니, 애야? 엄마 알아보겠어? 재걸아!"

침을 꼴깍 삼키며 육성회장님을 돌아봤다. 귀청이 찢어질 것 같
은 건 둘째 치고라도.

이 사람이 자꾸만 뭐라는 거야? 왜 자꾸 자신을 재걸이라고 부

르는 거지?

뭐? 누구라고 불렀다고?

순간 벼락이 번쩍 내리쳤다. 뭔가 엄청난 것에 습격당한 느낌. 커다란 손, 단단한 뼈마디, 우뚝 솟은 콧날, 긴 팔, 털!

지은은 그대로 육성회장을 확 밀치고 화장실로 들이닥쳤다. 그리고 거울을 본 순간,

"꺄아아악!"

미친 듯 소리치고 말았다. 거울 속에서, 문재걸의 얼굴이 '꺄아아악!' 하고 자신과 똑같이 비명을 지르고 있었다. 지은은 그대로 기절했다.


'도대체 어떻게 이런 일이 일어난 거지?'

지은은 다시 침대에 누워 퀭하니 천장을 올려다보고 있었다.

혹시 꿈을 꾸는 건 아닐까? 아니다, 뼈가 부러진 데가 되게 아프다. 그럼 자신이 미친 건? 그것도 아닌 것 같다. 생각은 선명하다. 그렇다면 재걸의 부모와 주변 사람들이 미친 건? 가능성 있다. 그래, 그들이 미친 것이다!

아니다. 그랬으면 좋겠지만 그것도 아닌 것 같다.

그렇다면 결론은 딱 하난데 그게 통 있을 수 없는 일이라서 어이없을 뿐이었다.

'내가, 문재걸이 된 거야? 하하! 이지은, 너 지금 무슨 공상과학소설 쓰니? 그게 말이 돼? 잠깐 헛것이 보인 거야. 그래, 아직 정신이 안 돌아와서 그래. 곧 정신을 차리면 모든 게 정상으로 돌아와 있을 거야.'

"흑흑, 엄마 지금 우는 거 아냐. 그냥 살아줘서 마음이 놓여서 그런 것뿐이야."

육성회장님이 되도 않은 소리를 하며 시트를 고쳐 덮어주고 있었다. 딱 봐도 우는데 뭐.

"얼마나 놀랐는지 알아, 이 녀석아? 하늘이 무너지는 줄 알았잖아. 경과는 좋다고 하니까 일단 아무 생각 하지 말고 푹 자렴."

머리가 아프다고 다른 사람들은 다 쫓아냈다. 이제 재걸이 어머니만 내보내면 된다.

"근데 도대체 언제부터 오토바이는 탄 거니? 아니, 아냐, 취소. 무사한 걸로 됐어. 너, 나중에 혼날 거야! 아니야, 엄마가 미쳤나 봐. 신경 쓰지 말고 푹 쉬어, 어서."

육성회장님이 냉정과 열정 사이에서 미친 듯 왔다 갔다 하고 있었다.

"그래도 이만하길 천만다행이지, 담임선생님처럼 혼수상태에 빠졌으면 어쩔 뻔했어. 선생님도 빨리 깨어나야 할 텐데."

"문재걸!"

지은이 버럭 소리치며 일어나 앉자 육성회장님이 화들짝 놀랐다. 지은은 고개를 휙 돌려 핏발 선 눈으로 그녀를 봤다.

"무, 문재걸이 살아 있어요?"

"재, 재걸아, 너 대체 왜 그래. 엄마 무서워. 왜 그러니, 대체!"

육성회장님이 동공이 벌어진 채 바들바들 떨다가 아들의 가슴으로 무너져 내렸다.

"그만 좀 해, 재걸아. 엄마 억장 무너지는 거 보고 싶어? 어쩌면 좋아아!"

"어머님!"

지은은 육성회장님의 어깨를 잡아 확 떼어냈다.

"제발 재걸 어머님! 지금 어머님 한탄 들을 때가 아니란 말입니다. 재걸이, 아니, 선생님이 살아 있단 거죠? 혼수상태지만 일단 살아는 있단 거죠?"

"너 정신이 돌아온 거니? 내가 누군지 알겠어?"

"알아요! 안다고요! 재걸이 어머…… 아니, 제 어머니! 그러니까 정신 좀 차리고 저 좀 데려다 주세요. 선생님 있는 데로요. 빨리요!"


자신의 몸이 누워 있는 병실은 조용하다 못 해 썰렁했다.

문재걸의 병실은 쫓아내야 할 정도로 북적거렸는데, 그녀의 병실엔 아무도 없었다. 여기서 그녀라 함은, 자신을 말하는 거겠지. 지은은 무릎에서 힘이 빠져 비틀거렸다가 겨우 벽을 짚고 섰다.

"말도 안 돼."

천천히 침대로 다가갔다. 생각만 하는 것과 직접 보는 건 천지 차이였다. 거기엔 정말로, 자신이 누워 있었다.

산소호흡기에, 머리엔 붕대를 칭칭 감고 있다. 이지은의 상태는 문재걸보다 심각했다. 피가 몰려 얼굴빛은 칙칙하고, 검붉고 노란 크고 작은 상처들, 그리고 다리가 부러진 것 같다.

"정말, 나잖아."

도저히 믿을 수가 없었다.

자신은 여기에 있는데 저기에도 있다. 분명히 이지은은 여기서 생각하고 말하고 움직이고 있는데, 이지은의 몸은 저기에 저렇게 누워 있다.

지은은 털썩 의자에 주저앉았다.

"이, 일어나 봐. 일어나서 설명 좀 해줘 봐."

문재걸의 손으로 자신의 송장처럼 뻣뻣한 몸을 흔들었다. 얼굴도 만졌다. 하지만 닿는 순간 너무도 섬뜩한 기분에 손을 확 떼고 말았다. 내 얼굴을 내가 보고 있고, 내 얼굴을 내가 만지고 있다. 근데 그 몸은 내 몸이 아니다.

"이, 이지은, 눈 떠! 지금 니가 이러고 있을 때야? 재걸인 어디 갔어? 대체 그 앤 어떻게 된 거냐고!"

자신의 영혼이 이렇게 재걸의 몸 안에 있는 거라면, 재걸의 영혼은 자신의 몸속으로 들어갔어야 맞다. 그런데 그걸 확인해 줘야 할 이지은의 몸은 이렇듯 혼수상태였다.

"멍청한 년, 너 때문이야. 니가 재수 없어서 이런 일이 일어난 거잖아. 너 때문에 재걸이까지 끌어들여서 일이 이렇게 꼬여 버린 거잖아. 근데 뭐가 잘났다고 먼저 깨어나? 이 멍청한 자식아, 기왕 깰 거면 내 몸 갖고 네가 먼저 깨어났어야지!"

그 어느 것도 믿기지 않고 믿을 수도 없었지만, 지금은 받아들일 수밖에 없었다. 그래, 자신은 지금 재걸의 몸속에 있다. 알겠다. 다 인정할 테니, 그러니까…….

"재걸이도 여기로 보내줘. 설마 그 녀석의 영혼이 죽어버렸다거나 그런 건 아니지? 그치? 그래서 네가 그러고 있는 거 아니지? 눈 뜨고 대답 좀 해봐, 이 멍청아!"

몇 날 며칠을 지은은 재걸의 침대 곁을 지켰다. 그 녀석의 옆에서 그 녀석의 손을, 아니, 자신의 손을 꼭 잡고서 진심으로 간청했다.

"제발, 제발 살아나, 재걸아."

그리고 좀 비겁하지만.

"내 몸도……."

✠ ✠ ✠

"문재걸, 너 당장 네 방으로 안 가? 엄마 뒤집어지는 거 보려고 그래? 네가 그러고 있다고 선생님이 깨어나?"

오늘도 육성회장님이 귀찮게 난리였다. 자신의 귀한 아들이 성치 않은 몸으로 쓸데없는 짓을 하고 있으니 이해는 간다만.

'당신 아들이 걱정되면 제발 날 그냥 좀 놔두라고요!'

지은은 정말이지 성가셔서 미칠 것 같았다. 하지만 육성회장님뿐이 아니었다. 그 녀석의 아버지에 이모에 고모에 삼촌에 어쩌고저쩌고 사돈의 팔촌까지 다들 지은의 병실로 몰려와서 북적거리고 있었다. 도대체 다들 왜 여기 와서 이러고들 있는 건지.

"너 계속 그러면 강제로 끌고 갈 수밖에 없어!"

"그만 엄마 말 들어라, 재걸아."

한 식품 회사의 고명한 사장님이신 재걸의 아버지까지 엄하게 나오셨다.

'미치겠네, 진짜!'

결국 강제로 끌려가게 생겼다. 이대로 소환되면 조만간 못 돌아올 텐데. 미치고 팔짝 뛰겠는 심정으로 육성회장님에게 끌려가려는 순간, 그때 재걸이, 아니아니, 자신의 몸이 움찔 움직이는 게 보였다. 지은은 그대로 육성회장님의 손을 확 밀쳐 내곤 침대로 달려갔다. 제발, 잘못 본 게 아니지? 간절하게 바라보는 그 순간,

손가락이 또 살짝 움직였다.

두근.

이어서 얼굴 근육이 미세하게 떨리고.

두근두근!

드디어, 천천히 눈을 떴다.

"재걸! 아니, 나…… 아니, 선생님!"

굵은 재걸의 목소리로 지은은 그렇게 자기 자신을 부르며 덥석 달려들었다. 미친 듯이 안도와 기쁨의 눈물이 흘러나왔다. 벅찬 마음으로 재걸을, 아니, 자신을, 아니, 재걸을 확 끌어안고 내려다 보자 그 녀석의 눈동자가 멍하니 뿌연 느낌으로 주변을 둘러보는 것 같더니, 눈앞의 사람을 쳐다봤다.

'너 재걸이지? 재걸이 맞지?'

간절하게 눈으로만 물었다. 하지만 굳이 대답을 듣지 않아도 빙 고! 인 듯.

휘둥글. 녀석의, 아니, 이지은의 눈이 터질 듯 커다래지더니 곧 파도라도 치듯 요동쳤다.

읍!

산소호흡기 안에서 녀석이 뭐라고 경악의 소리를 터뜨리며 사 지를 저어댔다.

그것은 분명 공포. 귀신이라도 본 듯. 그래, 그래, 이해한다. 당 연히 그렇겠지. 눈 떴더니 자기 얼굴이 바짝 다가와 자길 쳐다보 고 있는데 누가 안 그렇겠는가.

아무튼 그 정도 반응이면 뇌도 정상이란 소리였다. 지은이, 아 니, 재걸이 눈물을 글썽거렸다.

'재걸아, 살아줬구나. 다행이야. 정말 고마워.'

그 와중에도 재걸은 덜덜 떨면서 손가락으로 마구 자기 자신의 얼굴을 가리키고 있었다. 그래서 지은은 그 손을 확 잡아 눌렀다.

"선생님, 뭐요? 아직 몸이 불편하시다구요?"

그랬더니 몸을 비틀어대서 이번엔 온몸을 던져 깔아뭉갰다.

"왜요? 경련이 일어나세요? 뭐요? 사람이 너무 많다고요? 알았어요. 다들 나가주세요. 재걸, 아니, 선생님이 안정을 취하셔야 하니까 얼른요!"

어찌나 소리를 질러댔던지 다들 쫓겨나듯 병실을 나갔다. 마지막 사람이 나가고 문이 탁 닫혔다.

지은은 그제야 덮쳐누르고 있던 자기 몸을, 아니, 지금은 재걸의 것이 된 몸을 천천히 놓아주었다. 순간 재걸이 산소호흡기를 확 떼더니 버럭 소리쳤다.

"너, 너 뭐야? 누구야! 왜 내 얼굴을 하고 있……! 근데 내 목소리가 왜 이래? 손은 또 이게 뭐고. 대, 대체 뭐야!"

재걸이 미친 듯이 소리쳤다. 그건 정말이지, 경악의 세레나데였다.

한바탕 폭풍이 휘몰아치고 병실은 고요해져 있었다.

재걸은, 지은의 몸을 한 채 침대에 털썩 누워 미동도 없었다. 지은은 그런 그의 침대 곁에 조용히 앉았다.

"그래, 경악스럽겠지. 믿기지도 않고. 웬만한 태클엔 꿈쩍도 않는 나도 그 모양이었는데 넌 오죽하겠니. 나도 너랑 다르지 않았어. 한바탕 경기를 치러냈지. 눈 뜨자마자 내가 너인 거야. 얼마나 무섭고 황당했겠니? 넌 지금 나라도 있지 난 진짜, 장난 아니게 공포였다구."

"말도 안 돼."

"그것도 내가 한 말이고."

"이런 일이 어떻게 가능해요?"

"그것도."

정적.

정말이지, 무겁고 음습한 침묵이 병실 안을 휘감고 돌았다.

"어떻게, 상황을 정리할 시간을 좀 줄까? 혼자 있고 싶어?"

"젠장! 내 얼굴로 자꾸 말하지 말라고요!"

"이 자식 페이스가 바뀌니까 성질도 장난 아니게 됐네. 바로 지르네, 이거. 아, 너도 내 목소리로 말하지 마! 난 뭐 듣기 좋은 줄 알아?"

"그러니까 말하지 말라고요!"

"너도 말하지 말라고!"

결국 서로 씩씩대며 노려봤다.

"일단, 안 보이는 데로 좀 가 있어요."

"알았다고. 그러니까 나가 있겠다니까 난리 치더니."

"아니고! 침대 발치나 제 얼굴이 안 보이는 데 있으라고요! 여기서 나가 버리면 어쩌란 거예요? 자기 몸이나 나한테 던져 주고 가면 다예요?"

"야! 나도 너한테 내 몸 맡겨두고 싶지 않아, 이거 왜 이래?"

또 으르렁대며 노려봤다. 그러다 둘 다 얼마 못 가 얼굴이 허옇게 표백이 돼선 일시에 고개를 홱, 홱, 돌려 버렸다. 정말이지 거울이 아닌 실사로 자신의 모습을 건너다보는 건 고역이었다. 그것도 내용물은 딴 게 담긴 걸 말이다.

"도대체 어떻게 이런 일이 가능해요. 비참해요. 이건 저주예요."

"마찬가지야. 나도 정말 믿기지가 않아."

"아, 어디 가요?"

"안 보이는 데로 가 있으라며!"

둘 다 텐션이 이루 말할 수 없이 오른 상태였다.

지은은 침대 아래쪽에다 의자를 쿵 소리 나게 옮겨놓고서 털썩 앉았다.

"젠장, 왜 하필 선생님이에요?"

"하. 어이없어. 하필? 바뀐 건 바뀐 거고 하필 나냐는 소리로 들린다, 그거? 내가 아니라 다른 사람이었으면 괜찮았을 거란 소리야? 내가 이러라고 시켰니? 시켰어?"

"처음부터 찜찜하더라니. 역시 선생님이랑 엮이는 게 아니었어요."

"이 자식이. 내가 이렇게 만든 거냐고!"

"내 목소리로 소리 좀 치지 말아요!"

"너도 내 목소리로 나 탓하지 마!"

"아, 짜증 나. 저주도 이런 저주가 없어. 젠장, 여자 목소리는 왜 이렇게 새 된 거야? 입 열기도 싫게 만드네."

"지 목소리는 되게 좋은 줄 알지? 나도 처음에 입 열고 무슨 소 도둑놈 목소린 줄 알았거든?"

"지금 반성 안 하고 계속 틱틱댈 거예요? 이게 다 선생님 탓인데?"

"뭐? 반성? 내 탓?"

어이가 없어서 벌떡 일어났다가, 다시 앉았다. 자기 얼굴이랑 마주치자 도저히 서 있을 수가 없었던 것이다.

"너 지금 뭐라 그랬어? 이게 전부 다 내 탓이란 거야?"

"아니면요. 애초에 오토바이를 몰지 않았으면 이런 일도 없었을 거 아니에요."

"니가 운전했잖아!"

"운전 못 하게 하려다가 그렇게 된 거잖아요!"

"그러니까 누가 멋대로 키 빼앗아 가래?"

"그러니까 그게 누구 키냐구요!"

감정의 골이 점점 더 깊어졌다.

안 되겠다. 이러다간 죽도 밥도 안 되겠다. 일단 한 수 접어줘야지.

"그래, 내 탓 맞는 것 같네. 알았어, 좋아. 내 탓이라고 치자. 아니, 내 탓이다! 내가 나쁜 년이고 재수 없는 여자고 천하에 가까이해서는 안 되는 악마다. 더 공격해. 무슨 소리든 들어줄 테니까."

"……누가 그렇게까지 비관하라고 했어요? 그냥 원인 결과 정도는 해석해 보잔 소리였지."

"웃기지 마! 넌 지금 나한테 부글부글 끓고 있잖아. 내가 꼴도 보기도 싫잖아. 치가 떨릴 정도로 밉잖아."

"그 정도는 아니에요. 아, 뭐, 됐어요. 그만할래요. 잘잘못 따진다고 뭐가 바뀔 것도 아니고."

지은은 씩씩거리며 가슴을 오르락내리락 흥분했다가 겨우 가라앉혔다.

"실은 죄책감 때문에 며칠 동안 괴로워 죽는 줄 알았단 말이야. 나 때문에 널 죽인 건 아닌가, 네가 깨어나지 않는 건 아닌가. 나 때문에 네가 돌아오지 않는 건 아닌가. 널 부모님한테서 빼앗는 건 아닌가. 정말 찔려서, 너무 찔려서 진짜 무서웠어. 근데 네가 정말 나 때문이라고 하니까 더 무서워졌어. 그래서 흥분했나 봐. 미안하다."

재걸이 물끄러미 지은을 바라봤다.

"알았어요. 됐다고요. 저도 죄송해요. 저도 똑같이 흥분했어요. 하지만 선생님 탓하려던 건 아니었어요. 누구든 눈앞에 보이는 사람한테 화내고 싶었을 뿐이에요."

그래, 문재걸은 아직 열아홉이다. 자신보다 더 혼란스럽고 두려울 상황인 것이다. 제발 이성을 유지하자, 이지은.

"그래, 지금은 서로 진정하자. 안 그래도 골치 아파 죽겠는데 너랑 싸우기까지 하면 정말 더 돌아버릴 것 같으니까. 그나마 다행인 건 일단은 안 죽었잖아, 아무도."

"죽는 게 낫습니다."

근데 이 자식이! 사람이 접고 들어가 줬는데 등에 칼을 꽂아?

"진심이냐?"

"아닐 것 같아요?"

화해하자는 것 같더니, 목소리가 살얼음보다 차다. 진심인가 보네.

"지긋지긋하지?"

"말이라고 하세요?"

미안…….

재걸이 천천히 일어나 앉았다. 침대에 등을 기대고서 긴 한숨을 흘렸다.

"역시 선생님이랑 전 악연이었어요. 하지만 여기서 포기할 순 없지 않겠어요?"

지은이 그를 바라봤다. 자기 얼굴을 하고 있는 재걸을 잠시 보다가 그녀가 말을 이었다.

"포기 안 하면 뭘 어떡할 건데."

"모르겠어요. 하지만 일단 왜 이런 현상이 일어났는지 그것부터 분석해 봐야겠죠."

지은이 피식 웃었다.

"역시나 분석. 하지만 아무리 네가 머리가 좋아도 그건 불가능하지 않겠니?"

"그럼 어쩌자고요. 이대로 살아요?"

"그걸 말이라고 해?"

"그러니까 방법을 찾아야 할 거 아니에요."

"방법이라, 방법. 그럼 우리, 오토바이 다시 한 번 탈까?"

재걸이 고개를 설레설레 저었다.

"일단 사고가 났던 현장으로 가면 어떨까요? 뭔가가 있지 않겠어요? 거기서부터 실마리를 찾아보는 게 가장 실리적일 것 같은데."

"그러다 내키면 한 번 더 사고 내보고."

"그런 일차원적인 사고 좀 하지 말아요! 무엇보다 여자면서 그런 무서운 소리가 술술 나와요?"

"짜식이. 왜? 무섭냐? 사내자식이 돼선. 쯧쯧."

"이성적으로 좀 생각해 봐요. 똑같이 사고 낸다고 다시 뒤바뀔 수 있다고 누가 보장해요? 그러다 둘 다 죽을 수 있단 생각은 안 들죠?"

그러고 보니 녀석의 말이 맞다. 일단은 저 녀석이 더 똑똑하니까 여기선 저 녀석의 의견을 들어볼까?

"좋아. 그래, 네가 정리해 봐."

"어차피 이 상황 자체가 불가능한 일이 일어난 거니까, 돌리는 것도 누구의 힘으로 할 수 있다곤 볼 수 없겠죠. 그럼 자연스럽게 원래 상태로 돌아오길 기다려야 할까요?"

"어이없어. 아, 이 쪼잔한 자식. 그 좋은 머리 갖고 이성적으로 신중하게 분석한 결과가 겨우 그거냐? 그딴 소리는 나도 하겠다! 널 믿으려던 내가 바보지!"

"그럼 선생님이 말해보든가요."

"뇌 교환 수술을 받는 건 어때? 근데 그러려면 수술비가 필요하니까 반드시 네 부모님한테 먼저 말하고."

재걸이 혀를 찼다.

"내 수술비도 대줄 거지?"

고개를 설레설레 젓고 있다.

"아니면 뭐, 서로의 몸을 되찾기 위한 꿈과 희망의 여정 길에라도 오를래?"

"장난하세요? 선생님은 이게 웃긴 일 같아요?"

"누가 웃긴대? 하도 앞이 깜깜하니까 뭐든 말해본 거지."

"이렇게 선생님을 보고 있으니까, 그냥 다 포기하고 이대로 사는 게 운명일지도 모르겠단 불안한 생각이 막 드네요."

"이 시키가! 내 얼굴 갖고 나 한심해하지 말라니까!"

"제 얼굴 갖고 그딴 멍청한 소리부터 하지 마세요."

"아오! 저 건방진 자식! 아, 몰라! 너희 집 부자니까 현대의학을 총동원해서라도, 못 하면 흑마술이라도 알아내서 고쳐 달라고 부탁해 봐."

"네, 한 번 말해보세요, 다들 우릴 어떻게 볼지."

"정신병원 끌려가겠지?"

두 사람은 다시금 한숨을 내쉬었다.

"후우."

"하아."

그러다 재걸을 흘끗 봤다. 자기 얼굴이 한없이 불안한 표정으로 괴롭게 앉아 있었다.

그래, 또 잊었다. 자신은 이 녀석을 안정시켜야 할 사람이다.

"바뀌었으면 당연히 제자리로 돌아오는 방법도 있겠지."

아마도.

"지금 이렇게 급하게 속단하려 들지 말고 조금만 여유를 갖고 기다려 보자. 근데 왜 사람을 그렇게 봐?"

"처음으로 선생님이 어른 같은 말을 한 것 같아서요."

"어때? 좀 의지가 돼?"

"제 몸에 들어갔더니 바로 정신연령이 올라가네요. 미치겠네. 그럼 난 얼마나 망가진다는 거야?"

참자.

"그래. 아무튼 네 똑똑한 뇌를 현재 내가 갖고 있는 건 사실이니까, 네 뇌와 내 기지를 이용해서 내가! 꼭 널 제자리로 돌려놓을

게. 그러니까 재걸아."

재걸이 갸웃했다.

"나도 니 거 안 볼 테니까 너도 내 몸 절대 네버! 무슨 뜻인지 알지? 눈 꼭 감고, 십대의 왕성한 호기심 뚝! 알지?"

✠　✚　✠

재걸은 난감한 표정으로 병원 한쪽의 실내 정원에 서 있었다. 키 큰 소나무와 단풍나무, 연못과 잔디, 장식석이 멋들어지게 조형되어 있는 곳이었다.

그곳에 교감선생님이 서 있었다.

"그나마 불행 중 다행이네요, 이 선생. 다른 선생님들도 걱정이 많아요."

병실에 있는데 교감선생님이 들어와서 깜짝 놀랐다. 그런데 자신을 이 선생이라 불러서 더 놀랐다. 재빨리 정신을 차렸지만 이 상황이 언제쯤 익숙해질지 모르겠다. 도대체 어쩌다가 자신이, 그 어이없고 절대 본받고 싶지 않은 인생의 으뜸인 이지은의 삶을 살게 된 건지.

"그런데 내가 이 선생한테 물어봐야 할 게 있어요. 지금 이 일로 학부모들 사이에서도 말이 많아요. 그렇잖소. 교사가 학생과 방과 후에 오토바이 사고라니, 대체 이걸 어떻게 받아들여야 합니까?"

머리카락이 쭈뼛 섰다. 당장 몸이 바뀐 것 때문에 정신이 없어서 다른 뒷일은 신경도 못 쓰고 있었다. 그런데 생각해 보니 충분히 그렇게 해석될 수 있는 일이었다.

"아직 입원 중이라 문재걸 학생 부모 쪽도 표면화하고 있지는 않지만 조만간 공론화가 되겠죠. 그전에 이 선생 말을 들어보려고 온 겁니다."

재걸은 어이가 없었다. 분노가 들끓었다. 대체 무슨 이상한 상상을 하고 있는 겁니까? 하지만 교감선생님의 표정은 사나웠다. 담임은 이런 상황을 알고나 있을지. 아니, 자기 본분 따위 잊어버리고서 또 어디서 천하태평하게 사과나 으적대고 있을 것이다.

"설마 이 선생이랑 재걸 학생 관계가, 그런 건 아니겠죠? 말해 봐요, 이 선생. 정말 그런 겁니까?"

재걸은 차분해지려고 노력했다. 소문이란 건 본래 실체가 없는 법, 가십은 더더욱 그렇다.

'지금은 어떻게든 이 상황부터 넘겨야 해.'

만약 상황이 안 좋아지면 더 곤란한 건 학생인 자신보다 교사인 담임일 것이다.

"절대 그런 거 아닙니다, 교감선생님."

나참, 내가 왜 그 나사 풀린 담임 편을 들어주고 있는 건지는 모르겠지만.

그냥 담임이 곤란해지는 게 자신이 곤란해지는 것만큼 싫었던 것 같다.

"재걸이가 오토바이 타는 걸 알고 위험해서 말리려다가 일이 이렇게 된 겁니다. 학생이 위험천만하게 오토바이를 타는 걸 선생으로서 그냥 두고 볼 순 없잖아요."

그 나사 풀린 담임이 뭐랬더라? 니 거 안 볼 테니까 어쩌고, 호기심이 어쩌고, 대체 무슨 생각을 하고 사는 사람인지. 자신이 허리하학적인 철부지 십대라도 되는 듯 막 취급을 했다. 어쨌거나 담임의 그 주책 맞은 말 때문에 더더욱 이 상황이 끔찍해진 건 사실이었다. 그런데도 자신은 담임이란 사람이 홀로 핀치에 몰려도 좋다고 생각될 정도로 그렇게 싫진 않다. 그냥 그랬다.

"제 불찰은 인정합니다. 하지만 똑같은 상황이 다른 학생에게 있었어도 전 이렇게 했을 겁니다. 물론 이 일에 대한 설명은 재걸 학생의 부모님이나 필요하다면 다른 학부모님들한테도 충분히 하겠습니다."

"하지만 재걸 학생이 오토바이 같은 걸 탈 리가."

역시 교감은 통 납득하지 못하는 표정이었다. 불행하게도 교감은 담임보다 자신을 믿고 있는 것 같았다. 이렇게 되면 설득하기가 힘들겠는데……

"아, 젠장! 무서워서 화장실도 못 가고 미치겠네!"

그때 타이밍 좋게도 누군가가 불량스럽게 소리치며 나타나 옆에 있는 쓰레기통을 뻥 찼다.

못 말리겠다. 바로 자신의 얼굴을 한 담임이 아니고 누구겠는가.

정적.

현장을 목격한 교감의 눈알이 그야말로 튀어나올 것 같았다.

납득, 하시겠네.

"내가 지금, 뭘 본 건가요? 보고도 안 믿기는데 저 학생이 문재걸이 맞습니까?"

재걸은 한숨을 폭 내쉬었다.

"저, 저 녀석이 지금까지 저렇게 모든 사람들을 속이고 있었답니다. 물론 담임인 전 알고 있었지만요."

왜 자신이 자신을 깎아내려야 하는 건지. 고매한 우등생 문재걸이 순식간에 생 양아치 날라리가 되어야 하는 건지, 담임 당신 이 상황을 알고나 있어? 돌아버리겠다.

젠장, 제기랄, 하던 담임이 그때 이쪽으로 고개를 돌렸다. 그러다가 교감선생님을 발견하고 확 굳었다.

아뿔싸!

'자, 잠깐. 오지 말죠? 대충 수습돼 가고 있는데 댁이 오면…….'

하지만 자신의 기우대로 담임은 곧장 이쪽으로 왔다. 어쩜 저렇게 청개구리 같은지. 안 좋은 예감으로 재걸의 얼굴에서 핏기가 싸악 가셨다. 그나저나 지금 상황이 어떻게 돌아가는지 자각은 하고 있겠지?

"교, 교감선생님, 어떻게 여기까지. 저 때문에 일부러 찾아와 주셨어요? 죄송합니다. 수업이랑 우리 반 애들도 그렇고, 엉망이죠? 담임은 나 선생이 대신 맡아주고 있단 말은 들었는데……."

하지만 역시나. 담임은 반 패닉 상태로 전혀 사태를 파악하지 못하고 헛소리를 했다.

"흠흠! 어흠!"

재걸이 미친 듯 헛기침을 해댔다. 담임이 그런 재걸을 흘끗 쳐다봤다. 다행히 사인의 의미를 읽은 듯, 바로 담임의 얼굴이 샛노래지더니 버석 굳었다. 후우, 일단 정신은 챙긴 모양이다.

"재걸 군, 나 선생이 아니라 나 선생님이라고 해야지! 이거 참, 놀랄 노 잘세. 어떻게 이런 일이! 이 선생 말대로 재걸 군, 보기와 참 다르군!"

에잉! 교감선생님의 심기가 매우 불편해 보였다.

"평소에 오토바이 몰고 다녔단 게 사실인가? 아무리 재걸 군이라도 교직에 어긋난 행동을 하다니 보통 실망이 아니야. 그것도 선도부장이! 이 선생님이 그렇게 말렸는데도 말 안 듣고 오토바이 타다가 사고 난 게 사실이냐고!"

담임이 벙찐 얼굴로 흘끗 재걸을 봤다.

'저게 대체 뭔 소리야?'

'아, 일단 그렇다고 해요!'

텔레파시를 대충 이해한 듯.

"네…… 제가 좀 달립니다. 선생님은 하나도 잘못한 게 없으세요. 다 절 말리다가 이렇게 되셨어요. 진심으로 저와 학생들을 걱정해 주시는 이 시대의 보기 드문 교육자이신데 제가 말 안 듣고 까불다가, 진작 선생님 말 들을 걸 정말 후회하고 있습니다."

그렇게 몇 단계 더 오버할 건 없지 않습니까?

'재걸아, 나 잘했지?'

'시끄러워요.'


"아주 제때 나타나 주셨네요."

병원 매점에서 빵을 뜯으며 재걸이 지은을 노려봤다. 교감선생님은 다행히 모든 걸 문재걸의 탓으로 알고서 돌아가신 후였다.

"뭘. 나야말로 둘러대 줘서 고맙지."

"칭찬한 거 아니거든요."

"어쨌거나 바로 그 타이밍에 내가 나타나 줘서 잘된 거잖아. 아니었으면 문재걸이 오토바이 타고 다니는 폭주족이었단 사실을 교감선생님이 믿으셨겠어?"

"네네, 도통 안 믿으셔서 아주 난감하던 차에 아주 제대로 양아치처럼 등장해 주셨죠."

"내가 그랬니? 하하……."

빵 맛이 뚝 떨어졌다.

"그러고 보니까 너랑 나랑 같이 사고 나면 안 되는 거였구나. 딴데 정신 팔려 있어서 뒤처리는 생각도 못 하고 있었어. 아주 귀찮은 일이 생길 뻔했지 뭐야. 와, 설마 무슨 이상한 소문이라도 나 있는 거 아냐?"

"났으면 뭐, 그런 거에 휘둘리기라도 해요?"

"나야 신경 안 쓰지. 너는 좀 뒷골이 당기겠지만. 어쨌든 네가다 잘 정리해 줬으니."

"땅에 떨어진 제 명예는 어떻게 할 건데요?"

"그래, 그게 좀 문제다. 하지만 너만 결백하면 상관없을 거야. 걱정 마. 넌 잘 이겨낼 수 있어."

"그걸 지금 위로라고 하는 거예요?"

"그럼 어떡해. 내가 너였어도 네가 뒤집어쓰는 것밖엔 방법이 없는데. 그럼 뭐라고 해? 우리가 사제 관계를 뛰어넘은 미친 사랑이라도 하고 있었다고 해? 그래서 둘이 달리고 있었다고, 우리 밖에서 만나는 사이라고, 응?"

"또는 오토바이가 누구 건지, 애초에 누가 끌고 나갔는지, 본인이 얼마나 뻔뻔한 이중 생활을 하고 있었는지 실토할 수도 있었겠죠."

"그러고 보니 그렇네. 왜 안 그랬어? 이참에 확 찔러 버리지?"

재걸이 멈칫했다.

저렇게 질문이 직구로 들어올 줄은 몰랐기에.

사람이 참, 어찌 저리 뻔뻔할 수 있을까. 그걸 보통 되묻나? 대충 짐작해 주고 넘어가는 여성스럽고 사랑스러운 센스 같은 건 통 없는 사람인가?

"생각해 보니 이상하네. 아무리 네가 내 몸 안에 들어가 있다고 해도 징계를 받아봐야 네 인생도 아니고 결국 내 인생이잖아. 애초에 너, 나한테 엄청 열 받아 있지 않았어? 근데 왜 네 얼굴에 먹칠하면서까지 내 편을 들어준 거야?"

그러니까 그렇게 정색하고 분석하지 말라고요.

뭘 물어요? 댁 편 들어주고 싶으니까 그랬지. 어쨌든 일단은 이런 운명에 함께 엮인 사이잖아요.

"뭘 물어요? 징계받기 싫으니까 그랬지. 어쨌든 일단은 지금은 제 몸이니까 제가 징계받을 거 아니에요."

"정말 그래서 그랬다고?"

"그, 그럼 뭐겠어요? 설마 제가 선생님 걱정이라도 해서 그랬겠어요?"

"그렇다기보다, 이유가 어쨌든 좀 감동 먹어서 그렇지. 아무튼 너 이대로 자라면 꽤 괜찮은 어른이 될 것 같다, 뭐 그런 생각이 좀 들었어. 그래, 맞아. 넌 참 괜찮은 녀석이야."

담임이 히죽 웃었다. 자신의 얼굴로 저렇게 웃으니 짜증 나긴 했지만, 그래도 그 웃음이 싫진 않았다. 같은 안면 근육의 움직임으로 만든 웃음인데도 뭔가가 좀 달랐다. 좀 더 밝고 천진난만한 느낌. 덜떨어지고 맹해 보이긴 하지만, 덩달아 왠지 마음이 부드러워지는 것도 같았다.

"저기…… 선생님?"

그때 뒤에서 누군가가 불러서 둘은 동시에 고개를 돌렸다. 어머니였다.

담임이 바로 웃으며 대답했다.

"네, 어머님. 무슨 일이세요? 아악!"

테이블 밑으로 바로 담임의 다리를 걷어차 버렸다. 이 여자는 정말 손쓸 수 없는 사고뭉치다.

담임이 앞으로 쓰러지자 재걸은 얼른 수습에 나섰다.

"무슨 일이세요, 재걸 어머님?"

"아들, 왜 그래? 어디가 다시 아파?"

당연히 어머니가 자기 아들의 상태부터 살폈다. 담임은 그제야 정신을 차리고 어색하게 웃었다.

"아, 아무것도 아니에요. 빵이 잠깐 목에 걸렸는데 내려갔어요."

도대체 정신을 어디에 두고 있는 건지.

"근데 아들, 방금 전에 나한테 어머님이라고 하지 않았니?"

"그, 그랬나? 내가요? 실은 죽다 살아나서 그런지 왠지 철이 들었나 봐요. 이제부터 어머님이라고 부를까 봐요."

머리는 되게 나쁜데 잔머리는 엄청 잘 굴렸다.

"그렇게 안 불러도 되니까 앞으로 조심이나 해! 그리고 절대 오토바이 타지 말고!"

"네……."

"선생님, 정말 죄송합니다. 제가 제 자식 일을 전혀 모르고 있었네요. 내 자식은 안 그럴 줄 알았기에 믿고 둔 제 불찰입니다. 저도 자기 자식이라면 덮어놓고 믿는 다른 엄마들과 다르지 않았나 봐요. 세상에, 저 몰래 그런 위험천만한 걸 타고 다니고 있었다니."

교감선생님이 가고 난 후 담임을 시켜 어머니한테도 똑같이 정리하라고 했다. 그랬더니 이렇게 와서 사과를 하고 계신 것이다.

좀 당황스러웠다. 어머니가 그 말을 바로 믿을 줄이야.

자신의 모범적이고 깔끔했던 19년 외길 인생이 과연 무엇이었는지를 되돌아보는 계기를 갖게 되었다고 할까.

"그래도 선생님께서 끝까지 포기하지 않고 우리 아이를 잡아주셨다니, 게다가 우리 아이 때문에 이렇게 다치기까지 하시고, 정말 뭐라고 사과와 감사의 말을 드려야 할지 모르겠어요."

"아, 아닙니다. 너무 신경 쓰지 마세요. 재걸이도 이제 깊이 반성했으니까 앞으로 절대! 오토바이를 탈 일도 없을 테고요. 그렇지, 재걸아?"

담임이 흠칫했다. 딱 보니 대답하기 싫어하는 표정이다.

"그.렇.지, 재.걸.아?"

"그, 그럼요! 안 타야죠, 당연히. 안 탈게요. 아무튼 이게 다 선생님 덕이에요. 선생님 덕분에 전 완전히 새 사람이 됐거든요. 두고두고 갚아도 모자랄 은혜를 입었다고 할까요. 그렇죠, 선생님?"

시끄러워요.

## 4화

## 날라리 티쳐와 완벽한 모범생 VS 날라리 학생과 완벽한 티쳐

"무슨 방이 이렇게 좋냐. 천장도 참 높고, 넓기는 또 뭐가 이렇게 넓어?"

지은은 재걸의 방 침대에 누워 중얼거리고 있었다. 말한 대로 천장도 다 쓰러져 가는 빌라 천장이랑 거리감부터가 달랐다. 넓이도 방 끝부터 방 끝까지 쭉 둘러보는 데 한참이 걸렸다. 폐쇄공포증이 걱정되는 자신의 빌라 방과는 차원이 달랐던 것이다.

깨끗하고, 안정감 있고, 으리으리하다.

"이 자식은 잘 있나 몰라. 바퀴벌레도 나오는데. 온실 속에서 자란 부잣집 왕자님 기절하는 거 아냐? 이건 뭐, '광해'도 아니고, '거지와 왕자'도 아니고."

일부러 그런 것도 아니었는데 왠지 자신이 재걸의 지위를 훔친 것 같았다. 물론 재걸은 거지 소굴에 처박아놓고.

퇴원을 했다. 어쩌다 보니 같은 날에 퇴원했는데 자신은 녀석의 집으로, 녀석은 자신의 집으로 가야 했다.

온갖 시중을 받으며 자가용에 오르는 자신에 비해, 아직 다리에 깁스를 한 채로 목발을 짚고 홀로 택시에 오르는 녀석의, 아니, 자신의 모습이 어찌나 처량해 보이던지.

그때 띠롱 문자가 왔다. 물론 핸드폰도 서로 바꿔서 갖고 있었다.

"어디 보자. 누구한테 온 거냐. 근데 이 자식은 폰도 최신형이야, 짜증 나게. 어라? 나네."

—실수한 건 없어요?

—없어. 할아버지, 할머니, 숙모, 이모, 고모, 사돈에 팔촌까지 다 제대로 인사드렸지. 음하하. 내가 머리가 좀 좋잖아?

—양심이 있어요? 외우게 하느라고 제가 얼마나 고생했는지 기억 안 나세요?

하긴 그런 일이 있었다.

사실 퇴원 전에 두 사람은 서로의 집 가계도를 교환해서 외우기로 했다. 그런데 재걸의 식구들이 너무 복잡했다.

"뭐가 이렇게 복잡해? 이 사람들을 어떻게 다 외워? 친척들이라 봐야 1년에 한두 번밖에 더 봐? 근데 그걸 왜 다 외워야 하는데? 이건 또 뭐야, 사촌들까지?"

"우리 집은 달라요. 가족끼리 같이 사업을 하기 때문에 일주일에 두세 번 이상은 봐요. 다들 저한테 관심도 많고."

"에잇, 젠장! 이상한 놈의 집구석에 떨어져선."

중얼중얼하며 어쩔 수 없이 꾸역꾸역 머릿속에 집어넣어 봤다. 하지만 1분도 안 돼 확 내팽개치고 말았다.

"아, 몰라. 대충 머리 다쳐서 헷갈리는 줄 알겠지!"

"나참, 누굴 바보 멍청이 만들 생각이에요?"

"재걸아, 우리 그냥 차라리 솔직하게 다 얘기하고 말까? 우리가 뭐 죄지은 것도 아니고 따지고 보면 말 못 할 이유도 없잖아. 하늘이 우리를 이렇게 만든 건데."

"그래요. 우리가 우연히 같이 사고가 났는데 하늘의 수작으로 영혼이 뒤바뀌어 들어갔다. 내가 당신 아들입니다, 라고 어머니한테 찾아가서 말해보세요. 참 잘 믿어주겠네요."

"자기 아들인데 알아보겠지!"

"저랑 선생님은 몰라도, 어머닌 믿지도 않고 오히려 제가 미친 거 아니냐고 생각해서 신경쇠약으로 정신과 예약할 거예요. 그러니까 괜히 사고 치지 마세요. 게다가 생각보다 더 빨리 돌아올지도 모르는 일이잖아요. 어쩌면 바로 내일이라도."

"정말 그럴까? 그렇게만 되면 얼마나 좋을까."

"그러니까 쓸데없는 소리 하지 말고 잘 외우기나 해요."

히잉, 하기 싫어 죽겠단 표정으로 미적거리며 종이를 튕겨대자 재걸이 혀를 찼다.

"선생님 맞아요? 뭐 이렇게 공부하는 걸 싫어해요?"

"나 임용고시 합격한 후론 핸드폰 사용설명서도 안 보겠다고 다짐한 사람이야! 왜 이래?"

"자랑이시네요. 어쩐지 수업이 라디오 틀어놓은 것처럼 변화가 없더라니."

"세계사 같은 역사가 왜 좋은 줄 아니? 역사는 흐르되 바뀌지 않는다는 거야. 한 번 외워두면 지구가 폭발하지 않는 한, 쭉 같은 내용으로 가르칠 수 있거든."

"진심 최악의 선생님이세요. 계속 선생님이라고 불러야 할지 내면에서 엄청나게 싸우고 있거든요. 아, 뭐 해요! 빨리 외우지 않고!"

결국 그 많은 사람들의 이름, 얼굴, 기타 등등까지 머릿속에 넣었다. 게다가 인간이 얼마나 집요한지 시험 보고 채점까지 했다.

"40점. 안 되겠어요. 쓰면서 외워요."

깜지까지 시켰다!

"야, 나 네 선생이거든? 지금 우리 위치가 상당히 바뀐 것 같지 않아?"

"그보다 더한 것도 바뀌었잖아요. 빨리 하기나 해요!"

얄짤 없었다.

아무튼 그렇게 수많은 구박과 폭언과 괄시 끝에 미션은 컴플리트됐다. 다음엔 지은의 차례였다. 슥슥 그려서 던져 줬더니 재걸이 벙쪘다.

"이게 다예요?"

종이엔 '공주엄마' 단 한 사람뿐이었다.

"진짜, 아무도 없네요."

"왜 없어? 하나 있잖아. 친구야, 평범한 가정주부. 특이사항 없음. 혹시라도 대화하다가 말 꼬이면 술이 덜 깨서 그렇다고 하면 돼. 끝."

재걸이 뭔가 할 말이 있어 보였다.

"왜? 뭐가 이상해?"

"아니에요."

하지만 그냥 아무 말도 하지 않고 넘어갔다. 그래 줘서 솔직히 좀 고마웠다. 가족에 대해선 더 말하고 싶지 않았다. 녀석은 역시나 속 깊은 인성을 지닌 최고의 남자다. 아니, 지금은 여잔가? 아무튼.

—근데 니네 엄마 쫓아내느라 죽는 줄 알았어. 놔두면 옆에서 잘 기세더라니까?

지은은 다시 재걸에게 문자를 보냈다.

—어머니가 좀 그렇죠. 자식 사랑이 심해요. 그러니까 방심하지 마세요.

문득 되게 미안해졌다. 본의 아니게 자식더러 부모를 속이게 만드는 꼴이 되었으니.

—엄마 안 보고 싶어?

—애예요?

지가 애란 걸 모르고 있다.

―근데 내 집이 좀 좁지? 바퀴벌레도 있을 텐데.

―어쩔 수 없죠 뭐.


왕자님이라 난리난리 치면서 되게 까다롭게 굴 줄 알았더니 의외로 쿨했다.

'시크한 자식.'

이 녀석이 이렇게 나오면 오히려 자신이 당황스러웠다.

징징대지도 않고 차분하고 담대하기까지 하면 반칙이다. 제아무리 잘난 녀석이라도 애는 앤데 그럼 애다운 면이 있어야지, 미친 십대 주제에 어쩌면 저렇게 성숙하게 굴어서 자신을 창피하게 만드는 건지.


―근데 물이 왜 안 나와요?

―아! 입원해 있느라 끊겼나 보네. 내가 뭐 시간 맞춰 내고 그런 거에 취약해서 한 달 밀렸었거든.

―공과금 처리는 제때제때 했어야죠!


드럽게 혼났다. 그때부터였다.


―방 청소 언제 마지막으로 했어요?

―이불에서 냄새 나잖아요!

―냉장고 열어봤어요? 유통기한이 선생님 나이랑 똑같은 우유가 있는 건 알아요?

―빨래 언제 했어요? 입을 게 없잖아요!

띠롱. 띠롱. 띠롱.

미칠 것 같았다. 쉴 만하면 문자 보내고 잘 만하면 또 지랄지랄!

"아, 그 시키 더럽게 시끄럽네."

결국 휴대폰을 무음으로 만들어놓고 베개 속에 확 처넣어 버렸다.

＊　＊　＊

퇴원하고 사흘.

지은은 돌아버릴 것 같았다. 육성회장님의 지극한 아들 사랑 때문에.

널브러져 누워 있던 지은은 밖에서 발소리가 들리자 번개처럼 책상으로 날아가 공부하는 척했다. 어쨌거나 완벽하게 서로의 흉내를 내주기로 했으니 이 정도는 해야 한다.

"우리 아들 공부하고 있었구나? 좀 쉬엄쉬엄 하지."

간식 갖고 오고, 과일 갖고 오고, 시도 때도 없이 들이닥치고.

"저녁엔 뭐 해줄까? 우리 아들 좋아하는 걸로 엄마가 맛있게 만들어줄게."

"엄마랑 같이 운동하러 갈래?"

"찌뿌등하지 않니? 사우나 갈까?"

"마들렌 구워줄까? 우리 아들, 엄마 마들렌 좋아하잖아."

마들렌이 뭔가 했더니 입에서 살살 녹는 부드러운 프랑스 쿠키였다.

아무튼 관심. 관심. 아들에 대한 지극한 사랑. 하지만 지은의 눈에는 감시, 감시, 그렇게만 보였다. 귀한 아들이 혹 또 자기도 모르는 짓을 해서 큰일이 생길까 봐 두려워하는 기운이 눈동자에 역력했다. 발소리가 들리는가 싶으면 어느새 문을 확 열고 눈동자를 도르륵 굴려 방 안을 쭈욱 둘러본다. 육성회장님은 지금 불신지옥에 갇혀 있었다.

"후우, 차라리 학교 가는 게 낫지 왜 며칠을 더 쉬라는 거야? 아, 근질근질해!"

꼼짝 없이 병원에서 한 달 이상을 갇혀 있었다. 그때에도 육성회장님의 헌신적인 간호와 간섭 덕에 아무것도 못 했는데, 집에서까지 이러니 딱 산송장이 된 기분이었다.

또롱.

―통장에서 돈 찾아서 일단 공과금 처리했어요. 그런데 통장 꼴이……. 도대체 월급은 받아서 어디다 써요? 적금은 드는 거예요?

"어휴, 징그러운 자식! 얘 부모는 대체 얘를 어떻게 키운 거야? 아, 마들렌 먹여서 키웠지. 아, 불공평해. 이 자식은 지금 내 집에서 자기 좋아하는 선도부장 짓 실컷 하고 있는데 난 왜 이래야 하냐고."

―얘 너 평소에 뭐 하니?
―공부해요. 그건 왜요?

제길.

─왜긴 왜야! 안 들키게 해주려고 그러지! 넌 감시할 눈도 없지만 난 사방에 깔렸잖아. 뭘 하고 있어야 하는지 상세하게 좀 알려줘 봐. 골치 아파 죽겠다구.

─아, 책도 읽어요.

─만화책? 만화책이지? 만화책이라고 말해줘.

하지만, 젠장! 타임지. 내셔널 지오그래픽 영문판, 얼씨구, 피플지?

"미국서 살고 왔다고 자랑하나. 뭐가 죄다 영어야?"

공부보다야 독서가 나을 줄 알았더니 차라리 공부가 낫겠다. 게다가 어쩐 일로 TV가 있길래 켰더니 채널이 전부 외국 시사 채널이다.

"뎀잇!"

─딴 거 없어? 좀 정신을 힐링할 수 있는 그런 거.

─아, 음악 들어요.

─젠장. 다 클래식이잖아! 너 미쳤니? 할 게 없다, 할 게 없어. 공부나 해야지.

─아, 오늘 과외 있어요. 빠지는 거 어머니가 싫어하시니까 꼭 가세요.

게다가 특별 과외까지.

과연, S대 준비하는 학생은 뭐가 달라도 다르구나. 당최 어려워서 알아들을 수가 없었다.

"죽겠다. 우등생 노릇도 못 해먹겠네, 정말."

과외를 마치고 하드웨어 용량 초과로 지은은 녹초가 돼서 집으로 돌아가고 있었다. 도대체 왜 자신이 이 수준 높은 개인 과외를 받아야 하는 거냐고 재걸에게 바로 전화해서 난리를 쳤더니 그가 코웃음을 쳤다.

[그게 뭐가 어려워요? 선생님도 일단 선생님이잖아요.]

"너 이 나라 교사들의 수준을 너무 높게 보고 있다. 아무리 선생이라도 경시대회 문제지 던져 주고 풀어보라고 하면 제대로 풀 수 있는 사람이 과연 몇이나 될까?"

[네네, 적어도 선생님은 거기 포함되지 않겠네요.]

"아, 됐어! 넌 지금 뭐 하는데?"

[수업 준비 하고 있어요. 내일부터 학교 나가는데 애들이 이상하게 여기기 않게 준비는 해둬야죠.]

"야, 하지 마! 하지 마! 평소에도 안 하던 걸 하면 더 꼬인다고. 알았어? 그건 됐고, 내 다리는 어때? 좀 괜찮아졌어?"

[아뇨. 선생님 다리 아직 깁스하고 있어서 불편합니다.]

"그러니까 남자가 돼선 나 좀 감싸줬으면 연약한 여자 몸이 그 정도 그 꼴은 안 됐을 거 아냐. 지 혼자 살겠다고 날랐으니 이 몸만 이렇게 쌩쌩하지."

[교사로서 학생을 감싸줬어야 했단 생각은 전혀 안 들죠? 그리고 그때 누굴 감쌀 정신이 어디 있었어요?]

"허이구, 정신만 있었으면 감싸줬을 것처럼 말하고 계시네."

한창 비꼬고 있는데 녀석이 전화를 그냥 뻑 끊어버렸다. 뭐야?

밑질 것 같으니까 끊어버린 거야?

띠롱.


—내일 학교 끝나면 여기로 오세요. 수업은 몰라도 공문 같은 선생님 일은 선생님이 하시죠.


"알았어! 알았다고!"

신경질을 잔뜩 담아 투다다 문자를 찍어 보내며 걸어가는데 한쪽에서 어떤 소리가 들렸다.

"새꺄, 이거밖에 없어? 어젠 더 많았잖아. 엄마한테 문제집 값 달라고 뻥치랬더니 뭐 한 거야? 옷도 좀 좋은 거 입고 오고. 내 말이 우스워?"

어…… 애들이 삥 뜯고 있다.

아, 그 시키들, 힘없는 애를 엄청 패놨네. 피해자의 얼굴이 말도 아니었다. 하지만 지은은 흘긋 보고 말았다. 그냥 자기 갈 길을 쭉 갔다.

그러고 보니, 여기가 거긴가? 바로 짝다리들이 설치던 구역이자 문재걸이랑 마주친 곳.

"그랬군. 이 길이 과외하다가 지나가는 길이었군. 그래서 그때 걸린 거였어."

삥 뜯거나, 괜히 애들 괴롭히거나, 일진들이 설치거나, 이지은 앞에선 결코 용납할 수 없는 것들이었다. 물론 자신도 과거에 일진이었지만, 그랬기에 더욱 나름대로의 방식으로 선도를 해왔다. 그러니 한 달 전이라면 당장 달려가서 저 일진들의 쌍 싸대기를 왕복으로 후려쳤겠지만.

"지금은 문재걸의 몸. 문재걸 같은 우등생은 불의를 보면 피하지. 잘하고 있어. 아주 제대로 문재걸이의 인생을 살고 있는 거야. 더 이상 그 녀석한테 피해 주지 말자."

그럼에도 마음에 걸렸다. 퍽! 하고 구타하는 소리가 들리자 이마에 핏대가 확 섰다. 당장에라도 그대로 달려가 날라차기를 하고 싶어서 몸이 근질근질했다. 하지만 또 사고를 치면 문재걸이 난리를 칠 텐데.

"에휴, 내가 무슨 죄를 져서 그런 애어른이랑 바꿔치기를 당해선. 차라리 타임슬립이나 하지. 그럼 과거로 돌아가서 신나게……."

중얼거리던 지은이 멈칫했다.

"잠깐. 과거로? 가만있어 보자. 과거라면, 내 나이가 20대 중후반이니까 재걸이 나이가 열아홉. 즉, 팔팔하고 혈기 왕성한 십대의 몸. 오 마이 갓! 된 거잖아, 타임 슬립! 내가 왜 이걸 몰랐지? 이거야말로 정말로 과거로 온 거잖아. 와……."

오케이. 됐어. 그다음부턴 아무것도 보이는 게 없었다.

회춘한 이 몸으로, 부웅 날랐다. 문재걸도, 육성회장님도 그녀를 막지 못했다. 오로지 이 나라 일진들을 소탕하라고 하늘이 준 기회라는 생각뿐.

허공을 가르는 발차기 신공. 일진 녀석들이 억! 하고 엎어지고, 퇴로를 열어주며 이때야! 도망가라고 등을 떠밀어주자 삥 뜯기던 아이가 비틀거리며 후다닥 도망갔다. 그 녀석을 쫓아가려고 달려가는 다른 녀석의 뒤통수를 퍽 때렸다. 그나저나 다른 날보다 확실히 더 쌩쌩 나는 것 같다.

그야말로 동급 최강의 몸.

작렬하는 발차기. 왼발은 거들 뿐.

대박!

"와, 이 자식, 몸 죽이네. 아직 다 안 나았는데도 이 정도면, 대체 다 나으면 얼마나 강해진다는 거야?"

결국 공터는 평정됐다. 알맞게 줘터져선 쫄로리 무릎을 꿇고 앉아 벌서고 있는 녀석들.

승리한 전장에서 지은은 재걸의 몸으로 꼿꼿하게 서서 더없이 불량스럽게 말했다.

"놀지 마라, 아그들아. 심심하면 집에 가서 발 닦고 잠이나 자든가. 잘 들어, 이 동네 힘없고 약한 것들은 다 내 먹잇감이야. 알겠냐? 이 구역 미친놈은 나야."

✠　✠　✠

가방을 담 너머로 휙 던졌다.

다음 날 지은은 스프링처럼 가뿐한 몸을 이용해 그대로 담을 넘어 멋지게 착지했다. 출근, 이 아닌 재등교 첫날 지각해 버렸다. 그래서 가볍게 담치기를 했는데.

어? 내 얼굴이다!

재걸이 눈앞에서 무시무시한 표정으로 서 있었다.

"하, 하하. 그 옷은 또 언제 세탁했어? 아주 깔끔하게 잘 어울리는데? 목발이랑 매치 최고다, 야."

"지금 웃음이 나와요? 선도부장이 지각해서 담치기를 하다니 말이 됩니까? 혹시나 해서 여기서 기다리고 있었더니 역시나네요."

"어머나, 내가 지각할 줄 알고 있었단 거야? 나에 대해서 정말 완벽하게 파악했구나. 걱정 안 해도 되겠어. 그, 근데 왜 오고 그래?"

"옷 꼴이 이게 뭡니까!"

척척 걸어온 재걸이 답답해서 풀어헤친 교복 단추를 확 잠그고 옷도 탁탁 털어줬다. 정말 무서우리만치 사람 본성 어디 안 간다. 날라리 교사의 얼굴을 하고서도 재걸은 선도부장의 본분을 잊지 않았던 것이다. 주머니에 처박아둔 넥타이까지 귀신같이 찾아내선 꼼꼼하게 매주고 마지막에 목을 컥 졸랐다.

"재킷은 단정하게, 단추는 반드시 잠그고, 넥타이 똑바로 하고, 월담 금지! 알겠어요? 제 이미지란 말입니다, 제 이미지."

"사, 살살 좀 해라. 목 아프잖아."

"대체 왜 늦었는데요? 잠깐, 이 상처 뭐예요?"

그 자식 참, 눈도 좋네. 어제 광란의 파티를 벌이던 중에 얼굴이 좀 긁혔다. 육성회장님한테 안 들키려고 안간힘을 썼는데 복병이 기다리고 있었다니.

"설마 또 사고 치셨어요?"

"아니?"

"아니면 뭔데요. 이게 뭐냐고요, 내 몸을."

"아픈 건 나거든?"

"그걸 말이라고!"

"근데 재걸아, 나 말야, 니 몸 진짜 좋아."

"그, 그게 무슨 헛소리예요?"

순간 녀석이 화들짝 하며 소리쳤다. 근데 왜 얼굴이 빨개지고 있는 거지?

가만!

"야! 뭘 상상하는 거야? 아무리 나라도 신성한 학교에서 그딴 말을 하겠니? 그냥 니 몸 되게 가뿐하고 활동하기 좋단 소리였어. 이상한 오해하지 말고 가서 조례나 해! 잘해!"

후다닥 그 자리를 벗어났다. 애가 얼굴이 빨개져서인지 몰라도, 자신마저 괜히 이상한 기분이 됐다. 문재걸의 몸이 쓸 만하단 소리였지 좋단 소리가 아니었잖아? 사람을 무슨 변태로 만드는 거야?

"나참, 이러다가 청소년 성추행죄까지 추가하게 생겼잖아."


문재걸이 잔다, 수업 시간에.

꼬박꼬박 졸다가 풀썩 엎어져 퍼질러 자는 걸 애들도 보고 선생님들도 봤다. 애들도 놀라고 선생님들도 놀랐다.

"진짜 사고 제대로 당했나 봐."

"머리를 다쳤다잖아."

"문재걸이 사실은 음지에 숨은 일진이란 소문 들었어? 모범생인 건 정체를 숨기기 위해서였대."

"나도, 나도 들었어! 머리가 좋아서 완벽하게 이중 생활을 했던 거래. 오토바이 타고 패싸움하면서 영어 단어 외운다던데?"

학교엔 눈물 없인 들을 수 없는 온갖 흉흉한 소문들이 빠른 속도로 퍼졌다. 그래도 문재걸은 잘도 잤다. 수업하러 들어간 재걸도 자신의 그 꼴을 보고 입이 딱 벌어지고 말았다. 자신이 퍼질러 자고 있었다. 저런 흐트러진 모습을 자신이 단 한 번이라도 보인 적이 있었던가.

저 여자를 정말!

"문재걸, 너 지금 뭐 하냐."

낮게 위협했지만 꿈쩍도 안 했다.

"쌤! 재걸이 사고 후유증인가 봐요. 계속 자요."

"언제부터 저랬는데."

"1교시부터 계속 저래요."

할 말이 없었다. 어떻게 교단과 책상 간에 자리가 좀 바뀌었다고 사람이 저렇게 단번에 자기를 놓아버릴 수 있는지. 이봐요, 당신이 지금 내 몸을 갖고 있단 걸 자각은 합니까? 생각해 보면 지금까지 교단에서 안 존 게 놀라울 정도였다. 그래도 본모습이 선생이면 적어도 수업 시간에 졸면 안 된다는 기본 윤리는 챙겨야지!

"쌤! 근데 문재걸 오토바이 타고 놀러 다니는 건 언제부터 아셨어요?"

"쌤도 같이 수술했어요? 병원비는 문재걸네 부모님이 내줬어요?"

"문재걸 알고 보면 일진이란 소문 진짜예요?"

"근데 어떻게 그렇게 공부를 잘해요?"

소문이 소문을 먹고서 점점 자라고 있었다. 재걸은 속이 부글부글 끓었지만 출석부로 교탁을 탕 쳤다. 학생들이 일시에 조용해졌다. 그런데도 담임이란 여자는 꿈쩍도 안 한다.

어떤 의미론 대단했다.

"수업한다. 정태는 만화책 치우고 하경인 남자친구한테 편지 쓰지 말고 영서는 수업 끝나고 사다리타기해. 교과서 70페이지 보자."

재걸은 수업을 시작했다.

어차피 자신과 담임이 자꾸만 엮여봐야 좋을 게 없었다. 그 사고 이후 교감선생님 선에서 정리가 잘됐는지 흉악한 소문도 퍼지지 않은 것 같고, 학교 안의 누구도 두 사람의 관계를 의심하지 않는 듯했다. 그러니 괜히 긁어 부스럼 만들 거 없다고, 해서 재걸은 퍼질러 자는 담임을 깨우지 않고 지나가는 걸 택했다.

그나마 수술 후유증 때문이라고 알고 있으니 지금은 대충 넘겨주는 게 낫겠지.

"어? 이 선생, 늘 마시던 물 갖고 다니더니 오늘은 그냥 여기 거 마시는 거야?"

점심시간이었다. 학교 식당에서 점심을 먹고 있는데 수학선생님이 옆에 앉더니 물었다.

'이 여자가 점심시간에도 술을 마셨어? 음주 수업을 한 거야?'

"특별한 물이라고 나눠주지도 않더니 효과가 별로였나 봐."

"뭐, 네. 이제 안 마시려고요."

도무지 개선의 여지가 없는 인간이다.

수학선생님이 밥 먹고 있는 학생들 쪽을 스윽 쳐다보더니 재걸에게 말했다.

"그나저나 다들 문재걸 얘기로 떠들썩하네."

아니나 다를까 애들의 목소리가 떠들썩하게 들렸다.

"문재걸이 커밍아웃했대. 오늘 하루 종일 잤다던데? 자긴 이제 더 이상 모범생 아니니까 알아보라 이거지. 지금 짱이 누구지? 선전포고한 건가?"

"문재걸이 학교를 그냥 발칵 뒤집어놨네. 오토바이 사고에, 일진설에 요즘 난리도 아니다, 문재걸. 그치?"

"에이, 그냥 머리를 다쳐서라던데? 근데 확실히 어딘가 좀 달라지긴 했지?"

"확실히 문재걸 오늘 똘끼 만랩이야."

"담탱도 고생이 많았겠네. 우등생에 잘나가니까 신경 안 쓸 수도 없고. 안 그냐?"

재걸은 미칠 것 같았다. 그런데 애들에 이어 선생님들도 수군거렸다.

"재걸이가 정말 그런 앤지 전혀 몰랐어요. 내 수업 시간에 대놓고 자는데."

"누가 아니래요. 완전히 다른 애가 돼서 나타났다니까요? 아무 데서나 하품 찍찍 하고 건들거리면서 걷는 거 봤어요?"

"그래도 그렇게 하루아침에 변할 수가 있나? 이거 재걸이 어머니한테 연락해야 하는 거 아니에요?"

"머리를 다쳤잖아. 어머니도 당연히 아시겠지. 우리도 좀 지켜봐 주자."

"그러게. 아까 수학 문제 시켰는데 반도 못 푸는 거 있지? 걔가 틀린 건 처음 봤다니까. 후유증이 큰가 봐."

"근데 정말 우리가 모르는 새 일진 짓 하고 다닌 걸까요? 의외로 조용한 애들이 사고 치면 더 세게 치잖아요."

"이 선생도 참 고생 많았겠다. 이렇게 다치기까지 했는데 녀석이 이 선생 마음을 알아줘야 할 텐데."

"사고 후유증에서 벗어나면 좋아지겠지. 어쨌든 그렇게 머리가 비상한 녀석인데 저렇게 쭉 가겠어?"

더 미칠 것 같았다. 무엇보다 소문이 정말 무섭단 걸 깨닫고 있었다. 확대에 과장을 거듭해서 순식간에 비대해지는 외계 생명체를 보는 것 같았다.

빨리 뭔가 방법을 찾아야 한다. 그렇지 않으면 정말 이대로 쭉 갈지도 모르겠다.


한편 지은은 하품을 하며 자기 자리에 앉아 있었다.

자다가 깼더니 점심시간이 다 지나갔다.

'배고파 죽겠네.'

매점이라도 갈까 싶어 스윽 일어나는데 애들이 말하는 소리가 들렸다.

"근데 담임 뭔가 좀 달라지지 않았어?"

"그치? 그치? 너도 느꼈지? 뭔가, 설명하는 방식이 좀 다르지 않아? 외우는 방법까지 가르쳐 주니까 머리에 더 쏙쏙 들어오고."

"나도 그랬는데! 나 다음 세계사 백 점 맞을 것 같아, 막 이래."

"아까도 대박이었지? 정태 수업 시간에 만화책 보는 거랑 하경이 연애질하는 거랑 영서 사다리타기하는 거 다 알고 있었잖아!"

"와, 맞아, 나 그때 소름 쫙 돋았잖아. 뒤통수에도 눈이 달렸나 봐."

문을 탁 닫고 교실을 나왔다.

'흐음, 그 녀석이 수업을 잘했다 이거지?'

물론 그 녀석 머리라면 수업 진도 뛰어넘는 것쯤 식은 죽 먹기일 거라 생각했지만, 어떻게 현 고3 학생이 자신보다 더 수업을 잘할 수 있는 거야? 자존심도 상하고 부럽기도 하고 자신이 한심하기도 하고. 역시 자신은 선생질이 안 어울리는 걸까?

"됐다. 어디 그게 하루 이틀 일이냐. 으! 아무튼 징그러운 녀석. 그러고 보니 자느라고 녀석이 수업하고 나간 것도 몰랐네. 아, 또 난리 치겠네, 문재걸."

띠롱.

—수업 끝나고 당장 집으로 달려와요!

윽! 아니나 다를까 문재걸이다. 이 녀석이 자신의 두려움을 꿰뚫고 이렇게 실시간으로 공격해 들어왔다. 되게 화났나 보네.

"알았어. 오후 수업엔 절대 안 졸게."

중얼거리면서 걸어가는데, 지은은 뭔가가 불편해지는 걸 온몸으로 느끼곤 갸웃했다. 어쩐지 다들 자신을 쳐다보는 것 같다. 여기 가도 수군거리고, 저기 가도 수군거리고 교내의 모든 시선이 문재걸이라는 한 인간에게 집중되어 있는 것 같았다.

"나참, 내가 그렇게 문재걸답지 않게 행동했나? 난 그냥 편하게 한 건데? 이거 완전히 시장에 내놓은 산삼 같은 기분이잖아."

물론 예전에도 문재걸은 시선 집중 인물이었지만 지금처럼 음습하고 부정적인 시선은 아니었다.

"녀석이 화낼 만도 하네. 진짜 걘 나랑 엮인 게 불행의 시작이었어. 그러니까 좀 참지, 왜 잠은 자선!"

어쩔 수 없이 빵과 우유를 사들고 한산한 곳으로 갔다.

"소각장 옆에서 쓰레기 냄새 맡으면서 점심 먹는 것도 좋네, 뭐."

빵을 우물거리고 있는데 그때 소각장 옆 창고 안에서 탁하고 뿌연 연기가 흘러나왔다. 컥! 빵이 목에 걸렸다.

"불?"

얼른 우유를 마시고 벌떡 일어났다가, 깨달았다. 연기라고 다 같은 연기가 아니다. 뭔가 타고 있긴 한데 그건 화재라기보다 좀 다른 쪽이었다.

"이 특유의 냄새를 내가 모를 리가 없지."

지은은 척척 걸어가 창고 문을 탕 열어젖혔다. 아니나 다를까, 사내 녀석들이 모여서 담배를 피우고 있었다.

이건 우리 반 녀석들이잖아!

녀석들로 말할 것 같으면, 어느 반에나 있는 흔한 날라리들이다. 당최 말을 들어먹지 않아 여러 번 골 때리게 만들곤 했던 녀석들.

"유명진, 김재식, 양창민! 니들 딱 걸렸어. 감히 이런 데 숨어서 담배를 피워? 혼 좀 나봐라, 어디!"

딱! 딱! 딱! 단숨에 머리통을 한 대씩 후려치고 반쯤 타고 있는 담배를 확 빼앗았다. 그리고 쳐다보는데, 녀석들이 되게 어이없단 얼굴로 쳐다보고 있었다.

"이 시키들이 눈 안 깔아? 뭐? 왜? 불만 있어?"

"아, 씨발. 이 새끼가 자존심 상하게 머리통을 치고 있어."

"아무리 니가 선도부장이라도 이건 아니지. 존나 기분 나쁘네. 니가 선생이라도 돼?"

아뿔싸! 깜빡했다. 자신은 지금 선생이 아니잖아!

"미, 미안하다. 내가 잠깐 흥분해서 말이야."

"이 새끼가 지금 사람 죽여놓고서 미안하다네. 니가 그렇게 잘났냐? 앙?"

"차라리 학주한테 꼬발르든가!"

그, 그러니까 내가 좀 착각했다니까?

유명진이 서서히 다가왔다.

"차라리 잘됐네. 안 그래도 근질근질했는데 여기서 한번 붙어보자, 새끼야."

"야, 명진아, 참아. 이 새끼 건드리면 일 커져."

"시끄러워! 그게 무섭냐? 앙? 무서워? 야, 문재걸, 너 오토바이에 담임 태우고 싸돌아다니다가 사고 났다며?"

덜컥!

"솔직히 말해봐. 너 담탱이랑 썸 탔냐? 그렇고 그런 짓 하다가 사고당한 거 아니냐고!"

"근데 이 자식들이. 너 지금 뭐라고 했⋯⋯."

"문재걸, 거기서 딱 정지!"

그때 등 뒤에서 날아든 목소리에 지은은 멈칫했다. 저 낯익은 목소리는? 애들의 얼굴색도 싹 변했다. 안 좋은 예감에 천천히 돌아본 순간, 지은은 창고 입구에 서 있는 공포의 학생주임 최 선생님을 발견했다.

최 선생의 시선이 재걸의 얼굴을 훑고 서서히 손으로 떨어졌다.

송충이 같은 눈썹이 꿈틀거리자 지은은 자신의 손에 뭐가 들려 있는지 그제야 깨달았다.

'오, 오 마이 갓!'

"아, 아니에요! 이건……."

"너 이 자식, 교감선생님 말 듣고도 설마설마 했는데 선도부장이란 자식이 애들 꼬셔서 이런 데 숨어서 담배를 피워? 그것도 사고 치고 학교 나오자마자? 당장 따라와!"

입이 있어도 말이 안 통한다는 걸 그때 알았다. 바로 그 사건 때문이었다. 지금껏 쉬쉬하며 떠돌던 학교 안의 부정확한 소문이 명백하게 사실이 된 건.

문재걸이 손쓸 수 없는 망나니가 됐다. '문재걸 숨은 일진설!' 이 삽시간에 학교 안에 쫙 퍼졌다.

5화

**복수전! 새로운 시대의 서막**

"내가 얼마나 너를 믿었는데 이렇게 나오는 거야. 도대체 뭐가 문제야. 사고 때문이냐? 니가 변한 거냐. 아니면 우리가 널 잘못 알고 있었던 거냐? 어떻게 선생님을 이렇게 실망시킬 수 있어!"

생활 지도실로 끌려오자마자 지은은 내내 최 선생한테 혹사당했다. 그분은 마치 지구 종말이라도 맞이한 듯 괴로운 표정이었다. 최 선생님이 재걸일 정말 많이 아끼고 있었구나. 얼마나 안타까워하는지 알 것 같았다. 너무도 비극적인 표정을 해서 하마터면 지은은 다 불어버릴 뻔했다.

'선생님, 저 사실 이지은이에요. 양아치는 재걸이가 아니라 저라구요. 재걸인 여전히 똑바르답니다. 영혼이 바뀌어서 그런 것뿐이니까 너무 실망하지 마세요.'

라고.

"할 말 있냐, 문재걸."

"죄송합니다."

"너 이 자식, 1년만 있으면 대한민국 최고 대학에 갈 녀석이 왜 막판에 와서 이 난리야? 대체 뭔가 문젠데?"

"지금 당장은 이해가 안 가실 테지만, 아무튼 담배는 제가 피운 게 아니었습니다."

"이 자식이 그래도! 너랑 있던 녀석들이 다 실토했어! 네가 꼬셔서 어쩔 수 없이 피웠다고! 이젠 하다하다 못해 유명진 패거리들이랑 어울려 다녀?"

이 개새리들.

제자고 뭐고 니들 두고 보자.

그때 차분하고도 정중한 노크 소리와 함께 문이 열렸다.

"아, 이 선생, 잘 왔어요."

지은의 안색이 하얗게 변했다. 안 그래도 왜 저 녀석이 안 오나 했다.

재걸이 목발을 짚고 안으로 들어섰다. 소름이 돋을 정도로 착 가라앉은 그 무표정한 얼굴, 자신의 얼굴에서 저런 느낌의 매정함이 나올 수 있을 줄이야.

"아무래도 이 녀석을 맡을 사람은 이 선생밖에 없을 것 같네요. 전 보고도 안 믿깁니다만, 아무튼 절대 이래선 안 되는 놈이니까 이 선생이 잘 좀 말해봐요."

'저기, 그냥 계속 최 선생님이 계속 말해주시면 안 될까요?'

하지만 매정하게 문이 닫혔다.

착 가라앉은 실내의 공기.

숨 막히는 정적. 맹수들이 판치는 열대 밀림 한복판에 떨어진 기분으로, 지은은 이 몸의 원래 주인과 시선이 딱 마주쳤다. 물론 바로 스윽 피해 버렸다. 등줄기로 식은땀이 찍 흘렀다.

재걸이 천천히 걸어왔다. 그리고 맞은편 의자에 조용히 앉았다.

"반성문 백 장 쓰세요."

재걸이 낮게 입을 열었다.

그나저나 이렇게 들으니 자신의 목소리도 꽤 카리스마가 있구나.

"일단 내 말을 좀 들어봐."

"제가, 그런 짓, 하지, 말라고, 했죠?"

지은은 멈칫했다.

이 자식, 믿고 있다.

"그게 아니라……"

"지금 제가 얼마나 참고 있는지 아시면, 조용히 하시고 반성문 이나 쓰세요."

"그래! 내가 잘못했으면 백 장이 아니라 천 장이라도 써. 그렇지 만 진짜 아니라니까?"

"핑계 없는 무덤 없다. 변명은 선생님의 특기입니까? 지금 이 상황을 가라앉힐 방법은 반성문 백 장 쓰고 반성의 여지가 보인 다, 라고 설득하는 것뿐이란 말입니다. 어머니한테까지 알려지길 바라세요?"

"아니? 하지만!"

"어떻게 하루 만에 사람을 이렇게 한심하게 추락시켜요? 선생 님 수준이 정말 그거밖에 안 돼요? 지금 다들 뭐라고 수군거리는지 아세요? 아니, 그것보다 어떻게 제 몸으로 그런 짓을 합니까! 수업 시간에 자는 것도 넘어가 드렸는데, 아니면 일부러 그러시는 거예요? 도대체 왜 그러시는 건데요!"

정말 화가 많이 난 것 같다. 애가 드물게 흥분했다.

그래, 이해한다. 당연한 반응이다.

"근데 난 억울하거든. 당할 때 당하더라도 변명 좀 하자, 이 시키야!"

"뭐가요. 담배 피우고 있었다면서요!"

"아니라구!"

"손에 들고 있는 걸 직접 들켰다면서요."

"그러니까! 아우, 답답해."

지은은 최대한 성실하게 그리고 진실되게 이 억울한 상황을 설명했다.

"그렇게 된 거였어. 선도하려던 거였다구. 진짜야. 눈초리를 보니 역시 안 믿는구나."

"선도하려고 애들 교복 입고 날뛰었단 말도 어차피 안 믿었어요."

젠장.

"진짜 안 믿었어?"

재걸이 멈칫했다.

"그건 중요한 게 아니에요. 지금 현재가 중요하지. 선생님의 모든 행동이 저한테 영향을 미치고 있는 지금 상황 말이에요."

"그래, 좋아. 네 말이 맞고, 네가 안 믿는다면 굳이 나도 더 설명하지 않을래. 좋아, 쓰지 뭐, 까짓 거. 반성문 백 장 쓴다고."

그러면서 반성문 쓸 종이를 반을 뚝 떼서 녀석 쪽으로 내밀었다.

"지금 뭐 하는 건데요?"

"같이 쓰자고, 반성문 백 장. 이건 엄밀히 말하면 양측 책임이잖아. 내가 내 몸만 갖고 있었어도 이렇게 일이 커졌겠니? 당연히 선생이 학생 선도하는 걸로 생각했겠지."

"설마 그동안 학생 담배 빼앗아서 피우고 다녔던 건 아니죠?"

"이 자식이 사람을 진짜 바지저고리로 보네."

"진심으로 회개하신다면 조용히 쓰세요."

재걸이 다시 종이 뭉치를 지은에게 쑥 밀었다. 지은은 히죽 웃으며 다시 밀었다.

"만약 내가 반성문 안 쓰면 곤란해지는 사람이 누구더라? 결국 네 몸이거든?"

녀석이 멈칫했다.

"상관없어요, 지금은 내 몸이 아니니까."

하지만 쉽게 안 넘어온다. 짜식, 센데?

"에이, 아닐걸? 문재걸이란 이름이 타격받는다니까? 어차피 난 남들이 무슨 소릴 하든 상관 안 하는 인간이잖아."

"내놔요!"

결국 녀석이 반을 가져갔다.

큭.

지은이 웃자 녀석이 죽일 듯 노려봤다. 짜식, 저러니까 좀 애 같네.

"그래. 고교생은 화나면 삐치고 열 받으면 노려보고 그래야 하는 거야. 앞으로도 자주 삐쳐 주렴."

"덜떨어진 주제에 가르치지 말고 그만 쓰시죠?"

결국, 두 사람은 반성문 백 장을 쓰고, 쓰고, 또 썼다.

✠　✖　✠

"아, 진짜 공문은 왜 이렇게 많아? 반성문 쓰느라 팔 아파 죽겠
는데 내가 지금 이런 일까지 해야 해?"

"뭐라는 거예요? 선생님 일이잖아요."

지은은 그날 저녁 자신의 빌라에서 분노의 자판질을 하고 있었
다. 재걸이 학교에서 가져다준 공문을 처리해야 해서였다.

재걸은 옆에서 공부하고 있었다. 몸이 뒤바뀐 이런 혼란스러운
상황에서도 자신의 미래를 차근차근 준비하고 있는 저 성실한 학
생을 보라.

"그러다가 평생 안 바뀌면 어쩌려고 그렇게 열심히 공부하고
그러냐? 이렇게 쭉 살지도 모르는데."

헉! 괜히 말했나 보다. 재걸의 볼펜이 으득! 하며 부서졌다.

"그, 그만 노려봐라. 귀신 나오겠다."

"지금 무슨 실언을 했는지는 아시죠?"

"네……."

"그러니까 돌려받을 때까지 더 이상 제 몸으로 사고 치지 마세
요. 정중하게 하는 부탁입니다."

"아, 알았어. 잘할게, 진짜로."

"어떻게 잘하기로 했는지 한번 읊어봐요."

이 깐깐한 자식!

"수업 시간에 안 자고, 용모 단정, 교복 깔끔, 넥타이 필히 착용, 지각 안 하고, 담배 피우는 데도 안 가고, 참외 밭에서 신발 끈도 안 매고, 더 이상 니 얼굴에 똥칠 안 할게. 됐지?"

"하나 더."

"내 몸이 내 몸이 아니라 문재걸의 몸이란 걸 늘 머릿속에 넣고 긴장하고 다닌다."

"됐습니다."

그제야 녀석의 날 선 표정이 좀 풀렸다.

학교 측에선 재걸의 어머님이 육성회장이고, 어쨌건 서울대 수석 입학이 가능한 학생이니 일이 더 커지지 않기를 바랐다. 교장 선생님의 기대도 크고, 그래서 부모님한테까진 연락 안 하고 이 선에서 마무리 짓기로 했다.

"공문 처리 끝나면 선생님도 공부 좀 하세요."

"내가 왜?"

"내가 왜? 라고 물으셨어요, 지금?"

또 시작이다. 저 자식, 눈에서 레이저 나오겠네.

"무, 물론 내가 공부를 해야 네 빛나는 등수를 유지할 수 있겠지?"

"바로 그겁니다."

녀석이 고개를 휙 숙이고 다시 볼펜을 부지런히 놀렸다.

아…… 저 인간 무서워서 못 살겠네, 정말.

"근데 집이 깨끗해졌네?"

공문서 처리를 끝낸 후, 녀석이 협박한 대로 수학 공부를 하고 있다가 지은이 물었다.

"청소했으니까요."

"그래? 근데 내 야구방망이는 어디다 치웠어? 통 안 보이네?"

방을 쭉 둘러보는데 한쪽에 세워두었던, 있어야 할 것이 없어서 물었다.

"버렸어요."

순간 지은의 입이 딱 벌어졌다.

"하하…… 내가 지금 뭘 잘못 들은 거지? 에이, 설마. 아닐 거야. 너 지금 혹시 버렸다고 그랬니? 내 야구방망이를?"

"네, 버렸어요. 그리고 정리하는 김에 옷장에서 날티 나는 옷들 다 정리하고 깔끔한 옷으로 사다 놨으니까 그렇게 아시구요."

뭐, 뭐가 어쩌고 어째?

지은은 바로 옷장으로 가봤다. 문을 확 열어보니 정말로 어느 노인네들이나 입을 법한 재미없는 옷들이 쫙 걸려 있었다.

"이 자식이, 어떻게 말도 없이 이런 짓을 해! 내 옷들에 무슨 사연이 어떻게 있을 줄 알고!"

"혹시 그 사연이란 게 유통기한 지난 우유에도 있는 건 아니죠? 냉장고도 싹 다 정리했으니까 혹시 썩은 우유 찾을 생각이라면 포기하시죠."

"너, 설마……."

순간 차마 생각하고 싶지 않은 또 다른 최악의 시나리오가 밀려들었다. 곧바로 냉장고 문을 확 열었다.

아니나 다를까!

"찾지 마세요, 술병 찾는 거면 없을 테니까."

뒷골!

이 자식이 정말로 고량주까지 다 갖다 버렸다.

"문재걸, 너 나 좀 봐봐. 너 왜 사람 물건을 멋대로 버리고 난리야? 내 물건이 네 거야?"

"선생님이 교사로서 품위를 유지하는 데 꼭 필요한 물건만 남겨놨을 뿐이에요. 그 외의 것은 선생님을 '위해서' 버린 겁니다. 제자로서의 깊은 애정이라고 생각되진 않으세요?"

"또 뭐 버렸는데."

"차차 찾아보세요."

"이게 정말, 그래도 상의는 하고……! 자, 잠깐. 너 설마 우리 제시카한테도 손댄 건 아니겠지? 아닐 거야. 그것만은 절대 아닐 거야. 그치?"

지은은 간절한 눈으로 사정하듯 재걸을 봤다.

두근두근. 하지만 이 알 수 없는 불안감은 무엇일까. 걱정으로 심장까지 멎을 것 같았다.

재걸과 눈이 마주쳤다.

"어떻게 했겠어요?"

경악!

"그, 그럴 리가. 에이, 장난하고 있어. 내가 그 잔해 수습하려고 얼마나 고생했는데. 수리하면 충분히 살려놓을 수 있는 앤데. 에이, 아닐 거야."

중얼거리며 자신의 휴대폰을 갖고 와 수리 센터의 번호를 눌렀다.

"아, 아저씨? 우리 제시카요. 지금 잘 수리하고 계신 거죠?"

[넌 뭐야? 지은이 오토바이를 왜 니 녀석이 찾아? 넌 뭔데?]

헉! 그렇지. 자신은 지금 재걸의 목소리로 말하는 인간이었지.

"그게 아니라 담임선생님이 대신 좀 알아보라고 하셔서요."

[담임? 지은이가 선생이었어? 허 참! 진짜야?]

젠장. 괜한 정보가 누설됐다.

[가만, 근데 지은이 걔 왜 그래? 자기가 직접 전화해서 제시카 폐차시키라고 한 게 언젠데. 벌써 며칠 전에 끝냈지! 근데 이건 무슨 개 풀 뜯어먹는 소리야? 걔 사고 났다더니 어디 이상해진 거 아냐?]

지은의 손에서 휴대폰이 툭! 떨어졌다.

제시카가, 운명했다.

"너…… 너……."

지은은 부들부들 떨며 재걸을 홱 노려봤다. 눈시울이 뜨거워진 채 재걸을 노려봤지만 재걸은 태연했다.

"그렇게 보지 마세요. 어차피 이제 오토바이 안 타기로 약속하셨잖아요."

"이 자시익, 어쩐지 얌전하더라니, 조용히 내 집에서 사고를 치고 있었어? 니가 뭔데. 제시카가 나한테 어떤 의민지도 전혀 모르면서! 제시카는 유일한 내 가족이야, 가족이라고!"

온몸을 부들부들 떨며 소리쳤다. 그러니 단연 분위기는 심각해야 했다. 지은은 이성을 잃기 직전이었고 눈물까지 맺힌 상태였다. 그러니 사태는 충분히 심각했는데 재걸이 웃는다.

피식.

"장난치세요?"

"이 시키가. 진짜라고!"

"나참, 유치해선. 아무튼 전 제 할 일을 했을 뿐이에요."

"나도 널 위해 내 할 일 해! 그렇다고 난 네 짜증 나는 책들이랑 고리타분한 옷들 안 버렸어!"

"아, 네, 대신 절 순식간에 양아치로 추락시키셨죠. 담배 피우는 음지의 일진 문제걸로."

"일부러 그런 거 아니었다고!"

"일부러 그런 게 아니면 다 용서돼요?"

지은은 흠칫했다.

"그럼 저도 용서해 주셔야겠네요. 저도 일부러 제시카 폐차시킨 건 아니니까."

"용서 못 해. 복수할 거야!"

"그래요? 잘됐네요. 실은 일부러 그랬거든요."


"나쁜 자식, 나아쁜 놈."

지은은 부르르 떨며 재걸의 방 침대에 누워 있었다. 책상엔 조개 모양으로 구운 그놈의 마들렌과 우유 한 잔이 놓여 있었다.

"빌어먹을 자식. 얼어 죽을 놈. 남들은 비웃을지 몰라도 진짜 가족이었는데."

새삼 또 눈물이 핑글 돌았다.

애라고 가볍게 봤더니 문재걸, 정말 무서운 놈이었다. 그래, 백 번 양보해서 이해는 한다. 녀석 같은 바른생활맨이, 선생님을 위해 어떤 마음으로 남의 집에서 선도부장 짓을 해댔을지.

하지만 제시카만은 그러면 안 되는 거였다.

"넌 나한테 모욕감을 줬어."

지은의 눈동자가 활활 타올랐다.

"내 유일한 가족이자 친구를 죽여놓고 뭐? 일부러 그랬어? 아아, 그래, 좋다. 어디 두고 보자."

다음 날, 재걸은 당당하게 교문으로 등교를 했다.

그런데 이상하게, 재걸을 쳐다보는 애들의 입이 쩍 벌어졌다. 교문 앞엔 학주는 없었고 선도부원들이 복장 검사를 하고 있었다. 그리고 그 사이로 선도부장이 불량하게 풀어헤친 블레이저 자락을 날리며 척척 걸어 들어왔다. 셔츠도 바깥으로 꺼내놓고 당연히 넥타이는 실종.

평상시의 차분한 헤어스타일은 어디 가고 왁스로 삐죽삐죽 세운 자유분방한 머리. 가방을 불량하게 척 걸치고 한쪽 귀엔 피어싱까지!

저절로 그의 앞길이 홍해인 양 쫙 갈라졌다. 다들 기절 직전의 표정이었다.

"저, 저기, 부장."

선도위원 중 하나가 거의 떠밀린 듯 죽상을 쓰고 앞을 막았다. 지은은 그를 흘끗 쳐다봤다.

"뭐."

"죄, 죄송하지만 복장 상태가……."

"그래서 뭐!"

히익! 웬만큼 간이 부운 인간이 아니면 버텨낼 수 없게끔 살벌하게 노려봤다.

"나 머리 다쳤다. 더 건드리지 마라."

그대로 교문을 통과했다. 아무도 그를 잡지 못했다.

덕분에 교단에 선 재걸은 날건달의 끝을 보여주고 있는 자기 자신의 모습을 멍하니 쳐다보고 있었다.

지금껏 19년 동안 쌓아온 내 이미지가, 결코 용납할 수 없는 저런 모습으로 뒤바뀌어 있는 것이다.

더 이상은 참을 수 없었다. 재걸은 목발을 짚고 탁탁 걸어가 지은의 앞에 섰다.

"문재걸, 그게 무슨 꼴이야."

"뭐가요."

"교내에선 왁스 금지란 거 잊었어?"

"아, 어쩌나. 잊었는데요?"

"귀까지 뚫었어?"

"신경통이 있어서요."

"이 자식이, 너 선생님이 말하는데 태도가 그게 뭐야. 손 안 빼?"

양손을 바지주머니에 쿡 찔러 넣은 채로 건들건들 앉아선 지은이 재걸을 스윽 올려다봤다. 딱 어느 학교 드라마에 나오는 손쓸 수 없는 날라리 꼴이었다.

"지금 빼면 자빠지는데요?"

"손 빼라고 했다."

"와, 한 대 치시겠네요? 어디 한번 쳐보시죠?"

애들이 바짝 긴장해서 두 사람을 쳐다보고 있었다. 바늘 떨어지는 소리까지 들릴 정도로 긴장된 공기. 누군가가 꿀꺽 침을 삼켰다.

'이 날라리 선생, 진짜 이럴 겁니까?'

'내가 뭘?'

'그만하시죠?'

'너나 그만하지 그래?'

둘의 눈에서 스파크가 튀었다.

"문재걸, 지금 당장 생활지도실로 와."

"곧 수업 시작할 텐데요? 수업 또 빠져요? 뭐, 선생님이 허락하신다면."

"그럼 점심시간에 와!"

재걸은 그대로 돌아섰다. 지은이 피식 웃는 소리가 들렸다.

진심으로 담임을 교육청에 고발하고 싶었다.


점심시간이 되자 재걸은 생활지도실로 향했다. 그런데 한참을 기다려도 담임이 오지 않았다.

재걸은 그대로 교실로 갔다.

"문재걸 어디 있어!"

"재걸이 농구하러 갔는데요."

별수 없이 운동장으로 갔다. 그런데 농구 코트에도 담임은 보이지 않았다.

"문재걸요? 여기 안 왔는데요? 아까 음악실에 있는 거 봤는데."

"아냐. 담 넘고 있던데?"

"문재걸 대박. 그 자식 이제 대놓고 살기로 했나 봐."

"근데 재걸이 변신한 거 대땅 멋있지 않아? 완전 쩔어."

꺄아꺄아 거리면서 계집애들이 난리 났다.

너들은 그게 멋있냐?

그나저나 다리 깁스 때문에 안 그래도 불편해 죽겠는데 왜 이렇게 요리조리 피해 다니는 거지? 가만, 이거 돌아가는 꼴을 보니 뭔가 확 짚이는데?

'하, 복수라 이거지? 내가 했던 그대로 똑같이 되갚아주시겠다?'

그러고 보니 예전에 이와 똑같은 일이 있었다. 바로 담임이 이중 생활을 처음 들킨 날, 상담실로 오라는 담임의 말을 무시하고 재걸은 일부러 약 올리듯 도망 다녔었다. 그걸 그 유치한 선생님이 똑같이 하고 있는 것이다.

"그렇게 나오시겠다?"

재걸은 곧장 교무실로 갔다. 그리고 책상 서랍에 있던 담임의 다이어리를 꺼내 어떤 페이지를 펼쳤다. 재걸의 입술이 사악 끌려 올라갔다.


―미용 정보.

머리 짧게 자르지 말 것.

머리숱이 다른 사람보다 적어서 절대 짧은 머리는 안 어울린다. 잘못하면 비 오는 날 대머리나 자칫 골룸으로까지 보일 수 있다.


왠지 갑자기 한기가 돌아 복도를 걷고 있던 지은은 살짝 몸을 떨었다.

'그나저나 그 녀석은 음악실로 갔으려나. 담치기 했다고 하니

포기했으려나.'

피식 웃음이 나왔다. 일부러 잘못된 정보들이 흘러가게 반 애들에게 손 좀 써났다. 마치 그 옛날 재걸이 자신을 뺑뺑이 돌렸던 것처럼 말이다. 머리가 좋은 녀석이니 어쩌면 지금쯤은 눈치챘겠지.

그건 그렇고 대부분은 문재걸을 슬슬 피하는데, 그 와중에도 얼굴이 빨개져서 황홀한 표정으로 훔쳐보고 있는 여자애들도 있었다.

"하긴, 바뀐 스타일이 제법 괜찮지? 짜식, 워낙 생긴 게 출중하니 뭘 해도 잘 어울려요. 그래, 쳐다봐라, 쳐다봐. 나 시선 받는 거 좋아해."

그러다 웃음이 뚝 멎었다. 제시카 생각이 떠오르자 다시금 분노가 치밀어 올랐다. 어쨌거나 이 짓을 계속하면 육성회장님 귀에도 들어갈 거고 학교도 시끄러울 테고, 애한테도 좀 미안하고. 자신도 오래 할 생각은 없었다.

"문재걸, 만약 진심으로 잘못했다고 빌고 사과하면 그만해 주지."

"문재걸."

그때 등 뒤에서 여학생의 목소리가 들려서 지은은 멈칫했다.

가만, 저 녀석은 옆 반의 서진세? 아, 그리고 보니 둘이 친했었던 것 같다.

"어디 가? 점심 먹었니?"

"먹었어."

"잠깐 얘기 좀 할래?"

"응? 지금 꼭 해야 해."

그런데 서진세의 표정이 심각하다. 가만, 저 녀석의 프로필을 보자면 빵빵한 부모에 똑똑하고 외모 출중한, 이를테면 문재걸과 같은 부류라고 할 수 있겠다. 끼리끼리 논다는 건가. 그런데 이 분위기는 뭐지?

'오호, 설마 문재걸의 여친?'

"그래, 얘기하자."

지은은 차분하게 돌아서는 진세를 기꺼이 따라갔다.


"너 요즘 도대체 왜 그러는 거니."

학교 한쪽의 등나무 벤치에 앉은 진세가 물었다. 역시나 되게 심각한 분위기다.

"정말 애들 말처럼 사고 때문에 변한 거야? 이런 네 모습 전엔 본 적 없어."

"당연하지, 전엔 한 적 없으니까."

"그러니까 대체 왜 그러는데? 난 네가, 예전 그대로였음 좋겠어."

분위기가 상당히 묘하게 흘러갔다. 진세의 표정이 뭔가 많은 걸 품고 있었다.

"내 말 들어줄 거지?"

"왜 내가 네 말을 들어야 하는데?"

"……뭐?"

"너랑 내가 무슨 사인데? 내가 너랑 사귀는 사이라도 돼?"

'나 너랑 사귀냐?' 그렇게 물을 순 없는 거 아닌가. 해서 반어법으로 유도신문을 했다.

정보가 없으니 이 녀석과 문재걸의 정확한 관계를 모르겠다. 여자친구라면 이거 꽤 쓸 만하겠는데.

여기서 서운한 표정으로 화내고 따지면 사귀는 거고, 그 반대면 아무 사이도 아닌 거고.

"꼭 사귀는 사이여야만 이런 말 할 수 있는 거야? 나 너랑 제일 친한 친구잖아."

그렇지! 딱 걸려들었다. 의도는 성공했는데.

젠장, 여친 아니잖아!

'아, 도움 안 되네, 서진세. 이 시키가 또 열 받게 하면 여자친구 이용해서 약 좀 올리려고 했더니. 너도 참 너다. 그깟 자식 확 사귀지 않고 지금껏 뭐 했니?'

진세가 말을 이었다.

"난 네가 걱정돼. 정말로, 이러지 않았음 좋겠어. 오토바이 타고 다녔단 거, 그건 별거 아니야. 그럴 수도 있지. 그 정도 갖고 네가 알고 보면 일진이라는 둥 문제아였다는 둥 떠들다니, 다들 참할 일도 없어. 그게 말이 돼?"

역시 서진세는 똑똑한 녀석이었다.

"그런데 요즘 널 보고 있으면 정말 그 말이 사실이 아닐까 싶기도 해. 나도 그런 생각을 할 정도라구. 하지만 넌 내가 제일 잘 알잖아. 넌 절대 그런 애가 아냐."

잘은 모르겠지만, 이건 여자로서의 직감인데 서진세가 문재걸을 좋아하는 것 같다. 어쩐지 표정이 그랬다.

기집애, 진심이다.

"어제 아줌마가 나한테 전화했었어."

"아줌마라면, 우리 어머니?"

"그래. 너 요즘 뭐 하고 다니느냐고, 학교에선 어떠냐, 혹시 다른 일은 없었느냐, 주변에 불량한 친구들이 있었냐, 짐작 가는 일 없냐 꼬치꼬치 물으시더라."

지은은 바짝 긴장했다. 안 그래도 아침에 육성회장님이 아들의 머리 꼴을 보곤 거의 거품을 물 뻔했었다.

하지만 의심은 오늘 아침이 아닌 이미 그전부터 시작되고 있었다. 며칠 전 지은은 아래층으로 내려가다가 거실에서 육성회장님이 통화하는 소리를 들었다.

"응, 애가 변한 것 같아. 뭐랄까, 그걸 어떻게 설명하면 좋을까. 꼭 다른 사람이 된 것처럼. 내가 내 속으로 낳은 자식을 몰라? 분명 뭔가 있어. 그래, 조만간 결판을 봐야겠어."

지은은 잔뜩 긴장한 채 벽에 딱 달라붙어서 움직이질 못했었다. 안 그래도 그 일 때문에 슬슬 걱정이 되고 마음에 걸려 불편했었는데, 오늘 아침 이런 꼴까지 보여 기함하게 만들었으니. 시기가 안 좋았다. 문재걸 보란 듯 저지르긴 했지만 육성회장님도 생각했어야 하는 건데. 역시 자신은 생각이 짧다.

재걸과 상의를 하려고 해도 둘의 분위기가 이 모양이니 말 붙일 기회도 없고. 이거 잘못하다 둘 다 맨홀로 빠지는 거 아닐까?

"아줌마 마음 난 이해해. 얼마나 걱정되시겠어. 정말 사고 전후로 무슨 일 있었던 거야?"

있긴 있었지. 아주 많았지.

"그런 거라면, 혼자 힘들어하지 말고 나한테라도 말해줘. 도움이 안 될지 몰라도 들어줄 순 있으니까."

진세가 생긋 웃었다.

"뭐, 그렇단 거야. 아, 말하고 나니까 속 후련하다."

"진세야."

"응?"

"너 이 녀석 좋아하냐?"

진세가 갸웃했다. 그러다가 눈이 휘둥그레졌다.

"뭐?"

아뿔싸.

"아, 아니, 너 나 좋아하냐고."

녀석의 얼굴이 이번엔 숯가마처럼 빨개졌다.

"아, 아니거든?"

기집애, 맞는데 뭘!

"걱정 마. 비밀로 해줄게."

"야, 너 대체 뭐라는 거야? 누구한테 비밀로 한단 건데?"

"됐고. 서진세, 너 좀 귀엽다? 어? 종 쳤다. 수업 들어가자."

영락없이 깍쟁이인 줄로만 알았는데 제법 사랑스럽다고 생각하며 지은은 그대로 먼저 걸어갔다. 뒤에서 진세의 얼굴에서 불이 활활 나는 게 소리로도 들릴 지경이었다.

그 귀엽다와 그 귀엽다의 뜻이 좀 다르긴 하지만, 아무튼 본의 아니게 서진세의 심장을 폭발시키고 말았다.

아무튼 또 본의 아니게 일을 잔뜩 크게 벌여놓고서 교실 쪽으로 걸어가고 있는데, 그때 교장선생님의 모습이 보였다. 그리고 그 옆에 있는 분은, 육성회장님?

"재걸아, 엄마 좀 보자."

그의 어머니가 학교로 찾아왔다. 드디어 올 것이 온 건가.

매우 심각한 표정으로 그녀가 재걸이 다가오기를 기다렸다가 함께 돌아섰다. 지은은 쿵덕쿵덕 심장이 미친 듯 뛰는 걸 느끼며 다른 방법이 없어 육성회장님과 보폭을 맞춰 걸었다. 그러면서 시선으론 미친 듯이 재걸을 찾았다. 근데 이 녀석 어디 간 거야? 개똥도 약에 쓸려면 없다고, 녀석이 전혀 보이질 않았다! 야, 니 엄마 왔다고!

"엄마가 학교에 찾아와서 놀랐지?"

잠시 후 재걸은 교장실에 앉아 있었다. 교장선생님은 없었고 재걸은 잔뜩 긴장했지만 아닌 척 의연하게 굴면서 그녀 앞에 앉아 있었다.

"이것저것 알아볼 것도 있고 요즘 네 학교생활도 궁금하고 해서 한 번 와봤단다."

"네, 뭐, 그렇게 하세요."

"역시나 생각했던 대로 여러 가지 귀에 거슬리는 소리를 들었어."

머리가 지끈거린다는 듯 그녀가 이마를 꾹 눌렀다. 지은은 미칠 것 같았다. 소문을 들었다면 이제 다 끝난 거다. 아니나 다를까, 재걸의 어머니가 천천히 이마에서 손을 떼고 지은을 봤다. 그리고 차가운 표정으로 말했다.

"솔직하게 말해봐. 너 대체 누구니?"

지은의 얼굴에서 핏기가 싹 가셨다.

"이 선생, 뭐 해?"

재걸은 교무실에서 다음 수업을 준비하고 있었다. 그때 수학선생님이 옆으로 와서 문서를 하나 줬다.

"교육청 공문이야. 확인해 봐."

스물아홉, 일명 '공포의 삶은 감자'로 통하는 무섭기로 소문난 교사다. 별명의 기원은, 하얗고 넓적한 얼굴에 표독스러운 성격 때문일 테고.

"그나저나 깁스는 언제 푸는 거야?"

"아, 오늘 퇴근하고 풀기로 했어요."

"그래? 잘됐네. 아, 맞다! 내가 깁스 푸는 것보다 좋은 소식 전해줄까?"

"뭔데요?"

"전에 같이 세미나 갔을 때 있잖아. 후배 남선생 하나가 이 선생 보고 마음에 들었는지 소개해 달라던데, 생각 있어?"

"하, 어이없네."

재걸은 자신도 모르게 내뱉었다가 흠칫했다. 안 그래도 수학선생이 갸웃하고 있다.

"그, 그렇다고 어이없을 것까진 없잖아."

"아, 아니에요. 다른 생각 하고 있느라……. 그 얘기에 대한 반응이 아니었어요."

도대체 이런 날라리 교사한테 관심을 가지는 얼빠지고 불쌍한 인생은 어떤 인간인 거냐? 아니, 그것보다, 왠지 그 말을 듣는 순간 그냥 괜히 기분이 나빴다. 담임한테 관심 있는 남자라고? 그게 이상하게 재걸의 신경을 건드렸다.

"기억나? 그날 우리 세미나 듣고 나가는데 갑자기 비가 와서 우산 빌려준 내 후배 있잖아."

"아……."

알 턱이 있나.

"얼굴도 멀끔하고 성격도 순해. 한 번 만나볼래? 이 선생도 그 후배 괜찮게 생겼다고 그랬었잖아."

게다가 추파까지 던지셨어?

그렇다면야.

"아, 어떡하죠? 저 남자친구 있는데."

"에이, 뭐야? 그랬어?"

"글쎄 말이에요. 진작 말씀해 주시지. 양다리는 안 되겠죠?"

딱 이지은 스타일의 말을 하자 수학이 깔깔 웃었다.

"그러니까 다시 이 선생 같네. 사고 후에 뭐랄까, 좀 변한 느낌이었거든. 왠지 차분해진 것 같다고 할까. 밥 먹듯이 하던 지각도 좀처럼 안 하고 수업 준비도 열심히 하고, 교감선생님도 요즘 이 선생한테 꼬투리 잡을 게 없다고 심심하다시더라."

재걸은 흠칫했다. 하긴 담임과 자신은 근본이 다른 인간 타입이었으니, 역할을 잘 해낸다고 했던 게 오히려 계산 착오였을지도 모른단 생각이 들었다. 이지은은 이지은대로, 이지은답게 살았어야 하는데 자신이 너무 반듯하게 바꾸어놓은 건 아닐까. 앞으론 좀 나사를 풀어야 할 것 같다.

"근데 내 생각만 그런 게 아냐. 애들도 다친 후로 뭔가 달라졌다던데?"

"그, 그럴 리가요. 제가 저죠."

"참 이상하지? 똑같이 사고를 당했는데 이 선생은 차분해지고 문재걸은 사고뭉치가 되고. 설마 둘이 바뀐 거 아냐?"

수학이 깔깔거렸다. 함부로 던진 돌에 개구리는 맞아 죽는다. 수학은 별생각 없이 한 말 같았지만 재걸은 거의 기절할 정도로 뜨끔했다.

"그, 그러게요. 우리가 바뀌었나? 하하."

"차라리 그런 거라면 낫겠네. 아무리 그렇다고 애가 어쩜 그렇게 단번에 변해? 나참, 다리까지 다친 이 선생 생각해서라도 그 녀석이 그러면 안 되지!"

점점 담임의 평판만 좋아지고 문재걸은 악마가 되어가고 있었다. 이 교활한 담임 같으니.

안 되겠다. 이대로 두면 언젠가는 뭔가 이상한 걸 느끼는 사람들이 점점 더 많아지겠지? 다급한 마음에 재걸이 싱긋 웃으며 말했다.

"아, 전에 제가 갖고 다니면서 마시던 거 무슨 물이냐고 궁금해하셨죠? 실은, 그거 술이었어요. 왠지 한 잔 들어가야 마음이 놓이거든요, 제가."


"야! 너, 내가 술 마시고 다닌 거 불었다면서!"

지은은 현관문을 쾅 열고 씩씩거리며 들이닥쳤다.

청소하다가 우연히 선생님들이 모여 있는 곳을 지나쳤는데 글쎄, 그 얘기를 하고 있는 것이다. 자신이 그거 술이라고 자백하더라고.

"솔직하게 말해봐. 너 대체 누구니?"

자신이 육성회장님을 상대하고 있는 사이에 저 자식은 그딴 어이없는 짓을 저지른 것이다.

육성회장님의 말에 지은은 그야말로 심장이 발등으로 떨어지는 것 같았다. 이제 끝이구나 생각했다.

"내가 모를 것 같았니?"

압박은 점점 더 심해지고 숨통이 다 턱턱 막혔다. 하긴, 이 정도로 변했으면 의심할 수 있는 상황이었다. 특히 재걸을 낳은 어머니라면 더더욱. 지은은 무릎에 얹은 손을 꽉 말아 쥔 채 결심하고 입을 열었다.

"일부러 속이려던 건 아니었어요. 다만."

"그래, 엄마한테 말 못 할 게 대체 뭐가 있니. 대체 누가 괴롭히는 거니? 속 시원히 말 좀 해줘 봐. 엄마 정말 답답해 죽겠다. 아니면 머리에 뭔가 이상이 있는 거니? 네가 누군지 제대로 기억은 하고 있는 거지? 넌 엄마 아버지의 대단한 아들이야. 혹시 이상이 있는데 걱정할까 봐 숨기고 있는 건 아니니? 뇌 CT 사진을 다시 찍어볼까? 한데 대학 떨어지면 어쩌니?"

뎅.

지은은 어이가 없어서 얼어 있었다. 그러니까 전혀 의심하지 않는단 소리인가?

너 대체 누구니? 라고 물었던 건, 질문이 아니고 한탄이었단 건가. 아들이 미쳐 버리기라도 했다고 의심하고 있었나 보다. 염통이 다 쫄깃해졌다. 촉이 좋구나 생각했는데 역시나 자기 아들한테 영혼이 바뀌는 일 따위가 일어나리라고 누가 상상이나 하겠는가. 아무튼 자신은 머리가 아프지도 않고, 다친 데 이상도 없고, 괴롭히는 인간도 없고 단지 잠시 방황했을 뿐이라고 겨우 설득해서 육성회장님을 무사히 돌려보냈다.

자신은 그런 사지를 겨우 헤쳐 나왔는데 저 자식이 한 짓을 한번 보라.

"오셨어요? 나참, 무슨 학교가 비밀이 그렇게 안 지켜져?"

"오셨어요? 는 개뿔! 너 제대로 대답 안⋯⋯."

갸웃. 지은의 눈동자가 점점 더 확장됐다.

"자, 잠깐! 너 그, 그게 무슨 꼴이야?"

지은의 손가락이 바들바들 떨리며 재길의 얼굴 쪽을 가리키고 있었다. 아니, 정확히 머리카락 쪽을.

"왜요? 기분 전환도 할 겸 헤어스타일 좀 바꿔봤는데. 마음에 안 드세요?"

"안 들지! 이 자식이!"

머리카락이 반이나 댕강 잘려 나가 있었다. 단발로 서 있는 것이다, 자신이!

"너⋯⋯ 너 내가 머리 자르면 안 되는 거 알아, 몰라!"

"당연히 알죠, 그 이유도 알고. 선생님 다이어리가 제 책상 안에 있는데 어떻게 모르겠어요?"

뽀글뽀글.

입에서 거품이 나올 것 같았다. 손톱 끝이 바짝 설 정도로 약이 올랐다.

"이 자식이 다 알고서 그 짓을 했어? 오라, 지금 그랬단 거지?"

"먼저 제 머리카락을 망쳐 놓은 건 선생님이 아닌가요?"

"그렇다고 남의 머리를 멋대로 잘라?"

"멋대로 남의 귀 뚫은 건 어떻게 할 건데요."

"그래? 바늘 구멍만 한 아주 작은 크긴데 이참에 바위도 지나가게 어디 터널로 한번 뚫어주랴? 나 머리 잘 안 자라서 몇 년을 길러야 한다고!"

"머리 아니고 머리카락. 머리를 대체 몇 년을 기르면 자라는데요? 그리고 제가 분명히 더 이상 사고 치지 말라고 했었죠?"

"아아, 그래? 그래서 그렇게 개떡 같은 단발머리에 평소엔 술 마시고 다녔다고 딴 선생님들한테 일러 바쳤냐?"

"뭘 그 정돌 갖고. 세미나에서 우산 빌려준 타 학교 남자 선생님 혹시 기억나세요?"

"뭐? 기, 기억나는데, 왜."

"선생님이랑 만나고 싶다고 소개팅 들어왔길래 남친 있다고 거절해 드렸어요."

뭐가 어쩌고 어째?

이 자식, 해보잔 거지?

"아, 그랬어? 난 진세한테 고백했는데 어쩌냐?"

재걸이 녀석이 창백하게 굳었다.

"뭐, 잘하셨어요. 대신 선생님이 사귀어야 한단 건 아시죠?"

"너희 엄마 학교 찾아오셨길래 사실대로 불려다가 말았는데 어머, 그럴걸 그랬네?"

"그럼 제 위신을 이렇게나 떨어뜨린 선생님을 어머니가 아주 예뻐해 주실 것 같죠?"

에잇!

"너희 엄마가 아들이 뇌에 이상이 있는 걸로 오해하시던데 이참에 아주 미쳤다고 해볼까?"

"수학선생님한테 생각해 보니 아깝다고, 어차피 바람둥이니까 다시 소개해 달라고 하죠, 뭐."

"너한테 고백 들어온 여자애들 한 번 다 확 사귀어주리?"

"아, 청소하다가 이 사진 찾았는데 학교 갖고 가서 우연히 흘리면 어떨까 싶은데, 괜찮죠?"

뭐? 지은의 눈이 휘둥그레졌다.

저건, 고딩 때 한껏 날티를 풍겨주시던 암흑의 역사가 고스란히 담긴 사진이었다.

"이 자식, 진짜 해보잔 거야?"

"전 받은 대로 돌려주는 것뿐입니다."

"아, 그래. 좋아."

지은이 확 돌아섰다.

"어디 가는데요?"

"당구장 간다! 눈에 확 띄게 특히 우리 학교 애들 많이 다니는 데로!"

6화

**내가 너만은 원래대로 돌려줄게**

"여기가 맞죠?"

"맞지, 그럼! 내가 사고 난 현장도 모르겠어?"

일요일이었다. 두 사람은 감정이 상할 대로 상한 끝에 그때 그 사고 현장으로 왔다.

지금까지 합의한 사항은 이랬다.

1. 이대로는 못 살겠다.
2. 무슨 수를 써서라도 원래대로 돌아가야 한다.

그래서 지푸라기라도 잡는 심정으로 절박하게 이곳으로 온 것이었다. 다행히 그때 오토바이가 풀밭으로 떨어져서 둘 다 살아날 수 있었다. 아직도 경사진 풀밭은 그때의 일촉즉발의 처참한 상황이 남아 있었다.

두 사람은 도로 위에 서서 저주받은 표정으로 아래를 내려다보고 있었다.

"모든 일은 여기서 시작됐으니까 찾아보면 반드시 무슨 단서가 있을 거야."

"말도 안 되는 소리. 하지만 이대로 가만히 있을 순 없으니까 무슨 짓이라도 해보죠."

"그게 그 뜻이야! 이 자식이 말끝마다 톡톡 대거리는!"

"워낙 말을 설득력 없게 해서. 충고하자면 절대 남 가르치는 일은 하지 마세요. 아, 근데 직업이 뭐였죠?"

부글부글.

지은은 진심으로 살기가 돋았다.

"문재걸, 너 어떻게든 돌아가고 싶지?"

"그걸 말이라고 하세요?"

"그래, 그럼 내가 도와줄게."

그리고 바로 확 떠밀어 버렸다. 누구를? 재걸이를.

으악! 하며 자신의 몸이 경사진 풀밭을 때굴때굴 굴렀다. 물론 직접적으로 아픈 건 재걸이겠지만.

어머! 쟤 안 다치는 거 아냐?

"아, 진짜! 지금 뭐 하시는 거예요!"

재걸이 발딱 일어나서 버럭 소리쳤다.

되게 아픈가 보다. 팔다리를 마구 문지르며 째려보고 난리 났다.

"무슨 변화 없냐?"

"그걸 말이라고 해요? 저 죽이고 자기 영혼만 챙길 생각이었어요?"

"죽긴 뭘 죽어? 장난으로도 구르겠구먼. 사내자식이 엄살은. 아냐, 이 방법도 소용없네."

태평하게 중얼거리자 녀석이 진짜 잡아먹을 것 같은 표정을 했다.

"깁스 푼 지 며칠도 안 됐는데 또 부러지면 어쩔 뻔했어요!"

그러고 보니 저 자식 깁스 풀었네? 내 몸인데도 관심도 안 갖고 있었다.

"내가 설마 일부러 그랬겠냐? 뭔가 될 줄 알고 그랬지."

"내가 정말."

툴툴거리며 그 녀석이 경사진 풀밭을 다시 기어 올라왔다. 하지만 자기 몸이 아니라 그런지 적응을 못 해 좀체 잘 못 올라온다. 지은이 혀를 끌끌 찼다.

"내 몸을 저렇게밖에 활용 못 하나? 내가 저 정도에 쩔쩔맬 인간이 아닌데."

어쩔 수 없이 지은이 가볍게 녀석을 끌어 올려줬다.

역시 이 몸은 동급 최강이다. 이지은의 몸쯤 아주 가볍게 도로 위로 올려놓는 데 성공했다.

재걸이 실핏줄이 터질 정도로 지은을 노려봤다.

"선생님 정말 미친 거 아니에요? 정신 감정 좀 받아봐야 되는 거 아니냐고요."

"걱정 마. 아직 그 정돈 아니야."

"그 정도 맞아요! 어떻게 사람이 그렇게 미련 없이 떠밀어 버려요? 그것도 자기 몸을!"

"내 몸 따위야, 널 원래대로 돌려놓기 위해서라면 난 무슨 짓이든 할 수 있단다."

진지하게 말했지만.

"어차피 자기가 다칠 거 아니니까 저지른 거 제가 모를 줄 알아요?"

"그러게. 내가 생각이 짧았네. 기왕 굴러떨어질 거 더 튼튼한 니 몸으로 할걸. 내가 굴러떨어질 걸 그랬나?"

재걸이 어이없단 표정을 했다.

"왜 꼭 누군가가 굴러떨어져야 하는 건데요? 방법 선택이 잘못된 걸 말하고 있잖아요!"

"무슨 짓이라도 해보자며? 우등생, 아까 네가 한 말이다."

재걸이 고개를 설레설레 저었다.

"그래요. 좋아요. 열 받지만, 기왕 누군가가 굴러떨어져야 한다면 남자인 제 몸이 나았겠죠. 잘하셨습니다그려!"

지은이 갸웃했다.

"너 그거 진심이냐, 비꼰 거냐?"

"다 선생님 같진 않거든요?"

그렇다면 진심이었단 소린데.

"이 자식이 진짜. 야! 너 그딴 식으로 살지 좀 마! 넌 대체 애가 왜 그래? 인간이 뭐 그렇게 분별도 없이 착하고 너그러워? 얍삽한 생각만 하는 사람 찔리게시리!"

"왜 그렇게 화를 내요? 딱 그렇게 반성하라고 한 말이었는데."

"아, 몰라!"

괜히 신경질 나서 팩 돌아서는데 하필이면 움푹 들어간 지면을 밟았다. 몸이 기우뚱하면서 그대로 악! 굴러떨어지려는 순간 재걸이 지은의 손목을 탁 잡아주었다.

덕분에 김밥 말기를 면한 지은이 놀란 눈으로 재걸을 쳐다봤다.

"너 지금, 나 잡아준 거냐? 그렇게 얍삽한 짓을 했는데도?"

"뭐가요. 안 그럼 내 몸이 다쳤을 거 아녜요."

그러면서 녀석이 손을 탁 놨다. 지은은 벙찐 얼굴로 녀석을 보다가 천천히 뒤를 따랐다.

"넌 정말 속이 있는 거냐, 없는 거냐? 포용의 아이콘이야? 노벨 평화상이라도 받을 생각이야?"

"도와줘도 뭐라 그러고 참, 살 수가 없네."

"그렇잖아. 아까 그 상황은 누가 봐도 내가 너 잡아주는 게 자연스러웠어. 왜냐하면 지금은 내가 남자니까!"

"그래요. 선생님이 남자고 제가 여자죠. 그래서 뭐, 제가 여자라고 선생님 잡아준 줄 알아요? 허이구, 망상으로 시나리오 하나 쓰시겠네요."

둘은 또 서로를 째려봤다.

"문재걸, 그렇게 애써 마음 숨길 필요 없어. 그건 창피한 게 아냐. 내가 여자로 보인 걸 어쩌겠니."

재걸이 벌레라도 씹은 표정으로 지은을 봤다.

"뭐요?"

"어쨌거나 내 본체는 여자니까, 네 안에 숨은 남성 본능이 여자인 날 자신도 모르게 보호해 주고 싶었던 거겠지. 하긴 나한테 여럿 반했지. 냐하하! 짜식, 기사도 정신은 있어서. 내가 다칠까 봐 그렇게 걱정됐어?"

"웃기네. 만약 그렇다고 하더라도 늙은 여자 잡아준 것뿐이에요. 노약자 배려요."

이 자식이!

"이거 왜 이래? 나도 나름대로 여자거든? 나 남자한테 작업도 들어왔단 거 잊었어?"

"선생님."

지은이 멈칫했다. 저, 저 자식이 왜 갑자기 분위기를 잡고 난리지? 설마 내가 잘못 건드렸나? 장난친 건데 혹시 진심이었어? 어쩐지 오늘따라 많이 배려해 줬던 게, 그동안 정말 나한테 정이 들어버린 거였나!

"선생님은, 진짜 사나이세요."

녀석이 그대로 가버렸다.

쩡.

어쩔…….


"야! 여기 와봐!"

아직 사건 현장을 떠돌고 있던 지은이 뭔가를 발견하고 부르자 재걸이 다가왔다.

"뭔데요?"

"여기 전선 피복이 벗겨져 있어. 내가 만져 볼게."

그리고 정말 겁도 없이 턱! 만지자 재걸이 기겁하며 지은을 뒤로 확 당겨 내팽개쳤다.

"지금 뭐 하시는데요?"

"우와…… 진짜 좌르르 하면서 전기 흘렀어. 쇼크 먹어 죽을 뻔했네.”

“그걸 지금 말이라고 해요? 진짜 죽었으면 어쩔 뻔했어요? 도대체 생각이 있어, 없어? 어떻게 겁도 없이 그런 짓을 해요!”

엄청 화를 내고 있다.

“아, 그 자식 되게 뭐라 하네! 지한테 만지게 하려고 했다가 지랄지랄할까 봐 이번엔 내가 만졌구먼, 생각해 줘도 난리야. 아, 그럼 뭘 어쩌라고!”

“아무튼 위험한 짓은 이제 하지 마세요.”

그러면서 녀석이 시선을 슬쩍 피했다. 뭐야? 왜 또 저렇게 갑자기 수줍은 소년처럼 나와?

“위험한 짓 안 하고 이 상황을 어떻게 해결할 수 있는데? 애초에 몸이 뒤바뀐 것 자체가 사고라는 가장 위험한 상황에서 일어난 거였어. 그럼 돌아오는 것도 당연히 같은 수준의 위험을 감수해야 하는 거 아냐?”

“후우, 그게 바로 초딩 수준의 유치한 사고방식이란 거예요. 비행기 사고로 기억상실증 걸렸다고 다시 비행기 사고 당하려는 거랑 뭐가 달라요?”

“모든 게 다 논리로 설명이 되는 줄 알아? 이건 그딴 논리가 안 통하는 상황이라니까? 제발 정신 차려라, 재걸아. 돌아올 생각이 있긴 한 거냐?”

“없겠어요?”

와, 자식, 되게 티껍게 쳐다보네. 영락없이 과거 현역 시절의 자신의 모습을 보는 것 같다.

“그런다고 바뀌는 거면 열두 번도 더 했어요. 제발 생각 좀 하고 살아요."

지은은 어깨가 툭 꺾어져서 실망의 한숨을 길게 뿌렸다.

"하긴 그렇겠지. 근데 이 자식이 아까부터 보자 보자 하니까, 뭐? 생각을 하고 살아? 너 내 몸에 들어갔다고 자꾸 잊어버리는 것 같은데 나 네 선생이야. 그것도 너보다 나이도 훨씬 많은!"

"겨우 일곱 살 차이 갖고. 아, 시끄러워요."

"뭐얏?"

"됐고. 다른 방법이나 찾아봐요."

"그래, 그러자. 자, 이제 뭐 할까? 마법사라도 찾아볼까? 호그와트라도 갈까? 방법 없어. 니 몸 내 몸 따지지 말고, 그냥 둘이 동시에 뛰어내려 보자."

"그러니까 아까 위험한 짓 하지 말라고 그렇게 말했는데!"

"아, 알았어! 그럼 천둥 치는 날 만나자. 번개 정통으로 맞으면 될지도."

"선생님!"


잠시 후 두 사람은 강변에 서 있었다. 그날 오토바이 키를 녀석에게 빼앗겼던 바로 그 강변이었다. 사고 난 시간부터 이전으로 거슬러 올라가고 있었다.

"혹시 여기서부터 뭔가 징조가 있었던 건 아니었을까?"

"무슨 징조요. 저 물에 있는 '하백'이 우리한테 저주라도 내렸대요?"

"하백? 아, 물을 맡아 다스린다는 신? 지, 진짜로 하백이 있는 거 아냐? 그날 음료수 마시고 깡통 물에다가 버렸는데."

"깡통을 왜 하천에다 던져요? 선생이 할 짓이에요, 그게?"

"너도 참, 그 선도부장 병은 죽을 때까지 못 고치지 싶다."

더 말하면 또 싸울 것 같아 재걸도 그만두고 지은도 고개를 돌렸다.

두 사람은 잠시 그렇게 서서 강물을 바라봤다.

"재걸아, 너 혹시 그거 아니? 운명의 빨간 실. 태어날 때부터 새끼손가락이 빨간 실로 이어져 있는 사람들이 있다더라. 그걸 인연이라 부르지."

괜히 말했다. 녀석의 얼굴에서 핏기가 싸악 가시는 소리가 들렸다. 뿐이랴, 한 걸음 성큼 물러서서는 사람한테 모욕감을 주고 있다.

"작업멘트 아니거든?"

"작업하면 누가 당해주기나 한대요? 와, 닭살. 엄청 충격 먹었네."

저걸 진짜.

"토할 것 같지? 근데 아니라고도 할 수 없을걸? 그게 그렇잖아. 몸도 나눠 쓰고 우리가 보통 인연이냐고."

녀석의 혈색이 더 사라졌다.

"꼭 그렇게 징그럽게 표현해야 해요?"

"뭐가? 아, 몸 나눠 쓴단 거?"

"말하지 말라고 했어요!"

그 자식, 되게 깐깐하네. 틀린 말도 아닌데 뭘 저렇게 오버를 떨어?

"정확히 말하면 빨간 실이 아니라 악연의 밧줄이겠죠. 가시넝쿨 칭칭 감긴 채찍이나."

"그래, 그렇겠지. 무슨 인연씩이나. 저주겠지. 불운이겠지."

재걸이 손바닥으로 자기 이마를 꾹 눌렀다.

"왜 이런 일이 일어났는지 모르겠어요. 대체 언제까지 이래야 하는 건지."

그런 재걸을 바라봤다.

아무 말도 할 수 없었다. 어쩐지 그 상심이 너무도 짙게 전해져 와서.

문재걸, 잘 견디는 것 같더라니, 결국 녀석도 애였다. 굉장히 힘들었을 것이다. 그런데도 그동안 차분하게 잘 넘겨주었다. 고마운 녀석이다.

"너…… 진짜 돌아오고 싶지."

"당연한 소리 자꾸 묻지 마세요. 됐어요. 그만 가요."

지은은 얌전히 재걸의 뒤를 따랐다. 몇 걸음 걷다가 난간처럼 설치된 나무 구조물이 보여서 그리로 걸어갔다. 그 끝에서 보자 강물이 발끝 아래로 바로 내려다보였다. 바닥이 보이지 않을 정도로 깊다.

"뭐 해요?"

"하백한테 사과라도 하려고."

재걸이 고개를 저으며 뒤로 다가왔다.

하백, 있으면 죄송해요. 깡통이 그날 혹시 머리에라도 맞았나요? 재걸을 돌아봤다.

"재걸아, 있잖아. 니 앞에 나타나서 미안해."

"뭐라는 거예요?"

재걸이 피식 웃었지만 지은은 웃지 않았다.

"우리 아까 사고 현장에 가길 잘한 것 같아. 내가 방법을 찾앉거든."

늘 태평하던 지은의 표정이 계속 진지하자 재걸의 얼굴에서도 웃음기가 사라졌다.

"무슨 소리예요?"

"역시 둘 다…… 는 필요 없어. 내가 죽으면, 일단 넌 돌아오지 않을까?"

웃었다. 그리고 바로 강물로 첨벙 뛰어들었다.


겁나는 것도, 두려운 것도, 단 한 치의 망설임도 없었다.

속전속결.

'생각은 짧게. 행동은 과감하게!'

그게 이지은이 살아가는 방식이니까.

의식이 점차 희미해져 간다.

몸이 점점 더 아래로 가라앉는다.

수면 위의 풍경이 점점 흐릿해져 갔다.

정적.

사방이 고요하다.

아…… 이렇게 내가 죽는구나.

그런데도 두렵기는커녕 어쩐지 마음이 편해졌다.

자신이 죽으면, 이 영혼이 사라지면 자연 육체가 비겠지. 그럼 밖에 있는 안전한 문재걸의 영혼이 내 몸으로 돌아올 것이다. 그럼 문재걸은 자기 몸을 찾자마자 곧바로 같이 익사……

'하겠네!'

평화롭게 감기려던 지은의 눈이 번쩍 떠졌다.

나 지금 뭐 한 거야! 뭔 뻘짓을 한 거야? 뒤늦게 온몸을 버둥거리고 공기 방울을 뻐끔뻐끔 쏘아댔다. 생각해 보니 쓸데없이 문재걸이랑 자신의 영혼은 죽고, 최악의 경우 이지은의 몸만 텅 비어서 썰렁하게 남게 될 확률이 컸다.

오, 마이 갓!

어쩔……!

하지만 시약에 빠진 개구리처럼 뒤늦게 바르작거려 봐야 이미 늦었다. 아…… 눈앞이 흐려진다. 온몸에서 힘이 빠졌다. 뻘짓을 반성할 기력도 더는 없었다.

어쩌면 운이 좋으면, 영혼을 되찾은 재걸의 몸이 사망하기 직전에 경찰들이 끌어 올려줄지도 모르지. 부디 그런 기적이 일어나주길.

대신 자신이 자신을 포기한다, 제자를 위해서. 그럼 하늘도 도와주지 않을까?

점점 끊기는 의식 속에서 어떤 따스한 생각 하나가 피어올랐다.

'그나마 나도…… 선생이었구나.'

그때 문득 저 앞쪽에서 누군가가 자신을 향해 헤엄쳐 오는 것 같은 착각이 일었다. 그게 자신의 얼굴 같기도 하고, 문재걸의 얼굴 같기도 하다.

아, 이제 갈 때가 됐구나. 헛것이 다 보인다.

지은은 서서히 눈을 감았다.

✠　　✠　　✠

"에치!"

죽는다.

"에치!"

난 이제 더 이상 이 세상 사람이 아니다. 미련 없이 이 세상을 떠난다.

"에치! 푸에치!"

근데 시끄러워서 못 죽겠네! 대체 아까부터 이게 무슨 소리야?

지은은 눈을 번쩍 뜨고서 눈알을 또르르 굴렸다. 그런데 이상하다. 자신이 죽은 것 같지도 않고 여기는 병원 같다. 그리고 침대 옆에 자신의 얼굴을 한 인간이 담요를 덮어쓰고 미친 듯 재채기를 하며 앉아 있다.

'뭐야, 다 끝난 게 아니었어? 왜 아직 내 얼굴이 내 바깥에서 보이는 거야.'

벌떡 일어나려는데 바로 어깨가 확 밀쳐지는 바람에 다시 침대로 벌렁 누웠다. 누구겠는가. 문재걸이지.

"너, 재걸이니?"

절망스러운 마음으로 확인차 물었다.

"그럼, 에치! 누구겠어요? 사람이, 에치! 왜 이렇게, 에치! 무모해요?"

감기가 대박 걸린 것 같다.

"근데 넌 왜 그렇게 재채기를 해? 담요는 왜 두르고 있고. 설마 정말 너였어? 아니, 나였나? 아니, 너였어? 물속으로 뛰어든 게 정말 너였어?"

"그럼 사람이 눈앞에서 물에 빠졌는데, 에치! 그냥 둬요? 에에취!"

할 말이 없었다. 미안하고 민망하고 그러면서도 뭔가 좀 감동스럽다.

"무모한 행동 하지 말라고 그렇게 말했는데! 선생님의 순간적인 판단 미스가 저까지 곤란하게 할 수 있다고 제가 몇 번을, 에치!"

녀석이 재채기 하느라 그 좋아하는 잔소리를 다 못 끝냈다. 불쌍한 녀석, 그리고 불쌍한 나.

선생으로서 장렬하게 전사하고 싶었건만.

아, 만사가 다 싫다. 그렇게까지 했는데 최소한 성의라도 보여야지, 하백! 어째서 이 꼴로 바뀐 거 하나 없이 고스란히 깨게 하냐고!

"나 무모한 거 이제 알았냐. 무모 빼면 시첸데. 무모 여사. 무모 선생. 티끌만치도 쓸모없는 인간."

"왜 그래요? 갑자기 안 어울리게 자기반성을 다 하고."

"멋지게 뭘 하려고 해도 세상이 안 도와주니 열 받아서 그런다, 왜!"

"그래서 그 방법이란 게 자살이었어요? 결국 저만 감기 걸렸잖아요!"

"난 죽을 뻔했어, 자식아."

"그럼 그대로 가시지, 왜 살아났어요?"

"네가 살렸잖아!"

"거기 환자분들! 병원에선 좀 조용히 하세요!"

죽일 듯 싸우다가 간호사한테 혼났다.

눼…….

재걸이 골치가 지끈거리는 듯 이마를 살짝 누르곤 한결 낮아진 어조로 물었다.

"도대체 왜 그런 거예요? 설마 제가 생각하는 그런 건 아니죠?"

아마, 맞을 거다.

이 녀석, 나보다 머리가 팽팽 잘 돌아가니까, 자신의 한심한 계획 따윈 벌써 간파했겠지.

"대단한 여자네요, 정말."

"거 봐. 그럴 줄 알았어. 다 파악했네, 뭐. 나만 죽으면 네가 돌아올 줄 알았어."

"하아."

"근데 물에 빠지고 나니까 정리가 되더라. 이 몸에서 내 영혼이 빠져나가 봐야 아무것도 해결되지 않는단 걸. 근데 어떡해. 이미 빠져 버린걸."

재걸은 정말로 기가 막힌다는 표정이었다.

"설마 했는데 정말 그런 생각을 한 거예요? 나참, 임용고시는 어떻게 통과했어요? 도저히 이해할 수 없어."

나도 내가 이해가 안 간다.

"그치만 걱정 마. 물에 빠진 덕에 또 하나의 방법을 찾았으니까. 이 몸이 아니라 네 몸의 숨통을 끊어놓으면."

바로 재걸의 목을 마구 졸랐다가 정말 드럽게 혼났다. 간호사한테도 혼나고 문재걸한테도 혼나고. 응급실에 있다가 격리될 뻔했다.

아깝다.

"나참 정말, 도대체 무슨 생각을 하고 사는 사람이에요? 똑같은 말 하기도 지친다, 이제!"

재걸이 졸렸던 목을 만지면서 미친 듯 화를 냈다.

"시끄러워. 조금만 더 하면 보내 버릴 수 있었는데 기력이 달렸어. 너 밤길 조심해라. 언젠가는 숨통을 끊어놓고 말 테니까. 특히 골목길 조심해."

"와…… 정말 사이코다. 장난이에요, 뭐예요?"

"내 손 끝에 담긴 살기를 못 느꼈니?"

"그래서 정말 자살할 생각이에요? 자기 몸 죽일 생각이냐고요! 왜 그렇게 생각을 극단적으로밖에 못 해요? 대체 어떻게 하면 그런 무모하고 무서운 생각을 할 수 있는데요?"

"그런 방법만 생각나는 걸 어떡해. 너한테 네 영혼 돌려주려면 그런 것밖에 없는 것 같은데. 내가 뭔가를 내려놓는 방법."

녀석이 한숨을 내쉬었다. 그리고 푸에치! 재채기를 했다.

"다급하니까. 이러다 만약 영영 못 돌아오면 어떡하지? 근데 넌 그러면 안 되는 사람이잖아. 가족도 있고, 미래도 탄탄대로고, 잘 못되면 상처받고 슬퍼할 사람도 많고. 난 뭐, 아무도 없고, 주변에 민폐나 끼치지 않으면 다행이고, 좋은 선생도 아니고. 근데 넌 지금이 네 인생에서 가장 중요한 시간데 더 이상 피해 주면 안 되잖아. 나야 이렇게 바뀌어도 그리 손해 볼 것도 없지만."

"그런 게 어딨어요."

지은이 멈칫했다.

"누군 손해 보고 누군 아니고, 그런 게 어디 있냐구요. 선생님도 똑같아요. 똑같은 피해자예요. 우리 둘한테, 동시에 일어난 일이라고요. 두 번 다시 선생님 혼자 책임지려고 하지 마세요. 한 번만 더 무모한 짓 하시면 그땐 정말 화낼 겁니다."

지은의 눈동자가 벌어졌다. 뭔가 굉장한 말을 들은 듯한 느낌. 그 말이 너무도 따스하고 고마워서 갑자기 눈물이 울컥 날 것 같았다.

이런 어린 녀석에게 이렇게 따뜻한 위로를 받고 있어도 되는 거야?

"알았어요, 몰랐어요?"

"……알았어."

"정말 알아들은 거예요?"

"그래. 그래서 하는 말인데, 정말 미안하다."

지은은 천천히 눈을 감았다.

재걸이 그렇게 말해준 덕에, 이기적이게도 마음이 조금은 놓였다. 하여튼 누가 애어른 아니랄까 봐. 짜식, 알면 알수록 속 깊은 인간 같으니!

그때 뭔가가 이마에 조심스럽게 와 닿아서 지은은 천천히 눈을 떴다.

흐릿한 시야에 재걸이 마른 수건으로 자신의 이마를 닦아주는 모습이 보였다. 자기도 감기 옴팡 들었으면서 간호해 주고 있나 보다. 그리고 시트도 목까지 끌어 여며주었다.

어째서일까.

녀석의 얼굴 생김이 아닌 표정만이 보였다. 두 가지를 떼는 게 가능할 리가 없을 텐데, 그냥 지금은 자신의 얼굴이 아닌 재걸의 얼굴로, 재걸이 짓는 표정으로만 보였다.

그리고 그 눈.

그건 한심해하는 게 아니라, 걱정하는 눈이었다.

## 7화

## 복수전 이후, 그 자잘한 뒤처리

지은은 천천히 눈을 떴다. 꽤 오래 잔 것 같다. 응급실 창문을 보니 벌써 밤이다.

재걸도 피곤한지 의자에 앉아서 꼬박꼬박 졸고 있었다.

"아 놔, 난 왜 자는 모습까지 이렇게 예쁘냐."

몸이 뒤바뀌고 난 후 편한 거 하나는 있었다. 거울이 없어도 자기 모습을 볼 수 있다는 것. 짧아진 머리는 역시 에러였지만.

그때 재걸이 잠에서 깼다.

"괜찮아? 누워서 자지 그랬어."

"누가 얼음송곳 갖고 와서 찌를까 봐 걱정돼서 편히 잘 수가 있어야죠."

"치, 졸았으면서. 아! 나 얼른 가야 한다. 육성회장님한테서 또 잔소리 날아온다."

지은이 일어나려고 했지만 재걸이 어깨를 꾹 눌렀다.

"링거 다 맞으면 가요. 지금 이런 꼴로 비실비실 들어갔다간 더 의심받을걸요?"

"하긴 그렇겠지?"

"어머니 학교 찾아왔다면서요. 혼자 당황하셨겠어요."

"다행히 아무 일 없이 넘어갔으니까, 뭐. 감시가 더 심해질까 봐 걱정이지만."

"아마 안 그럴 거예요. 어머니 워낙 바쁜 사람이라 집에도 잘 안 계시던 분인데요, 뭐. 아시잖아요. 사고 때문에 잠깐 시간을 낸 것뿐이에요. 아마 곧 평소대로 돌아가실 거예요."

육성회장님은 무슨 의류사업을 한다는 것 같았다. 그래서 사실 아주 바쁜 사람이었다. 제발 아들한테서 관심 끊고 사업에 올인하시길. 아무튼 그 면은 자신으로선 럭키였다.

"너 나 간호해 준 거야? 네 몸이니까?"

"……선생님 걱정도 좀 했어요."

대박! 저렇게 대답할 줄은 몰라서 지은의 눈이 휘둥그레졌다. 당연히 펄쩍 뛰면서 자기애적인 말만 좔좔 흘릴 줄 알았더니.

"진짜?"

"생각 없이 사는 사람인 줄 알았는데 오늘은 좀 달라 보였거든요. 물론 선택한 게 죄다 무모한 것들뿐이긴 했지만, 그래도 최소한의 양심과 도덕, 책임감은 있는 사람이구나. 보이는 것처럼 무뇌는 아니구나."

"칭찬이냐, 욕이냐?"

"선생님도 어른이었어요."

"한판 붙자는 거냐?"

"어쨌든 저로선 다행이란 소리였어요. 성분 자체가 재활용 불가능할 줄 알았는데 그 정도로 막장은 아니었으니까."

"실례의 소리를 잘도 흘리네. 대체 넌 뭘 먹고 컸길래 그렇게 애어른이니? 아우, 징그러워. 무슨 애 같은 데가 있어야지."

재걸이 가만히 있다가 피식 웃었다.

"그렇게 몇 초 뒤에 웃지 마! 그것도 애 같지 않다고."

"저 애 아니에요. 이제 1년만 있으면 어엿한 성인입니다."

"1년 안엔 애지."

"뭐, 그렇다고 쳐요."

지은이 낮은 한숨을 흘렸다.

"네가 그럴수록 내가 더 작아진단 말이야. 가끔 보면 네가 나보다 더 어른 같은 느낌이 드니까."

두 사람의 눈이 마주쳤다.

그런데 또 이상한 일이 일어났다. 눈앞의 얼굴이 또 자신의 얼굴이 아닌 재걸의 얼굴로 보였다. 나 왜 이러지?

"누구라도, 선생님보다는 어른일걸요?"

젠장. 알겠다. 저 얄미운 말들 때문에 저놈의 얼굴이 불쑥불쑥 묻어나는 거였다!

재걸이 피식 웃었다.

"근데, 오토바이가 가족이었단 말 사실이에요?"

지은이 멈칫했다. 저 질문이 나올 줄은 몰랐기에.

"어차피 안 믿잖아."

재걸은 수긍도 부정도 하지 않았다.

"그래도 사실이었어. 이해 안 되지? 오토바이가 가족이라니. 하지만 비록 사람처럼 말을 할 순 없어도, 애완견처럼 달려 나와 반겨주지 않아도, 애정을 쏟을 수 있는 무언가가 있는 게 좋았어."

지은이 창 쪽으로 서서히 시선을 돌렸다.

"비 오면 안 맞게 덮어주고, 눈 오면 타이어 손봐주고, 더러워지면 깨끗하게 씻겨주고, 이런저런 수다도 떨고, 그러다 보면 왠지 얘가 진짜 들어주는 것 같은 거야. 근데 너 지금 미친 여자 상상했지?"

"아니요. 하지만 살짝 소름은 돋았어요."

"아무튼 나한텐 유일한 친구였어. 가족이고 친척이었어. 가족이란 게 갖고 싶다고 아무 때나 시장 가서 살 수 있는 게 아니잖아. 근데 진짜 살 수 있더라고."

재걸이 멈칫했다.

"웃기지? 근데 제시카가 온 뒤에 정말 퇴근길이 즐거워졌어. 빨리 가서 만나고 싶고 보고 싶고, 그런 기분 처음이었거든. 누군가가 집에서 날 기다려 주는 기분. 그런 거 정말 오랜만이더라. 근데 왜 그렇게 빤히 보냐? 기분 나쁘게."

재걸이 흠칫하더니 시선을 돌렸다.

역시 오토바이를 사람 취급하는 미친 여자 구경하다가 깜짝 놀란 것 같다.

"사람들은 참 이상해. 차 좋아하는 건 안 비웃으면서 오토바이 좋아하는 건 왜 우습게 생각하나 몰라. 안 그러니?"

"미안해요. 그런 줄도 모르고 제멋대로 없애 버려서."

지은이 피식 웃었다.

짜식.

누가 성실맨 아니랄까 봐 바로 사과해 왔다.

"됐어. 오토바이가 그냥 오토바이지."

우습게 됐네. 사과 한마디만 하면 그만하려고 했는데. 막상 사과를 하니 자신이 더 미안했다. 왜 그렇게 이를 갈며 이 녀석에게 복수전을 펼쳤는지 되게 허무해졌다.

그러니까 이제 그만 용서해 줄까? 근데 그 자식, 사람을 되게 불쌍하단 눈으로 쳐다보고 있네? 역시 괜히 멜랑꼴리를 떨었나 보다. 그리고 보니 이 녀석에게 그런 얘기를 털어놓게 될 줄은 몰랐다.

"그래서 진짜 진세한테 고백했어요?"

"어, 아니? 안 했지만, 근데 걔가 너 좋아하는 것 같더라."

재걸이 얼굴을 들었다. 되게 놀란 눈치다.

몰랐냐?

"설마, 그래서 이상한 소리 한 건 아니죠?"

놀란 게 아니라 경계하는 거였군. 헛소리라도 했을까 봐.

"어, 아니? 그냥 귀엽다고 했는데? 근데 걱정 마. 그렇게 오해하진 않았을 거야."

재걸이 자기 이마를 탁 짚었다.

"고백이랑 다를 바가 없는데 뭐가 오해를 안 해요! 우린 그딴 말 나누는 사이가 아니라고요! 도대체 어떻게 해결할 거예요!"

난리 났다. 얘 또 열 받았다.

✠　　✠　　✠

다음 날 출근한 재걸은 수학과 얘기할 기회를 노리다가 얼른 말을 걸었다. 수업 준비를 하던 수학이 돌아봤다.

"저기, 선생님. 그날 제가 한 농담 있잖아요. 술 갖고 다녔었단 말, 그거 장난이었는데 농담이 좀 심했죠?"

담임이 사과를 했으니 자신도 어질러 놓은 건 정리해야지 싶었다.

오토바이 얘기 듣고 갑자기 담임이 좀 안됐기도 하고 처량 맞기도 했다. 안 그래도 청승스러운 여자를 여기서 더 불쌍하게 만들면 죄 받지 싶었다.

"어…… 어, 그랬어?"

그런데 잘 안 통하는 눈치다.

"교사가 설마 학교에 술을 갖고 다녔겠어요? 그날 좀 열 받는 일이 있어서 세상사 다 짜증 나고 그래서 그만 이상한 소리 해본 거였어요."

"정말? 그런 거였어? 하긴 나도 그럴 때가 있긴 하지. 만사 다 짜증 나서 마구 망가져 버리고 싶은 날. 아유, 다행이다. 난 또 이 선생도 머리를 다친 건 아닌가 싶어서 얼마나 섬뜩했는지. 그게 그렇잖아. 한 학교 안에서 두 사람이나 한꺼번에 이상해지면 얼마나 오싹해?"

"아, 네, 그건 그렇죠. 그렇게 되면 큰일이죠."

"내 말이! 근데 이 선생도 그게 아니었대고 문재걸도 점차 정상으로 돌아오는 것 같으니까 그나마 다행이지 뭐야."

갸웃.

"문재걸이 정상으로 돌아와요? 언제요?"

"오늘은 예전처럼 단정한 차림으로 제시간에 등교했다던데? 곧 선도부장 일도 다시 할 건가 봐. 자기가 열심히 하겠다고 했대."

담임, 크리스마스 악몽이라도 꾼 건가?

정말 정신을 차린 건가?

에이, 설마. 믿을 수가 있어야지.

"아무튼 좋은 일이지 뭐. 교장선생님 기대가 워낙 커서 재걸이 한테 무슨 일 생기면 우리도 문제거든. 그 스트레스를 다 우리한테 푸실 거 아냐."

물론 그렇게만 된다면 자신도 다행이었다.


한편 지은은 교내의 평판대로 문재걸의 명예를 되찾아주기 위해 나름 노력하고 있었다. 그냥 용모 단정하게 하고 죽어라 책만 보고 있으면 되는 거였다. 물론 그게 자신으로선 가장 어려웠지만 아무튼. 그건 어떻게 해보겠는데 진세 일은 통 갈피를 잡지 못했다.

"서진세."

복도에서 진세와 마주치자 불렀더니 바로 얼굴이 홍당무처럼 빨개져서 과잉 반응을 했다.

저 기대에 부푼 얼굴을 보라.

수줍음에 떠는 한 떨기 순수한 저 꽃을 보라.

"잠깐 얘기 좀 할래?"

"으, 응."

이럴 땐 직구가 최고다. 그래서 계단 한쪽으로 끌고 가자마자 단도직입적으로 말했다.

"그날 혹시 내가 너한테 오해를 살 만한 말을 했다면."

"아, 아냐! 나 다른 생각 안 했어. 그날따라 네가 좀 달라 보이긴 했지만 요즘 넌 이런저런 일로 복잡한 때니까 절대 오해 같은 거 안 해. 나도 알아. 아직은 우리가 친구 사이란 거."

아직은, 은 뭐냐.

하긴, 문재걸이 자기 몸으로 돌아오면 널 사귈지 말지 결정을 해주겠지. 그러니까 아직은, 이라고 표현하는 게 낫긴 하겠다.

"재걸아, 나 졸업하기 전엔 너한테 부담 줄 생각도, 뭔가를 결정하라고 할 생각도 없어."

졸업한 후엔 부담 만땅 줄 생각이란 거네.

"너한테도 나한테도 지금이 가장 중요한 시기잖아. 이런 때 널 흔드는 그런 바보 같은 짓은 안 해."

지금 고백 안 하는 이유가 오로지 시기 때문이란 소리네.

"나도 너한테 걸맞은 여자친구가 되기 위해서라도 지금보다 더 열심히 할 거야."

이 무슨 건전한 청소년 드라마의 한 장면이란 말인가. 얘는 수줍은 건지, 당돌한 건지 안 그런 척하면서도 할 말은 다 했다.

"그러니까 우리 계속 이렇게 좋은 친구로 지내자. 날 편하게 대해줘. 혹시 앞으로도, 남들에게 하기 힘든 얘기 있음 언제든 말하고. 나 언제든 들어줄 수 있으니까."

일 났다.

말은 아니라고 하면서 이미 영혼은 반쯤은 문재걸의 여자친구가 다 됐네그려.

뭐, 어떻게든 되겠지. 남녀 문제는 남이 끼어들 수 있는 게 아니다.

'그러니까 문재걸, 서진세 건은 네가 나중에 스스로 정리하렴.'

며칠 후, 퇴근하고 빌라에서 청소를 하고 있던 재걸은 초인종 소리에 투덜거리며 현관문을 확 열어주었다.

"왔으면 그냥 들어오지 청소하는데 귀찮게 벨은 왜 눌러요?"

어차피 아무도 안 찾아오는 집이었다. 당연히 담임이 장난치는 거라고 생각하고서 쏟아내던 재걸이 멈칫했다. 집 앞에 처음 보는 여자가 장바구니를 들고서 서 있었다.

동글동글한 인상, 짧은 파마머리, 꽃무늬가 자잘하게 들어간 긴 원피스에 분홍색 카디건, 그리고 분홍색 립스틱. 뭔가 엄청 과하면서도 더할 나위 없이 촌스러운 그 여자가 눈에 눈물을 글썽글썽 담은 채 재걸에게 와락 달려들었다.

"미안해, 이년아! 사고 난 것도 모르고 나 사는 데 바빠서! 많이 안 다쳤어? 어디 부러진 덴 없어?"

그 통통한 몸에 짓이기듯 눌린 채 재걸은 정신없이 머리를 굴렸다. 얼마 안 가 담임의 유일한 지인인 '공주엄마'일 거란 결론에 이르렀다. 드디어 자신에게도 들키지 않도록 조심해야 할 주변의 눈이 생긴 것인가. 긴장한 채 재걸은 일단 공주엄마를 떼어냈다.

가만, 근데 뭐라고 말해야 하지? 정보가 워낙 없으니 원. 일단 방금 들은 말이라도 재활용해 보자.

"괜찮은데 일부러 뭐 하러 왔어. 사, 사는 게 바쁠 텐데."

"어유, 이 속 좁은 년, 고새 삐쳐서 비꼬는 거 봐라. 연락 좀 해

주면 어디가 덧나냐? 내가 수리 센터 아저씨한테 이 소식을 들어야겠어? 아, 비켜봐. 너 좋아하는 잡채 해주려고 재료 사왔으니까 그거나 처먹어, 이년아."

공주엄마가 눈물을 마구 닦아내곤 쿵쿵거리며 바로 거실로 진입했다.

아, 그냥 가줬으면 좋으련만.

"근데 뭔 바람이 불어서 청소를 다 하고 있어? 얼씨구, 앞치마까지? 세상에, 집 깨끗해진 거 봐라. 요년, 너 애인이라도 생겼어? 뭐야? 병원에서 의사 물어버린 거야?"

무엇보다도 저 된장찌개에서 갓 건져 올린 듯한 구수한 어휘력에는 대체 어떻게 반응해야 할지 모르겠다.

"눈 감고도 오토바이 타던 년이 어쩌다가 사고는 낸 거야? 그러다 황천길 갈 뻔했어, 이년아. 아, 음식 하는데 먼지를 털면 어떡해! 그냥 좀 앉아 있어. 정신 사납게 안 하던 깔끔을 떨고 있어."

"저기, 잡채는 내가 해 먹으면 되니까 바쁘면 그냥 가봐도 되는데."

"허이구, 네가 잡채를 해? 잡채가 너를 하겠다! 정신 사나우니까 그냥 좀 가만히 앉아 있어. 이지은이 다쳤는데 꼬봉이 이 정돈 해야지. 얼라려, 양념통 정리된 것 좀 봐라? 안 하던 짓을 다 하고, 정말 제대로 된 놈 물은 거야? 누군데? 벌써 이 집에도 왔다 갔어?"

"오, 오긴 누가 와. 그냥 지저분해서 정리 좀 해, 했어. 그럼 난 좀 앉아 있을게. 괜히 미안하네."

자신이 아는 한 가장 억센 타입의 여자라서 감당이 안 될 것 같아 재걸은 소파로 가려고 했다. 그런데 그때 당면을 꺼내고 있던 공주엄마가 갸웃하며 재걸을 불러 세웠다.

"야, 너 왜 그래?"

재걸이 멈칫했다.

"뭐, 뭐가?"

"너, 지금 미안하다고 했잖아. 너, 진짜 어디 많이 다친 거야? 왜 이렇게 착해졌어? 입은 또 왜 이렇게 순하고! 툭하면 이년저년 썩을 년 하더니."

못 살겠군.

큰일일세. 이걸 어떻게 빠져나가지? 결국 재걸은 더없이 부자연스러운 어조로 어색하게 입을 열었다.

"어, 어머. 내, 내가 그랬니, 이년아?"

정적이 감돌았다.

너무 어색했나.

공주엄마가 순간 푸핫! 웃었다.

"아우, 간지러워! 뭐야? 꼭 욕이라곤 입 밖에 내본 적도 없는 새색시마냥 이년이 내숭을 다 떠네?"

"내, 내가 그랬어? 그럴 리가 없는데. 어, 어제 마신 술이 덜 깼나 보다."

"술 좀 작작 마셔, 이년아!"

다행히 공주엄마가 더 이상 사람을 괴롭히지 않고 음식을 만들기 시작했다. 뚝딱뚝딱 통통한 손으로 왔다 갔다 하는가 싶더니 금세 잡채를 완성해서 식탁에 차려냈다. 이게 바로 대한민국 주부의 힘이구나. 대단하다. 잡채도 참 맛있어 보였다.

"어때? 간이 좀 맞아?"

"맛있…… 아, 싱겁잖아! 간을 보면서 만든 거야?"

"그치? 역시 좀 싱겁지? 요즘 남편이 다이어트한다고 지랄 떨어서 저염식만 해댔더니 뭘 해도 맛이 없네."

"이것도 사람이 먹는 거라고 내놨냐? 내가 니 정성을 봐서 먹어주는 거야. 쳐, 쳐다보지만 말고 너도 먹어, 이년아. 사람 먹는데 부담스럽게 쳐다보고 있어. 내, 내가 무슨 날 받아놓은 환자냐?"

재걸은 그야말로 땀을 뻘뻘 흘리며 엄청 어색하게 불량 담임을 연기하고 있었다. 일단 욕 섞는 걸 중심으로 하면 되겠지.

"그래, 뭐. 같이 먹자. 근데 의사는 어떤 놈이야? 괜찮아?"

"아, 아니라니까! 의사가 미쳤다고 담임 같은, 아, 아니, 나 같은 여자를 좋아하겠냐? 괜히 헛소리하지 말고 잡채나 처먹어."

"하긴, 의사가 눈이 삐지 않고서야. 그래도 어디 눈먼 의사라도 있을까 했더니. 어? 헉! 야, 이, 이지은. 어, 어떡하냐? 내가 모르고 양파를 넣었네. 너 요리에 양파 들어가는 거 엄청 싫어하잖아. 달다고. 미안하다야. 우리 신랑이 양파를 좋아하다 보니 확 까먹어부렸네."

컥!

재걸은 반쯤 씹고 있던 양파를 반사적으로 내뱉었다.

이 여잔 또 무슨 양파를 안 먹고 그래!

"어? 근데 오늘은 양파 잘 먹네? 안 달아?"

"아, 안 달긴! 성의 봐서 모르는 척 먹어주고 있었구먼, 꼭 산통을 깨요. 넌 친구의 이 깊은 마음을 도저히 모르겠니? 그렇게 꼭 눈치 없이 굴어야겠어?"

아, 돌아버리겠다. 아무튼 담임이라면 이렇게 했겠지?

"미안하다야. 난 또 그렇게 깊은 뜻이 있는 줄도 모르고. 아무튼 이건 내가 갖고 가고 새로 해다 줄게."

"당연히 그래야지. 아 씨, 단거 엄청 싫어하는데 밤새도록 속 간지럽게 생겼네."

자신도 이 정도면 대단한 연기자라고 생각했다. 더없이 자랑스러워하고 있는데 하필이면 그때 문이 벌컥 열리며 담임이 들어왔다.

"야! 문재걸, 너 잡채 했냐? 와! 냄새 완전 좋은데?"

후다닥 뛰어 들어오던 담임이 공주엄마와 함께 있는 재걸을 발견하고 멈칫했다. 공주엄마가 눈을 동그랗게 뜨고 갸웃했다.

"쟨 누구야?"

재걸이 벌떡 일어났다.

"내, 내 제자야! 문재걸, 인사드려. 이분은 선생님 친구인……."

이름이 뭐였더라?

"고, 공주엄마."

아무튼 소개를 마치자 담임이 이번엔 실수하지 않고서 바로 정중하게 허리 숙여 인사했다.

"안녕하세요, 반갑습니다. 저는 담임선생님의 특별 과외를 받고 있는 제자 문재걸이라고 합니다."

"근데 너 들어오면서 야! 소리치고 문재걸 어쩌고 그르지 않았니? 내가 분명히 들었는데."

"에이, 그럴 리가요. '야호! 문재걸이, 왔습니다!'를 잘못 들으신 거겠지요. 그런데 잡채 하셨어요? 엄청 맛있어 보이네. 저도 먹어도 되죠?"

"머, 먹어라."

담임이 곧장 달려와 접시에 잡채를 한가득 덜어서 앉았다. 공주엄마가 바로 재걸에게 작은 소리로 속삭였다.

"야, 이지은 너, 언제부터 학생한테 과외했어? 척 봐도 좀 사는 집 애 같은데 혹시 불법 과외하는 거야? 야, 학교 선생이 과외하다가 걸리면 작살나는 거 알아, 몰라? 어쩐지 선생질 잘한다 했더니 결국 사고를 치는구만."

"불법 과외 아니고."

재걸이 뭐라고 설명하려는 순간, 갑자기 옆에서 담임의 육성이 터졌다.

"아, 젠장! 이게 뭐야, 양파 들어갔잖아! 나 잡채에 들어간 양파 제일 싫어하는 거 알아, 몰라? 아, 이 기집애가 살림만 하느라 넋을 빠뜨리고 다니나 군기가 빠져선……!"

공주엄마한테 분노의 잔소리를 터뜨리고 있던 담임이 순간 멈칫하더니 쩡 굳었다. 공주엄마가 눈을 꿈뻑거리고 있었다.

못 살겠다. 재걸은 이마를 탁 쳤다.


"단세포예요? 겨우 양파 하나에 이성을 잃고 그 사고를 쳐요? 공주엄만지 뭔지 선생님 친구한테 들켰으면 어쩔 뻔했어요?"

잠시 후, 재걸은 미친 듯 화를 내며 지은을 몰아세우고 있었다.

"어이가 없네. 이해가 안 가. 긴장하는 법 자체를 모르죠? 들키든 말든 상관없다 이거죠?"

"그, 그거 아니거든. 나도 모르게 양파를 씹어서 그만. 혀에서 미끄덩거리는데 순간 어찌나 뚜껑이 열리는지, 내가 그렇게 양파 넣지 말라고 잔소리, 잔소리 했는데 그걸 또 홀랑 잊어버리고. 그 기집앤 대체 왜 그런다니? 아니, 아니지. 미안해. 앞으론 정말 조심할게."

"똑같은 사과만 백 번이네요. 차라리 아예 녹음을 해서 갖고 다니시죠?"

"어쨌든 잘 넘어갔잖아. 내가 선생님 흉내 내서 대신 분노해 준 거라고 변명도 잘했고."

"그런 허접한 변명이 통했을 것 같아요? 아니, 통하면 더 웃긴 거 아니에요? 제가 보기엔 뭔가 의심스러워하는 눈치였다구요."

"에이, 정인이 걔가 그렇게 예리한 애가 아니라니까. 걱정 마. 내 친구는 내가 알아. 절대 눈치 못 채. 완전 둔해. 그렇게 양파 넣지 말라고 했는데도 또 넣은 거 보면 몰라?"

"아직까지 양파예요? 밤이 샐 때까지 계속 양파 얘기나 할까요?"

지은은 바로 기가 죽었다.

"아, 기집애가 괜히 찾아와선 분란을 만드네. 몸 돌아가고 정리되면 내가 어련히 안 찾아갈까 봐서. 문재걸, 많이 삐쳤어?"

"됐습니다. 앉아서 이거나 하세요."

재걸이 뭔가를 거실 테이블에 쾅 놓았다. 흘끗 쳐다보니 이 녀석이 또 학교 잡무를 가지고 왔다. 지은은 한숨을 폭 내쉬고 가서 앉았다.

"어휴, 이런 건 그냥 네가 학교에서 좀 해라. 이까짓 거 누가 해도 마찬가진데, 뭐 하러 굳이 무겁게 갖고 오고 그래?"

"참…… 어떻게 하면 그렇게 무책임할 수가 있어요?"

"그렇게 어렵진 않아. 너도 조금만 노력하면 될 거야."

재걸이 혀를 찼다. 더 말 섞기도 싫다는 듯 책을 꺼내더니 '공부의 신'으로 돌입했다.

어쩜 저렇게 한 치의 흐트러짐이 없을까?

"침 떨어지겠어요."

깜짝이야.

자신도 모르게 입을 헤 벌리고 쳐다보고 있었나 보다.

"눈이 사방팔방에 붙었니? 책 보면서 그건 또 언제 봤대? 너 설마 시험 볼 때도 그렇게 컨닝한 거 아냐? 그리고 왜 계속 여기서 공부하고 난린데? 도서관에서 하든가!"

"일단 현재는 여기가 제집이고, 이렇게라도 만나야 서로서로 체크를 할 거 아니에요. 무슨 일이 일어났는지, 뭘 또 다 망쳐 놨는지."

"마, 망쳐 놓긴 누가 망쳤다고 그래? 며칠 동안 얼마나 열심히 했는데."

"말이 나와서 하는 말인데, 아침에 선도부 할 때 그게 뭡니까?"

"뭐가? 지각도 안 하고 엄청 제대로 하고 있었는데."

"제대로 하긴요! 일은 다른 애들 다 시키고 선생님은 한쪽에서 짝다리하고 하품하고 있었잖아요."

짜식, 그건 또 언제 보고.

"체질이 아니란 말이다, 체질이. 생각해 봐. 내가 네가 아닌데 어떻게 너랑 똑같이 하겠니? 그나마 이 정도로 노력하고 있단 것에 감사해 주면 안 돼? 과유불급이라, 너무 욕심 부리다간 벌

빈는다!"

"됐고요, 아무튼 기왕 할 거면 제대로 좀 해요."

"알았다고. 안 그래도 바빠 죽겠는데 쫌생이처럼 간섭하긴."

"대체 하는 것도 없으면서 뭐가 그렇게 바쁜데요?"

"애들이 하는 얘기 듣고 있어. 교사로 있을 땐 모르는 게 많이 들리더라구."

재걸이 갸웃했다.

"그거 사생활 침해 아니에요? 제 모습 하고서 애들 염탐하고 있었던 거예요?"

"아, 그냥 가만히 있어도 잘 들리는데 무슨 염탐이야? 그래서 지금 고민 중이야. 어떻게 하는 게 좋을지. 이 몸으론 당장 뭘 할 수도 없고."

지은의 표정이 자못 심각했다. 재걸은 의아했지만 어차피 별거 아닐 게 분명하므로 생각을 끊었다.

"그래서, 진세 일은 잘 해결하셨죠?"

뜨끔.

"그, 그럼! 깔끔하게 해결했지. 배, 배고프지 않니? 잡채도 못 먹었는데 밥 먹으러 가자, 얼른!"

"왜 이래요? 말 돌리는 것 같은데. 뭐예요? 뭘 또 망쳐 놨어요?"

"아니거든? 진짜 배고파서 그런다니까?"

미안하다, 재걸아. 졸업하면 너한테 고백하겠단다. 아주 제대로 자기 남자 만들 생각이더라. 그런 즉, 넌 이미 여자친구 자리 예약 끝났단다.

잘해보렴, 예비 품절남. 응원해 줄게.

밖으로 나온 두 사람은 식당가 쪽으로 걸었다.

"뭐 먹을까? 내가 쏠게, 네 용돈으로."

재걸이 고개를 절레절레 저었다.

"평소엔 어디서 먹었어요?"

"편의점."

"간식 말고요."

"그래, 편의점."

"저녁을요?"

"그래, 편의점! 왜 똑같은 말을 자꾸 하게 해?"

"나참. 널린 게 식당인데 편의점 걸로 밥이 돼요? 차라리 해 먹든가."

"널린 게 편의점인데 뭐 하러 밥을 해 먹어? 귀찮게."

"설마 밥할 줄 모르는 건 아니죠?"

"얘가 또 사람을 띄엄띄엄 보네. 그걸 왜 못 해? 내가 밥을 얼마나 잘 짓는데. 고슬고슬 윤기 좔좔 흐르는 흰 쌀밥이 내 특기 중의 특기라고! 반찬이 문제지."

"다 큰 여자가 자랑이네요. 아, 저기 가요!"

재걸이 지은을 홱 끌었다. 들어간 곳은 고깃집이었다.

고기, 음……. 그것도 괜찮지. 하지만 미안하게도 자신이 요즘 매일 배 터지게 먹는 게 바로 그 고기라서 말이지. 문재걸네 집 식단은 참 빵빵했다.

주문한 삼겹살이 나오자 재걸이 구워가면서 말했다.

"선생님이 사요. 성장긴데 가난해 빠진 여자 몸에 들어와서 영양소 결핍될 지경이에요."

"알았어. 내가 산다니까? 네 용돈으로."

"선생님이 사요. 그리고 제 용돈 내놓으세요."

문재걸이 손을 척 내밀었다. 자식, 치사하기는.

"아, 안 갖고 왔는데?"

"내, 놓으세요."

그 자식, 엄청 무섭네. 어쩔 수 없이 눈물을 머금고서 녀석의 지갑에서 용돈을 빼줬다. 오랜만에 빵빵한 지폐 냄새 맡아서 좋았는데.

"이건 선생님 돈으로 사는 거예요. 물론 앞으로도."

"치사하지, 그건. 아니, 불공평하지. 물론 나도 그러고 싶지만 가끔은 너도 사고 싶을거 아냐. 그 욕구를 매몰차게 무시하기에 내가 워낙 배려가 많은 사람이라."

"시끄러워요! 사람이 어쩌면 이렇게 치사해요? 애초에 선생님이 돈 좀 모아놨으면 제가 이렇게 가난하진 않았을 거 아니에요. 월급을 좀 규모 있게 쓰면 안 돼요?"

"아, 잔소리. 애늙은이 또 출동이네."

"도대체 여자가 돼서 가계부도 안 쓰고, 그 흔한 적금 하나 안 들고!"

"아, 그 자식! 음식이 입으로 들어가는지 코로 들어가는지 모르겠네!"

"2인분 더 시킬까요?"

"그만 먹어!"

근데 이 자식은 뭘 이렇게 잘 먹어? 시킨 지 얼마나 됐다고 게 눈 감추듯 고기들이 사라지네!

"아, 아니, 돈 아까운 게 아니고 너 살찔라, 아니, 나. 난 내 몸이 다이어트했으면 좋겠거든. 다 널 위해서 하는 말이란다. 아니, 나."

"여기 3인분 더 주세요!"

자식이 보란 듯이 주문하네.

"참 이기적이야. 알죠?"

너도 만만치 않거든?

몸 다이어트는 물 건너가고, 지갑만 다이어트하게 생겼다.


"아, 배부르다. 문재걸, 우리 소화도 할 겸 당구 한 판 치고 갈까?"

하지만 팔뚝이 탁 잡혀서 연행돼 가는 범죄자마냥 얄짤 없이 끌려갔다.

"아, 왜! 모처럼 당구 치기 딱 좋은 조건으로 다시 태어났는데, 넌 애가 어쩜 그렇게 앞뒤가 꽉꽉 막혔니? 청춘이란 이름이 아깝지도 않아? 그저 젊었을 땐 미친 듯 놀아보고 후회 없이 이것저것 해야지! 꽁생원이니, 꽁생원이야?"

"시끄러워요."

"재걸아아, 딱 한 판만 치자, 응? 그동안은 학부모가 볼 수도 있고 해서 말이지."

"그래서 안 쳤어요?"

"아니, 열 정거장 타고 가서 쳤어. 아무도 못 알아보더라."

깔깔깔!

뚝.

어쩜 이렇게 재미없는 녀석이 있을까. 도대체가 농담이 안 통한다. 잡아먹을 듯 노려보고 있으니 이거야 원.

"알았어! 그럼 내가 밥 샀으니까 넌 커피 사."

"뭐라는 거야. 카페인을 섭취하게요? 안 그래도 나쁜 머리 더 나빠지려고?"

"확! 사! 가는 게 있으면 오는 게 있어야지. 그게 인지상정이고 난 그걸 교육시켜야 한다고!"

으르렁!

어떻게든 얻어먹겠다고 수작을 부렸더니 재걸이 어쩔 수 없이 바로 옆 편의점으로 가서 캔커피를 사갖고 나왔다.

"자요."

"나 테이크아웃 아니면 안 마시는 거 몰라?"

"이것도 테이크아웃이에요. 갖고 가면 테이크아웃이지. 단어도 뭘 알고 써야지."

그때였다. 갑자기 누군가가 재걸의 몸을 퍽 밀어버리곤 커피 사느라 들고 있던 재걸의 지갑을 그대로 낚아채 바람처럼 쌩하니 날랐다.

어어, 지금 무슨 일이 일어난 거지?

소매치기잖아!

재걸이 잠시 비틀거리는 사이 지은의 고개가 휙 돌아갔다. 레이더가 삐삐삐삐! 잡혔다. 목표 지점 전방 10미터. 지은은 그대로 총알처럼 튀어 나갔다.

"야, 이 (삐—)만 한 (삐삐—)! 거기 안 서! 확 잡히면 (삐삐삐삐 삐—)!"

사정없이 육두문자를 날려가며 쫓아가는데 정말 몸이 바람이라도 된 것 같았다. 스프링 스프링 열매라도 먹은 것처럼 어쩌면 이렇게 잘 달릴 수 있을까? 한 번 도약으로 본래 자신의 능력보다 두 배는 더 멀리 뛰는 것 같았다. 역시 동급 최강!

결국 잡았다.

물론 드럽게 반항했지만 엎치락뒤치락할 때조차 이 몸은 최강이었다. 날라차기로 뒤에서 허리에 한 방 내다꽂고, 잭나이프로 위협하는 걸 잠깐 귀엽게 봐줬더니 옆에 있는 여자 하나를 확 끌고 와서 인질극까지 벌였다.

"허이구, 어디서 본 건 있어갖고 할 건 다 해요. 넌 지금 절대 하지 말았어야 할 짓을 했어. 뭔지 알아? 내 앞에서 시간을 끈 것. 덕분에 넌 열 대 맞을 걸 굳이 스무 대로 늘렸지."

그대로 몸을 날렸다. 긴 다리가 쭉 뻗어 나갔다.

좀 아슬아슬했지만 물론 승리는 이쪽이었다. 다년간의 현장 경험과 문재결의 이 튼튼한 몸이 합쳐지면 무서울 게 없었다. 그까짓 잭나이프는 일도 아니지.

"고기도 먹어본 놈이 안다고 싸움도 싸워 본 놈이 하는 거야, 이 붕신아! 젊은 놈이 어디 할 짓이 없어서 도둑질을 해! 겁대가리 없이 감히 이 몸의 지갑을 낚아채? 어디 한번 윤기 좔좔 흐르는 콩밥 좀 먹어봐라!"

그렇게 멋지게 소매치기를 제압하고서 무수한 박수갈채를 받는데 그제야 옆에 있어야 할 게 없단 걸 깨달았다.

'근데 재걸인 어디 갔지? 어, 저기 오네.'

그런데 저 자식이 감정 상하게, 헥헥거리며 지금에야 겨우 도착했다.

아, 진짜 짱 나네. 내 몸이 그렇게 약골이 아니라니까!

"너 지금 뭐 하냐?"

"헉헉! 여, 여자가 또, 헉헉, 무서운 것도 모르고, 헉헉, 어디 겁도 없이 소매치기한테 덤벼들어요? 헉헉, 계속 그렇게 사람 걱정시킬 거예요? 헉헉. 아, 배 땡겨."

뭐라는 거야? 누가 누굴 걱정하고 있는 건지.

하지만 사람한테 달려오자 하는 말이 질타가 아닌 걱정이라니, 왠지 기분이 묘했다. 마치 이런 식으로 문재걸의 간섭에 익숙해지는 기분. 자신에게는 어울리지 않는 호사 같아서, 지은은 어색했다.


"너 계속 그렇게 헥헥댈래? 쪽팔리게 내 몸으로 지금 뭐 하는 거야?"

경찰서에 소매치기를 넘기고 나오면서 지은은 어색함을 지우기 위해 괜히 재걸을 닦달했다. 애가 여전히 힘들어하고 있었다.

"사고 때문인가 봐요. 다리 깁스 푼 지도 얼마 안 됐고. 아, 몰라요. 여자 몸은 어떻게 써야 하는지 모르겠어요. 조금만 잘못 휘둘러도 다칠 것 같고."

"놀구 있네. 어디서 지가 약한 주제에 기사도 흉내야? 야, 내 몸은 일반적인 비리비리한 것들하곤 차원이 다르다니까? 근육 못 느꼈어?"

"아무튼 힘들어요, 지금."

"잘하는 짓이다. 너처럼 약한 놈이 갖고 있으니까 내 몸이 그 모양으로 격하되는 거야."

"그래서, 그 약한 몸으로 참 화려하게도 승리하신 것 같던데, 그건 뭔데요?"

쩝.

"그건 당연히 오로지 나의 정신력으로 이겨낸 것 아니겠냐."

"겁도 안 나요? 어떻게 여자가 1초도 생각 안 하고 그렇게 자동으로 튀어나가요?"

"아이구, 우리 연약한 재걸 군. 그래서 100초 생각하고 튀어온 거야? 그렇게 겁났었어?"

"선생님 걱정돼서 한 말이잖아요! 만에 하나 칼에 다치기라도 했으면 어쩔래요? 어떻게 그렇게 자기 몸을 아낄 줄 몰라요!"

갑자기 진짜 진지하게 소리를 치는 통에 지은은 깜짝 놀랐다.

또 이런다, 이 녀석. 정말이지 이럴 때면 지은은 어찌 할 바를 모르겠다.

왜 이렇게 걱정부터 해주는 거야? 그냥 화내던가, 비꼬던가, 구박만 하면 안 되는 거야? 이런 말랑말랑한 감정에 익숙해지긴 싫은데. 그런 것에 기대는 건 딱 질색이었다. 그것도 일곱 살이나 어린 너한테.

"근데 이 자식이 자꾸만 사람 착각하게 헛소리를 하고 난리야? 잘못 들으면 뻑 가게!"

"뭐, 뭐라는 거예요?"

"설마 너……."

"뭐가요? 또 '내가 그렇게 걱정됐어?' 같은 쓸데없는 소리 할 거면."

"나한테 져서 창피했구나?"

썰렁한 바람이 둘 사이를 쉬익 스치고 지나갔다.

"그치? 내 말이 맞지? 여자인 나보다 정의감이 부족한 게 들통 나서 민망한 거지?"

고개를 절레절레 젓는 재걸의 등을 팡팡 두드렸다.

"걱정 마. 어차피 넌 본성이 계집애 체질이니까. 아무리 몸이 좋으면 뭐 하겠니, 근성이 약한걸. 그러니까 아무한테도 너한테 정의감 같은 건 기대하지 않는단다."

"됐습니다. 선생님이랑 무슨 말을 하겠어요."

녀석이 손을 확 쳐내곤 걸어갔다. 자식, 꼭 삐친 것 같네.

지은은 다다다 달려가 녀석의 목을 확 감싸 안고 조였다.

"에이, 창피해할 필요 없다니까? 너랑 난 성분 자체가 다르잖아."

그래, 우린 이 정도가 딱 좋다. 이런 그림이 우리에겐 어울리는 거야.

재걸아, 괜한 기대 하게 만들지 마. 괜히 의지하게 만들지도 말고. 너만 보면 따뜻해지게 하지도 마. 너무 따뜻해서 자꾸 더 다가가고 싶게 만들지 마. 자꾸 그 온기를 따라 다가가다 보면 화상 입을 것 같아.

"아, 놓으라고요!"

그런데 녀석이 갑자기 신경질을 내면서 사람을 팽개쳤다.

"아우, 팔이야…… 그 자식, 되게 예민하네. 장난 좀 쳤기로서니."

"그런 장난도 함부로 하지 말아요. 아무튼 경계심 하난 엄청 없는 여자야."

"경계심? 무슨 경계심? 누구한테? 너한테? 누가? 내가? 왜?"

"아, 몰라요! 그리고 내 몸으로 사람 안고 그러지 말아요, 소름 돋으니까."

녀석이 뒤도 안 돌아보고 가버렸다.

"안아? 누가? 야, 너 설마 태클을 안는 거라고 한 거냐? 그럼 프로레슬링 하는 남자들은 조만간 애 하나 나오겠네? 그 자식, 더럽게 깔끔 떠네. 같이 가! 같이 가자니까?"

지은은 소리소리 치며 재걸을 따라 달려갔다. 이런저런 걸 생각하면 여전히 골치 아프고 혼란스러웠지만 너무 깊이 생각하지만 않으면 된다. 지금은 저 녀석과 이렇게 장난치고 함께 있을 수 있어 즐겁다.

그 생각에 너무 깊이 빠져 있느라 그때 두 사람을 보고 있는 눈이 있단 걸 지은은 전혀 알지 못했다.

✠　✖　✠

"뭐? 표창장을 받는다고?"

지은은 얼떨떨한 눈으로 재걸에게 물었다. 다음 날 등교했더니 학교에 엄청난 일이 일어났다.

두 사람은 교정 한쪽에서 숙덕거리고 있었다.

"학교로 공문이 왔는데, 어제 용감하게 소매치기를 잡은 문재걸 학생에게 경찰서장의 추천으로 표창장이 수여된다고 하네요.

저도 출근하고 들었어요."

"무슨 그깟 일에 표창장까지 줘? 물론 나름 수고를 끼친 잡범이
긴 했지만."

아무튼 재걸의 설명에 따르면 교장이 입에 침을 튀기며 재걸을
칭찬하고, 다른 선생님들도 자랑스럽다는 둥 엄청나게 흥분한 상
태라고 한다.

어쩐지 오늘따라 선생님들 시선이 갑자기 호의적이더라니.

"경찰서장이 아버지 친구라서, 아무래도 그 입김이 들어간 것
같아요."

재걸의 답변이 걸작이었다.

빽이네, 제길. 경찰서장 친구 아들만 대접받는 더러운 세상!

"아, 나, 아까워 죽겠네. 이런 건 내가 내 몸일 때 받아야지. 나
상 타본 적 없는데."

"그렇게 아쉬우면 교사로서 교복 입고 일대 일진들 정리하고
다녔다고 말해보세요. 혹시 참작해 줄지도."

"이 자식이. 그래서 표창장이면 상장만 받는 거야? 돈은 안 준
대?"

그런데 녀석이 사람을 보며 혀를 차고 있다. 아, 뭘!

"가만, 그럼 피해자인 나도 연관되게 되는 거 아냐? 그건 안 좋
은데. 또 너랑 나랑 엮이면 괜히 골치만 아파질 테고. 또 이상한
소문이라도 돌면 어떡해?"

"걱정 마세요, 그건. 형사님한테 전화해서 피해자 신상은 숨겨
달라고 이미 전화해 뒀으니까."

"역시나 빠른 일 처리. 그냥 쭉 나로 사는 건 어떠냐?"

"나참, 그걸 또 말이라고…… 재걸아! 담임으로서 네가 정말 자랑스럽구나! 전국의 학생들에게 모범이 되도록 우리 더 열심히 하자꾸나!"

갑자기 재걸이 안 하던 짓을 하며 그것도 오버를 떨며 하는 바람에 지은은 갸웃했다.

"너 뭐 하냐?"

쉿!

아! 애들 지나가고 있었구나.

다 사라지자 재걸은 쿵 하며 자기 이마를 눌렀다. 지은이 피식 웃었다.

"너도 오버 잘하는데?"

"시끄러워요. 선생님 몸에 있다 보니까 푼수기가 전염되는 것 같아요."

피식.

"아무튼 이걸로 그동안 내가 만들어준 나쁜 이미지가 조금은 불식됐을 거야, 그지?"

"뭐, 의도하고 한 일은 아니었지만 결과적으론 대충?"

"그럼 사소한 거 몇 개는 이거랑 퉁 치면 어떨까? 응? 재걸아? 응?"

헤헤.

"내 얼굴로 그렇게 웃지 말라고 했죠? 징그럽게 애교 떨지도 말고요!"

"그럼 어떻게 웃을까? 요렇게? 이렇게?"

"아, 그만하라고요!"

"재걸아……."

장난치고 있던 지은과 재걸이 동시에 흠칫해서 고개를 돌렸다. 부른 사람은 다름 아닌 진세였다. 큰일 날 뻔했다. 장난치는 거 다 본 건 아니겠지?

진세가 재걸에게 예의 바르게 인사를 하고 지은을 봤다.

"저기, 문재걸. 잠깐 나 좀 볼래?"

그래, 재걸이랑 한 번 잘 얘기해 보렴. 미래의 문재걸 여자친구. 근데 쟤가 왜 날 보고 있는 거지?

'아! 나지!'

"그, 그러지 뭐."

지은이 대답하자 재걸도 얼른 지은에게 연기를 했다.

"그럼 그 일은 그렇게 하렴. 문재걸, 그럼에도 여러 가지 처리할 일이 남아 있단 건 알지?"

서진세를 두고 눈짓을 한 번하곤.

"잘해라."

제대로 협박하고 갔다. 한마디로 서진세 일 잘 처리하라는 뜻이었다.

"저쪽으로 갈래? 여기서 얘기할래?"

재걸이 가자 지은이 진세에게 물었다.

"그냥 여기서 하자."

"그래, 그럼. 그런데 무슨 일인데?"

"얘기 들었어. 다치진 않았어?"

"어, 뭐."

순간 뭔가 불길한 촉이 왔다. 얘 설마 잔소리하려고 온 건…….

"재걸아, 네가 표창장 받는 건 나도 자랑스럽고 좋지만, 앞으론 그런 위험한 짓 하지 마. 그러다가 다치기라도 했으면 어쩔 뻔했니?"

맞네. 말 떨어지기 무섭게 사람을 몰아붙이고 있었다. 예상했던 대로 이런 타입의 여자애라면 응당 따라붙을 특징이었다. 잔소리와 집착.

"내가 얼마나 놀랐는지 알아? 진짜 심장이 덜컥 떨어지는 줄 알았잖아. 넌 왜 이렇게 사람을 걱정시키는 거니?"

그리고 징징거림.

왠지 자신이 엄청난 애를 문재걸한테 붙여준 것 같은 예감이 들었다.

"어, 어. 그래. 놀라게 해서 미안하다."

일 났네, 일 났어. 애를 어쩌냐, 대체.

"앞으론 절대 안 그러기야. 약속하는 거다?"

미안하지만 잠깐 소름 돋았다.

서진세, 안 그렇게 생겨선 한 번 달리면 쭉 달리는 애였나 보다.


그날 오후, 지은은 전교생 앞에서 문재걸의 몸으로 표창장을 수여 받았다. 그때 그 강당의 분위기는, 재걸이 원래대로 돌아온 것에 아주 감격스러워하는 것이었다.

자랑스러운 문재걸.

반듯한 학생의 표본 문재걸.

정의감 빛나는 문재걸.

'아…… 이럴 줄 알았으면 그 지갑 포기하고 말걸 그랬지. 결국

이제 더 모범생으로 살아야 한다는 소리잖아.'

표창장을 받고 교실로 이동했다. 다들 굉장한 호기심을 품은 채 숙덕거리고 있었지만 지은은 모르는 척 수업을 준비했다. 다음은 세계사 시간이라 문재걸이 들어와 교단에 서서 수업을 시작했다. 지은은 한쪽 턱을 괴고 물끄러미 수업을 들었다.

'그나저나 저 자식, 진짜 잘 가르치네. 아주 세계사에 통달하셨네.'

그런데 그때 자꾸만 옆에서 웅성거리는 소리가 들렸다.

보니 몇몇 남학생들이 잡지책을 펼쳐 놓고 낄낄거리고 있었다. 바로 예전에 담배 사건에서 얽혔던 유명진 패거리들이다.

'저 자식들은 내가 가르칠 때나 재걸이가 가르칠 때나 한 치도 변함이 없네. 이것들을 확!'

"거기, 유명진! 너희들 왜 이렇게 떠들어!"

모두가 유명진을 봤다.

그런데 평소라면 그 한마디에 대충 꼬리를 내렸어야 할 녀석들이 별반 변화가 없다.

"아, 선생님은 왜 내 이름만 부르세요? 쪽팔리게."

오히려 개기네?

"그래? 억울하면 지금 설명한 부분 다시 말해봐."

그래, 문재걸! 잘한다. 반항아들한텐 따끔하게 선생의 위엄을 보여줘야 해. 밀고 나가! 고고!

"지금 설명한 부분 다시 말해봐."

그런데 녀석이 재걸의 말을 똑같이 반복하는 게 아닌가.

지은은 놀랐다. 이건 틀림없는 반발이다. 자신의 반에 쿠데타가 일어났다. 하필이면 재걸이 자신을 대신하고 있을 때. 아니, 그래서인가?

"유명진, 너 지금 뭐라고 했어."

애들이 바짝 긴장했다. 더불어 지은도 같이 긴장했다.

어쩌냐. 어쩌지?

"죄송한데 목소리가 너무 작아서 안 들리거든요? 보청기 좀 껴도 돼요?"

명진의 말에 패거리들이 일제히 낄낄거렸다.

하아, 문재걸 스팀 올라오게 생겼네.

문재걸 스팀 올라오게 생겼네.

물론 내 스팀도 올랐고.

그때 유명진이 느긋하게 책상에 다리를 올리더니 대놓고 건들거렸다. 누가 봐도 교사의 권위에 반항하고 있는 그 행동에 재걸의 이마가 찌푸려졌다.

"너 이리 나와."

"왜요? 체벌이라도 하시게요? 체벌 금지된 거 모르세요?"

"나와!"

"아! 그럼 나가죠, 뭐. 안 그래도 조퇴해야 되는데. 전국 얼짱 모임이 있어서요."

녀석들이 책상까지 팡팡 치며 웃느라 난리가 났다. 결국 문재걸이 천천히 걸어서 명진의 책상 앞까지 왔다.

"일어나."

"왜요?"

"이유를 몰라서 물어?"

"모르니까 묻죠."

"딱 한 마디만 더 한다. 일어나. 그리고 따라와."

"아, 왜요? 저랑도 놀아주시게요? 어제 방과 후에 문재걸이랑 쌤이랑 같이 있는 거 봤는데. 근데 둘이 되게 친해 보이던데. 뭐랄까, 좀 분위기가 요상했다고나 할까? 친척이라도 돼요? 아니면 이거 좀 이상하지 않아요?"

헉!

순식간에 교실이 고요해졌다. 다들 의아한 얼굴들. 몇몇은 놀란 표정으로 지은과 재걸을 번갈아 보고 있었다. 그 수상쩍어하는 눈동자들 속에서 지은의 낯빛도 하얘졌다.

돌아버리겠네. 그게 걸렸을 줄이야.

"오토바이 사고 난 것도, 알고 보면 첨에 수군거리던 말이 사실 아니에요? 둘이 사실은……."

"그만하지 못해, 유명진!"

그렇게 소리친 건 지은이었다. 쾅! 책상이 밀리고 의자가 쓰러졌다. 일제히 지은에게 시선 집중이 됐다.

정말 돌아버리겠다. 일단 저 입부터 막아야 했다. 그냥 쓱싹 처리할까? 하지만 보는 눈도 있고.

"이 자식이 어디서 헛소리야? 전두엽이랑 입이랑 거리가 너무 멀어서 차마 생각이 안 걸러지지? 한 번 아구창에 불 좀 나볼래? 이 자식이 어디서 쌤한테 건방지게! 확 눈깔 안 깔아?"

성질나서 쏟아내긴 했는데…….

정적.

애들이 조용하다. 뭣보다 엄청 낯설고 놀란 눈으로 지은을 쳐다보고 있었다.

아, 놔. 아구창도, 눈깔도 문재걸이 쓰는 단어가 아니었지, 참. 그리고 난 지금 선생도 아니고!

뒤늦게 자신이 오버했단 걸 깨달았다. 재걸의 표정도 안 좋았다. '대체 왜 또 거기서 나섭니까? 괜히 일만 커지게.' 하는 눈. 하지만 담임뿐 아니라 문재걸도 동시에 공격받은 것이니 이렇게 나선 게 그렇게 잘못한 건 아닐 거다.

순간 유명진이 기다렸다는 듯 지은에게 공격을 퍼부었다.

"히야, 문재걸 속사포로 랩 터지는 거 봐라. 그렇게 쌤 편들어주고 싶냐? 왜? 니 이거라서?"

녀석이 새끼손가락을 들어 보이고 있다. 수군수군 불신을 담은 소리들이 오가고, 막장도 이런 막장이 없었다. 그 사이에서 담임의 모습을 한 재걸만 고요했다.

"왜 아무 대답 못 해? 찔리냐? 아니면 아니라고 말해."

"못 할 거 없지. 아니야."

"그걸 누가 믿는데?"

그럼 묻질 말든가!

"웃긴 새끼, 너 대체 얼굴이 몇 개냐? 교장 빽에 엄마 빽에, 이젠 담임이랑 놀아나냐? 뭣하면 우리 엄마라도 소개시켜 주랴?"

"이 자식, 너 지금 뭐라고 했어."

"취향 한 번 고상하다고 얘기하고 있었다, 왜! 뒤에서 호박씨나 까고 다니는 주제에 모범생인 척 표창장 받으니까 좋냐?"

"왜, 부럽냐?"

"부럽긴 뭐가 부러워, 이 새끼야!"

유명진도 의자를 박차고 일어났다. 단숨에 유명진과 지은의 대결 구도가 됐다. 지은의 손에 힘이 빠직 들어갔다. 가만, 이제 어떡하지? 한 대 쳐서 입을 막을까? 근데 선생인데 면상을 후려 패도 되나? 그렇지만 몸은 재걸이 거니까 그래도 되지 않을까? 하긴 뺨을 때리는 정도는 교사로서 괜찮을 거야. 아니, 몸은 재걸이 몸이니까 주먹으로 쳐야겠지? 남자애가 뺨 때리면 우습잖아. 하지만 그렇다고 주먹으로 치기엔 그래도 나름 교산데.

명진이 피식 웃었다.

"왜 가만히 있어? 억울하면 한 대 쳐. 어차피 또 교장이랑 네 엄마가 발 벗고 막아줄 텐데. 아, 니 애인도 있었지 참! 어디 한번 같이 쌍으로 망신을……. 킄!"

그건 정말이지 순식간에 벌어진 일이었다. 나불대던 명진이 그대로 멱살이 확 잡혀서 위로 들어 올려졌다. 그리고 그 손의 주인공은, 지은이 아닌 재걸이었다.

믿을 수 없게도, 자신의 몸을 한 재걸이 자기보다 한참 큰 유명진을 달랑 들어 올려서 공중에 매달고 있었던 것이다.

'브라보, 문재걸! 이제야 내 몸을 제대로 쓰네.'

아니, 그게 아니고.

"선생님!"

"쌤!"

지은과 애들이 동시에 소리쳤다.

그럴 수밖에 없는 게, 문재걸이 사고 칠 줄은 몰랐다. 물론 저게 자신다운 모습이긴 했지만 일 크게 키워봐야 좋을 게 없을 텐데. 재걸아, 정신 좀 챙길래?

"아씨! 이거 안 놔요?"

녀석이 발버둥을 쳤지만 재걸은, 아니, 자신의 몸은 꼼짝도 안 했다.

"숨 막히지? 쪽팔리지? 애들 앞에서 잘난 척 나불댔는데 가오 다 무너졌다 싶지?"

근데 저 녀석이 저런 단어도 쓸 줄 알았어?

하지만 간섭은커녕 명진뿐 아니라 지은까지도 꼼짝 못 했다. 왜냐하면 지금 재걸의 표정이, 아니, 명진을 쳐다보고 있는 자신의 표정이 무시무시할 정도로 싸늘했기 때문에.

명진의 패거리들이 벌떡 일어나려고 했다.

"가만히 있어!"

재걸이 그들에게 소리쳤다.

"똑같이 당하고 싶지 않으면 조용히 앉아 있어라."

아무도 나서지 못했다.

교실 안은 바늘이 떨어지는 소리까지 들릴 정도로 고요했다.

"아, 놔요! 씨발!"

"씨발? 아, 이젠 선생 취급도 안 하겠다? 그래, 좋아, 그럼 나도 지금 이 순간만은 널 학생으로 안 봐주지. 너, 내가 어떤 사람인지 알지? 몇 년 동안 지켜봤으면 내가 보통의 정상적인 교사랑은 다르다는 것 정도는 알 거야. 어디 한번 네 덕에 빡 좀 돌아볼까? 어디서 저런 덜떨어진 걸 나한테 갖다 붙이고 있어!"

더, 덜떨어진 거? 그거 나 말하는 거냐?

"감히 선생님을 웃음거리로 만들어? 집중 문제아를 담임이 집중 선도하는 게 뭐가 잘못됐어? 아니면 너도 한 번 집중 마크해 줄까? 그렇게 내 관심이 필요했어? 좋아. 아침부터 밤까지 졸졸 따라다녀 주지. 밤새도록 붙들고 시험지 백 장 풀게 해줄게. 그럴래? 아니면 더 신경 거스르지 말고 얌전하게 상담실로 따라올래."

명진이 수세에 몰리는 게 느껴졌다. 아무 말도 못 하고 있었다.

"근데 이 새끼가 어디서 선생한테 눈을 부릅뜨고 쳐다봐? 눈깔 안 깔아!"

헉! 와아, 완벽하게, 나다.

문재걸이 이지은에게 완전히 빙의했다.

"따라와!"

그대로 명진을 패대기치듯 놓고 재걸이 교실을 나갔다. 지은은 그런 재걸을 보고 있었다. 동시에 봇물 터지듯 애들의 목소리가 터졌다.

"거 봐! 그러니까 내가 쌤이랑 그런 건 아닐 거라고 했잖아!"

"내 말이. 새끼, 문재걸한테 시비 걸려면 문재걸한테나 하지."

패거리들이 타박을 하자 명진이 확 노려봤다. 다른 애들도 숙덕거렸다.

"근데 담탱 완전 소름 돋네. 야, 내 말 맞지? 좀 놀아본 것 같다고 내가 그랬지?"

"하긴, 문재걸 정도면 쌤이 특별관리할 만도 하지. 근데 그걸 갖고 걸고넘어진 거야? 무슨 말도 안 되는 소릴 하는 거야, 쟤."

"그냥은 못 이길 것 같으니까. 어유, 찌질이."

"뭐? 지금 뭐라고 지껄였어? 이걸 확!"

명진이 비웃는 여자애를 때리기라도 할 듯 달려들었다. 패거리들이 명진을 뒤에서 확 잡자, 명진이 자존심 상해서 미치려는 표정으로 으르렁거렸다.

"이 계집애야! 지금 뭐라고 했냐고!"

"왜? 내가 틀린 말 했어? 깡패 같은 게."

"뭐? 아, 진짜 저게 겁대가리 없이!"

"다들 그만해."

그때 지은이 낮게 소리치자 모든 시선이 지은에게 향했다. 결국 아무도 지은과 재걸의 어쩌고저쩌고를 믿는 사람은 없는 것 같다. 마지막 정리를 하고자 지은이 말을 이었다.

"야, 유명진. 나랑 붙고 싶으면 나한테 덤벼. 징그러운 소리 지어내지 말고. 설마 내가 늙은 담탱이랑 썸 탈 것 같냐? 어디서 그런 호박덩어리랑. 재수 없게. 하루 종일 붙어 있는 것도 지겨워 죽겠는데 그렇게 부러우면 네가 그 늙은 호박덩어리 갖고 가든가!"

제 몸을 태워 주변을 밝혀주는 촛불처럼, 지은은 그렇게 살신성인을 활활 태웠다.


수업이 끝나자 지은은 고개를 좌우로 꺾으며 교문을 나섰다. 명진과의 일 때문이라도 더욱 열심히 공부하는 척했더니 온몸이 노곤했다.

"아, 삭신이야. 임용고시 때도 이렇게 공부한 적은 없고만."

교문을 나와 걸어가는데 골목 한쪽에서 몇 명이 스윽 걸어 나와서 지은의 앞을 딱 막아섰다.

"나왔냐, 문재걸?"

실실 웃고 있는 그것들은 유명진과 그 똘마니들이었다.

아, 저 자식들, 하여튼 근성은 날라리들을 따라갈 수가 없다. 마치 짝다리 패거리를 보는 기분이다.

귀찮게 됐네.

"왜? 나 기다렸냐? 아니면 뭐, 담임이랑 상담해 보니 그 여자가 정말 날 좋아하기라도 한대?"

명진이 피식 웃었다.

"담탱은 미끼였지. 애들 이목 끌기에는 자극적인 소재가 좋잖아. 처음부터 내 목적은 널 망신 주는 거였거든. 재미있을 것 같아서 들쑤셔 봤더니 생각보다 더 재미있던데? 니 덕분에 반성문 백 장 쓰게 생겼다, 이 새끼야."

쓰…… 이 자식을 진짜! 겨우 이목 끌려고 그런 심장 떨어지는 소릴 지껄었냐?

"그래서, 하고 싶은 말이 뭔데."

"너랑 붙고 싶으면 너한테 덤비라며. 그래서 이렇게 기다리고 있었지."

"이렇게까지 하는 이유가 대체 뭐냐? 그때 그 담배 사건 때문이냐?"

"아, 그 일도 있었지, 참. 그때 진짜 졸라 기분 나빴지. 근데 어떡하냐? 난 그전부터 니가 싫었거든. 너처럼 잘난 놈을 보면 체질적으로 열 받아서 미치겠단 말이지."

유명진, 많이 뒤틀렸구나.

천천히 걸어와서 불량하게 재걸의 어깨를 툭 치는 녀석.

"근데 요즘 네 뒤가 아주 구리더라고. 별별 소문을 다 들었지. 아주 더럽게 웃겼어. 그 가면을 내가 좀 벗겨줘야 하지 않겠냐?"

"뭘 그런 수고까지. 그래서 정리를 하자면, 요는 처음부터 너랑 나랑 붙으면 되는 거였네?"

"그래, 새끼야. 한 번 손봐주고 싶어서 손이 다 근질근질했다."

"진심 돋네, 그 자식. 그 솔직함은 가상하게 봐주마. 근데 그렇게 근질근질하기만 하면 안 되지."

지은이 피식 웃곤 손을 까딱까딱했다.

"좋아, 어디 한번 해볼까?"

## 8화

## 세상에서 가장 이상한 선생님, 그래서 더 신경 쓰여

[문재걸 학생 담임선생님 되십니까?]

재걸은 경찰서로 달려가고 있었다. 그날 저녁 경찰서에서 연락이 왔다.

[문재걸이 폭력 사건으로 잡혀 있으니 선생님이 좀 데리고 가시죠.]

'이 여자가 결국 또!'

어이가 없었다. 들어보니 유명진 패거리와 한판 뜬 모양인데, 어떻게 담임이란 사람이 자기 반 학생과 싸울 수 있을까? 몸은 바뀌었어도 선생은 선생이 아닌? 자신이 담임이라는 자각이 있는 건지 없는 건지.

무엇보다 자신이 명진에게 알아듣게 얘기해 놨는데 이렇게 일을 망쳐 놓았단 것에 더욱 실망스러웠다. 조금쯤 담임이란 사람한테 마음이 풀어지려고 했는데, 아니, 어쩌면 호감 같은 감정이 어느덧 자라나서 그 사람에게 괜한 관심이 가곤 했는데, 자신이 바보였다. 한심했다.

게다가 전과 같은 경찰서?

전에 몸이 뒤바뀌기 전에 담임이 잡혀왔던 바로 그 경찰서였다.

도착한 재걸은 그대로 안으로 저벅저벅 들어섰다. 역시나 안엔 유명진 패거리와 담임이 나란히 앉아 있었다.

재걸은 곧장 담임의 앞으로 갔다.

"정말 실망이네요."

순간 옆에서 유명진이 흘끗 쳐다보며 갸웃하기에 재걸은 한숨을 내쉬고 말을 바꿨다.

"니들 다 도대체 뭐 하는 자식들이야? 특히 문재걸, 너! 너한텐 더더욱 할 말이 없다. 그렇게 관심 가져 줬는데 어떻게 이렇게 선생님을 실망시킬 수 있어. 니들도 똑같아!"

유명진 패거리들이 툴툴거리고 담임은 아무 말이 없었다. 그래도 양심은 있는지 고개를 푹 숙이고 있다.

"이젠 더 얘기하기도 싫다, 문재걸."

"아, 선생님 오셨네요."

그때 경찰이 다가왔다.

"이 녀석들 전부 다 선생님 반 학생이라던데 맞아요?"

"네, 맞습니다."

"나참, 요즘 애새끼들은 어쩜 이렇게 겁대가리들이 없는지. 이녀석들아! 이렇게 쌈박질하고 다니라고 니들 부모들이 쎄가 빠지게 일해서 학교 보내준 줄 알아? 어쭈, 노려보는 거 보게. 확! 이런 싸가지! 가만, 그런데 선생님은 낯이 익은데 혹시 그때 잡혀 왔……."

"제가 모두 데리고 가겠습니다!"

재걸은 화들짝 놀라서 말을 막았다.

젠장. 하필이면 그때 그 경찰이다. 기억한 모양이다.

"하핫! 참, 어떻게 선생님이랑 반 애들이 번갈아서."

"제가 데리고 가겠다구요!"

거참, 눈치도 없지. 도통 못 알아듣고 큰일 날 소리를 하려 한다.

"아아, 하하하. 네, 뭐, 그렇게 하세요. 맞은 학생이 부모님한텐 연락하지 말고 선생님한테만 해달라고 간청해서 연락드린 거니까."

"네, 아무튼 감사합니다."

근데 맞은쪽이라면 유명진일 텐데, 명진이가 그렇게 부모를 무서워했었나? 반면 담임인 자신은 우습고?

"다들 뭐 해? 일어나! 문재걸, 넌 특히 두고 보자!"

"어? 그 학생 아닌데? 그 학생은 피해자예요."

담임의 팔뚝을 잡아 일으켜 세우던 재걸이 멈칫했다.

"네? 지금 뭐라고 하셨어요?"

"일방적으로 맞은쪽이라고요. 훈계하시려면 저쪽 녀석들을 혼내야죠. 딱 보면 모르세요? 저 녀석들은 상처 하나 없잖아요."

그러고 보니 유명진 패거리들은 별반 다친 데 없이 멀쩡한 데 반해 담임은 엄청나게 맞은 사람처럼 입고 있는 옷 꼴이 말이 아니었다. 그러고 보니 여태껏 담임이 고개를 숙이고 있어 얼굴도 확인 못 했다.

잠깐 머뭇거리다가 손을 뻗어 담임의 얼굴을 강제로 들어 본 재걸의 눈동자가 멈칫했다. 얼굴이, 완전히 멍이 들어서 반쯤 무너졌고 한 쪽 눈은 떠지지도 않았다. 이게 대체 어떻게 된 건지 보고도 믿을 수 없었다.

설마 그럴 리가.

"이 녀석이, 때린 게 아니라고요?"

"네, 엄청 맞았어요. 세 녀석이 달려들어서 어찌나 밟아대고 있던지, 웬만하면 훈계는 다음에 하시고 병원부터 데려가세요. 생긴 걸로 봐선 힘 좀 쓸 것 같은데 영 약골인가 봐요?"

명진들과는 내일 얘기하기로 하고 일단 집에 들여보냈다.

"만약 결석하거나 잔머리 굴리면 바로 부모님한테 연락할 거니까 내일 제시간에 등교해. 유명진, 알았어?"

"알았다고요. 어차피 문재걸 밟아주는 게 목적이었으니까 뭐, 더 볼일도 없어요."

"그래서 한 풀었냐?"

"한까지는 아니고. 새끼, 존나 약하네. 재미없게시리."

찍 하고 침을 뱉고 유명진 패거리들이 건들거리며 각자 집으로 흩어졌다.

"저 녀석을 어쩌면 좋을까."

중얼거린 사람은 재걸이 아닌 지은이었다.

그런 지은과 재걸의 시선이 마주쳤다. 묻고 싶은 것도, 궁금한 것도 많았지만 왠지 재걸은 아무 말도 나오지 않았다. 담임의 얼굴에 난 상처가 가장 신경 쓰였다. 많이 아팠을 것 같은데 어째서……. 담임을 알 것 같으면서도 모르겠다.

"일단, 병원이나 가요."

여기저기 얻어터진 그 모습이 왠지 불쌍해 보여서 재걸은 서둘러 먼저 걸어갔다.

잠시 후, 두 사람은 병원을 나서고 있었다. 응급처치를 받은 지은은 얼굴이 온통 밴드투성이였다.

두 사람은 그때까지도 아무 말이 없었다. 재걸은 다만, 지은이 치료받는 걸 말없이 지켜봤을 뿐이었다.

병원을 나서자 지은이 툭 말했다.

"너 평소에 어디 친구네 집에서 자고 그런 적 없니?"

"그건 왜요."

"자고 간다고 육성회장님한테 전화하려고 그런다. 이 꼴로 어떻게 들어가냐? 난리 나게."

"윤수 집에서 잔다고 하세요. 가끔 한 번씩 잔 적 있으니까."

"어쭈, 모범생께서 외박도 하셨어? 재밌네. 근데 윤수가 남자 맞지?"

"여자겠어요?"

담임이 킥킥 웃다가 입술 상처가 건드려졌는지 확 인상을 썼다.

"아, 놔, 그 자식들, 잘근잘근 잘도 밟아놨네. 살살 좀 하지. 아, 쓰려."

투덜거리면서 육성회장님, 아니, 자신의 어머니에게 전화를 하는 담임을 재걸이 물끄러미 쳐다봤다.

저럴 때 보면 여전히 철없는 담임 맞는데.

"왜 안 때렸어요?"

통화를 끝낸 담임에게 결국 물었다. 오랫동안 참았던 질문이었다.

아직 입술이 쓰린지 오만상을 찌푸리며 담임이 되물었다.

"뭐가?"

"일방적으로 맞았다면서요. 아니면 유명진이 그렇게 셌어요?"

"세긴 뭐가 세? 머리에 피도 안 마른 것들이 세봤자 새 발의 피지. 아우, 내가 오늘 피볼 생각이었으면 그것들 지금 저렇게 살아서 돌아가지도 못했어! 한주먹 거리도 안 되는 것들이!"

"근데 왜 맞고만 있었는데요."

"누가 맞고만 있었대? 그 자식들, 내가 반격한 게 제대로 들어가기만 했어도 지금쯤 응급실에서 소변기 찾고 있었을걸?"

"하, 결국 같이 때렸는데 졌단 거였어요? 어쩐지 선생님이 맞고만 있을 리가 없겠죠."

"근데 머릿속으로만 반격했더니 소용이 없더라구."

재걸의 심장이 이상하게 쿵 했다.

"백 번 천 번도 더 같이 때려주고 싶었는데, 왜냐하면 맞으면 아프니까, 근데 도저히 주먹이 안 나가더라고. 일단은, 일단은 내 반 학생이니까. 나도 참 웃기지? 주제에 선생이라고 도저히 때릴 수 없더라."

재걸은 아무 말도 할 수 없었다.

"그나저나 미치겠다. 하루 이틀 만에 없어질 상처도 아닌 것 같은데 학교엔 뭐라 그리고 육성회상님한텐 또 뭐라 그러지? 아, 진짜 미치겠다. 난 진짜 너한테 피해만 주는 인간인가 봐. 미안해, 니 몸을 이렇게 만들어놔서."

"됐어요. 아픈 건 선생님이잖아요."

재걸이 천천히 지은을 스쳐 지나갔다.

"어? 뭐라고?"

담임이 살짝 놀란 것 같더니 곧 쪼르르 따라왔다.

"야, 너 어디 아프냐?"

낯설긴 되게 낯선 모양이다. 하긴 그럴 만도 하지.

하지만 뭘 어쩌라고. 그 말밖에 안 나오는데. 사실은 오해해서 미안하단 말까지 하고 싶은데 차마 미안해서 입이 안 떨어졌다.

"열이 있나?"

이마에 담임의 손이 와 닿자 재걸은 벼락이라도 맞은 사람처럼 펄쩍 뛰었다.

"지, 지금 뭐 하는 거예요!"

"그 자식, 오버하긴. 이상해서 그러잖아. 전에 내가 네 몸 다치게 했을 때 너 얼마나 난리 쳤어? 근데 이번엔 그때보다 더 한심한 짓 했는데 욕도 안 하고 그냥 넘어가 주고 있잖아. 이상해, 정말 이상해. 설마 이젠 충격으로 화도 안 나는 거야?"

"멋대로 생각하세요."

재걸은 한숨을 폭 내쉬었다. 잠시 머뭇거리다가 툭 던지듯 물었다.

"많이, 아프진 않아요?"

"진짜 이상하네. 별일이 다 있네."

"그 소린 이제 그만하고, 아프냐고요, 안 아프냐고요!"

"아프지 그럼 안 아파? 그래도 치료받았으니까 덜 아파. 됐냐?"

"그럼 됐고요."

재걸이 지은을 휙 스쳐 지나갔다. 자신이 점점 더 이상해지는 것 같다. 저 철없는 여자가 아프건 말건, 어디에서 맞고 다니건 말건 자신이 무슨 상관이라고.

'아, 나, 근데 진짜 돌아버릴 것 같네. 유명진 그 새끼를 어떻게 처리하지?'

그냥 넘어가 주려고 했는데 열이 확 뻗쳤다.

"유명진은 어쩌실 거예요?"

"뭘 어째. 네가 잘 해결해야지. 담임은 너잖아."

"어이없어서. 편들어주고 싶은 마음도 싹 없어지게 하죠, 선생님의 말들은."

"어쩌라고. 난 일단 맞아줬다고."

"그러니까 그 자식들이 불만 있는 건 전데 왜 선생님이 상대는 하고 그래요? 대충 피하지!"

"너 알고 있었냐?"

"그럼 그렇게 대놓고 공격하는데 모를 수 있어요?"

"그러니까 평소에 잘 좀 하지!"

지금 누가 누구한테 충고하는 건지.

"끈질긴 자식들이에요. 앞으로는 절대 정면으로 맞붙지 말고 피하세요. 나머진 제가 알아서 할 테니까."

"알아서 하긴 뭘 알아서 해? 일단 한판 속 시원하게 두들겨 팼으니까 당분간은 안 건드리겠지. 일 커지면 지들한테 안 좋단 것도 알 테고. 그러니까 내일 보면 괜히 너무 몰아붙이지 말고 일단 청소나 시켜. 섣불리 가르치려 들거나 바꾸려고 들었다간 오히려 엇나갈 수 있으니까."

재걸이 멈칫했다.

"하, 어이없어. 설마 그 자식들을 그냥 봐주라고요?"

"봐주는 게 아니라 기다려 주는 거야."

"뭘요."

"마음을 먼저 열어주기를."

재걸은 담임의 말이 잘 이해가 안 갔다. 평소엔 자신에게 한마디도 못 하다가, 자신이 잠깐 약해진 틈, 그러니까 담임과 몸이 바뀌어 만만해진 틈을 타서 공격한 녀석들이다. 결국 그 공격을 당한 건 자신도 아니고 담임이었고. 그런데 그런 녀석들을 봐주라고?

"워낙 너랑 자란 환경이 다른 애들이야. 니가 보기엔 손쓸 수 없는 망나니들에 사회에 필요 없는 문제아들 같겠지만, 걔들도 다 걔들이 사는 방식이 있고 걔들의 세계가 있는 거야. 늘 차별받고 살아온 아이들 입장에선 네가 그냥 이유 없이 미울 수도 있어. 그러니까……."

"알았어요."

사납게 말을 딱 끊고 재걸이 앞장섰다.

"근데 저 자식이 선생님이 말을 하는데 톡톡! 알긴 뭘 알아, 이 자식아? 사람이 모처럼 진지하게 얘기하는구먼! 하여튼 귀염성이라곤 한 푼어치도 없지!"

어쩌고저쩌고!

담임이 뭐라고 불만과 저주의 말을 쏟아내며 따라오고 있었지만 재걸은 그냥 자기 길만 갔다.

돌아볼 수가 없었다. 자신도 모르게 얼굴이 빨개졌기 때문에. 담임이 모처럼 정말 담임 같은 얼굴로 담임 같은 말을 했는데, 그게 왜 이렇게 자신을 흔드는지 모르겠다. 왜 이렇게 심장이 두근거리는지.

당연히 같이 복수하자고 달려들 줄 알았더니, 어쩌자고 저렇게 끌리는 말을 하는 거냐고. 대체 왜 자신의 마음에 쏙 들게끔 저런 어른스러운 말을 하는 거냐고!

자신이 정말로 담임에게 끌리고 있는 건가?

"말도 안 돼."

"말이 안 되긴 뭐가 안 돼? 내가 아무리 정신 나간 선생이라고 해도 그래도 선생인데 사람 말을 무시해? 지금 나 무시한 거지? 같잖다고 생각했지? 야!"


재걸은 버스 맨 뒷좌석에서 지은과 나란히 앉아 있었다. 그런데 탄 지 얼마도 안 돼 지은이 꼬박꼬박 졸더니 아예 잠이 들었다. 고개를 앞으로 쿡 처박더니 세상모르게 자고 있다. 저러다 앞으로 엎어질까 걱정이었다.

창문으로 지은의 자는 얼굴이 비쳤다.

천천히 손을 뻗었다. 그리고 그 머리를 조심스럽게 들어서 자신의 어깨에 기대려는 순간, 갑자기 어떤 장면이 뇌리를 확 스쳐서 그냥 반대편으로 휙 밀쳐 버리고 말았다.

"으악!"

그런데 너무 세게 밀쳤나 보다. 아예 몸까지 나가떨어져서 지은이 의자에 코를 확 찧으며 제대로 엎어졌다.

"아오, 뭐야! 잘 자고 있었는데."

투덜거리며 깨어난 지은이 침을 닦았다.

침이라니. 문재걸 이미지 참, 많이 망가진다.

"벌써 도착했어?"

눈을 반쯤 뜨곤 주위를 두리번거리더니 신경질을 냈다.

"뭐야? 아직 멀었잖아. 아, 진짜 운전 좀 조심해서 하지 다칠 뻔했잖아. 암튼 도착하면 깨워. 알았지?"

그러곤 태평하게 다시 졸았다.

꾸벅꾸벅. 1초도 안 돼 또 머리로 물레방아를 찧고 있다. 지금까지 한 번이라도 자신이 저렇게 한심한 표정으로 버스 안에서 존적이 있었던가. 정말이지 가관이다.

음냐, 꿈에서 뭐라도 먹는 건지 입술을 꼼지락거리며 이번엔 고개가 뒤로 휘청한다. 번쩍 깼다가 또 왼쪽으로 휘청, 오른쪽으로 휘청, 상모라도 돌릴 기세다.

"진짜 특이한 사람이야."

더 이상 기대할 건 없다고 생각하고 포기하려고 하면, 그 밑바닥에서 뜻밖의 모습을 보인다.

자기 몸을 죽게 해서 영혼을 돌려주겠다며 물에 빠지질 않나, 당연하다고 생각한 패싸움을 하지 않고 그 폭력을 고스란히 다 견디질 않나, 일절 생각 없이 사는 줄 알았더니 명진의 편에서 이야기를 해주질 않나.

"선생님, 그날 어떻게 살아났는지 알아요?"

물에 빠진 지은을 건져 냈을 때, 지은은 위급한 상태였다. 그땐 너무도 다급했다. 선택의 여지가 없었다.

재걸은 인공호흡을 했다.

그래, 그런 일이 있었다.

그때 자신의 입술이 부딪치고 있는 게 실은 자기 자신의 입술이라는 위화감도 전혀 없었다. 그저 급박함뿐이었는데.

그 후가 문제였다. 그날 뒤로 왠지 담임을 보면 기분이 이상했다. 그건 단지 구조 활동을 위한 응급처치일 뿐이었는데.

마치 자신과 담임이 입맞춤이라도 한 것 같은 느낌.

'뭐야, 이 자식아? 네가 감히 내 입술에다가 입술 박치기를 해? 에잇! 기분 더러워!'

담임이 안다면 아마 그렇게 말하며 펄펄 뛰겠지.

"나도 마찬가지예요. 진짜, 끔찍했다구요."

그때 지은이 머리를 앞좌석에 확 찧으려고 했다. 재걸은 자신도 모르게 손을 확 뻗어 이마를 받아냈다.

"나이스."

다행이다. 정말 번거로운 사람이다.

결국 지은의 머리를 자신의 어깨 위에 가져다 놨다.

그제야 마음이 좀 놓였다. 자신은 이 여자가 다치는 게 싫다.


"어딜 들어와요?"

"아, 그럼 어디 가라고?"

"윤수한테 간다고 했잖아요!"

"미쳤냐? 내 집이 있는데 뭐 하러 잘 알지도 못하는 애 집에서

자? 그것도 남자애 집에서."

둘은 빌라 현관 앞에서 옥신각신하고 있었다. 재결은 문을 닫으려고 용을 쓰고, 지은은 열려고 낑낑댔다.

"여기 올 때까지 아무 소리도 없었으면서 이제 와서 왜 이래?"

"그거야 가방 가져가려는 줄 알았죠!"

"아, 죽어도 윤수 집에는 못 간다니까?"

"그럼 찜질방을 가든가."

"가든가? 가든가! 하, 너 말 참 짧다? 지금 이 순간 선택해라. 죽을래? 디질래?"

"죽이든 디지게 하든 맘대로 하시고 이 문이나 놔요!"

지은의 몸이 확 떠밀렸다. 하지만 타이밍 좋게 발을 문 사이에 끼워서 가까스로 버텼다.

"아파! 그 자식, 진짜 더럽게 깔끔하게 구네. 지금 남녀칠세부동석 하냐? 아, 좀 들어가자고!"

"절대 싫다구요."

"좋아, 그럼. 서울역에서 노숙할 테다!"

"멋대로 하시든가요."

결국 녀석이 지은의 발을 확 걷어차고 문을 쾅 닫아버렸다. 지은은 어이가 없어서 닫힌 현관문 앞에서 입을 딱 벌렸다.

"와, 진짜 매몰차게 닫네. 뭐, 저런 피도 눈물도 없는 악마의 자식이 다 있어? 좋다 그래! 내가 노숙하는지 안 하는지 한 번 두고 봐라."

결국 현관 앞에 쪼그리고 앉았다.

"아, 추워. 밤이라서 쌀쌀하네."

양팔을 마구 문질렀다.

"저 자식은 진짜 감정이란 게 있는 거야, 없는 거야? 이쯤 되면 남이라도 신경 써주겠다. 하물며 몸까지 뒤바뀐 사이에 어쩜 저렇게 매정해? 하필이면 바뀌어도 저딴 자식이랑 바뀌어서."

오들오들 떨며 몸에 머리를 푹 파묻는데 현관문이 덜컥 열렸다.

"진짜 이러시기예요?"

"내가 뭘? 난 그냥 갈 데 없어서 쪼그리고 앉아 있었을 뿐인데 그것도 신경에 거슬리니? 그럼 뭐 어떡하리? 딴 집 앞에 가서 앉아 있을까?"

재걸이 한숨을 흘렸다.

"들어와요."

지은이 고개를 번쩍 들었다. 눈물까지 글썽거리며.

"고마워, 재걸아! 이 은혜는 꼭 갚을게!"


"노숙한다더니 그런 용기까진 없어요?"

쓰……!

안으로 들어오자마자 녀석이 또 시비다. 지은은 냉장고 문을 확 열어 물을 마시며 투덜거렸다.

"설마 그 용기가 없겠니? 노숙하다가 또 무슨 사건에 휘말려들지 이젠 나도 나 자신을 믿을 수가 없어서. 왜? 감동했냐? 이렇게 널 배려하는 내가 대단하지?"

"시끄러워요."

재길이 고개를 휙 돌렸다. 근데 저 자식은 불리하면 꼭 고개를 돌리더라? 지은은 쩝 하며 물병을 다시 냉장고에 넣고 중얼거렸다.

"맥주 한 캔 확 해치우고 자면 소원이 없겠는데."

"해치우긴 뭘 해치워요? 애당초 그 몸에 술을 마시고 싶어요? 성할 때도 안 되지만 오늘은 더 안 돼요."

"넌 무슨 애가 그렇게 안 된다는 말밖에 모르니? 가끔은, 돼요, 하는 법도 배우지 그래?"

고개를 설레설레 젓더니 안방으로 들어가려고 하자 재걸이 곧장 앞을 막아섰다.

"지금 어디 가시는데요?"

"어디 가긴. 자러 들어가지. 비켜라. 난 그만 씻고 자련다."

"무슨 끔찍한 소릴. 선생님은 여기서 주무셔야죠."

지은이 물끄러미 재걸을 봤다. 그러다가 푸하하 웃었다.

"요 녀석, 농담 잘 들었다."

"그렇겐 못 넘어가죠."

재걸의 뺨을 꼬집어주곤 다시 자연스럽게 안방으로 들어가려다가 바로 재걸에게 잡혀서 거실로 떠밀렸다. 녀석이 잽싸게 이불을 갖고 오더니 바닥에 턱 놓았다.

"그럼 편안히 주무세요, 선생님."

"아, 나 허리 아파서 바닥에서 못 잔다고!"

"저도 마찬가지예요."

"내 침대거든?"

"선생님 거실이기도 하죠. 거실도 사랑해주세요. 주인을 많이 그리워할 거예요."

"으, 저 나쁜 자식. 그럼 같이 자!"

지은이 벌떡 일어나서 이불을 들고 안방으로 튀었다. 그야말로 전광석화와 같은 속도였다. 재걸이 아뿔싸! 하는 표정으로 뒤늦게 쫓아왔지만 이미 침대는 지은에게 점령당한 후였다.

"아, 편하다. 거지 같아도 역시 내 침대가 최고구나. 보고 싶었어, 세일해서 산 내 매트리스야."

뒹굴뒹굴 하고 있으니 이제야 살 것 같았다.

"좋은 말로 할 때 비키시죠?"

"나쁜 말로 해도 안 비킬 거야."

"비키시라고 했습니다."

"넌 이렇게 쥐터진 사람을 저 딱딱한 거실에서 재우고 싶니?"

"선생님 사정이구요."

"너 때문에 맞았거든?"

재걸의 이마에 핏대가 섰다.

"정말 화낼 겁니다."

"마음대로 하세요."

순간 재걸이 지은의 몸을 번쩍 들려다가, 못 했다. 몸집이 커서 역시나 여자인 이 몸으론 무리였다.

"너 지금 뭐 했냐? 나 들려고 했던 거야?"

"젠장."

"와, 문재걸 욕도 하네. 어째 그래? 아까 교실에선 유명진을 대롱대롱 잘도 들더니?"

"그건 어이없게도 선생님이랑 절 연결시키니까 열 받아서 순간적으로 초인적인 힘이 발휘된 것뿐이죠."

"하긴 그게 아니라면 그 현상을 설명할 방법이 없지. 으이그, 자식, 내가 그렇게 싫었어?"

지은은 재걸이 뭐라고 할 새도 없이 그 팔을 확 잡아당겼다. 그 바람에 재걸이 확 끌려와서 옆으로 풀썩 엎어졌다.

"지금 뭐 하는 거예요?"

"뭐 하긴. 너 내가 엄청 싫다며. 그럼 우리 둘이 나란히 잔들 포개져서 잔들 무슨 문제가 있겠어."

"무, 무슨 말도 안 되는 소릴 하는 거예요?"

근데 저 자식, 참 순진하네. 저 정도에 저렇게 얼굴이 장작처럼 달아오를 줄이야.

너 초식남이냐? 19년 동안 대체 뭘 한 거냐, 문재걸. 쯧쯧.

"야, 난 선생이고 넌 학생이야. 아니지, 넌 선생이고 난 학생이야. 근데 무슨 남녀칠세부동석을 따져? 나도 침대에서 자고 싶고 너도 침대에서 자고 싶고, 그런데 침대는 하나밖에 없고, 그럼 어떻게 해야겠냐? 그냥 엎어져 자!"

"그게 그렇게 간단한 문제가 아니라니까요."

"불 꺼라. 눈부시다."

재걸이 어이가 없다는 듯 혀를 차는 소리가 들렸다. 그러거나 말거나 지은은 눈을 감은 채 꼼짝도 안 했다. 역시나 말 잘 듣는 우리 모범생 문재걸이 불을 탁 껐다.

지은은 속으로 큭큭 웃었다.

자신이 이겼다.

그런데 주섬주섬, 이불 옮기는 소리가 나서 눈을 살짝 떠봤더니 녀석이 어둠 속에서 침대 옆 바닥에 이불을 깔고 있었다.

"너 뭐 하냐?"

"이불 깔잖아요."

"그래서?"

"그래서는 뭐 그래서예요. 여기서 자려는 거지!"

"야. 좋은 말로 할 때 올라와라. 냉큼! 아니면, 너 설마 날 여자로 보냐?"

"무, 무슨!"

재걸이 펄쩍 뛰었다.

"내 예상과 한 치도 다르지 않은 반응, 참 고맙다. 차라리 거기서 잘 거면 거실로 나가든가! 사내자식이 겨우 고만큼 떨어지려고 이불을 챙겼냐?"

"그래요, 그럼."

재걸이 이불을 감싸서 나가려고 하기에 지은은 온몸을 날려 슬라이딩했다. 재걸의 팔을 확 붙들고 늘어졌다.

"계속 이럴래? 쿨하게 같이 눈 감고 꿈꾸고 다음 날 눈 뜨면 간단할 일을! 지금 너의 이런 행동이 상황을 더 어색하게 한다는 건 모르지?"

"후우, 알았어요. 거실은 추우니까 여기서 잘게요."

"아, 거기도 춥다고. 여긴 전기장판이라도 있지."

"됐어요. 신경 쓰지 마세요."

녀석이 고집대로 바닥에서 이불을 확 덮어쓰고 돌아누웠다.

하여튼 고지식한 자식.

"거기 바퀴벌레 기어 다닐 텐데. 바퀴가 침대 위론 절대 안 올라온단 건 아냐?"

재걸이 광속으로 침대로 뛰어올랐다.

와, 그 자식, 무슨 바퀴벌렌 줄 알았다. 엄청 빠르네.


고요하다.

두 사람은 불 꺼진 방에서 거리를 둔 채로 떨어져 누워 있었다. 어차피 그리 넓지도 않아 완전히 떨어질 수도 없었지만.

재걸은 침묵 속에서 몸을 굳히고 있었다. 왜 이렇게 어색하고 불편한지 모르겠다. 아니, 긴장되는 것 같다. 정작 담임은 아무 생각이 없어 보이는데.

"······주무세요?"

"어."

"자는데 어떻게 말을 해요."

"깼지, 이 자식아! 막 램 수면에 접어들려는 찰나였는데."

자신만 의식하고 있는 것 같아 좀 열도 받았다. 나름 인기남인데 담임은 어떻게 저렇게 전혀 아무렇지도 않을까? 그게 화딱지 났다.

"넌 왜 안 자?"

"그럼 이런 상황에서 잠이 와요?"

"이런 상황이 어떤 상황인데. 왜? 내가 의식돼? 설마 십대의 왕성한······."

"시끄러워요."

"어, 그래."

"여자가 돼서 창피하지도 않아요? 그런 소릴 아무렇지도 않게 하고."

"나도 나름 긴장되니까 그렇지."

재걸은 멈칫했다. 담임도 역시 자신처럼 긴장이 되는 건가. 슬슬 기분이 좋아지려는 이 반응은 대체 뭐지? 자신이 정말 저 담임을 여자로라도 보고 있단 건가?

"미성년자를 데리고 내가 이게 뭐 하는 짓인가 싶네. 혹시 이러다가 감옥에 잡혀가는 건 아닐까?"

"됐습니다."

"근데 재걸아, 너 진짜 술 한 번도 안 마셔봤니?"

"네."

"에이, 솔직하게 말해봐. 나 소문 안 낸다니까?"

"소문이고 뭐고 안 마셨으니까 안 마셨다고 하는 겁니다."

담임이 한숨을 내쉬었다.

"어쩜 이렇게 재미없는지."

"혹자는 성실하다고 하죠."

"한 번 마셔봐. 마시면 얼마나 좋은데. 기분이 알딸딸해지는 게 웬만한 나쁜 일들은 다 날려 버릴 수 있어."

"선생님이 참 좋은 거 가르치시네요."

담임이 큭 웃었다.

"너도 참, 불량한 선생한테 걸려서 맘고생 많다."

"그 불량한 선생님이랑 몸이 뒤바뀌는 저주를 받아서 마음고생이 배로 심하단 것만 알아두세요."

"재걸아. 넌, 불안하지 않니?"

재걸은 멈칫했다.

담임은 '불안하지?'가 아니라 '불안하지 않니?'라고 물었다. 왜인지 모르겠지만 그 질문이 마치, 담임이 더 불안해하는 것처럼 들렸다.

"이대로 우리 둘 다 돌아오지 못할까 봐 불안하지 않아?"

뭐라고 대답하면 좋을까.

아무렇지 않게 사실대로, 그렇다고 말하면 되는 건데, 왠지 담임이 그 대답을 듣고 더 불안해할까 봐 차마 입을 못 열겠다.

"돌아오겠죠. 이제 불안해할 단계는 지났잖아요. 그런다고 뭐가 달라지는 것도 아니고."

왜 자신이 담임을 다독이고 있는 건지 모르겠다. 어쩌면 담임은 그냥 아무 생각 없이 한 말일 수도 있는데.

"선생님은 어떤데요?"

대답이 없다.

역시 심각하게 고민하고 있는 걸까.

"아, 미안. 깜빡 잠들었어. 지금 뭐라고 했어?"

태평하다.

세상에서 제일 태평한 여자다.

"됐습니다."

"아, 뭔데. 짜식, 또 삐치긴."

"선생님도 불안하냐고 물었어요!"

"아……."

또 대답이 없다.

이 여자가 정말, 그새를 못 참고 또 졸아?

"네가 선생님이라고 불러줄 때마다 조금씩 더 불안하기도 하고, 덜 불안하기도 해."

"그건 무슨 뜻이에요?"

"그냥 네가 선생님이라고 불러줄 때마다 나 자신이 돌아가야 할 곳을 확실하게 되새기게 되니까 마음을 다잡게 된다, 그러니까 불안하기도 하지만 또 불안하지만은 않다, 뭐 그런 거지. 나만의 문제가 아니라 네 인생도 달린 거니까."

재걸은 가만히 듣고만 있었다.

"난 원체 지지리도 복도 없고 운도 형편없이 없는 사람이지만 넌 다르잖아. 넌 운도, 능력도, 모든 게 뛰어난 애니까 하늘이 널 버려두진 않을 거야. 너한테 묻어가겠다, 이거지."

담임이 크게 하하하! 웃는다.

처음엔 참 주책 맞다고 생각했는데 계속 듣다 보니 기분 좋은 웃음소리 같기도 하다. 이런 상황에서 저렇게 고민 없이 즐겁게 하하 웃을 수 있는 사람이 얼마나 될까.

"선생님, 그런데 애들한테 담배 사준 적 있다면서요?"

갑작스러운 맹공에 담임이 흠칫한 것 같다.

"젠장."

"교사가 그래도 돼요?"

"나 아냐. 너지."

"또 뻔뻔하게 유체이탈 화법 쓰는 거예요? 서로 몸 바꾸기 전에 선생님이 한 짓이잖아요."

"알았어. 반성하고 있어. 잘못했어."

재걸이 고개를 절레절레 저었다.

"반성하세요, 제발."

"근데 재걸아, 내가 지금 작업 걸려는 게 아니라, 정말 다른 뜻 없이 말하는 건데."

재걸이 멈칫했다.

두근두근.

반성이나 하라니까 또 무슨 소리를 하려고. 그런데도 재걸의 심장은 무서울 정도로 쿵쿵 뛰었다.

"손잡아도 될까?"

결국 심장이 덜컥 내려앉았다.

"역시 싫지?"

아무 말도 못 하고 있는 사이 담임이 피식 웃었다.

싫고 좋고의 문제가 아니었다. 도대체 왜 이렇게 심장이 미친 짓을 하는 걸까?

이건 아닌데.

아무리 상황이 특이하다고 해도 이런 증상이 자꾸 일어나는 건 아닌 것 같다. 만약 이 같은 상황에 떨어지지 않았다면 결코 담임에게 이런 반응을 보이진 않았겠지. 그 말은 돌려 말하면 이건 그냥 이 상황이 만든 착시 같은 현상일 뿐이란 소리였다. 결코 정상적인 것도, 당연한 것도 아니라는 뜻이다.

그런데도 숨이 턱 막히고 심장이 걱정될 정도로 뛰어댄다. 자신이 어쩌다가 이런 터무니없는 여자한테 이런 낯설고도 놀라운 감정을 갖게 된 걸까. 하지만 생각하려 해봤자 헛수고였다. 이미 반응은 그렇게 흘러가고 있는 것 같으니.

"손은 왜요."

"그냥 좀…… 그러면 마음이 놓일 것 같아서. 우리 바뀐 이후로 계속 조금 불안했거든. 너도 의젓하게 잘 버티는데 나이도 더 많은 선생이란 사람이 그래선 안 된단 생각에 안 그런 척했지만, 그래선 안 된단 것도 아는데, 자꾸만 불안한 거야. 이게 다 나 때문인 것 같단 생각이 들 때면 더더욱."

담임의 말이 끊겼다.

자신도 모르게 담임의 손을 잡았기 때문에.

담임이 계속 아무 말도 하지 않는다. 재걸은 어둠 속에서 자신의 손안에 담긴 담임의 손을 느꼈다. 물론 그건 자기 자신의 손이었다. 물리적으로는 그랬다.

그런데도 그냥, 담임의 작고 여린 손을 잡은 것 같았다. 손안으로 담임의 불안한 마음이 쥐어지는 것 같았다. 그걸 위로해 주고 안심시켜 주고 싶었다.

불이 꺼져 있어서 일까.

아무것도 보이지 않으니 마치 각자의 몸으로, 정상적으로 돌아온 것 같았다. 그 사람의 겉모습이 아닌 '그 사람'만이 느껴지는 이상한 기분.

"알았으니까 괜히 이상한 변명 늘어놓지 마세요. 저도 똑같이 불안해서 잡은 거니까."

"재걸아, 졸려."

이 여자한테 뭘 기대하겠는가. 혹시 자신의 마음을 알아차린 건 아닐까 싶어서 긴장했더니.

"근데 너 그거 알아? 너 의외로 무뚝뚝하게, 아무렇지도 않게 굴면서 상대방 마음 참 배려해 준다는 거. 한마디로 참 멋진 녀석이란 거.”

재걸의 얼굴에서 화르르 열이 올랐다.

미치겠네, 정말.

“됐어요. 별것도 아닌 걸로 부풀리지 마세요.”

“아냐. 난 널 좀 알 것 같아. 그래, 난 널 알아.”

담임의 목소리에 졸음이 가득 묻어났다.

“그래서 늘, 고마워…….”

지은이 잠든 후에도 재걸은 한참을 눈을 감지 못했다. 어수선하게 감정이 움직이는 느낌. 왠지 머리까지 약간 어지러운 것 같다. 이런 게 누군가를 의식하고 마음에 담게 되는 과정인 걸까? 굉장히 낯설면서도 불안하다. 불안하면서도 충만하다. 쉴 새 없이 심장이 두근거려 굉장히 번거로우면서도 마음 한편은 말할 수 없이 기쁘고 좋다.

담임을 두고 설렌다는 감정을 갖게 되다니. 자신에게 처음으로 이런 기분을 갖게 한 사람이 하필이면 이런 말도 안 되는 사람이라니.

하지만 어차피 정상적이지 않은 상황에서 생긴 비정상적인 감정일 뿐이겠지.

“그래, 그럴 거야.”

천천히 눈을 감았다.

그 순간 담임이 뭐라 웅얼거리며 움직이는 바람에 재걸의 목에서 헛바람 빠지는 소리가 나왔다. 반대편으로 돌아누웠으니 당연한 일이었겠지만, 손을 확 내팽개쳐 버리는 게 아닌가.

“나참, 어이없어서.”

힘들게 먼저 잡자고 한 사람이 누구였더라?

대체 뭐냐고! 담임, 당신은!

✠　✿　✠

다음 날 아침, 재걸은 부스스 눈을 떴다. 몸이 바뀐 뒤로 그는 늘 깨면서 썰렁함을 느꼈었다. 워낙 난방이 잘 안 되는 집이라서 방 안 공기가 쌀쌀한 탓이었다. 그런데 오늘은 어쩐지 따뜻했다. 뭔가를 감싸 안고 있는 듯한 기분. 그래서 딱 기분 좋을 정도로 포근한 그것을 더욱 단단하게 끌어안은 채 눈을 부스스 떴다.

순간 재걸의 눈이 번쩍 떠졌다. 일단 자신이 안고 있는 건 난방 효과가 있는 곰 인형이나 이불 같은 게 아니라 사람이었다. 눈앞에 자기 자신의 얼굴이 두둥 있었다. 그렇다는 건 지금 자신이 끌어안고 있는 게 담임이란 소리였다. 도대체 어쩌다가 자신이 이 여자를, 아니, 자신의 몸을, 아니, 담임을 끌어안고 자고 있는 건지 모르겠지만, 더욱 큰 문제는 그다음이었다.

누군가 침대 옆에 서 있는 것 같아 설마 하며 서서히 시선을 들어봤다. 그랬더니 허리에 손을 척 얹고서 누군가가 혀를 끌끌 차며 두 사람을 내려다보고 있었다.

"어이없어. 이지은, 너 지금 뭐 하냐? 아! 내 눈! 내 눈! 너 진짜 미친 거 아니야?"

바로 공주엄마가 자기 눈알을 빼버리겠다는 듯 오버를 떨고 있었다.

잠시 후, 재걸과 지은은 세수도 못 한 채 거실에 앉아 있었다. 그 앞에선 공주엄마가 팔짱을 낀 채 두 사람을 노려봤다.

"대체 너들 둘 무슨 사인데?"

"너, 넌 아침부터 여긴 웬일이야."

지은이 옆구리를 팔꿈치로 쿡 찌르는 바람에 재걸이 얼른 공주엄마에게 물었다.

"왜긴 왜야? 잡채 다시 해왔지! 출근하기 전에 먹으려고 달려왔더니, 설마 지가 가르치는 학생이랑 나뒹굴고 있을 줄이야. 야, 아무리 우리가 과거에 불꽃처럼, 아니아니, 막장 날라리였다고 해도 이건 아니지. 넌 선생이잖아, 애들 가르치는! 근데 어떻게 이런 짓을 하냐?"

"아, 무슨 짓을 했다고 이 난린데? 우리가 무슨 짓 저지르는 거 너가 봤어? 이게 친구가 돼선 믿어줄 생각은 안 하고 먼저 사람을 잡기부터!"

울컥해서 내지르고 만 지은의 옆구리를 이번엔 재걸이 쿡 찔렀다.

'선생님, 그게 아니잖아요. 아, 왜 거기서 당신이 나서요? 선생님은 지금 문재걸이라고요!'

'그, 그렇지, 참. 아, 나 진짜 왜 이러냐.'

공주엄마가 눈이 휘둥그레져서 지은을 노려봤다.

"아, 내 뒷골! 너 지금 뭐라고 지껄였냐? 빤드르르하게 생겨서 뭐? 이게 어디서 어른한테 반말 찍찍 까고. 와, 진짜 나 옛날 버릇 나올라 그러네. 얼굴 꼬라지 보니까 너도 만만치 않은 사고뭉치 같은데 누가 먼저 선빵 날릴래?"

팔을 둥둥 걷어붙이는 공주엄마를 재걸이 얼른 나서서 말렸다.

"그, 그만해. 애가 욱해서 그런 거잖아. 이 나이 때 애가 알면 뭘 알겠어."

"모르긴 뭘 몰라? 알 건 다 알지! 뭐? 우리가 무슨 짓 저지르는지 너가 봤어? 너? 너어? 이게 친구가 돼선 믿어줄 생각을 어쩌고 뭐? 이게? 이게에? 그거 다 나보고 그런 거지? 와, 뭐, 이딴 게 다 있어? 확!"

"잠깐 진정 좀 하라니까?"

"야, 너도 이 상황에서 저 녀석 편드는 거 아니지! 너 진짜 성질 많이 죽었다? 아무리 같이 뒹굴고 자는 사이라도 그렇지, 어린 게 저딴 식으로 나오는데 뭐라고 해야지! 나한테 저러는 건 널 무시하는 거랑 마찬가지라고! 야, 뺀질빼질하게 생긴 놈 너, 어디 한번 그 잘난 얼굴에 스크래치 좀 더 내줄까?"

"그만 좀 하라니까. 내 편 들어주려다가 말이 잘못 나온 거겠지. 요즘 애가 가정사에 안 좋은 일이 있어서 그래. 그래서 얼굴도 저 모양이 된 거고. 무, 문재걸, 뭐 해. 얼른 씻어, 얼른!"

"아, 나참."

재걸이 눈짓을 하자 지은이 어쩔 수 없이 일어나서 욕실로 갔다. 그런데 그 꼴이 참으로 불량했다. 욕실 문이 쾅! 닫히자 재걸이 흘끗 공주엄마를 봤다.

"아, 아무튼 잡채 잘 먹을게. 나도 출근해야 하니까 넌 얼른 집에 가봐."

"이렇게 얼렁뚱땅 넘어가려고? 솔직히 말해봐. 저 건들거리는 녀석이랑 무슨 사이야?"

"무슨 사이긴 무슨 사이야. 마, 말했잖아. 애가 가정사에 문제가 있어서 혹시 밖에서 방황할까 봐 여기서 재운 것뿐이야. 그러니까 괜한 누명 씌우지 말고 얼른 공주한테나 가봐. 아침부터 엄마 찾을 건데, 얼른."

재걸은 얼른 공주엄마를 쫓아내려고 서둘렀다. 그런데 그 순간 공주엄마가 갑자기 재걸의 손을 탁 쳐냈다. 뿐만 아니라 엄청 경악한 얼굴로 그를 쳐다보고 있었다.

"너 지금 뭐라고 했어? 누가 누굴 찾아?"

"누굴 찾긴? 당연히 네 딸이 엄마를 찾겠지."

"내 딸이 누군데."

"그야 공주………."

"선생님!"

그때 욕실에서 나오던 지은이 갑자기 소리를 빽 지르는 바람에 재걸이 멈칫했다. 돌아보니 지은의 손에서 수건이 툭 떨어졌다. 그녀가 미친 듯이 손을 엑스 자로 그으며 가슴 앞에서 스톱 경고를 날렸다. 재걸은 도대체 무슨 일인지 어리둥절해서 지은과 공주엄마를 번갈아 봤다. 공주엄마가 눈이 휘둥그레져서 천천히 입을 열었다.

"이지은, 너 미쳤어? 내가 엄마는 무슨 엄마야? 나 작년에 결혼해서 애도 없는데. 공주는 내 딸이 아니라 내 이름이잖아!"

지은이 저쪽에서 이마를 탁 짚고, 재걸은 심장이 쿵 떨어졌다. 서, 설마 이런 일이 일어날 줄이야. 재걸은 그야말로 경악했다. 입안이 바짝바짝 말랐다. 공주엄마의 공주가 자기 이름이었다니. 결혼했다고 하니 당연히 딸 이름인 줄 알았다. 근데 왜 자기 이름에

엄마를 붙여서 부르는 건데? 얼마나 당황스러운지 재걸은 미친 듯 시선을 헛짚었다.

"이지은, 너 왜 그러냐니까? 그때도 뭔가가 이상하다 싶었지만 설마 이런 미친 소리를 할 줄이야. 대체 뭐냐고!"

어떻게 하면 이 상황을 헤쳐 나갈 수 있을까. 재걸은 미친 듯 머리를 굴렸다.

그래, 이럴 땐 담임의 수준으로 돌아가서 담임처럼 생각하자!

"뭐, 뭐긴 뭐야, 장난이지. 너, 넌 장난도 구별 못 해? 공주엄마니까 당연히 공주나 보라고 빗대서 농담한 거잖아."

하하하 재걸은 난처해서 얼른 지은을 쳐다봤다. 지은은 답답하다는 듯 자기 가슴을 툭툭 치고 있었다.

뭐야, 저 반응은. 설마 자신을 답답해하고 있어? 믿을 수 없었다. 이 상황을 망치는 사람이 자신이 될 줄이야.

'야, 문재걸. 됐으니까 얼른 그만하고 보내!'

'아, 지금 보내면 어쩌자고요? 오해는 풀고 보내야지.'

'그딴 식으로 해서 오해가 잘도 풀리겠다!'

둘이 서로를 보며 으르렁거렸다. 어쩔 수 없이 지은이 나섰다.

"선생님이 아무래도 어제 마신 술이 덜 깼나 봐요. 컨디션이 안 좋은 것 같으니까 오늘은 그만 가시는 게 어때요?"

"넌 가만히 있어. 넌 대체 뭔데 나서고 난리야?"

지은이 멈칫해서 섰다. 저렇게 물으면 담임도 할 말이 없을 것이다. 공주엄마가 잠시 생각해 보는 것 같더니 재걸을 봤다.

"이지은, 너 기억나? 우리 날라리 생활 청산하면서 마지막으로 대신여상이랑 붙었을 때, 완전 신났었지? 그때 너 진짜 최고 전성기라서 네가 나 막 도와주고 경찰 막 달려오는데 우리 멋지게 도망치고. 그치?"

'갑자기 저건 또 왜 물어봐? 아, 뭐라고 해요, 선생님? 선생님!'

그런데 지은이 이상할 정도로 멍하니 굳어 있었다. 그래서 재걸이 어쩔 수 없이 대답했다.

"그, 그렇지, 뭐. 완전 신났었지."

공주엄마의 표정이 확 굳었다.

"거짓말. 네가 그날 일을 신나게 말할 리 없어. 왜냐하면 그날은, 네 어머니가 돌아가신 날이니까."

지은이 천천히 고개를 떨어뜨리고, 재걸의 표정에선 핏기가 사악 식었다. 담임이 왜 아무 말 없이 굳어 있는지 그제야 알 수 있었다. 어쩐지 처음부터 유도신문 같아 마음에 걸리더니 이런 식으로 함정을 파놓았을 줄이야……. 눈치 없고 둔하다더니 자신이 보기엔 담임보다 더 똑똑한 것 같았다.

"너, 대체 누구야."

공주엄마가 차갑게 말했다.

재걸은 아무 말도 할 수 없었다. 이렇게 비밀이 깨지는 건가.

"대체 어디를 얼마나 다친 거야? 설마 나에 대해서 완전히 잊어버린 거야? 기억상실증이야? 그래서 그렇게 이상하게 굴었던 거였어?"

뎅.

잔뜩 긴장하고 있던 재걸의 몸에서 힘이 쭉 빠졌다. 뭐, 대충 길은 보였다. 부분 기억상실증이라고 해두면 되겠지. 그때 지은이

다가왔다. 그리고 재걸의 옆에 서더니 낮게 말했다.

"됐어. 그만하자. 얜 믿어도 되니까 사실대로 말하자고."

"자, 잠깐!"

"인사해, 문재걸. 공주엄마, 장공주. 2년 꿇어서 학년은 나랑 같지만 나보다 두 살 위. 그래도 실력은 한참 아래라서 내 꼬봉이었지. '공주엄마'는 우리가 어울려 놀던 때의 별명이야. 얘는 '공주엄마', 난 '지은 엄마', 우린 '엄마파'였거든."

공주엄마가 고개를 번쩍 들었다.

"니가 그걸 어떻게 알아? 니들 둘 혹시, 내 얘기 했니?"

둔한 거 맞네.


"자기 할 일은 해요!"

지은은 사흘째 결석하며 그날도 빌라에서 재걸의 명령대로 시험문제를 만들었다. 벌써 기말고사가 목전에 닥친 것이다.

시험도 시험이었지만 이 얼굴 꼬라지론 도저히 학교에 모습을 비칠 수도, 육성회장님을 볼 수도 없었다. 그래서 공주엄마가 왔던 그날부터 쭉 학교를 빠졌다. 결석 건은 재걸이 처리하기로 했고, 육성회장님한테는 조별 과제 때문에 며칠 친구 집에서 자겠다고 했다.

"겨우 이미지 다시 좋아지고 있었는데 그 꼴 보면 또 얼마나 난리겠어요?"

"유명진은 좋아하겠지. 학교도 못 나올 정도로 자기가 문재걸을 팍팍 밟아줬다고. 애들 사이에서 무용담 하나 번지는 건 아닌지 모르겠네."

"그걸 말이라고 하세요?"

녀석이 확 째려보는 통에 지은은 기가 팍 죽어서 얼른 시험문제를 만드는 척을 했다.

그나저나 녀석이 평상시보다 더 날이 서 있는 것 같다. 왜 아니겠는가. 둘 사이에서만 존재하던 비밀이 제삼자에게 들통 나고 말았으니.

그날 아침 재걸이 먼저 출근한 후 지은은 공주와 남아 모든 일을 사실대로 털어놓았다. 공주는 여전히 믿기지 않는 듯 입을 딱 벌리고 있었다.

"세상에! 소름 돋아. 그러니까 영혼이 확 체인지됐다. 영화에서 봤던 그거처럼 됐다 이 말이지, 지금?"

"그렇다니까."

"너 미쳤지?"

"내가 미쳤으면 너도 미친 거겠지. 아니면 지금 네 눈앞에 있는 이건 뭔데? 아, 믿기 싫으면 믿지 마. 나도 믿기 싫다는 년한테 설명하고 설득하기 귀찮으니까."

"대박. 이지은 맞네. 얼굴은 광란의 귀공자인데 성깔은 딱 이지은 맞네."

믿기지 않는다더니 잘도 믿고 있었다. 저 단순한 것 같으니.

"어쩐지 그날 왔을 때부터 뭔가 위화감이 있더라니. 애가 안 하던 청소를 하고 있질 않나, 말투랄까 어조랄까 왠지 얌전해졌다고 해야 하나? 아무튼 분위기도 좀 다르고 그랬는데. 사고 후유증인 줄 알았지 설마 그런 일일 줄 누가 짐작이나 했겠어?"

"내 말이 그 말이다. 에잇, 젠장. 내가 무슨 죄를 지었다고 이런 저주를 내리는 거야?"

"지은 죄가 없는 건 아니지."

"얼씨구? 공주 에미, 너 많이 컸다? 잡채에 양파나 처넣는 주제에."

"공주 에미가 아니라 공주엄마거든? 그리고 그렇게 노려보지 말지? 진짜 니가 노려보는 것 같아서 무섭거든?"

"내가 노려보는 거 맞거든?"

"그래도 자꾸 흠칫흠칫하거든? 알맹이는 딱 이지은 맞는 것 같은데 그래도 껍데기가 뭐랄까, 남자애니까. 와, 봐도 봐도 안 믿기네. 진짜 이지은 맞는 거지?"

"아, 믿기 싫으면 말라고! 입 아프게 자꾸만 똑같은 소리 하게 만들고 있어!"

"맞네. 이지은 맞네. 내가 너 일 칠 줄 알았다, 이년아! 그래도 이거 난 년이네. 하고많은 남자애들 중에서 어떻게 그렇게 조각같이 잘생긴 애 몸으로 들어갔대, 그래? 하긴 같은 자루에 들어가도 기왕이면 잘생긴 자루에 들어가는 게 더 낫지, 뭐. 난 무엇보다 니가 그렇게 잘생긴 애랑 엮였다는 게 믿기질 않는다."

아예 몸 바뀐 건 별로 문제가 없다는 투다.

"지금 믿기지 않아야 할 부분이 그 부분이 아니거든? 정신 좀 차렸으면 좋겠거든?"

"야, 됐고됐고. 그래서 좀 더 자세히 좀 말해봐. 가만, 너 지금 이지은 맞지? 아우, 자꾸 얼굴이 걸려서 무슨 딴 남자애 붙들고 말하는 것 같아."

"익숙해져라. 나도 처음엔 안 될 줄 알았는데 살다 보니 익숙해지더라."

"그래서 둘이 같이 잔 거야? 같은 처지를 겪다 보니 서로 감정이 생기고 그러다가 둘이 썸 탄 거야? 너, 걔 좋아하지?"

순간 지은은 섬뜩했다.

자신이 생각해 보지도 않은 걸 지금 공주가 마구 긁어대고 있었다. 아니, 생각해 보지도 않았다기보다 생각하지 않으려고 애썼던 부분이 아닐까?

"뭐, 뭔 헛소릴 하는 거야, 죽을래?"

"아, 뭘. 내숭 떨지 말고 솔직하게 말해봐. 우리 사이에 못 할 말이 어디 있어? 너 걔 좋아진 거지? 그리고 걔도 너 좋아하는 거고. 내가 보기엔 딱 그거던데."

"시끄러워! 미쳤다고 앞날 창창한 문재걸이 날 좋아해? 너 걔가 어떤 앤 줄 알아? 엄청난 천재에 집안도 빵빵하고 간판, 외모, 능력 다 되는 애라고."

"헐. 두둔하는 거 보소. 그래서 그 말은, 감정은 있는데 못 올라볼 나무는 쳐다보지도 않는 거다?"

지은의 이마에 빠직 핏대가 섰다. 그게 왜 그렇게 되는데? 하지만 순간 심장이 쿵 했다. 정말로 그런 건 아닐까 싶어서. 대체 이년이 언제 이렇게 눈치가 빨라진 거야?

"그런 거 아냐."

"에이."

"아니라고! 어차피 돌려보내야 할 애야. 관심 없어, 조금도. 나랑 일절 관계없이 살아갈 애고, 꼭 그렇게 돼야 해. 만약 조금이라도 신경이 쓰였다면 그냥 상황이 이렇게 됐으니까, 그뿐이야."

"내 생각을 말해줄까?"

"말하면 디진다."

"난 솔직히 둘이 바뀌었다는 거부터가 안 믿겨. 그걸 쉽게 믿을 사람이 어디 있어? 근데 지금은 니년이 걔한테 관심 없단 말이 가장 안 믿긴다. 아무리 몸이 바뀌었다고 해도 니가 누구랑 같이 한 침대에서 잘 애야? 너처럼 예민하고 함부로 남한테 곁 안 내주는 애가? 너 걔 좋아하는 거야."

공주가 이런 식으로 복병이 될 줄은 정말 몰랐다. 자꾸만 사람한테 주문을 거는 것 같다. 너는 그 애를 좋아한다고. 그건 엄청 찔리는 주문이었다.

"닥쳐. 그딴 바보 같은 소리 한 번만 더 해. 니가 연애에 대해 뭘 알아?"

"얼씨구! 연애 한 번 못 해본 년이 지금 결혼한 나한테 그딴 소릴 하는 거야?"

"뭐가 어쩌고 어째? 이게 결혼했다고 짱한테 막 기어올라? 꼬봉 주제에!"

둘은 잠시 머리채를 쥐어뜯으며 싸웠다. 잠시 후, 둘은 씩씩거리며 머리카락이 산발이 돼선 앉아 있었다.

"어우, 저 성깔머리! 너랑 바뀐 그 잘생기고 똑똑하단 애가 진짜 걱정이다!"

"시끄러워. 그딴 건 나도 잘 알고 있으니까."

지은은 머리카락을 손으로 슥슥 빗으며 중얼거렸다.

"그 애가 좋고 싫고 그딴 감정상의 문제가 뭐가 중요해. 그딴 건 아무것도 중요하지 않아. 단지, 지금이 그 애 인생에서 가장 중요한 시기란 거, 근데 내가 피해 주고 있단 거, 그걸 생각하면 미칠 것 같아."

"하아, 나도 미치겠다. 그럼 그 애 엄마한테만은 말하는 게 어때?"

지은이 공주를 쳐다봤다.

"그렇잖아. 그렇게 신경 쓰이면, 피하고 숨기기만 할 게 아니라 해결책을 찾아야지. 이러고 있다가 정말 중요한 시기 놓치고 그 애한테 평생 미안할 일 생기면, 그땐 어떡할 거야? 적어도 그 엄마한테 선택권은 줘야 하는 거 아냐?"

"그래. 어쩌면 네 말이 맞을지도……."

공주의 말은 틀리지 않았다. 들키건 들키지 않건, 자신은 평생 육성회장님한테 죄를 지었다. 그런데 만약 들키면 더더욱 원망과 증오의 대상이 되겠지. 네년이 내 아들의 명성에 얼룩을 남긴 그년이렷다! 너 때문에 내 아들이 졸지에 문제아가 되고 대학도 떨어졌어! 이러면서 자신을 가만 안 두겠지.

"근데 나 무서워. 내가 좀, 아니, 심하게 그 녀석 몸으로 사고를 쳐놨거든. 그 엄마 좀 대단한데, 내가 솔직하게 말하면 용서해 주실까?"

"너라면 용서하겠냐?"

"제 시험은 자신 있죠?"

낮의 일을 떠올리고 있던 지은은 재걸의 말에 퍼뜩 정신이 들었다.

이 완벽하게 까칠한 녀석을 봐라. 이 녀석이 과연 누굴 닮아 이렇겠는가. 그 피의 흐름을 봤을 때 육성회장님도 아들보다 더하면 더했지 덜하진 않을 것이다.

역시, 육성회장님한텐 당분간 비밀로 하는 게 좋을 것 같다.

"문제 만들라면서 뭘 또 시험 볼 준비까지 하래? 그런 식으로 따지면 시험문제는 네가 만들어야 공평한 거 아냐?"

"됐고요. 성적 떨어지면 절대 안 된단 건 아시죠?"

녀석이 이를 드륵 갈았다.

"다, 당연하지. 잘할 수 있어. 니가 시험지만 좀, 훔쳐다 준다면?"

녀석의 표정이 가관으로 일그러졌다.

"아, 네 머리를 어떻게 따라가! 웬만해야 내가 도전이라도 해보지. 넌 수재라고, 수재!"

"칭찬은 감사하지만 그런 말에 넘어가지 않아요. 설마 현직 교사가 학생보다 실력이 떨어지겠어요?"

알면서 저런다.

현직 교사가 학생보다 멍청하단 걸 말이다.

✠　✠　✠

"너 어디야? 왜 아직 안 와? 배고파 죽겠는데."

다음 날도 여전히 시험문제를 만들고 있던 지은은 배가 고파서 재걸에게 전화를 했다.

[오늘은 혼자 시켜서 드세요.]

"왜? 너 어디 가?"

[회식 가요.]

"무, 무슨 회식은! 거기가 어딘 줄 알고 애가 겁도 없이! 회식 이 뭘 술이야, 술! 무슨 큰일 나려고. 때끼! 얼른 들어와!"

[저도 그러고 싶은데 안 갈 수가 없어요.]

"왜."

[선생님, 회식의 여왕이었다면서요. 핑계 대서 빠지려고 했더니 절 아주 이상한 눈으로 보던데요? 이 선생이 회식을 빠질 리가 없는데 왜 그러냐면서. 다들 의심스러운 눈으로 쳐다보는데, 잘못하면 처음으로 들킬 뻔했어요.]

"잘 다녀오렴."

지은은 얌전하게 전화를 끊었다.

"하긴, 내가 회식 자리에서 좀 놀긴 했었지. 그나저나 큰일 났네. 이 녀석, 술 마셔야 할 텐데. 안 마신다고 안 주는 사람들이 아닌데. 괜히 취해서 실수하는 거 아냐? 아, 모르겠다. 똑똑한 녀석이니 잘 알아서 하겠지. 아니지! 공주가 파놓은 함정마저 못 넘긴 녀석이었잖아! 어떡하지? 어떡하지?"

역시나 그 걱정은 현실이 되어 돌아왔다.

밤 열두 시.

문제걸치고는 별스럽게 늦은 귀가 시각이라 지은은 거실을 왔다 갔다 하며 녀석을 기다리고 있었다. 아마 동료 선생님들한테 붙들려서 2차, 3차까지 끌려간 거겠지.

"아우, 또 얼마나 잔소리를 할 거야, 대체."

평소에 행실을 제대로 하라는 둥, 선생님 때문에 내가 이게 무슨 고생이냐는 둥, 생각만 해도 골치가 아파서 머리를 꽁 싸매고 있는데 현관문이 철컥 열렸다.

"문재걸?"

하지만 잔소리는 없었다. 대신 뭔가가 지은의 몸 쪽으로 확 쏟아졌다. 반사적으로 받아내고 보니, 풀썩 쓰러진 그건 재걸이었다. 아니, 술에 떡이 된 자신의 몸이었다.

"너너너, 너 술 마셨어? 진짜 취한 거야?"

오, 마이 갓! 육성회장님한테 절대 들키면 안 되는 이유가 또 하나 생겨 버렸다!

"아…… 속이 울렁거려요. 힘들어요."

이걸 어째.

이제 하다하다 못 해 이 녀석에게 술까지 마시게 했구나. 아예 술통에 몸을 담갔네, 담갔어.

"괘, 괜찮아? 그러니까 왜 마셨어. 핑계 좀 대지!"

"아, 토할 것 같아요. 죽겠어요. 근데 선생님 맞아요? 안 자고 나 기다렸어요? 와우! 우리 선생님 제자 사랑 대단하시네?"

"너 설마 그거 주사냐? 어울리지 않게 왜 싱글거리면서 헛소리야? 일단 안으로 들어가. 어우, 왜 이렇게 무거워?"

자신의 몸이 이렇게 무거웠나 싶을 정도로 재걸은 인사불성이었다. 질질 끌다시피 하다가 결국 포기하고 덜렁 업어서 침대로 내려놓자 재걸이 이불을 부여 쥐고 괴로워했다.

"으, 속 쓰려어."

"토, 토할래?"

"아우, 죽겠다. 대체 술이 뭐가 좋단 거예요? 알딸딸해지면서 기분 좋아진다더니."

"이 와중에 그걸 따지고 싶니? 학생이 술이나 마시고 돌아다니고, 잘하는 짓이다!"

녀석이 심도 있게 째려봤다.

"정말 이 얄미운 여자를……. 내가 미쳤지. 도대체 이런 여자가 뭐라고 내가 이 정성까지 들여서."

"뭐, 뭐라는 거야? 그리고 뭐? 얄미운 여자? 그거 나더러 그런 거지? 냉큼 대답 안 해?"

"우읍!"

지은이 얼굴이 하얗게 질렸다.

"야, 야! 요, 욕실로 가. 제발!"

다행히 녀석이 휘청거리며 일어나 욕실로 가주었다.

"휴우, 십년감수했네."

적어도 토한 이불 빨래 뒤처리는 하지 않아도 되었다. 그래, 자신은 이기적이다. 다 안다.

"그래, 내 죄다, 내 죄야."

우욱! 우웩! 콜록콜록!

"재걸아, 많이 힘들어?"

우욱!

"하긴 힘들겠지. 그러니까 적당히 피하지 그걸 왜 다 받아 마셔선! 아무리 회식의 여왕이라고 해도 몸이 좀 안 좋다, 한약 먹고 있다, 편도선이 부었다 등등 핑계 많잖아! 그 좋은 머리 뒀다가 어따 쓸래? 내가 진짜 속상해서!"

욕실 문 앞에서 괜히 신경질을 내는데 안에서 아무런 대답이 없다.

똑똑.

"문재걸, 괜찮아? 혹시 안에서 쓰러진 거야? 재걸아, 대답해 봐!"

마구 두드리는데 다행히 문이 끼익 열렸다. 어찌나 고생했는지 녀석의 얼굴이 반쪽이 됐다. 아니, 자신의 얼굴이.

"좀 마셔."

미리 대기하고 있던 생수를 내밀자 녀석이 마다하곤 바닥에 풀썩 엎어졌다.

큰일 났네. 많이 힘든가 보다.

"그러니까 평소에 적당히 좀 마셔두지."

재걸이 힘겨운 와중에도 어이가 없다는 듯 웃었다.

"와, 진짜 미치겠다. 세상에 선생님 같은 사람이 또 있을까요?"

"있으면 큰일이지. 이 나라 교육계에 망조 들지."

"아, 웃기지 좀 말아요. 힘들어 죽겠는데."

"그래도 웃는 거 보니까 정신은 좀 돌아왔나 보네. 설마 미쳐서 웃는 건 아니지?"

녀석이 고개를 설레설레 저었다.

"선생님 같은 여자는 진짜 처음이에요. 내가 어쩌다 선생님 같은 사람을 만나서, 만나서……."

"그래, 차마 뒷말을 못 잇겠지? 나도 차마 뒷말을 못 듣겠다, 찔려서. 일단 나 좀 잡아봐. 침대로 가자. 가서 마저 구박하건 말건 해."

"선생님."

"떠들지 말고 잡으라니까?"

"경험치 만렙. 선생님에 대해 겪을 대로 다 겪었어요. 몸이 바뀌고, 서로 많은 얘길 나누고, 많은 걸 같이 공유하면서, 선생님을 좀 더 알게 됐다고 할까. 언젠가 선생님이 저를 알 것 같다고 하셨죠? 저도 선생님을 알 것 같아요."

주사인가?

지은은 일단 쭈그리고 앉아서 재걸의 말을 들어주었다.

"그랬어?"

"그래요. 싫어할 이유가 백만 가지도 넘는 사람, 이죠."

"오냐, 고맙다. 그게 네 경험치의 결과였구나. 예리한 지적이다."

"그런데, 싫지가 않아요."

지은의 표정이 멈칫했다.

"아무리 해도 싫어지지가 않아요. 나랑 전혀 다른 사람인데, 내가 정말 싫어하는 유형의 사람인데, 아무리 해도 밉지가 않아요. 귀엽고 가끔은 짠하고 불쌍하고 지켜주고 싶어요."

지은은 자신의 얼굴이 귓불까지 달아오르는 걸 느꼈다.

"뭐, 뭐라는 거야? 너 술김에 복수하는 거냐? 이런 식으로 놀리면 내가 모를 줄 알았어?"

"아니요."

재걸이 말을 막았다. 지은은 심장이 철렁해서 녀석을 쳐다봤다. 녀석의 눈빛이 진지하다. 그리고 깨끗했다. 심장이, 두근두근 떨렸다. 그때 재걸이 취한 사람 특유의 맹한, 그러면서도 순수한 미소를 지으며 말을 이었다.

"우리, 동거하면 어때요?"

지은은 피식 웃었다. 역시 취해서 아무 생각이 없구나. 횡설수설 아무 말이나 지껄이는 거겠지.

　"그럼 지금 우리가 하는 건 뭐 같은데? 동거가 뭐 별거냐? 이놈의 뒤바뀐 몸이 되돌아오기 전까지 같이 살기 싫어도 살아야 하는……."

　"아뇨. 서로, 정상으로 돌아온 후에도요."

## 9화

당신이 가장 힘들 때……

"아들, 과제는 잘했니? 어머, 얘가 방 불을 이렇게 꺼놓고."

육성회장님이 안으로 들어왔다.

지은은 침대에 누워 이불을 푹 덮어쓰고 있었다. 그나마 상처가 좀 옅어졌지만 되도록 피하는 게 상책이었다.

"아들, 요즘 엄마가 바빠서 신경 못 써줬지? 미안해. 그래도 우리 아들이니까 잘하고 있지?"

엄청난 신뢰.

만약 이 몸이 재걸이었다면 당연한 기대였겠지만, 자신은 육성회장님한테 해줄 수 있는 게 없었다. 그녀가 침대에 걸터앉아 재걸의 등을 쓰다듬었다.

"얼굴 좀 보고 나가려고 했는데 벌써 자는 거야?"

죄송해요, 제가 당신의 그 귀한 아들을 술독에 **빠뜨렸답니다.**

낮은 한숨 소리와 함께 뒤이어 조용히 문이 닫히는 소리가 들렸다. 지은은 천천히 이불을 끌어 내렸다. 모든 걸 알게 되면 과연 저분이 어떻게 나올지. 청부살인이라도 당하는 거 아닐까? 지은은 눈을 말똥말똥 뜨고 새까만 천장을 올려다봤다.

하지만 지금은 육성회장님보다 더 그녀의 심경을 어지럽히는 게 있었다.


"아뇨. 서로, 정상으로 돌아온 후에도요."


그게 도대체 무슨 뜻?

정상으로 돌아온 후에도, 동거를 하자고?

계속 같이 살자고?

나랑 같이 살고 싶다고?

누가? 문재걸이.

누구랑? 나랑.

왜? 그거야⋯⋯.

아, 모르겠다. 아무튼 충분히 머리를 어지럽히는 말이었다.

"그 녀석, 많이 힘든가."

아무리 봐도 힘들어서 살짝 맛이 간 걸로 보였다. 그 외에 다른 의미는 절대 없다. 아니, 없을 것이다. 만약 자신이 혹시라도 다른 식으로 해석한다면 자신은 정말 나쁜 인간이다. 양심도 없고 어른 자격도, 선생 자격도 없는.

재걸은 그냥, 자신이 아닌 다른 사람으로 살아가야 한다는 현재가 너무 힘들어서 술에 의지해 그 크나큰 힘겨움을 순간적으로 토

해낸 것뿐이다.

"하지만 혹시 그 녀석이 나한테, 이를테면 정을 붙였다던가, 날 좋아한다던가, 짝사랑을 하고 있다던가, 나처럼. 으악! 그만해! 무슨 미친 소리를 지껄이고 있는 거야, 이지은!"

지은은 벌떡 일어나 앉아 마구 머리를 헝클어뜨렸다.

"망상은 노망의 지름길이야. 그래, 내가 애를 망쳤어. 오죽했으면 그런 자포자기의 소리까지 했겠어. 내가 문제야, 내가. 쓸데없이 괜히 두근거려서 애한테 이상한 분위기를 만들어 버린 거야. 누울 자리 보고 다리 뻗는다고, 나도 모르게 그 녀석한테 이상한 기대를 하니까, 녀석을 착각하게 만든 거야. 다 내가 문제야."

지은은 자신의 가슴을 턱턱 쳤다.

남들은 호기심에라도 마셔봤을 술을 한 방울도 입에 대지 않았던 녀석이다. 그 녀석의 삶이란 그렇게, 자로 잰 듯 규격적인 네모반듯함이었다. 그런데 녀석을 자신의 방탕한 삶 속으로 끌어들여서 망쳐 놓았다. 미치지 않고는 배기기 힘들었겠지.

"술 마시고 토하는 것도 되게 괴로운 거니까. 그치?"

되게 미안하고 안쓰러워서 지은은 밤새도록 잠든 재걸을 지켜봤다. 이따금씩 괴로운 신음을 토해내며 돌아누울 때마다 녀석의 이마를 짚어주고 물수건을 대주었다. 새벽엔 약과 숙취 해소 드링크를 갖다 바치고 아침엔 북어국을 끓여놓고서 녀석이 깨기 전에 빌라를 나왔다.


"아무리 해도 싫어지지가 않아요. 나랑 전혀 다른 사람인데, 내가 정말 싫어하는 유형의 사람인데, 아무리 해도 밉지가 않아요.

귀엽고 가끔은 짠하고 불쌍하고 지켜주고 싶어요."

자꾸만 그 말이 떠올랐지만 지우려고 몇 번이고 고개를 내저으며, 절대 그 말에 끌리려 하지 않으며 지은은 그 빌라를 떠났다.

그리고 학교에 갔더니 그 와중에도 우리의 반듯한 문재걸은 출근을 했다.

자신도 모르게 교단에 선 재걸의 시선을 피했다.

죄스러워서.

그렇게 하루 종일 도망 다니다가 빌라가 아닌 재걸의 집으로 와서 이렇게 누워 있었다.

띠롱.

—왜 안 오세요.

문자가 왔다.

"시험문제를 만들면서 이 기막히고 한심한 상황에 대해서 생각하고 있다, 이 녀석아."

지은은 전혀 다른 답문을 보냈다.

—시험문제 만들고 있어. 그래도 명색이 기말고사 문제지인데 학생 옆에서 만들면 안 되잖아. 혼자 하는 게 나을 것 같아.

—그 시험을 볼 사람은 제가 아니라 선생님 본인이란 건 아시죠?

헉! 그걸 깜빡했다!

"아우, 네가 사람이니? 사람이야? 이 닭대가리! 나가 죽어!"

—지금 머리 쥐어박고 있죠?
—헉! 그걸 어떻게 알았어?
—말했잖아요, 경험치 만렙이라고.

지은의 눈이 커졌다.

이 녀석, 그 주사를 기억하고 있었어? 어떻게 하면 아무렇지 않게, 자연스럽게 그 일을 없었던 일로 할 수 있을까?

—넌 뭐가 그래? 아무리 술 초보라도 필름 끊긴단 개념도 모르고. 그렇게 인사불성으로 취했을 땐 대충 까먹어주고 필름도 끊어져 주고 그러는 게 정상이라고!
—안 오실 거예요?
—바빠. 네 말대로 성적 안 떨어지려면 공부도 해야 하고. 걱정마, 열심히 해서 잘 볼 테니까.
—어차피 기대도 안 하지만.

근데 이 자식이!

—어제 제가 했던 말 때문에 그러시는 거라면 피하실 필요 없어요.

"그렇지? 역시나 아무 일도 아닌 거지? 뱉고 나서 후회하는 뭐,

그런 거지? 아, 이 빠릿빠릿한 녀석을 봤나. 아닌 건 아닌 거라고 바로 발 빼주는 센스! 이렇게나 먼저 내 고민을 알아주고 해결해 주다니."

고마운 녀석. 하지만 왠지 마음이 휑하니 허전해지는 건 왜일까.

그렇다. 자신은 선생 자격도 없는 개망나니다. 인정한다.

─아니, 뭐, 특별히 네 말을 오해한 건 아니고, 물론 네가 힘들어서 한 의미 없는 말이란 것도 알아. 내가 미안한 건, 널 그렇게 만든 이 상황과 나에 대한 자괴감이 들어서지.

─역시 그렇게 생각하고 계실 줄 알았어요. 맞아요, 힘들어서 어쩌다가, 나가 버렸나 봐요.

─응.

─진심이.

으악! 지은은 너무 놀라서 자신도 모르게 휴대폰을 떨어뜨리고 말았다. 그랬다가 얼른 다시 주워 들어서 발발 떨며 휴대폰을 들여다봤다.

"어쩌지? 어떡해. 그리고 나 왜 이렇게 당황하고 있는 거야. 도대체 어쩌려고! 냉정을 찾아. 이성을 찾아, 이 인간아."

그런데 그때 다시 문자가 도착해서 지은은 쩡 얼어버렸다. 확인하는 게 너무도 두려웠다.

─몰라요. 그냥 선생님이 좋아졌나 봐요. 그러니까 괜히 오만 생각

하면서 스토리 쓰지 마시고 직접 보고 얘기하죠?

—장난치지 마, 이 자식아!

지은은 겨우 냉정을 되찾고서 자신이 마땅히 해야 할 일을 했다. 장문의 문자를 몇 번이고 끊어서 보냈다.

—만약 그런 헛소리 계속 할 거면 절대 거기 안 갈 거고 너도 안 볼 거고 네 몸도 돌려주지 않을 거야!

—네 두뇌, 네 능력, 네 빵빵한 외모 다 챙겨서 어디 남미 같은 데로 날라 버릴 거야! 그래서 거기서 잘 먹고 잘살 거얏!

—그러니까 정상적으로 돌려받고 싶으면, 늙은이 갖고 놀지 말고 정신 차려, 이 자식아!

✠ ✠ ✠

재걸은 담임한테서 줄줄이 띠롱띠롱 도착한 문자를 보고 있었다.

참 씁쓸했다.

"아, 정신 차리게 하려면 만나든가. 만나서 결판을 내야 할 거 아니에요. 직접 얼굴을 보고, 그따위 감정은 좋아하는 것도 뭣도 아니라고 설득을 해주든가, 이거야 원."

휴대폰을 아무 데나 툭 던졌다.

자신도 확신이 없는 감정이었다. 그냥 오래 붙어 있다 보니, 그리고 계속 한 사람만 의미 있게 지켜보다 보니 감정상 좋아하는 걸로 착각한 걸 수도 있다. 외관적으로는 충분히 가능한 일이었다. 안을 좀 더 파고들어 가면 단지 그것으로만은 설명할 수 없는 좀 더 복잡한 뭔가가 있었지만, 누군가를 좋아하는 게 처음이니 자신도 이 감정의 정체를 잘 모르겠다.

"그러니까 와서 설명을 해달라고요."

머리라도 때려서, 혹은 오만정 떨어지는 소리를 해서라도 바꿔주어야 하는 거 아닌가?

"당신이 불러일으킨 감정이니까 당신이 처리해야지. 당신은 어른이고 난 아직 미성숙한 애잖아, 당신 말대로. 그러니까 어른으로서 진지하게 말해줘야 하는 거 아니냐고. 잠시 스쳐 가는 바람을 태풍으로 잘못 생각한 거다, 넌 지금 그냥 불안한 거다, 절대 그 감정이 진짜일 리가 없다."

뒷머리를 벽에 툭 기댔다.

회식 때의 일이 생각났다.

2학년을 가르치는 국어선생님이 담임에게 호의를 갖고 있었나 보다. 올해 전근 온 그는 적당히 괜찮은 외모에 성격도 적당히 온화한 것 같았다. 딱 담임이 좋아하는 스타일. 평범한 보통 남자.

수저를 챙겨주고, 익은 삼겹살도 놔주고, 물이 필요하면 따라주고, 술도 채워주고, 괜찮으시냐고 이따금씩 물어보고, 누가 봐도 담임에게 호감을 갖고 있었다.

그리고 3차까지 끝났을 때.

"저, 이 선생님한테 고백해도 될까요?"

약간 취기가 돈 얼굴로 국어가 말했다.

여기서 자신에게 일어날 당연한 반응은 닭살이 돋아야 했다. 남의 연애사를 엿보는 거니, 그리고 선생님끼리의 고백이라니. 게다가 자신이 남자에게 고백을 들었다.

그런데 자신은 그때 명백히 화가 났다. 내내 자신을 건드리던 그 감정이 무엇인지 깨달았다.

적의.

기분 나쁜 자식.

그가 담임에게 보이는 모든 관심이 싫었던 것이다. 열 받았었다.

순박한 얼굴로 뒷머리를 긁적이며 국어가 말했다.

"제가, 이 선생님을 좋아하고 있거든요."

"제가, 왜 좋은데요?"

"글쎄요. 씩씩한 여자가 제 이상형이라고 해두죠."

아주 취한 것도 아니고, 어쩌면 저렇게 여자 보는 눈이 없지? 담임은 씩씩해 보이지만 실은 전혀 그렇지가 않다. 의외로 여리고 감성적이고 외로움도 많이 타고, 아무튼 전혀 씩씩하지 않단 말이다! 씩씩한 척하는 거지.

"이상형이 특이하시네요."

이 국어를 담임한테서 어떻게 떼어내지?

"늘 쾌활하고 에너지 넘치는 이 선생님이 눈에 띄었어요. 요즘은 왠지 좀 분위기가 달라진 것 같긴 하지만. 그래서 좀 걱정했었거든요. 무슨 일인지는 모르겠지만 이 선생님이 예전의 그 멋지고 쾌활한 미소를 다시 찾았으면 좋겠습니다."

깨달았다.

국어는 담임의 본모습을 좋아하고 있다. 문재걸이 들어가기 이전의 담임 그 자체를.

그래서 다른 말을 할 수 없었다. 사귀고 있는 사람이 있다는 둥, 유치한 거짓말도 하지 못했다. 그건 담임의 인생에 대한 월권이니까. 그 고백은 저 선생님의 진실한 감정이다. 자신의 어리고 즉흥적인 착각 같은 감정과는 전혀 다른.

이렇게 화가 나는 건, 아마도 그걸 깨달아서이지 담임을 두고 질투하는 게 아닐 테다.


"그래, 그건 아니야."

재걸은 고개를 내저으며 피식 웃었다.

그런데도 자신은 왜 지금 와서, 그날 국어를 확실하게 거절하지 못한 게 열 받는 걸까.

"그냥 확 떨어뜨려 놓는 건데."

왜 이런 말을 중얼거리고 있는 걸까.

아무튼 담임은 그날 이후 빌라로도 오지 않고, 수업 시간에도 고개를 쿡 처박고 있고, 어쩌다 시선이 마주치면 흥! 하고 고개를 돌려 버리고, 부르면 대놓고 날랐다.

그렇게 기말고사 날이 다가왔다.


※        ✖        ※


반 석차, 10등.

전교 등수, 100등.

전국 순위는 말할 것도 없고.

띵!

재걸은 추락할 대로 추락한 자신의 성적표를 보고 있었다.

"이게 대체……."

보고도 믿기지 않는 등수.

한 번도 경험해 보지 못했던 세 자리의 압박.

담임이 역시나 한 건 해주셨다. 온몸이 다 부르르 떨렸다.

결국 그렇게나 피해 다니던 담임이 제 발로 찾아왔다. 학교 옥상에서 만나자고 문자를 보내서 저승사자처럼 싸늘하게 식어서 갔더니, 담임이 나타나자마자 엉엉 울어댔다.

"미안해애애애!"

그걸 문자로 표현한다면 아마도 느낌표가 열 개 정도는 붙어 있지 않을까.

"미안해, 재걸아."

재걸은 그냥 굳어 있었다.

멍하니.

자신의 일이라고 생각할 수가 없었다. 이건 그저 천재지변이었다. 인간의 힘으로는 도저히 막을 수 없는 것.

재수를 해야 하나.

여기서 문재걸의 인생이 엎어지는 건가.

쿨하게 넘겨야 하나? 어차피 예정되었던 일 아닌가?

하지만 이건…… 너무 창피하잖아!

"오, 오해하지 마, 재걸아. 나 진짜 일부러 그런 거 아니었어. 너 망치려고 그런 거 절대 아니야."

"10등. 10등이라……."

"아무리 해도 안 됐어. 어차피 믿어주지도 않겠지만, 진짜야. 진짜 노력했다구."

"100등. 100등이라……."

"전국 순위도 있어."

"그건 생각하기도 싫어요!"

담임이 그 자리에 풀썩 주저앉았다. 고개를 떨어뜨리고 양손으로 얼굴을 감싸 쥐었다.

"내가 다 망쳤어. 어떻게 하면 이걸 보상할 수 있을까? 아, 모르겠어. 아무리 나라도 이건 도저히 감당이 안 돼."

"정말, 공부 열심히 했어요?"

"했어! 했다구. 몇 번을 말해! 하지만 그럼 뭐 해? 애초에 커트라인이 너무 높았는데. 아냐, 됐어. 이건 정말 출구가 없어. 재걸아, 그냥 여기서 같이 떨어져 보자. 죽으려고 들면 살고, 살려고 들면 죽는다. 우리에겐 아직 옥상이 있어."

담임이 벌떡 일어나더니 재걸의 손을 턱 잡고 옥상 난간으로 가려고 했다.

"정신 차려요."

재걸이 담임의 팔을 확 잡아당겼다. 물론 일부러 그런 건 아니었는데, 워낙 담임의 정신이 흐물거리고 있어서인지 가슴에 팍 부딪치듯 안겼다가 얼른 떨어졌다.

"이, 이것도 일부러 그런 거 아니다?"

자신이 할 말 같은데.

"아무튼 일단 가요."

"어디로?"

"교장실. 호출이에요."

담임의 낯빛이 하얘졌다.

"올 것이 왔구나."

"물론 어머니도 와 있을 거예요."

"아, 죽고 싶다."

"가요."

재걸이 휙 돌아섰다.

"잠깐만. 저기, 많이 화났지."

"보면 모르세요?"

그러고 보니 표정이 한 번도 풀리지 않았었다. 담임도 감당하기 힘들었겠지만 자신도 막막하긴 마찬가지였다. 성적이 떨어진 것도 떨어진 거였지만 어머니의 눈초리가 달라질 것이다. 아마도 의심이 더 커지면 담임도 더 곤란해질 것이다. 언제까지고 이렇게 불안하게 살 수는 없을 텐데. 어떻게 해야 다시 바뀔 수 있을까. 그저 앞날이 깜깜했다.

"그럼 차라리 화를 내. 욕이라도 하든가."

"모르세요? 티 나게, 대놓고 화내는 것보다 더 무서운 게 어떤 건지. 따라오세요."

재걸은 그대로 옥상을 내려갔다.


'이럴 줄 알았지.'

'역시 안 바뀐 건가.'

'어쩔 수 없어. 이제 정말 문재걸을 포기해야 하나 봐.'

교장실로 향하는 동안 내내 들린 수군거림이었다. 교사와 학생들 모두 재걸의 엄청난 추락에 놀란 얼굴이었다. 그 와중에 유명진은 피식피식 웃고 있었지만. 엄청 고소한가 보다.

아무튼 그들이 아무리 놀랐다고 해도 자신만큼이야 하겠는가.

교장실로 들어서니 교장과 교감, 학년주임, 그리고 역시 어머니까지 와 있었다. 재걸이 도착함으로써 담임까지, 이로써 완벽하게 학익진이 포진됐다. 담임의 입장에선 지옥문이겠지만.

한동안 경악과 질책, 한숨과 의문 등등 온갖 감정들이 날아다녔다. 담임은 그 사이에서 혼 빠진 얼굴로 서 있었다. 어머니는 실망과 자책, 분노와 안쓰러움이 뒤섞인 시선으로 그런 담임을 봤다.

"보통 문제가 아니에요. 보통 문제가 아닙니다."

"그러니 이걸 어쩌면 좋죠?"

"약간의 컨디션 난조로……."

"아니, 이 선생, 그걸 말이라고 합니까? 그렇게 믿고 있다가 다음번에도 똑같은 결과가 나오면 그때 가서 어쩌실래요? 문재걸 학생은 우리 학교 얼굴이었어요!"

"어머닌 어떻게 생각하세요."

"아무래도, 병원에 다시 가봐야 할 것 같네요. 아무래도 그때 사고의 여파가 아직 가시지 않은 것 같아요."

"재걸 군, 자네는 어떤가. 그저 일시적인 일일 뿐이겠지?"

담임에게 몰아치는 압박들.

"어, 아, 저는……."

"제가 책임지고 가르치겠습니다."

그때 재걸이 단호하게 나서자, 지은이 휙 재걸을 봤다. 아니, 모두가 재걸을 보고 있었다. 하지만 한 걸음 앞으로 성큼 나선 재걸의 표정은 담담했다.

"이 선생님이요?"

별로 신용하는 표정들이 아니었다. 오히려 장고 끝에 악수를 둘까 봐 걱정하는 얼굴이라면 모를까. 누가 봐도 '니가 가르치겠다고? 전국 톱도 가능한 애를?' 하는 눈이었다.

"그때 끝까지 말리지 못한 제 탓입니다. 제가 책임지겠습니다. 성적, 정상화시킵니다."

하지만 재걸의 표정과 어조가 워낙 단호해서 누구도 섣불리 나서진 않는 눈치였다. 그중에서 어머니가 가장 딱딱하게 굳은 얼굴로 재걸을 보고 있었다. 재걸이 지은에게 말을 이었다.

"문재걸 대답해 봐. 일부러 시험 망친 거지? 그렇지?"

재걸의 눈빛이 험악했다. 냉큼 그렇다고 대답하란 표정으로 지은을 보자 지은은 난감했다. 뭐가 어떻게 돌아가는 건지. 그럼 뭐 도움이 되니?

"네, 뭐, 맞아요. 일부러, 그랬어요."

일동 경악!

어째서 도대체 왜! Why! 그런 분위기.

"들으셨죠? 문재걸의 마음 상태만 바꾸면 될 일입니다. 그걸 제가 하겠단 거고요."

어머니의 눈빛이 싸늘했다. 그게 마음에 걸렸지만 재걸은 말을 이었다.

"제 교직을 걸겠습니다."

당연히 빌라로 돌아온 후 2차전이 이어졌다.

"누구 맘대로 남의 교직을 걸어? 엉? 니가 뭔데 남의 교직을 걸고 말고 난리냐고! 그래, 네 성적 중요하지. 어떻게든 올려야지. 하지만 그렇다고 내 밥줄을 거니? 어떻게 내 밥줄을 거냐고!"

지은은 화가 나서 미칠 것 같았다. 하지만 재걸은 아주 태평했다.

"밥줄 지키고 싶으면 성적을 올리면 될 일."

저래서 더 열 받는 것이다.

얘기가 원론에서 조금도 나아가지 않고 있다.

"아우, 답답해! 그걸 누가 몰라? 어차피 내가, 너도 아니고 내가 네 성적을 받을 수가 없는데! 이건 교직을 첨부터 포기하고 시작하는 게임이잖아, 이 시키야!"

대가리를 한 대 딱 때려주려고 했는데 녀석이 유연하게도 휙 피했다. 와, 재빠른 시키.

"나 잘리면 니가 책임질래?"

"책임지죠, 뭐."

"뭐얏!"

재걸이 똑바로 쳐다봤다.

이, 이런. 이거 왠지 내 발등 내가 찍은 것 같은 것 같은 분위긴데.

"어차피 한 번 고백했는데 두 번이라고 못 하겠어요? 책임질게요. 책임지고 싶어요. 여섯 살 나이 차랑 선생과 제자라는 것만 극복하면."

"아아아아! 안 들린다! 동해물과 백두산이!"

아니나 다를까, 터진 고백 발작에 지은은 자신의 귀를 막아가며 닥치라고 애국가를 불러댔다. 다행히 녀석이 입을 다물자 지은은 천천히 손을 내렸다.

"한 번만 더 헛소리하면."

"뭐, 아예 불가능한 일도 아니잖아요? 요즘 세상에 일곱 살 차이가 뭔 대수라고."

"아아아아아!"

"알았어요. 알았다고요."

"쓸데없는 소리 말고 어떻게 이 사태를 해결할지 그거부터 회의해."

"저 정도면 괜찮지 않아요?"

"아아아아아! 또 안 들린다! 학교 종이 땡땡땡! 어서 모이자!"

"나참, 시끄러워 죽겠네. 그만 좀 해요!"

"그러니까 다시는 헛소리하지 마. 알았어?"

"그럼 대놓고 말해줘요. 저도 지금 제 감정이 헷갈리니까 아닌 건 아니다, 난 너와 생각이 다르다, 그냥 착각이다, 말해주세요. 피하지 말고."

"그래. 난 절대 아니야. 너도 절대 아니야. 절대. 절대절대 단순한 착각이고 어쩌다 보니 힘들어서 내뱉은 감정의 환각일 뿐이야. 끝!"

두 사람은 잠시 서로를 쳐다봤다. 재걸은 서운함을 내리누르며 지은을 봤다. 저렇게 아무렇지도 않게, 조금의 망설임도 없이 끝

을 낼 수 있는 지은이 원망스러우면서도 화가 났다. 어쩌면 조금
은 자신과 같은 마음을 가져 주지 않았을까. 혹은 조금은 더 진지
하게 고민해 주면 안 되나. 서운함이 꼬리를 물 것 같아서 재걸은
그만 천천히 고개를 끄덕였다.

"알았어요. 안 그래도 그런 게 아닐까 생각했으니까. 확실하게
매듭지어 주셔서 감사합니다."

"그래. 넌 똑똑하니까 금세 알아차릴 거야. 대학 들어가면 나 따
위는 생각도 안 날걸? 아니, 멀리 볼 것도 없겠다. 진세만 봐도 팔
팔하지 영계지, 폐닭인 나랑 비교할 수가 없잖아. 정신 챙겨, 재걸
아. 네 시간이 아깝지도 않아?"

"폐닭이라니."

재걸이 큭 웃었다.

"그럼 폐타이어로 할까? 더 굴러가지도 못하는 걸로?"

"아, 난 왜 자꾸 저런 말이 매력적으로 들리지?"

이 자식이 저렇게 치고 들어오네?

"아아아아! 나리나리 개나리! 입에 따다 물고요!"

결국 또다시 그 짓을 하는데 재걸이 지은의 손을 강제로 끌어
내렸다.

"아니면 혹시 선생님이 착각하는 걸 수도 있어요. 선생님도 절
좋아할 수도 있잖아요. 지금은 아니더라도 언젠가는 그럴 수도 있
고, 지금은 아닌 것 같아도 실은 그 마음을 품고 있었을 수도 있어
요. 전 언제든 다시 좋아할 마음이 있으니까 한 번 가능성을 두
고……."

"재걸아, 내가 오늘 네 엄마 따라다니면서 뭐 했는지 아니? 끌

려다니면서 뇌 사진 찍었어. 분명 어디가 잘못됐다고, 의사선생님한테 고쳐 달라고 사정사정을 하시더라."

"그래서요?"

"중요한 건, 그 끔찍한 짓을 내일도 또 해야 된단 거야. 아니, 다음 날도, 다다다음 날도 일주일을 넘게 다녀야 한다고!"

"그게 지금 우리 화제랑 무슨 상관인데요."

"그래서 넌 어리다는 거야. 아무것도 몰라. 난 널 어떻게든 흠집 내지 않고 고이 돌려줘야 해. 근데 알지? 이미 엄청나게 흠집을 낸 걸. 흠집뿐이야? 아주 박살을 냈지."

"그러니까 그게 제 감정이랑 무슨 상관이냐고요. 그건 선생님의 쓸모없는 도덕심일 뿐이잖아요! 실은 그까짓 도덕적인 거 신경도 안 쓰면서!"

"그래, 난 그런 사람이야. 그런데도 신경 쓰여. 너한테만은 그렇다고!"

서로를 노려봤다. 마치 영원히 맞닿을 수 없는 뭔가를 사이에 두고 보는 기분이었다.

"여기까지만이야. 더는 안 돼. 널 더 피해 입힐 순 없어. 아니, 그렇게 하기 싫어. 만약 내가 너한테 조금이라도 호감이나 애정, 혹은 그 비슷한 감정을 갖게 되었을지라도 아마 그건 그저 개떡 같은 이 운명을 나눠 갖게 된 너에 대한 동정이 어그러져서 생긴 잘못된 애정이었을 뿐일 거야. 그러니까 쓸데없는 착각 하지 마. 넌 날 좋아하는 게 아냐. 그냥 익숙해진 어떤 것에 정이 들었을 뿐이지."

"익숙해진 어떤 것에, 정이 들었다."

"그래, 흔히 있는 일이야. 별 것도 아니고."

"뭐야. 그렇게 대못 박아가면서 잘 설득할 수 있으면서 지금까진 왜 그렇게 피해 다녔어요?"

재걸이 씁쓸하게 웃으며 말했다. 그제야 지은은 마음이 놓였다.

그제야 납득하는 것 같다. 다행이다. 하지만 녀석에게 필요 없는 상처까지 준 것 같아 자신도 씁쓸했다. 허전하기도 하고 왠지 명치끝도 콕콕 쑤시는 것 같고. 어차피 이 녀석의 고백이 되풀이될수록 후에 벌어진 상처를 봉합해야 하는 건 자신 쪽일 테지. 녀석은 단순한 착각이고 자신은, 정말로 저 녀석한테 잠깐이나마 진심으로 가슴이 뛰었으니까. 함께 있는 게 즐거웠고 외롭지 않아 좋았고 또 기댔었으니까.

뭐야, 이번엔 내가 착각한 걸 인정할 땐가?

"재걸아, 정과 사랑, 전우와 애정. 그거 잘 구분해야 한다. 만약 못 하면 어떻게 되는 줄 알아? 인생 조진다."

재걸이 고개를 설레설레 저었다.

"어쨌거나, 선생님은 제 성적을 올려야 하고, 전 그걸 책임지기로 했으니까 이젠 적어도 도망은 못 다니겠죠."

재걸의 말에 지은이 확 째려봤다.

"너 이 시키, 설마 그러려고?"

설마 자신과 붙어 있기 위해 문재걸이 머리를 쓴 건가? 와, 이 자식, 그만큼 날 좋아했던 거야? 그래서 그렇게 당당하게 계획을 밀어붙인 거야? 이 자식, 뭐야? 마초야? 자꾸만 이렇게 나오면 아무리 나라도 홀딱 넘어가서 선생이고 뭐고 앞날은 생각도 안 하고 이 불가능한 사랑에 이 한 몸 불사를……

"착각도 병이네요."

리가 없겠지.

정신 차리자, 이지은!

"고작 그깟 거 하려고 남의 교직 걸고 제 귀중한 성적까지 걸었겠어요? 선생님 교직은 뭐 어떨지 몰라도 제 성적은 그따위로 막 취급될 게 아니거든요."

이 녀석 보게.

"아시겠어요? 제 성적이 가장 중요하다구요!"

"아, 알았다고."

"그럼 이제 착각하지 않을 거죠?"

"네."

"알면 이것만 외우세요. 앞으로 제가 중점 체크해 줄 테니까 그 부분만 집중적으로 파고들어요."

"여, 여기 체크된 부분만?"

"그래요. 이 정도만 해도 평소 제 성적만큼은 못 돼도 이번처럼 굴욕의 성적표는 안 나올 거예요. 아무튼 선생님 덕에 제 고민은 싹 사라졌어요. 진작 말해주지 그랬어요. 이게 뭐예요, 쓸데없이 감정만 낭비하고."

아무렇지 않은 표정으로, 아무 일 없었던 것처럼 공부를 시키는 녀석.

이 자식, 금방 순수하고 절절한 짝사랑을 외면받은 인간 맞아?

너 방금 상처받았거든?

나한테 받은 거거든?

"뭐 하세요? 영어 시험지 갖고 오지 않고!"

야, 이 시키야. 고딴 식으로 쉽게 끝낼 마음이었으면 차라리 고백을 하지 마! 늙은이 가슴에 불 싸지르고 즐겁게 튀면 다냐?

'아…… 나 좀 서운한가? 아니, 많이?'

에이, 그럴 리가…… 있잖아! 그럴 리가 있었다.

자신은 지금 되게 많이 실망하고 허전한 것 같았다.

어이없게도 대못은, 이지은 자신한테 박혔다.

"그래, 뭐, 성적만 올리면 되는 거잖아! 우리한테 중요한 용건이 성적 돌아오고, 너랑 나랑 바뀐 몸 돌아오고 그런 것밖에 더 있어?"

"그렇죠. 그러니 일단 가능한 성적부터 돌려놓자고요."

"누가 아니래? 내가 할 말을 네가 다 하는구나! 하하! 빨리 너는 너한테, 나는 나한테 돌아와서 얼른 너 졸업하고 두 번 다시 너 안 봤으면 소원이 없겠다. 아, 진짜 그렇게만 되면 속이 후련하겠네."

"왜 이렇게 오버예요? 선생님, 설마 서운했어요?"

"무, 무슨 소리야? 내가 뭐랬는데?"

"선생님, 지금 분명히 상처라도 받은 사람처럼……."

그런데 그때였다. 분명히 닫혀 있다고 생각한 현관문이 덜컹하고 열리더니 누군가가 안으로 불쑥 들어섰다. 순간 그쪽으로 향했던 재걸과 지은의 표정이 동시에 굳었다.

얼음처럼 싸늘한 얼굴로 한기를 풍기며 믿을 수 없는 사람이 현관에 서 있었다.

"두 사람 지금 뭐 하는 거야? 내가 지금 들은 말이 뭐야? 바뀌었다니, 뭐랑 뭐가 바뀌었단 거예요? 대체 이게 뭐야, 문재걸. 이게 무슨 소리예요? 선생님!"

바로, 재걸의 어머니였다.


세 사람은 거실에 함께 앉아 있었다. 재걸이 주스를 따라와 자신의 어머니 앞에 내놓았다.

고상은 여사가 주스는 본 척도 안 하고서 재걸을 쳐다봤다.

"선생님, 아직 대답 안 하셨는데요. 문재걸 너도. 도대체 뭐가 바뀌었단 거지?"

두 사람은 아무 말도 못 했다. 막상 설명하려고 하니 재걸도 막막했고 지은은 더욱 할 말이 없었다. 그저 무섭단 생각밖에는.

"그럼 제가 먼저 말할까요? 실은 선생님에 대해 좀 알아보고 있었어요. 어떻게 보면 재걸이 가장 중요한 시기에 맡기는 건데 저로서도 조사를 할 수밖에 없었습니다."

재걸과 지은의 눈이 휘둥그레졌다.

재걸은 열이 확 받아서 얼른 항의했다.

"조사라뇨? 아무리 그래도 어떻게 그런 걸!"

막 따지려다가 지은이 옆구리를 쿡 찌르는 바람에 흠칫 정신을 차렸다. 그리고 보니 자신은 지금 이지은 선생이다. 아들이 엄마한테 대드는 게 아니었던 거다.

미치겠다. 요즘엔 담임보다 자신이 사고를 더 많이 치는 것 같았다. 세상에서 가장 즉흥적인 담임보다 더 앞뒤 안 가리고 말을 내뱉어 버리고 있으니.

"선생님께서 그걸 그렇게 싫어하실 줄은 몰랐네요. 하긴, 누구라도 달갑진 않을 테죠. 하지만 아들을 생각하는 부모의 마음이라고 이해 좀 해주세요."

"솔직히 기분은 좋지 않지만 오죽 염려가 크셨으면 그러셨을까 하고 이해하겠습니다."

"우리 재걸이가 얼마 전에 무단으로 결석을 했더군요. 그것도 사흘씩이나. 그런데도 저한테 알리시지도 않고 선생님이 독단으로 처리하셨더군요."

둘이 동시에 뜨끔했다.

"무례하다고 하셔도 어쩔 수 없습니다. 저야말로 여러 가지로 선생님께 서운한 점이 많습니다. 그런 건 저한테 먼저 말씀해 주셨어야 하는 거 아닐까요? 제가 일적으로 좀 바쁘긴 하지만 아예 아들을 돌보지 못할 정도는 아닙니다."

"네. 그건 죄송하게 생각하고 있습니다."

"그래서 제가 선생님에 대해 좀 알아봤더니, 사고 이후로 좀 변하셨다더군요. 그런데 참 이상하죠? 그거 우리 재걸이도 듣는 말이거든요. 우연이라고 치기에는 좀 희한하지 않나요? 해서 우리 재걸이 일로 상의도 드릴 겸 찾아왔는데, 현관문이 조금 열려 있어서 본의 아니게 두 사람 말하는 걸 들었습니다."

"어, 어디서부터 들으셨어요? 어머니, 그런 분이셨어요?"

지은이 일단 한 번 세게 나가 봤다.

젠장. 아까 너무 흥분해서 문을 다 안 닫았나 보다. 아무튼 다 자신 탓이었다.

"그런 건 지금 중요한 게 아니잖니? 본질을 흐뜨리지 말자. 그럼 선생님, 대답해 보시죠. 무엇이 바뀌었다는 건가요? 제가 듣기

론 두 사람이, 사고 이전과 이후로 딱 정반대로 바뀌었다고 하던데."

"그, 그런가요? 전 잘 모르겠는데……."

"아니요. 애들 말로는 선생님은 좀 프리하시던 분이 굉장히 모범적이 되셨다고 하고, 모범생이던 우리 아들은 세상에 없는 문제아가 됐지요. 성적도 저렇게 떨어졌고, 선생님은 요즘 수업에 대한 칭찬이 자자하더군요."

직접 공격당하는 재걸보다 지은의 얼굴색이 더 하얘졌다. 저 정도면 다 추리한 것이나 마찬가지였다.

"이거 뭔가요? 설마 우리 아들이랑 선생님이 영혼이라도 바뀐 것처럼. 안 그래요?"

나올 말도 다 나왔고.

너무도 놀라울 줄 알았는데 이상하게도 오히려 편했다. 물론 재걸의 어머니는 무서웠다. 번갈아 가며 재걸과 지은을 뚫어지게 쳐다보는 그 부담스러운 눈초리엔 가슴이 다 두근두근했다. 이럴 줄 알았으면 진작 말할걸. 하지만 이미 너무 늦었다. 자신은 지금까지 그 중요한 사실을 숨긴 거짓말쟁이에 또한 아들의 몸으로 엄청난 짓들을 저질렀고, 당신의 모범생 아들을 망쳤다. 사실이 밝혀지는 순간 자신의 교사 생명도 끝일 것이다.

하지만 어차피 영원한 비밀은 없는 법. 꼬리가 길면 밟히게 돼 있다. 공주에게도 들통 났으니 이번엔 육성회장님 차례였다.

각오하고 진실을 말하자, 이지은. 이 정도면 됐어. 문재걸, 저 녀석도 더 이상 맘고생하지 않아도 되게.

"제가, 말씀드릴게요. 사실 어떻게 설명해도 믿기지 않으시겠지만."

"바뀌었습니다. 그 사고 이후로. 재걸이와 제 성향이요."

갑자기 재걸이 끼어드는 바람에 지은이 멈칫했다. 갸웃해서 녀석을 쳐다봤다.

뭐냐, 너? 사람이 기껏 사실대로 말하려는데!

하지만 재걸은 단호한 표정으로 지은에게 고개를 저었다. 육성회장님이 천천히 입을 열었다.

"성향, 이라뇨?"

"의학적으론 도저히 설명이 안 되겠지만, 아무튼 이런 일도 일어나더군요. 재걸이 어머님 말씀대로 전 사고 이전에는 그리 유능한 교사는 아니었습니다. 그런데 이상하게 사고 이후에 수업 방식이나 능력이 전과 비교할 수 없을 정도로 향상되었어요. 재걸인 보셨던 대로 전과 반대로 조금씩 뒤처지게 됐고요."

"그래서요?"

"아마도 같은 사고를 당하면서 뇌에 동시에 충격이 일었던 게 아니었을까 싶습니다. 그게 아니라면 설명할 수가 없거든요. 물론 믿을 수 없는 일이지만 세상엔 과학적으론 설명할 수 없는 불가사의한 일들이 많이 일어나니까요. 혹시 못 들으셨나요? 호주에 사는 어떤 청년이 사고를 당했는데 깨어나 보니 몇 마디밖에 모르던 중국어를 유창하게 구사하게 되었다더군요."

지은의 입이 딱 벌어졌다.

와, 저 녀석은 대체 언제 저런 걸 다 생각했다냐? 어떻게 저런 식으로 빠져나갈 생각을 다 했을까? 자신의 몸을 쓰고 있는 녀석이지만 정말 놀라웠다.

하지만 그게 통할까? 하는 면에서는 회의적이었다.

　"그게 말이 된다고 생각하세요?"

　역시나 육성회장님은 날카로운 시선으로 재걸을 주시하고 있었다. 하긴 자신 같은 반편이라면 홀딱 넘어갔겠지만 육성회장님에게는 역부족이 아닐까 싶었다.

　"지금 선생님 말씀은, 그 사고로 두 사람이 뇌에 동일한 충격을 받았다. 그래서 선생님은 유능하게, 우리 재걸인 무능하게 바뀌었다는, 그런 뜻 같은데. 지금 재걸이가 다시 검사를 받고 있단 건 아시죠? 그 검사에선 어떤 특이점도 발견되지 않았어요."

　"그러니 저로서도 불가사의한 일이라고 말씀드리는 겁니다. 아무튼 재걸이와 전 그 사고 때문이라고 잠정 결론을 내렸거든요. 그래서 동병상련의 아픔으로 어떻게든 여러 가지 방법을 강구하고 있습니다. 그러니 어머님은 일단 교장실에서 약속하신 대로 제게 재걸이를 맡겨주세요."

　"아니요. 그건 안 될 것 같습니다. 만약 이유가 사고 때문이라면 더더욱 의학의 힘을 빌려야죠. 여기서 이러고 있을 때가 아닌 것 같군요. 교직까지 거셨지만 재걸이 앞날은 엄마인 제가 맡겠습니다. 적당한 선생님 구할 테니까 선생님은 그때까지만 봐주세요. 그리고 여전히 의문스러운 게 몇 가지 있지만 그건 차차 제가 풀어보도록 하겠습니다."

　재걸의 어머니는 그렇게 빌라를 떠났다.

　지은에게도 그만 집으로 들어가라는 말을 남겼지만 지은은 공부하던 건 마저 하고 가겠다고 대답했다. 그녀의 눈초리는 예리했다. 마치 모든 걸 아는 사람처럼.

그래서 지은은 차마 그 눈을 당당하게 마주 쳐다보지 못했다.

"너희 어머니, 전혀 안 믿어주시는 것 같지?"

"글쎄요. 저도 우리 어머니 속은 알 수가 없어서요. 정보력도 대단하고."

"그러게."

"제가 선생님을 좋아한단 걸 벌써 눈치챘을지도."

"그거 말한 게 아니잖아!"

지은의 얼굴이 화르르 달아올랐다. 이 녀석은 지금 육성회장님의 눈이 시퍼렇게 번뜩이고 있는데 저딴 태평한 소릴!

"알아요. 우리가 이렇게 뒤바뀐 거 말하는 거잖아요."

"그래. 아, 난 모르겠어. 이젠 들키든 말든 운명에 맡겨야지 하는 생각만 들어. 그 당시엔 차마 말하지 못했지만, 만약에 지금이라도 알아내신다면 그땐 사실대로 말하자."

"글쎄요, 어떻게 하는 게 좋을까요?"

"다른 사람은 몰라도 네 어머닌 알고 있어야 하잖아. 그러니까 만약 들키게 되더라도 내 편 좀 들어줘. 그 정도 의리는 있지? 그치? 부탁해, 재걸아."

저녁을 먹으러 밖으로 나온 길이었는데, 지은이 비굴한 표정으로 재걸의 턱밑까지 얼굴을 들이대며 헤헤 웃자 재걸은 멈칫했다.

젠장.

상황이 이 지경인데도 또 심장이 뛴다.

재걸은 얼른 말을 돌렸다.

"근데 선생님은 제자한테 따뜻한 밥 한 끼 손수 안 해주고 이렇게 밖에서만 사 먹고 싶어요?"

"넌 다 잘하면서 왜 요리는 못 하니? 제자가 돼서 스승님한테 따뜻한 밥 한 끼 손수 못……."

그때 무언가를 발견한 듯 지은의 말끝이 흐려졌다. 우뚝 멈춰 선 그녀의 시선이 어딘가에 박혀 있었다.

가만, 저기 건너편 당구장 앞에 있는 저 녀석.

"쟤 미성이 맞지?"

꼭 넋 나간 사람처럼 멍하니 묻자 재걸이 같이 그쪽을 쳐다봤다.

"맞네요, 양미성."

지은의 눈에 힘이 빡 들어갔다.

저 자식 설마, 그게 진짜였어? 지은은 그야말로 뚜껑이 열린 사람처럼 씩씩거리기 시작했다. 뚜껑뿐이랴, 눈이 다 뒤집힐 지경이었다.

"양미성이 왜요? 근데 옆에 저 아저씬 누구지? 아빤가?"

"넌 몰라도 돼. 내가 저놈의 자식을!"

이를 드르륵 갈자 재걸이 흠칫했다.

"왜, 왜 또 그러세요? 선생님이 흥분하면 사고 칠까 봐 불안하거든요?"

"문재걸, 넌 먼저 집에 가 있어."

"네? 저녁은 어떻게 하고요."

하지만 그 말을 무시한 채 지은은 바로 총알처럼 튀어 나갔다. 미성이 당구장 앞에서 함께 서 있던 그 의문의 남자랑 같이 걸어가기 시작했다. 으악! 안 돼! 이러다 놓치겠어!

근데 누가 날 잡는 거냐? 문재걸, 너냐?

"아, 왜 잡아!"

"도대체 어디 가는 건데요? 양미성은 대체 왜 쫓아가는데요?"

아, 나.

"넌 왜 쫓아와? 내가 들어가 있으라고 했지! 얼른 가. 안 그러면 나 정말 화낼 거야. 악! 너 때문에 놓쳤잖아!"

샛노래진 얼굴로 우왕좌왕 손톱까지 물어뜯으며 안절부절 주변을 휙휙 살피니 다행히 미성의 모습이 다시 보였다. 그런데 막 어느 골목으로 접어들려고 한다. 저기로 사라지면 끝이다! 건너편, 건너편으로 건너가야 해! 생각하고 말고 할 것도 없이 지은은 그대로 차도로 뛰어들었다. 순간 막 달려오던 차가 빠앙! 길게 클랙슨을 울리며 끼이익! 섰다.

"야, 너 죽고 싶어?"

운전자가 마구 욕을 퍼부었다. 하지만 지은은 아무것도 안 보였다. 사과할 여유도 없이 그대로 차를 피해 달렸다. 아, 놓칠 것 같잖아! 안 돼! 양미성, 너 절대 그러면 안······.

빠아아앙!

순간 귀를 찢을 것 같은 경적 소리에 지은이 고개를 확 돌렸다. 자동차 한 대가 맹렬한 기세로 다가오고 있었다. 헤드라이트가 지은의 몸으로 확 쏟아졌다. 발견한 지은의 동공이 활짝 열렸다.

"선생님!"

그 순간 뭔가가 지은의 몸을 확 낚아채 그대로 공중으로 날았다. 마치 덮어씌워지듯이 누군가에게 안긴 채로 부웅 허공을 날아

바닥으로 툭 떨어져 몇 번을 굴렀다. 그리고 뭔가에 머리가 쿵 부딪치면서 몸이 정지했다.

엄청난 고통. 그리고 경악.

누군가가 자신을 보호하듯이 끌어안고 있었다.

서, 설마.

힘겹게 천천히 눈을 떴다.

자신?

아니, 재걸이다. 자신의 몸을 한 재걸이 지은을 끌어안은 채 기절한 듯 눈을 감고 있었다. 이마에 피가 한 줄기 흐르는 게 보였다. 마치 죽기라도 한 사람처럼, 재걸의 몸이, 아니, 자신의 몸이 미동도 없었다. 지은의 눈동자가 서서히 벌어졌다. 눈물이 꽉 차올라 눈동자를 가득 메우다가 한순간 확 쏟아졌다.

'아, 안 돼, 재걸아. 죽으면 안 돼. 나 때문에 그러면……'

하지만 아무리 노력해도 손이 뻗어지지 않았다. 정신을 차리려고 해도 자꾸만 눈꺼풀이 감겼다. 웅성거리는 소리들도 점차 희미해졌다.

안 되는데. 맨날 너한테 피해만 줬는데 내가 또 일을 저질렀어.

의식이 서서히 날아가고 있었다.

'재걸아…… 재걸아……'

시체처럼 꼼짝도 안 한다. 재걸의 몸이 점점 더 차가워지고 있다. 아니, 차가워지는 건 이 몸인가?

어쩌면 난 이대로 죽는 걸까? 차라리 그러면 나을까? 뭐, 나쁠 것도 없다. 다만 한 가지 아쉬운 건 무서워서, 비웃음당할까 봐 차마 겉으로 드러내지 못했던 어떤 마음.

아, 난 두려움이 너무 커서, 이것저것 재고 저울에 올려보고, 내가 네 마음을 받아들였을 때 후에 누가 상처를 받을까 계산하고 계산해서, 결국 나라는 결론에 이르자 고개를 저어버리고 말았다. 그렇게 이기적으로 나 자신만 지키기에 급급해서 절대 인정하지 않았던 어떤 마음.

'너랑 있으면 내 외로움과 슬픔이 아무는 느낌이었어. 내 무딘 심장도 널 보면 뛰었어. 미안해, 재걸아. 뒤늦게 인정해서 미안해. 나 널, 어쩌면 너보다도 내가 더, 이 관계에 연연했을지도 몰라. 나 널…… 널…….'

그때였다. 뭔가 기묘한 느낌에 지은의 눈이 번쩍 떠졌다. 심장이 쿵! 하면서 크게 펌프질을 했다. 그리고 다음 순간 조여지는 듯한 아픔. 숨이 턱 막히고 토하기라도 할 듯 어지러워졌다. 온몸의 세포가 팔팔 끓듯 피가 뜨거워지면서 마치 롤러코스터라도 탄 듯 머릿속이 뱅글뱅글 돌기 시작했다.

세상이 뒤엉킨다.

미성을 쫓아가던 자신.

육성회장님의 날카로운 눈초리.

자신에게 고백하던 재걸.

잔뜩 취해서 자신의 품 안으로 쓰러지던 재걸.

함께 손을 잡고 잠들었던 어떤 밤.

깊은 물속으로 서서히 잠기던 자신을 끌어주던 어떤 손.

병원에서 바뀐 몸을 갖고 티격태격하던 재걸과 자신.

오토바이를 타고 달리던 두 사람 앞으로 중앙선을 침범해 오는 큰 차.

그리고 빠아아앙! 사고의 순간. 비명 소리, 재걸의 다급한 표정, 바퀴가 확 쏠리고 오토바이 동체가 옆으로 휙 돈다. 몸이 부웅 뜨는 느낌.

극도의 공포. 심장의 술렁거림. 고막을 찢을 것 같은 자신의 비명 소리와 함께 뭔가에 온몸이 툭 부딪쳤다. 그 짧은 순간순간들이 더 짧은 찰나 동안 머릿속에서 한꺼번에 떠올랐다가 사라지는 동시에 지은의 눈동자가 미친 듯 흔들렸다.

확! 하고 뭔가가 강제로 빨려 들어가는 느낌과 함께 자신이 누군가를 꼭 끌어안고 있다는 걸 깨달았다. 안겨 있는 게 아니라 안고 있었다. 흘러내리고 있는 뜨거운 피가 이마에서 느껴졌다. 그렇다는 건 설마……

천천히 아래를 내려다봤다. 자신의 품에 안겨 있는 누군가, 그건 분명 재걸이었다. 자기 자신의 모습이 보이는 게 아니라 재걸의 얼굴이 보였다.

돌아왔다.

똑똑하게 재걸의 얼굴이 보였다. 천천히 손을 뻗어 재걸의 뺨을 만졌다. 만져진다. 내 몸이 아닌 타인의 몸으로 만져진다. 지은의 눈동자에 눈물이 핑글 돌았다. 참으려고 입술을 꽉 깨물어도 줄줄 흘러내리는 눈물을 닦지도 못 한 채 지은은 그대로 재걸을 더욱 꽉 끌어안고 울어버렸다.

'널, 정말 좋아해.'

머릿속은 여전히 빙글빙글 돌고 있었다. 어지럽고 괴롭고 심장도 미친 듯 뛰고 있다. 안심한 동시에 가슴이 아팠다. 그리고 졸음이 서서히 덮쳐 왔다. 지은은 울면서 서서히 눈꺼풀을 닫았다.

"정말 좋아해, 재걸아."

멀리서 구급차의 사이렌 소리가 희미하게 들렸다.

그대로 의식이 끊어졌다.

10화

모든 건 제자리로

"선생님, 방울토마토 열렸어요!"

"아, 그 자식, 엄청 시끄럽네. 그까짓 방울토마토 열린 게 뭐 대수라고 꺅꺅 난리야? 심으면 열리는 건 당연한 거지."

투덜거리며 천천히 몸을 돌린 건 지은이었다. 문재걸 덕분에 짧아진 단발머리, 블라우스에 편한 면바지 차림으로 무료한 듯 하품을 참고 있는 모습은 딱 예전의 이지은이었다.

원예부 애들이 빨갛게 익은 방울토마토 옆에서 까르르 웃으며 수다를 떨고 있었다. 아, 이 얼마나 순수하면서도 사람 귀찮게 하는 모습인가.

그렇다. 지은은 다시 완벽하게 무사태평한 교사로 돌아온 것이다.

"예쁘죠? 귀엽죠? 완전 신기하죠? 어? 지금 뭐 하세요?"

"맛있네. 니들도 먹어봐."

애들이 버석 굳었다.

"왜들 그래? 귀신이라도 본 사람처럼."

"선생님!"

아이고, 귀청 떨어지겠다. 열매가 열리면 따서 먹는 거지, 그게 뭐 대단한 일이라고 저렇게 난리들인지 모르겠다.

"겨우 두 개 열렸는데 그걸 홀랑 따먹으면 어떡해욧!"

"한 개는 남았잖아. 왜? 불만 있어?"

"몰라요. 선생님 완전 나빠요!"

삐쳐서 씩씩거리고 있는 저 순수 생명체들을 보라.

"한동안 꽃말도 가르쳐 주고 꽃 이름도 다 알아맞히고 그러더니 또 시작이야, 그치?"

"완전 짜증 나."

"담당 선생님 바뀌었으면 좋겠어."

사람을 바로 앞에 두고 지들끼리 막 욕하고 있다. 하여튼 요즘 애들이란, 어쩜 저렇게 솔직할 수 있을까. 옛날엔 스승의 그림자도 밟지 않는다고 했거늘!

"야, 대충대충 끝내고 가자. 뭘 그렇게 열심히들 하나? 수행평가에 들어가는 것도 아닌데."

"들어가거든요?"

"아, 그래서 그렇게 열심히들 하는구나?"

무시당했다.

아, 말아먹을 세상. 기껏 제 몸으로 돌아와서 느긋하게 좀 쉬어 보려고 했더니 하필이면 원예부 일 때문에 퇴근도 못 하고 이러고 있다.

"근데 꽃 이름이 정말 다 제대로 적혀 있네."

예쁜 팻말에 꽃 이름들이 하나도 빠짐없이 적혀서 꽂혀 있었다.

"왜 그러세요? 선생님이 다 가르쳐 준 거잖아요."

지은은 멈칫했다. 그러다 피식 웃었다.

"그러게. 내가 참 대단한 선생님이야, 그치?"

"완전 똘끼."

"사이코."

지들끼리 또 소리 죽여 욕하고 있다. 다 들리거든?

"그럼 마저 다 하면 부르러 와. 난 좀 자련다."

"그러는 게 어딨어요? 같이 해야죠!"

"난 니들 나이 때 벌써 다 했어, 인마들아."

물론 뻥이다. 그 나이 때에 자신은 땅에 꽃이 아닌 일진들을 묻어버리고 다녔었지.

'아, 모르겠다. 일단 눈 좀 붙여야지.'

화단을 뒤로하고 숙직실로 향하며 지은이 중얼거렸다.

"하여튼 쓸데없이 성실한 녀석."

원예부 담당이라고 꽃말까지 공부했을 줄이야. 하긴, 뭘 하든 완벽하게 해내지 않으면 성에 안 차는 녀석이니까.

그에 반해 자신은 뭘 했더라.

사고 치거나 사고 치지 않으면 사고 쳤다.

서로의 몸이 정상으로 돌아온 지도 벌써 삼 주가 지났다. 자신은 자기 몸을 되찾았고, 재걸은 몸뿐 아니라 성적도 되찾았다.

일주일 전에 본 전국 연합 모의고사에서 다시 이전의 성적을 회복한 것이다. 대단한 놈. 그 많은 일이 있었는데도 침착하게 다시

왕좌를 탈환하다니. 대단하다 못 해 정말 징그러운 녀석이었다. 물론 그에 대한 칭찬은 교직을 걸고 문재걸을 정신 차리게 하겠다고 단언한 담임 이지은에게 돌아왔지만.

음하하!

아무튼 왜 짝퉁이 오리지널을 따라가지 못하는지 이번 일로 확실히 알았다. 돌아온 후 문재걸은 모든 걸 얼마 안 가 완벽하게 정상으로 되돌려 났다. 이지은이 망쳐 놓은 흔적 따윈 남기지도 않고서, 오리지널은 오리지널의 가치 그대로 차분하고 분명한 생활을 이어갔다. 신뢰를 되찾은 건 순식간이었다. 물론 더 이상 육성회장님의 날카로운 간섭과 의심의 눈초리도 없어졌다.

그날 지은이 다시 깨어난 건 구급차 안에서였다. 그리고 다시금 자신의 몸으로 돌아왔단 걸 확인했다. 찢어진 이마에서 흐르던 피는 어느새 멎은 것 같았다. 이 상처는 분명, 재걸이 자신의 몸을 갖고 있을 때 자신을 구해주려고 몇 바퀴나 굴러서 생긴 상처였다. 그런데도 아직 당사자는 깨어나지 못하고 있었다.

병원에 도착했다. 상처는 생각보다 경미해서 이마가 좀 찢어졌을 뿐이었다. 치료를 받고 응급실로 돌아와 보니 재걸도 의식이 돌아와 있었다. 다행히 자신이 갖고 있었던 재걸의 몸은 다친 데가 전혀 없었다. 모두가 다 저 녀석이 이 몸으로 자신을 지켜주었기 때문.

"정말, 돌아온 거예요?"

두 사람 다 생각보다 차분한 상태에서 몸의 귀환을 받아들였다.

마냥 미친 듯 기뻐 날뛸 줄만 알았는데, 재걸도 그저 멍한 표정이었다. 어쩌면 쉽게 믿기지 않아서인지도 모르겠다. 아무런 생각도 들지 않았다. 환호성을 지르며 기뻐만 하기엔 너무나 많은 것이 변해 있었고, 너무나 많은 것이 얽혀 있었다.

"그 사고 때문이었나 봐. 사고로 일어난 사건은 결국 사고로 종결된다는 웃긴 이치였는지도."

재걸은 차분하게 고개를 끄덕일 뿐 그 어떤 논평도 하지 않았다. 하긴 여기서 더 무엇을 캐낼까. 돌아왔으면 그걸로 된 거지. 두 사람 다 이 시간만을 기다리지 않았던가. 더 이상의 피해 없이 지금이라도 재걸에게 자기 몸을 돌려준 걸 천만다행으로 생각하자.

"일단 퇴원하자."

"지금요?"

"너 깨어났잖아. 또 같이 병실에 나란히 누워 있어서 좋을 게 뭐 있어. 이번에야말로 정말 복잡해질 거야. 이제 둘 다 정상으로 돌아왔고, 그러니까 여기서 더 엮여선 안 돼."

그렇게 바로 퇴원을 했다.

빌라 거실에 앉아 둘은 또 멍하니, 각자의 생각 속에 빠져들었다. 그러다 지은이 입을 열었다.

"역시 확실히 돌아온 것 같네. 근데도 실감이 잘 안 나. 참 이상해."

"그렇네요."

"잘됐지?"

"네."

"그럼 더 기뻐해."

"선생님이나요."

"그러게."

"갈게요."

"응? 어, 그래. 재걸아!"

재걸이 돌아봤다.

"잘 가."

두 사람은 그렇게 돌아섰다. 현관문이 쿵 닫혔다. 아무런 말도 없이 서둘러 떠나 버린 재걸에게 서운하지 않은 건 아니었지만, 재걸도 이제쯤 정신을 차렸을 것이다. 막상 원래 있던 자리로 돌아와 보니, 그동안 가졌던 감정 상태들이 얼마나 위태롭고 경솔한 것이었는지 깨달았던 거겠지.

지은은 천천히 무릎을 끌어안고서 이마를 쿵 기댔다. 달라진 건 아무것도 없다. 그저, 다시 혼자가 되었을 뿐. 그건 엄마가 돌아가신 이후로 자신의 옆에 늘 붙어 있던 일상이었다. 전과 같아진 것뿐이란 소리였다.

'편의점 가서 저녁이나 먹을까?'

실없이 그런 생각을 하고 있는데 다시 현관문이 벌컥 열렸다. 그리고 성큼성큼 걸어 들어온 그 녀석. 재걸이 지은의 앞에 서 있었다. 지은의 눈동자가 흔들렸다. 천천히 고개를 들어 올려다보자 재걸이 잠시 그녀를 내려다보다가, 뒷목을 문지르며 옆을 봤다가 다시 지은을 보고 말했다.

"다 돌아왔어요. 알아요. 그렇다고 모든 걸 그렇게 냉정하고 빠르게 리셋시키면 되는 거예요? 어차피 돌아왔고, 돌아왔으면 이 상태에 또 익숙해지겠죠. 그렇다고 지금까지 보낸 시간들이 다 의미 없는, 아무렇게나 버려도 좋은 건 아니잖아요. 더 엮여선 안 된다는 그런 말은 지금으로선, 반칙이에요. 오늘은 여기까지만 하고 갈게요."

그러곤 재걸은 나갔다.

지은은 벙찐 채 그 자리에 그대로 앉아 있었다.

"저 녀석이 뭐라고 자기 할 말만 지껄이고 가는 거야? 아, 어쩌라고! 이제 본격적으로 제자 꼬시는 선생이나 되라고? 그렇게 당당해서 참 좋겠다, 이 자식아!"

괜히 곽티슈를 집어 들어 현관문에 던졌다. 하지만 성깔을 있는 대로 부렸는데도 홀가분해지는 건 아무것도 없었다. 결국 그날 밤은 그 어떤 만족감도 기쁨도 맛보지 못한 채 그저 멍한 상태에서 날밤을 새웠다. 겨우 정리되어 가고 있었는데 녀석이 와서 또 잔뜩 헤집어놓고 간 것이다.

아무튼 그 녀석이 어떤 소리를 하건 몸이 뒤바뀌는 기막힌 일에서 겨우 살아 돌아온 기분은 그저 멍했다. 그 뒤로 며칠 동안 계속 그랬다. 오히려 정상으로 돌아온 지금이 더 안 믿겼다.

그래서 '닐리리야'는 전혀 외치지 못했다.


숙직실로 걸어가고 있는데 막 본관에서 재걸과 진세가 함께 나오는 게 보였다. 자신도 모르게 멈칫했다가, 싱긋 웃었다. 재걸과 시선이 마주쳤다.

먼 거리에서 지은이 더욱 크게 씩 웃었다.

"오우, 잘나가는데? 잘해봐라. 진세가 너 많이 좋아해."

어차피 들리지 않을 거리.

"근데 너 조심해라. 잘못하면 진세한테 꽉 잡혀 살겠더라. 걔 보통 아니야."

일부러 얼레리꼴레리 유치한 장난도 치고, '아우, 닭살!' 팔도 막 주책 맞게 문지르고, 잘해보라는 듯 엄지손가락까지 척 치켜세워 보였다. 이지은, 오버 떨고 있다. 그러면 좀 낫냐?

재걸은 아무 표정이 없었다. 오히려 사람을 마구 차갑게 쏘아보곤 그대로 휙 돌아섰다. 그대로 진세와 함께 멀어져 갔다.

지은도 반대 방향으로 돌아섰다.

"숙직실 가긴 글렀네."

자조하듯 웃었다.

"바보 같긴. 이지은, 이제 꿈에서 깰 때야. 현실로 돌아와야지. 무엇보다 저 녀석을 현실로 떠밀어줘야 한다. 짧은 꿈은 짧은 꿈에서 끝! 더 남은 건 아무것도 없어. 그러니까 영계 탐내지 말고 폐닭 혼자 힘내서 열심히 살아가길 바람! 빠샤빠샤!"

❅　❆　❅

집들이 다닥다닥 붙어 있는 어떤 동네의 밤거리.

그중 어떤 집의 낡은 대문이 확 열리며 안에서 누군가가 욕설을 하며 뛰어 나왔다. 담벼락에 기대선 그 녀석의 입술에 피멍울이 맺혀 있었다. 녀석이 교복 소매로 벌게진 눈시울을 마구 닦았다. 그래도 울분이 가시지 않는지, 덩치는 산만 한 녀석이 눈물을 닦으며 울었다.

담 너머 집 안에선 녀석의 부모가 싸우는 소리가 아직도 들렸다. 고함치는 소리, 세간이 날아가고 부딪쳐 깨지는 소리. 취해서 횡설수설 욕하는 소리.

차마 못 들을 소리들이었다.

녀석의 꽉 쥔 주먹이 부르르 떨렸다. 지은은 천천히 녀석의 옆으로 가서 벽에 등을 툭 기대섰다. 갑작스럽게 나타난 지은 때문에 놀랐는지 명진이 흠칫했다.

"서, 선생님?"

"선생님은 무슨. 평소처럼 담탱이라고 불러."

"선생님이 왜 여기에 있어요?"

"글쎄, 지나가던 길이라고 해도 안 믿겠지?"

무덤덤하게 쳐다봤다가 깜짝 놀랐다. 녀석이 무시무시하게 사람을 째려보고 있다. 와, 조심해야지. 한 대 치겠다.

"여기 왜 왔냐고요!"

명진은 자존심 하나로 살아가는 애다. 그러니 이렇게, 그것도 하필이면 이런 순간에 찾아온 담임이 싫을 것이다. 아니나 다를까, 녀석이 먹이 뺏긴 맹수처럼 으르렁거렸다. 눈빛 봐라. 저대로 놔두면 고대로 자라서 반드시 한가락하겠지, 암흑계에서. 반면 그만큼 괴롭힘을 당하는 사람도 많아진단 소리였다.

"왜 오긴 왜 와. 바람 쐬러 왔지. 이 동네 바람이 아주 신선하기로 유명하더라고."

"아, 장난 까지 말고요!"

"그럼 뭐 가정방문이라고 치든가."

"아, 짜증 나! 꺼져요!"

"내가 불도 아닌데 어떻게 꺼지니."

"아, 씨!"

"발이라고만 해봐. 발! 발! 발이라고 하면 죽을 줄 알아! 발 아니었지? 그치? 절대 발 아니었을 거야. 만약 발이었으면 넌 나한테 확 주뎅이 까이고 아구창 날아가고 박 터지는 거야. 알간?"

녀석이 되게 어이없나 보다.

지은이 피식 웃었다.

"재밌지?"

"재미없어요. 그리고 아구창은 욕 아니거든요? 입안에 생기는 병의 명칭이거든요?"

"와, 이 자식, 데자뷰 일어나게 딱 누구처럼 아는 척하네. 그게 무슨 상관이야? 딱 봐서 욕 같으면 그냥 쓰는 거지."

"어이없어."

"근데 그거 알아? 우리 아버지도 그랬었어."

명진이 멈칫했다.

"네 아버지처럼 그랬었다구. 우리 아버지도, 술만 취하면 엄마랑 날 엄청 괴롭혔어. 그래서 나도 좀 놀았었지. 이를테면 깡패가 형사가 된 거랄까."

"무슨……."

지은이 씁쓸하게 말을 이었다.

"이 말이 너한테 무슨 위로가 되겠냐만, 어른들이 다 그렇잖아. 멍청하고 경솔하고……. 그러니까 너도 나처럼 될 수 있다, 뭐, 그런 공익 광고에서나 나올 법한 말을 떠드는 게 나의 목적일까?"

"지금 뭐라는 거예요!"

"그래. 몇 마디 말로 쉽게 바뀔 수 있는 거라면 사는 게 이렇게 힘들지도 않았겠지."

"아, 짜증 나! 계속 꼰대 같은 소리 할 거면 가요!"

"꼰대가 꼰대 같은 소리 안 하면 무슨 소릴 하냐? 꼰대는 헛소리할 자격도 없는 거야?"

"아 씨! 내가 간다, 진짜!"

확 돌아서려는 녀석의 뒷덜미를 붙들어 세웠다.

"어딜 가는데? 네가 그러고 가면 나 혼자 심심하잖아."

"아오! 진짜! 아, 빡 쳐!"

지은이 피식 웃곤 가방에서 생수를 꺼내 줬다.

"빡 치니까 목마르지? 마셔."

명진이 이건 또 뭐냐는 눈으로 쭈뼛거리다가 목이 마른지 그냥 받아 마셨다. 그러다 푸웩! 퉤!

"이거 술이잖아요!"

"그랬어? 헷갈렸네."

그러곤 다른 병을 내밀자 녀석이 혀를 찼다.

"진짜 선생 맞아요?"

"와, 누굴 생각나게 하는 말이네. 됐고, 이거나 받아."

지은이 명진의 손에 쥐어준 건 돈이었다. 녀석의 얼굴이 단번에 일그러졌다.

"뭐 하는 거예요, 지금? 이게 뭔데요."

"돈이잖아. 찜질방이나 가. 아, 약값도."

거기에 만 원을 더 얹어줬다.

"지금 동정하는 거예요?"

녀석은 결코 마음을 열지 않았다. 비뚤어진 시선으로만 세상을 본다. 너무도 자신의 과거와 똑같았기에 익히 잘 알고 있는 감정들이 느껴진다.

"알면 그냥 넣어둬, 자식아. 난 그나마 동정해 주는 사람도 없었어. 그때 누군가가 날 동정해 줘서, 술 취한 아버지한테 쫓겨나서 맨발로 동동거리며 울고 있을 때 누군가가 여인숙 값이라도 줬다면…… 난 지금쯤 좀 더 좋은 선생이 됐을까?"

"아, 그걸 왜 저한테 물어요!"

지은이 피식 웃었다.

"결정은 네가 하는 거야. 네가 동정이라고 생각하면 동정인 거고 아니면 아닌 거지. 유명진, 알아? 내가 뭔가 거창한 건 못 해주지만 힘들 때 얘기는 들어줄게. 뭐, 나한테 얘기하는 게 정 싫으면 바람 불 때 마구 터뜨리는 것도 좋아. 바람은 언제나 부니까."

명진의 어깨를 툭툭 두드려 주곤 돌아섰다.

"선생님!"

"헉, 버, 벌써 얘기하려고? 차차 들어준단 얘기였는데."

"아, 씨, 그게 아니잖아요! 됐어요!"

"아, 뭔데."

"정말 선생님 아버지도 우리 아버지처럼……. 아니에요, 됐어요."

비록 중간에 끊어내긴 했지만 뭐, 저 정도면 괜찮은 반응이었다. 지은은 씩 웃었다.

'네 아버지처럼 뭐?' 그렇게 더 캐물을 이유 따윈 없었다. 어차피 녀석도 뭔가를 듣고 싶어서 물은 말은 아니었을 것이다.

"뭐 해. 찜질방 가야지."

"엑? 선생님도요?"

"그럼 어디로 샐지 모르는 널 뭘 믿고 내 피 같은 돈을 줬겠어? 아, 얼른 앞장 안 서고 뭐 해, 냉큼!"

탁!

찜질방에 앉아 양머리 수건을 쓰고 명진의 이마에 구운 계란을 확 깼다.

"아 씨, 아프잖아요!"

"아프긴 뭐가 아파? 그간 너한테 맞은 애들에 비하면 새 발의 피야, 이 시키야."

"아, 그 얘긴 왜 또 해요?"

"그러니까 삥 좀 작작 뜯어, 이 자식아."

"아, 진짜!"

"쪽팔린 줄 알아야지. 내년이면 졸업할 녀석이 아직도 애들이나 괴롭히고 다니고."

"아, 선생님도 그랬다면서요!"

"난 이제 안 그러잖아. 넌 아직도 그러고 있고."

"내가 진짜 더러워서 안 그런다, 이제!"

"왜? 더 해. 그렇게 쉽게 맘 잡으면 내가 허무하잖니. 애들 삥도 더 뜯고, 담배도 뻑뻑 피우고 다니고, 패싸움도 더 하고."

"아, 쪽팔리게 진짜! 다들 듣는구만."

"너 쪽팔리는 건 아냐? 아, 계란이나 먹어! 어이구, 볼 터지겠네."

"아우, 쫌!"

"맛있지? 식혜도 마셔라."

"그만 좀 해요. 그리고 안 그래도 한심하고 재미도 없어서 슬슬 그만두려던 참이었다고요."

"뭘? 식혜 마시는 걸?"

"돌아버리겠네!"

녀석은 펄펄 뛰고 지은은 실실 웃었다.

그래, 그동안 하지 못했던 일들을 하나씩 처리해야지.

'난 이런 걸로도 바쁜 사람이라고!'

그러니 쓸데없는 생각 같은 거 할 시간은 없다. 꿈에서 깬 후에도 계속 그 꿈을 떠올려 보려고 아등바등해 봐야 머리만 아프다. 그건 정말 바보짓이다. 이 아이들을 지켜봐 주고 싶은 것처럼, 재걸도 자신이 지켜봐 줘야 할 대상일 뿐이지 않은가.

"근데 선생님도 여기서 잘 거예요?"

"어."

"왜요? 아, 저 도망 안 가요."

"내가 갈 데가 없어서 그래."

"헐, 방세 밀렸어요? 선생님 주제에 월세 살아요?"

"그땐 '주제에'라고 쓰는 게 아니지. 아무튼 집에 돌아가기가 싫어. 좀 겁나거든."

"귀신이라도 있어요?"

"귀신보다 더 무서운 게 있어. 그건 바로…… 너!"

확! 하고 철 지난 개그를 좀 했더니 애가 아주 기절초풍을 한다. 쯧쯧, 저렇게 담이 약한 주제에 그 야밤에 못된 짓들은 어떻게 하고 다녔대 그래?

빌라가 마치 빈집 같다. 그래서 돌아가는 게 좀, 겁났다. 아닌 척해도 가슴이 쓰렸다.

허전하다.

자꾸만 어떤 광경들이 생각난다. 여기를 봐도, 저기를 봐도 누군가가 함께 있었던 시간들이 보인다. 그 녀석이 있을 때 돌던 훈기가 생각난다. 결코 외롭지 않았던 그 순간들이, 텅 빈 방으로 변해 증폭되듯 다가온다.

보고 싶단 생각을 할까 봐, 네게 기대고 싶어질까 봐, 언제라도 네가 와서 한마디라도 하면 마음이 약해져 확 자빠뜨리고 싶어질까 봐 겁났다.

'그래, 거긴 귀신보다 더 무서운 게 있어.'

티격태격하며 한 번도 싸우지 않은 적이 없었지만, 그래도 이렇게나 그리운 그 애와의 추억이.

　　　　✠　　✠　　✠

담임이 크게 웃는다.

원예부 애들에게 둘러싸여서 태평하게 웃고 있다. 그때 담임의 옆으로 한 남자가 다가왔다. 회식 날 담임에게 고백했던 2학년 국어다.

둘이서 무슨 얘기인가를 한다. 국어는 여전히 담임에게 관심을 담은 눈으로 호의적으로 대한다. 담임의 얼굴을 계속해서 바라본다. 담임도 상냥한 얼굴로 예의 바르게 대해준다.

설마 담임도 국어한테 관심 있는 건가? 속이 부글부글 끓었다. 열이 확 뻗쳤다.

"뭐가 좋다고 저렇게 웃어? 저 둔녀가."

"응? 뭐가?"

진세랑 얘기하고 있었는데 눈은 담임한테 가 있었나 보다.

며칠 전 진세와 걸어 나오다가 담임과 마주쳤었다. 담임은 아무렇지도 않은 얼굴로 실실 웃으며 엄지손가락까지 치켜세웠다. 잘 해보라는 듯.

정말 화딱지 나 죽겠다. 자존심 상해서.

담임한텐 아무런 미련도 없는 걸까. 그렇게 아무렇지 않게 보통 생활로 돌아가지나? 마치 학교 안에서의 관계만 남았다는 듯, 세상에서 가장 맑은 얼굴로 사람을 깊이 상처 준다.

기껏 정상으로 돌아오자마자 더 이상 엮이면 안 된다는 말이나 해대고. 정말이지 못돼먹은 여자다. 자신이 아주 잔인하다는 걸 저 여자는 알기나 할까?

모의고사 성적이 정상으로 돌아온 건 정말 다행이었다. 어머니가 계속 담임의 뒤를 캐고 있었던 모양이다. 하지만 아들이 사고 이전의 상태로 돌아가자 모든 걸 멈추고 오히려 담임을 칭찬하기에 이르렀다. 아무튼 한숨 돌렸다.

"이제 정말 여름이겠다. 방학 때 뭐 할 거야? 울 가족들은 나만 빼고 여행 간다는 거 있지? 난 고3이라고. 그렇게 내가 신경 쓰이면 여행 자체를 가지 말아야지. 문재걸, 내 말 듣고 있어?"

"아, 미안. 생각할 게 좀 있어서."

"근데 너 요즘 다시 예전의 문재걸 같은 거 알아? 얼마 전까지만 해도 약간, 뭔지 모르게 분위기가 좀 달랐거든."

예리한 녀석, 이라고 할 순 없는 게, 특별히 서진세가 아니라 누구라도 그렇게 생각했다.

근데 담임이 애한테 뭐라고 말했다고 했었지? 귀엽다, 라고 했었다던가? 그런 말을 자신이 할 리가 없잖아.

"나 결정했어. 너랑 같은 대학 갈 거야."

"그래, 잘해라."

"무슨 반응이 그래? 서운해, 문재걸. 좀 더 기뻐해 줄 줄 알았는데."

"네가 갈 대학 정한 걸 내가 왜 기뻐해야 되는데? 애초에 난 거기 가기 싫었어."

"뭐? 너 지망 대학 바꿨어?"

"아니."

"그럼 무슨 소린데?"

"생각 같아선 아무 데도 안 가고 싶어. 그냥 내가 한, 스물여섯쯤 돼서, 머리도 대충, 집도 평범한 그 정도 수준으로 어디 막노동이라도 하면서, 그 여자랑 살고 싶다."

순간 진세가 엄청 놀란 얼굴을 했다.

"너 설마, 좋아하는 사람 있었어?"

"응."

"어, 어떻게? 언제? 누, 누군데 대체?"

"그건 알 거 없고. 빨리 나이나 먹었으면 좋겠다. 아, 너 공대 간다고 했지? 빨리 늙는 약 같은 거 좀 개발해 보던가."

"너 뭐야. 문재걸. 너무해. 너 진짜 나빠."

진세가 콧잔등이 빨개져서 금방이라도 울 것 같은 얼굴로 그를 봤다. 하지만 재걸에겐 애초에 관심 없는 것이었다.

"너 나 좋아한 거 아니었어?"

"내가? 왜?"

"왜라니. 전에 분명히 나한테 귀엽다고, 그랬잖아. 너 여자애들한테 그런 말 하는 애 아니잖아. 그래서 난……."

"그런 말 한 것도 잊어버렸지만, 겨우 그 한마디에 혼자 오버하고 착각해서 이렇게 찰싹 달라붙어선 여자친구처럼 굴 줄은 몰랐지. 너라면 이런 네가 좋겠냐?"

"너……."

"내가 널 잘못 알고 있었나 보다. 네가 좋았던 이유가 뭔지 알아?"

"내가, 귀여우니까! 귀여우니까!"

어이가 없었다.

"아니, 너라면 다른 애들처럼 고백하지 않을 줄 알았거든."

"이……! 나 갈래!"

"잘 가라."

"죽어버려, 문재걸!"

그러곤 확 가버렸다. 와, 브라보. 담임보다 더 텐션이 빨리 올라가는 여자는 처음 봤다.

뭐, 어쨌거나.

재걸은 담임 쪽으로 걸어갔다.

"왠지 요즘 다시 예전의 이 선생님으로 돌아온 것 같아요. 분위기가 좀 그래요."

아직도 국어랑 얘기하고 있었다. 방금 전 자신이 들은 말을 담임도 듣고 있었다. 아마 요즘 두 사람이 가장 자주 듣는 말일 것임이 틀림없었다.

"와, 어떻게 알았어요? 실은 그동안 제가 벽장 속에 갇혀 있었거든요. 얼마 전까지 김 선생님이 본 건 진짜 이지은을 벽장 속에 가둔 가짜였답니다."

저 여자가 정말.

"농담이었어요!"

"네? 하하하! 이 선생님은 정말 재미있으세요."

"그래요? 하지만 정말 농담이었을까요?"

"선생님!"

보다 못해 재걸이 끼어들었다. 부르자 담임이 돌아봤다.

"어? 재걸아!"

그 어떤 순간적인 멈칫거림도, 견제도 없이 아주 자연스럽게 활짝 웃으며 반기고 있다. 그래서 속이 또 뒤틀렸다.

"그럼 이 선생님, 전 그만 가볼게요."

"네, 내일 봬요."

둘이서 아주 다정하게 인사를 나눴다. 재걸의 이마에 핏대가 슬금슬금 섰다.

뭐, 어쨌건 일단 둘을 떼어놓는 덴 성공했다. 담임의 헛소리를 막으려는 이유도 있었지만, 여기 온 진짜 이유는 국어를 쫓아 보내기 위해서였다. 저 둘이 붙어 있는 꼴은 죽어도 못 보겠다.

"근데 왜? 무슨 볼일 있어?"

대놓고 귀찮다는 투다. 태평하게 귀까지 후비고 있다.

"있으니까 왔겠죠. 저도 원예부가 하는 작업들 좀 보려고요."

"네가?"

"왜요? 안 돼요?"

"안 되고 되고 넌 이미 다 알잖아. 어차피 이것들 다 네가 한……."

"선생님."

정신 챙기시죠? 무언의 협박을 보냈더니 담임이 앗! 하며 쑥스럽게 웃었다.

"어머, 내가 왜 이러지? 자꾸 착각을 하네."

머리가 나쁜 탓이겠죠.

"근데 무슨 남자애가 꽃구경이야? 안 어울리게. 수업 다 끝났으면 집에나 가."

"그래서, 대놓고 쫓아내신다 이거죠? 아, 억울해! 전엔 무슨 일이 있어도 붙어 있으려고 하더니, 자기 몸 되찾으니까 더 볼일 없다 이거예요?"

"누, 누가 뭐랬다고."

그때 떨어져서 작업하고 있던 원예부원들이 쪼르르 단체로 달려왔다.

"와, 선배님이다!"

"선배님, 안녕하세요!"

"꽃구경 오셨어요? 꽃 좋아하세요?"

2학년 여자애들이 꺅꺅거리고 난리도 아니었다.

담임, 보라고요. 제 인기가 이 정도랍니다.

"얘가 니들이 하는 작업 구경하고 싶다는데 난 귀찮으니까 니들이 소개해 줄래?"

"꺄악! 정말요?"

"저희가 할게요! 하루 종일도 할 수 있어요!"

"농장 구경도 시켜 드릴게요!"

"쳇! 그게 무슨 농장이야? 방울토마토랑 오이 달랑 몇 개 심어 놓고선. 농부들이 보면 웃겠네! 야, 안 되겠다. 문재걸, 그냥 가라. 볼 필요도 없어. 볼 것도 없어."

"왜요! 볼 게 얼마나 많은데욧!"

"맞아욧!"

"이것들 쌍심지 켠 거 보게. 그냥 보내면 아주 잡아먹을 기셀세. 이것들이 잿밥에 더 관심이 있구먼?"

그러더니 재걸의 어깨에 어깨동무를 척 하고는.

"이 오빠 잘생겼지? 선생님이랑 짱 친하다? 그러니까 이 오빠랑 친해지고 싶으면 앞으로 선생님 말씀 잘 듣는 게 좋을걸?"

사람을 미끼로 쓰고 있다. 어이가 없어서.

재걸은 화딱지가 나서 담임의 손을 확 팽개쳤다.

"봐. 니들이 너무 적극적으로 나오니까 오빠가 화났잖아."

"그게 아닌 것 같은데요? 선생님이 친한 척해서 화난 것 같은데요?"

"혼자 친한 척하는 거 아니에요? 실은 하나도 안 친하죠?"

"아니거든? 완전 친하거든? 문재걸, 빨랑 대답해 봐. 우리 엄청 친하지? 그치?"

재걸은 고개를 설레설레 저었다. 대답할 가치가 있을지. 그때 새로 심어진 꽃을 발견한 재걸이 갑자기 혀를 끌끌 찼다.

"여기 이 꽃 심은 사람 누구야? 이 꽃은 밤에만 피는 거니까 학교 화단에는 부적합하다고 내가 말했어, 안 했……."

이런.

안 그래도 애들이 다 갸웃하며 쳐다보고 있었다. 담임만 탓할 게 아니었다. 자신도 아직 담임의 몸에 있던 때의 기억을 다 지우지 못했다.

흠흠.

재걸은 그대로 돌아섰다.

얼굴이 시뻘게져서 걸어가고 있는데 등 뒤로 지은의 웃음소리가 들린 것도 같았다. 그리고 애들의 수다 소리.

"어떡해! 선배님이 우리 화단에 짱 관심 있었나 봐."

"설마 나 좋아하는 거 아냐? 막 이래!"

"나거든?"

"난가 봐. 계속 나 지켜보고 있었나 봐. 어떡해!"

담임의 킥킥 하는 소리가 계속 들리는 것 같았다.


그날 저녁 재걸은 지은의 빌라 방 안에 서 있었다. 자신의 물건을 챙기기 위해서였다. 그런데.

"없나?"

어차피 담임의 몸으로 생활했으니 자신이 굳이 가져갈 것은 없었다. 그런데도 굳이 왔다.

사실 그건 핑계였다. 그냥 걸음이 이곳으로 향했던 것 같다. 그 사람을 한 번이라도 더 보려고? 아니면 그동안 자신이 살던 곳이었으니 습관처럼 온 걸까.

익숙해진 어떤 것에 정을 느끼듯이. 정말 담임의 말이 맞는 걸까?

"근데 이 여자는 왜 이렇게 안 와?"

벌써 저녁 여덟 신데 들어올 생각을 안 한다.

"아주 군기가 빠졌지, 빠졌어. 도대체 어딜 싸돌아다니느라고. 또 사고 치고 다니는 거 아냐?"

자연스럽게 그쪽으로 걱정이 뻗어가는데 초인종이 울렸다. 재걸은 턱을 긁적이며 고개를 갸웃했다. 이 집에 올 사람은 그가 아는 한은 결단코 없었다. 아니, 한 사람 있다. 공주 엄만가? 하지만 그렇다고 하더라도 자신이 열어줄 것도 아니었기에 무시했다. 이제 자신은 담임의 몸이 아니니까.

초인종이 멎었다. 그만 가야겠다 싶어서 방을 나서려는데, 그 순간 현관문이 열리는 소리가 들렸다. 방문 손잡이에 닿았던 재걸의 손이 멈칫했다.

"일단 들어오세요. 안에 사람 없으면 그냥 가시지, 거기서 왜 기다리고 있어요?"

서걱하게 착 가라앉은 담임의 목소리.

그래서 자신도 모르게 반쯤 돌렸던 도어록을 그냥 두고서 천천히 손을 떼고 말았다.

한 번도 저런 식으로 차갑게 말한 적 없는 사람인데, 대체 손님이 누구기에? 십중팔구 아까 초인종을 누른 사람일 것이다. 어차피 나가기엔 이미 늦은 것 같고. 팔짱을 낀 채 손가락으로 팔을 톡톡 두드리고 있는데 상대방의 목소리가 들렸다.

"그게 오랜만에 본 애비한테 할 소리냐? 앉으란 소리도 안 해?"

멈칫. 재걸이 중얼거렸다.

"아버지, 라고?"

그때 살짝 열린 문틈으로 앞을 지나가는 남자의 모습이 보였다. 거친 인상의 후줄근한 옷차림을 한 중년 남자.

그 사람이 담임의 아버지였다.


'아버지가 있었나? 그런데 왜 담임은 얘길 안 해준 거지?'

뭔가 아귀가 안 맞아서 재걸은 미간을 찌푸린 채로 서 있었다.

"그러게. 근데 내가 가족이 없거든."

"제시카는 유일한 내 가족이야. 가족이라고!"

"누군가가 집에서 날 기다려 주는 기분. 그런 건 처음이었거든."

담임의 말들이 차례차례 떠올랐다.

분명히 아무도 없다고 했었다. 그렇다면 저 사람은 누구인가. 오랜만이란 말로 봐선 떨어져 살았던 것 같고, 외모며 옷차림이며 정상적인 직장 생활을 하는 사람으론 안 보였다. 어떻게 보면 노숙자처럼도 보이고 건달처럼도 보였다.

"물도 한 잔 안 내주냐!"

"없어요. 있어도 아버지랑 사이좋게 앉아서 뭐 마시고 싶은 기분 아니에요. 용건만 말하고 가세요."

"애비한테 말하는 본새 봐라. 저런 것도 교사라고."

"보태주신 거 없잖아요."

담임의 말이 딱딱 끊어진다.

"학교 일은 잘하고 있냐?"

"네."

"그럼 너, 혹시 돈 좀 있냐?"

재걸의 표정이 멈칫했다.

"지금, 뭐라고 하셨어요? 기껏 찾아온 이유가 또 돈 때문이었어요?"

"많지도 않아. 두 장이면 좋겠지만 내가 지금 사정이 워낙 급해서 한 장 정도도 괜찮으니까 모아둔 거 있으면 좀 빌려줘 봐."

재걸이 천천히 고개를 숙였다.

이래서였구나.

담임은, 가족이 없는 것처럼 외롭게 살아왔다. 그 외로움을 오토바이 한 대에 의지하면서 견뎌왔다. 그런데 아버지란 사람이 그런 것도 모르고 나타나서 불쑥 하는 말이 돈 얘기라니.

"제가 뭐라고 대답할 것 같아요?"

"설마 못 해주겠단 건 아니지?"

"아뇨? 못 해주겠어요."

"이 자식이 너 그러는 거 아냐! 오랜만에 본 애비한테 어디서 지냈는지, 잘살았는지 물어보지는 못 할망정 기껏 힘들게 꺼낸 말을 그렇게 단칼에 잘라?"

"저한텐, 물어보셨어요? 어떻게 지냈는지, 잘살았는지. 돈보다 먼저 물어보셨어요?"

담임의 목소리가 떨렸다.

"선생질 잘하고 있냐고 물었잖아!"

"아아. 하하……. 진짜 물어보셨구나. 그랬었구나. 근데 난 왜 그게 그렇게 안 들렸지? 아, 나 정말 왜 이렇게 바보 같지?"

"나도 오죽했으면 이렇게 찾아왔겠냐."

"그때도 그러셨죠. 교도소 막 나와서 한 번만 도와달라고, 천만 원 가져 가셨던 그때도 마지막이라고 했었어요."

"꼴랑 천만 원 갖고 지금 유세 떨어? 좋아, 그럼. 나도 생각이 있어. 정 그러면 학교로 찾아가는 수밖에!"

지은의 눈이 커졌다. 아래로 향해 있던 재걸의 고개도 번쩍 들렸다.

"지금 뭐라고 하셨어요? 설마 돈 때문에 딸을 협박하는 거예요?"

"딸은 무슨 딸이야! 애비가 죽게 생겼는데 돈 한 푼 안 해준다는 놈이 무슨 애들을 가르치는 교사야? 내가 아주 망신을 줘서 그놈의 선생질 못 하게 만들고 말 테니까!"

"네, 오세요! 그까짓 학교 오고 싶음 오세요. 내복 바람으로 오든 술병 들고 와서 깽판 치든 멋대로 하세요! 어떻게, 어떻게 그럴 수가 있어요?"

"내가 못 한 건 뭔데? 다 지들 편하게 살게 해주려고 고생한 것도 모르고!"

"고생이요? 아버지가요? 지금까지 한 번이라도 아빠 노릇 한 적 있어요? 엄마한테도 평생 돈 내놓으란 소리만 하더니 이젠 저한테까지 그래요? 진짜 왜 그러고 사세요? 어쩜 그렇게 하나도 안 변하는!"

순간 짝! 하는 소리와 함께 담임의 고개가 돌아갔다.

"너 지금 뭐라고 했어? 이게 다 키워놨더니 이젠 에미 애비도 모르고!"

벌떡 일어나서 고래고래 소리치며 손을 또 확 치켜 올리는 순간, 재걸은 자신도 모르게 문을 박차고 뛰어나갔다.

"무슨 짓입니까!"

그 손목을 확 움켜쥐고 있는 재걸의 얼굴이 부들부들 떨렸다.

"이, 이건 뭐야? 넌 뭐야?"

남자의 누런 흰자위가 희번덕거리고, 담임도 뺨이 빨갛게 된 채로 재걸을 쳐다보고 있었다.

"무, 문재걸. 너 뭐야. 왜 여기 있어."

"몰라요, 저도. 아무튼 일단 일어나요."

"이 새끼가! 넌 뭐냐니까!"

남자가 바르작거렸다. 하지만 재걸은 그의 손목을 꽉 움켜쥔 채로 자신보다 몇 뼘은 작은 남자를 미동도 없이 내려다봤다.

이 사람이, 과연 한 사람의 아버지로서 자격이 있는 걸까?

"니들 둘 뭐 하는 사이야? 엉?"

"제잡니다. 공부하러 왔어요. 됐습니까?"

그대로 남자의 손목을 확 팽개치고 담임의 팔을 잡아 일으켜 세웠다.

"나가요."

"나가긴 어딜 나가? 너 대체 뭐 하는 거야?"

"그냥 따라와요!"

뭐라고 고함치는 아버지 같지도 않은 사람을 뒤로하고, 재걸은 지은의 팔을 꽉 움켜쥔 채 그대로 달렸다.

지은의 눈에 눈물이 맺혀 있었다. 결코 울지 않을 것 같은 사람이, 울고 있었다.

그게 재걸의 가슴을 찢었다.

그 눈물이, 재걸의 가슴을 헤집으면서 단 한 가지 생각만 들게 했다.

이 사람을, 정말이지 지켜주고 싶다.

11화

**그 녀석과 그녀, 각자의 사랑의 정의란**

"아으! 속상해! 말아먹을 세상! 어떻게 딸을 삥 뜯냐!"

담임은, 통곡도 담임스럽게 했다.

그럼 지금까지 담임은 자기 아버지한테 삥 뜯긴 거였나? 담임 아버지는 딸한테서 삥을 뜯은 거였나?

"단어 선택도 참."

뭐라고 할 말이 없었다.

두 사람은 인적 드문 강변에 앉아 있었다. 이따금씩 지은은 성질을 냈고, 재걸은 어이없어서 그저 고개를 달칵 떨어뜨리고 있었다.

담임이 약해 보인 건 처음이었다. 그렇게 무너지듯 안쓰러워 보인 것도 처음이었다. 그렇게 서글프게 울고 있었으면서, 지금도 좀 그래 주면 얼마나 좋아? 그럼 자신이 울고 있는 어깨를 따스하게 안아주면서 위로해 줄 수도 있을 텐데. 가슴이 터져라 울면 아무 말 없이, 지독한 슬픔이 잦아들 때까지 옆에서 앉아 있어주었을 텐데.

하지만 현실은 이랬다.

김샜다.

이 여자는 그냥 천하여장군이다. 날라리 천하여장군.

"어떻게 딸한테 삥 뜯을 생각을 하냐고!"

"그러니까 그 삥 얘긴 그만하라고요."

"근데 넌 왜 거기서 튀어나왔어?"

이제야 생각났다는 듯 담임이 퉁퉁 부은 눈으로 물었다.

"짐 챙기고 있었어요."

"거기 네 짐이랄 게 뭐가 있는데?"

"그러게요. 없더라고요."

"하여튼 타이밍도 더럽게 나빠. 하필이면 오늘 같은 날 와서 못 보일 꼴이나 보이게 하고!"

"못 보일 꼴 꽤 여러 번 보이셨거든요."

"그러니까! 더 보여주기 싫었다고."

"나참, 뭐가 못 보일 꼴인데요, 대체?"

"아무튼, 창피하다고."

"그것만 창피해요? 아까 말아먹을 세상! 이러면서 고래고래 소리친 건?"

"그것도 창피하네."

"속상하지 않아요?"

"아니라고 하면 거짓말이겠지."

"속상하면 속상하다고 말해요, 좀! 무슨 진지하면 큰일 나는 병이라도 걸렸어요? 자기 속에 있는 건 전혀 보여주지도 않아. 아무 도움 안 되는 헛소리만 주야장천 해대고. 그러면서 칼같이 냉정한 소리는 잘만 해대지. 진짜 이상한 여자란 거 알아요?"

"뭐야, 갑자기. 무단침입 주제에 어디서 갑자기 팔팔하게 불만은 쏟아내는 건데?"

"됐습니다. 선생님이랑 무슨 말을 하겠어요."

지은이 크게 숨을 들이켜더니 후우 내뱉었다.

"아무튼 고마워. 울고 나니 속은 좀 후련하다. 너한테 들킨 건 창피하지만 그래도 데리고 나와 줘서 고마웠어. 아니었으면 나 정말 아버지랑 맞짱 떴을지도 몰라."

"사이가 안 좋은 것 같던데."

지은이 멈칫했다.

"아버지 있었어요?"

"응, 있었어. 가족 없다고 해놓고서 이상하지?"

"뭐, 좀."

왜 그랬는지 대충 짐작은 가지만.

"그냥 그런 아버지 있잖아. 흔히 말하는 알코올 중독, 폭력 가장, 뭐, 그런 거. 엄마랑은 내가 중학교 다닐 땐가 이혼했고, 그 뒤로 쭉 엄마랑 둘만 살았어. 한 번도 우리한테 관심 없었거든. 아버지로서의 의무? 오히려 십 원 한 장 보태준 적 없었지. 그런데 교사 임용되니까 어떻게 알고 찾아와선 갑자기 부양의 의무를 다하라네. 너로선 믿기지 않는 일일 거야. 뭐, 그런 세상이 다 있나 싶지?"

"그 정도로 온실 속의 화초는 아니에요."

"어이구, 자기가 화초인 줄 전혀 모르는 화초가 여기 있네."

화를 돋운다, 정말.

"참 웃기지? 내가 왜 그렇게 힘들게 살았는데. 왜 엇나가기 시작했는지."

"아버지 때문이었어요?"

담임이 고개를 갸웃했다. 뺨을 긁적이며 말했다.

"에, 또…… 순전히 아버지 탓이라고만 하기에도 원래부터 좀 말괄량이였던 것도 같고. 싹수가 노랬던 것도 같고. 누가 봐도 미래의 날라리 감이었지."

"참 솔직하기도 하시지."

재걸이 고개를 절레절레 저었다.

이 사람은 늘 이렇다. 자기 아픔을 교묘히 포장해서, 손 뻗어볼 기회도 주지 않고 미꾸라지처럼 쏙 빠져나간다. 남의 고민은 관심 없는 척하면서 다 들어주면서 자기 고민은 안으로 쑥 넣어버린다. 자기가 허락하지 않은 한, ·아픔도 고통도 절대 드러내 보이지 않는 사람.

그런 이 사람도 언젠가는 자기 아픔을 누구한테 얘기해 주는 날이 올까? 절대 자신은 아니겠지. 그렇다면 누구에게 할까. 미지의 그 상대를 향해 맹렬한 질투심이 일었다.

"아, 이사나 가버릴까? 내일 진짜 학교에 찾아오면 어떡하지? 옆집 아저씨라 그럴까? 모르는 사람이라 그럴까?"

남의 속도 모르고.

"접근 금지 명령 내리려면 어떻게 해야 하니? 친부모한테도 접근 금지 명령 내려주니?"

"아까 제가 방 안에서 무슨 생각 했는지 알아요?"

"뭐야, 갑자기 진지하게."

"우습게도 지금 이 순간이라도 선생님과 다시 몸을 바꾸고 싶다. 그럼 딸인 척하면서 돈 줘버리고 선생님한테서 떨어뜨려 놓을 수 있을 텐데."

담임이 시선을 피하려 했다. 그래서 얼굴을 잡아 움직이지 못하게 했다. 그랬더니 반대편으로 도망가려고 해서 이번엔 그쪽 뺨도 잡았다. 양손으로 얼굴을 잡고서 볼을 꾹 눌렀더니 입술이 되게 이상한 모양이 됐다.

"너 지금…… 뭐 하냐?"

"이렇게 생긴 되게 못생긴 인형이 있었던 것 같아서요."

"놔, 인마."

손을 탁 쳤지만 재걸은 놓아주지 않았다.

"저 지금 진지한 얘기 하던 중이었거든요."

"그래서 어쩌라고. 우리 아버지한테 돈 꿔주게 다시 몸이라도 바꾸자고? 뭐, 그럴 거까지 있어? 그냥 나한테 돈 꿔줘. 한 사천만 땡겨줘 봐, 있으면."

"선생님은 늘 이런 식으로 절 한심하고 어린 놈으로 만들어 버리고 혼자서 빠져나가시죠."

"맞아. 그리고 앞으로도 난 네가 무슨 소릴 해도 진지하게 안 들을 예정이야."

"왜요."

"그래선 안 되니까. 아니, 그건 잘못된 말이다. 그래야 맞는 거니까."

"진짜, 상처다."

"알면 상처받을 소리 안 하면 되겠네."

재걸이 천천히 손을 내렸다. 이 사람과 자신이 교사와 제자로 만난 한, 두 사람의 이 감정 싸움은 평행선으로만 달리겠지. 아니, 그 이전에 이 사람은 자신에게 남자로서의 뭔가를 느끼지 못한 거다. 어떻게 하면 그걸 느끼게 해줄 수 있을까? 어떻게 하면 달라질 수 있을까?

이 사람이 안 믿어주니 자신은 그저 부딪치고 부딪칠 수밖에 없다.

"처음에 몸이 돌아왔을 때 선생님은 어땠어요? 저처럼 무조건 기쁘지만은 않았을 거예요. 그건 선생님도 저한테 어떤 감정이 있어서 그런 거 아니었어요?"

"그래. 어쩌면 네 말대로 처음엔 오히려 돌아온 게 잘 안 믿기긴 했어. 하지만 그건 감정이 있어서가 아니라 그냥, 그런 게 당연한 거니까. 너무 많은 일을 겪었기에 오히려 정상인 게 이상한 게 되는 거야. 그래서 '시원섭섭'이란 말도 있잖아."

"시원섭섭. 그런 거예요?"

"응. 처음엔 그랬지만 역시 '섭섭'보단 '시원' 쪽이 점점 더 강해지지겠지. 사람은 누구나 다 현재에 적응하며 사는 동물이니까. 그래서 참 다행이야. 지금까지 우리 어땠니. 사고는 내가 치고, 수습은 네가 하고. 하지만 이제 더는 너랑 얽힐 일도 없을 테고, 그럼 네가 내 뒤치다꺼리할 일도 없을 거야. 난 그래서 마음이 놓여. 섭섭보다는 시원한 이유가 바로 그거야."

"다, 끝났다는 얘기군요, 선생님 말은. 딱 선을 그어주시네요."

지은이 씁쓸한 눈으로 재걸을 봤다.

"미안하다."

재걸의 눈동자가 흔들렸다. 정말 진심을 얘기하듯 진지한 담임의 눈빛, 그래서 뒷말을 듣고 싶지 않았지만.

"네가 무슨 말 하는지 모르는 건 아냐. 못 알아들은 척, 멍청한 척 연기하는 것도 취향 아니고. 잠깐 흔들린 적도 있었어. 하지만 그게 정말 제대로 된 감정이었을까? 돌아왔더니 모든 게 똑똑히 보여. 결론은, 난 아냐. 그러니까 네 마음 거절할래."

재걸의 심장이 쿵 했다. 지은은 그냥 다, 아팠다.

"나 좋아하지 마. 더 챙겨주지도 말고. 너한테 어울리는 일을 찾아. 귀엽고 너한테 맞는 여자친구도 만나고. 그때가 되면 잘나지도 않은 나한테 차인 게 엄청 수치스러울 테니까."

지은이 그의 머리를 살짝 어루만졌다. 기분 나쁘게 하려는 의도는 아니었다. 그냥 위로하듯, 다정하고 친절한 손길이었다.

그녀가 일어났다.

"근데 너, 지금 무슨 음악 소리 못 들었니? 난 얼마나 시끄러운지 그거 때문에 오늘 네가 한 말 하나도 못 들었다. 뭐 해, 그만 가자."

그리고 지은은 앞서 가버렸다. 재걸은 성큼성큼 걸어 쉽게 지은을 따라잡았다. 팔을 확 돌려세웠다.

"그렇게 말하면 쿨하고 멋진 교사인 것 같죠? 자칫 탈선할 뻔한 제자를 제자리로 돌려놓는 근사하고 모범적인 인간이라도 된 것 같죠? 아니요. 설득력 하나도 없어요. 차라리 제가 더 설득력 있는 말을 해드릴까요? 선생님이 그렇게 진저리쳐 하는 그것들 다, 제 감정이에요. 손대지 마세요."

차갑게 말해 버리고 재걸은 그대로 지은을 두고 가버렸다.


"아, 니가 여긴 또 왜 들어와?"

"들어갈 일이 있으니까 들어가죠."

"이 자식이, 그렇게 알아듣게 말해줬는데도 아직 정신 못 차리고!"

"선생님 아버지 있는지 없는지 확인만 되면 갈 테니까 비키세요."

"없다니까! 그러니까 가라고, 이 자식아. 가! 에비!"

잠시 후, 두 사람은 또 현관문 앞에서 실랑이를 하고 있었다. 저 징그러운 녀석이 도통 아름다운 이별이란 단어를 모른다. 뭐? 자기감정이라고? 손대지 말라고? 아, 어쩌라고! 그래, 솔직히 대따 멋졌다. 순간 심장이 마구 쿵 했다. 그러니 나더러 어쩌라고. 두 근 반 세 근 반 얼굴을 열아홉 순정마냥 홍시처럼 물들이며 '우린 연결된다, 안 된다.' 꽃 점이나 치라고?

"아, 쫌! 너 진짜 이러고 싶어?"

언젠가 이와 똑같은 일이 있었다. 다만 그땐 재걸이 쫓아내고 그녀가 매달렸는데 지금은 그 반대였다.

"교장선생님 앞에서 저 책임지겠다고 했었잖아요. 그럼 계속 책임지세요."

"성적 올랐잖아, 임마!"

"자꾸 그러면 다시 확 떨어뜨려 버릴 수도 있어요."

"이제 협박까지? 이게 진짜 말이면 단 줄 알아!"

"좋아요. 그럼 이 앞에서 쭈그리고 있죠, 뭐. 어쩌면 옆집에서 신고할 수도 있겠죠? 그럼 경찰이 데리러 올 거고, 어머니한테 연락이 갈 거고, 어머니가 달려오면……."

"들어와, 이 자식아!"

결국 문을 탕 놓아주었다. 얼마나 힘이 센지 숨이 다 찼다. 아, 뭐 저런 징글징글한 자식이 다 있지?

안으로 들어온 재걸이 거실을 삥 둘러봤다. 지은은 그런 재걸을 있는 대로 노려봤다.

"됐지? 아버지 없는 거 확인했지?"

"나참, 기껏 들어와서 또 시작하잔 거예요?"

"그래서 뭐 어쩌겠다고."

"좀 놀다 갈게요. 신경 쓰지 말고 선생님은 선생님 할 일이나 하세요."

녀석이 풀썩 앉더니 소파에 던져 두었던 책을 갖고 와서 읽기 시작했다.

못 살겠다. 여기가 놀이터냐? 그리고 어떻게 신경을 안 써! 그나저나 그거 로맨스소설인데?

"사랑 얘기네. 쯧쯧. 유치하게 이런 거나 읽고 있고."

"사랑 얘기가 유치하단 발상은 어디서 나온 건데?"

"눈만 높아져서 환상 속에 빠져 사니까 하는 말 아니에요. 이런 거 읽을 시간에 직접 연애할 생각이나 하든가."

"항상 의욕 만땅이거든?"

"그래요?"

"고개 돌려라. 너랑은 안 한다."

녀석이 킥 웃는다. 웃냐? 웃어?

"밥은 먹었어?"

"아뇨."

"그럼, 기다려 봐."

"시킬 거면 자장면이요."

"카레나 먹어."

"카레는 별론데. 근데 뭐 해요, 지금?"

냉장고를 뒤져서 야채랑 카레 분말을 꺼내고 있었더니 녀석이 눈이 휘둥그레져서 물었다.

"왜? 카레 만드는 거 처음 보니? 시간이 좀 늦긴 했지만 만들어 주면 불평 말고 처먹어."

휙 돌아서서 쌀을 씻기 시작했다.

"놀랐네요. 선생님이 요리를 다 하시고."

근데 저 자식 목소리가 왜 저렇게 싱글벙글이야? 아, 진짜 재 왜 저래?

"요리랄 것도 없어. 카레가 얼마나 토 쏠리는 맛인지 내가 곧 보여줄 테니까."

"뭐든 잘 먹을게요."

웃긴다. 입맛도 까다로운 녀석이.

그나저나 난 왜 이 녀석을 위해 밥을 해주고 있는 건가.

"너 절대 오해는 하지 마라? 그동안 너한테 신세진 거 갚는다는 딱 그 의미 외엔 아무것도 아니니까. 일말의 양심, 알아 몰라?"

"뭘 그렇게 오버를 해요? 그러니까 도리어 꼭 오해해 달라는 걸로 들리네.”

쌀 씻는 손에 힘이 빠직 들어갔다.

“에이, 그렇게 씻는 거 아니죠. 설렁설렁 그게 뭐예요?”

헉! 근데 이 자식이 언제 옆에 와 있었지?

“절루 가 있어! 내가 알아서 할 테니까.”

“뭘 믿고요? 토 쏠리는 맛까지는 그렇다 쳐도 최소한 사람이 먹을 수는 있게 만드는지 감시해야죠.”

“조심해라. 나 이제 감자 깎는다. 그건 칼을 든다는 소리거든.”

“결국 선생님도 절 신경 쓰고 있었단 소리예요. 평생 안 할 것 같던 요리를 다 하고 있는 걸 보면.”

휙! 이 자식, 나 곧 칼 든다고 했지?

식칼을 희번덕거리며 돌아봤더니 녀석이 피식 웃었다. 아주 잘 논다는 표정이다. 안 통하네.

“절루 가 있어라, 좋은 말로 할 때.”

“왜요? 제가 옆에 있으면 손이 떨려서 칼질을 못 하기라도 해요?”

“그, 그게 말이 되냐?”

아, 진짜, 심장 떨리네. 아, 미치겠다. 진짜 의식되네.

아까 되게 멋진 포스로 딱 다 끝냈는데 대체 왜 이러냐고?

“이상해요. 선생님 전엔 안 그랬잖아요. 전엔 사람 화끈거리게 굳이 옆에서 같이 자자고 난리더니, 설마 걷어차고 나니까 제가 남자로 보이기 시작하는 거?”

“이 자식이 어디서 능구렁이처럼 이래? 그땐 허리가 아파서! 바닥이 딱딱해서! 무엇보다 내 집이니까 그랬지!”

하지만 진짜 뜨끔했다.

"그리고 말조심해. 누가 누구랑 자? 이 자식이 누구 선생 잘리고 혼삿길 막히는 겹 재앙을 보려고 그러나. 암튼 됐고, 너랑 무슨 말을 하겠니. 그만하자."

지은은 흥분을 가라앉히고 차분하게 돌아서서 통통통 감자를 썰었다. 당근도 썰고, 돼지고기는 해동시키고, 양파는 싫어하니까 빼고.

넘어가지 말자. 휩쓸리지 말자. 절대 문재걸의 말에 휘둘려선 안 돼. 자신은 초인적인 힘으로 이 유혹을 견뎌냈다. 대단한 인격이란 소리지. 그 덕분에 겨우 정리되고 있는 타이밍이었잖아? 무엇보다 쟤는 애야, 애! 뭣도 모르고 자기감정이 다 옳고 영원하리라 착각하고 있는 애라고. 저런 발랑 까진 애를 바르게 선도할망정 구렁텅이에 빠뜨려서야 안 되지.

"그거 그만 노려봐요. 눈에 안 좋아요."

당근을 집어먹고 있던 녀석이 말했다. 자신도 모르게 전자레인지 안에서 해동되고 있는 돼지고기를 노려보고 있었나 보다.

'그러니까 그딴 식으로 걱정하는 것 같은 말도 하지 말고!'

아, 지친다. 할 수만 있다면 재걸을 아예 자신의 인생에서 빼버리고 싶다.

"선생님은 참, 적응을 잘하는 사람인 것 같아요. 전 아니거든요."

"또 뭘 비꼬려고?"

"그냥, 잠깐 기다려 주기라도 했으면 좋겠는데. 몇 달이나 감고 다녔던 깁스를, 풀었다고 바로 쌩쌩해지는 것도 아니잖아요. 깁스도 그런데, 그렇게 오래 내 몸이 아닌 딴 몸에서 살았는데, 갑자기 다시 돌아왔다고 선생님처럼 모든 게 다 전으로 일률적으로 돌아가지는 건 아니잖아요."

지은은 입술을 살짝 깨물었다. 녀석의 말이 옳다. 그게 잘 안 된단 건 자신이 더 잘 알았다.

녀석의 말처럼 자신이 아직도, 문재걸이었을 때의 행동을 할 때가 많았다. 가령 애들이 인사를 하면 왜 쟤들은 친구한테 인사를 하지? 복도를 걷는데 어떤 애가 조퇴하면 안 되느냐고 말 걸면 왜 이 녀석은 친구한테 그걸 묻고 있지?

그리고 퇴근하고 텅 빈 집으로 돌아왔을 때, 왜 녀석이 없지?

교실에서 녀석의 얼굴을 갑자기 마주쳤을 때, 아, 나 왜 두근거리고 있는 거지?

"다 낯설어요. 적응의 기간이 필요해요. 이 다 쓰러져 가는 최악의 장소마저도 지금은 매일 올 수 없단 게 서운해요."

최악의 장소라고 했냐, 지금?

"조금씩 분리되는 방법을 배우게, 조금만 여유를 갖고 천천히, 그렇게 선생님에게 가졌던 감정도 같이 정리가 되게 해주세요."

그냥 확 떼! 밴드 떼듯이 확!

"한동안 선생님은 내 몸이었어요. 그런데 어떻게 한순간에 남이 될 수 있겠어요. 잠시 숨 돌릴 여유만 달라는데 그것도 못 기다려 줘요?"

결국 멈칫하고 말았다.

그 자식, 말은 또 왜 저렇게 잘하는지. 저렇게 말하면 그나마 허접한 변명도 못 하게 된다.

"그래, 알았어. 대신 빨리 끝내. 그리고 내 몸이고 네 몸이고, 서로 바뀌었던 기억 따위 잽싸게 잊어버리고. 너만 생각하지 말란 말이야, 이 이기적인 인간아. 그렇잖아. 나도 이제 내 인생 찾아야지. 연애도 하고 시집도 가고."

"선생님은 시집 못 가요, 어차피. 내가 다 봤는데 뭘."

일부러 얄미운 소리를 골라 했더니, 당근 하나를 또 와삭 깨물며 녀석이 저딴 저주의 소릴 했다. 지은이 으악! 소리쳤다.

"이, 입 안 다물래? 보, 보긴 뭘 봤단 거야?"

"그야 선생님 쓰리 사이즈……."

"그 입 안 닥쳐!"

국자 안 되고, 칼 더 안 되고, 밥그릇 안 되고, 이거다! 되는대로 행주를 확 집어 던지려다가 미끌 해서 녀석에게 확 붙들렸다. 그러곤 탁! 그대로 어디론가 밀어붙여졌다. 어디로? 냉장고로.

아우, 등 아파.

그런데 이건 뭐냐. 벽치기 다음으로 유명하다는 그 냉장고치기?

"행주는 좀 아니잖아요. 얼마나 안 빠지는지 제가 가장 잘 알고 있는데."

젠장.

"알았어. 결국 못 던졌으니까 이 손이나 놔. 아파."

"싫은데요."

"욕하기 전에 진짜 놔라, 응?"

"제가 왜 싫은데요?"

지은의 눈이 커졌다.

"정말 저한테 아무 느낌도 없어요?"

심장이 따끔했다. 아니, 울렁거린다.

"어떤 감정의 움직임도, 미련도, 그 어떤 반응도 없어요?"

녀석의 얼굴이 바로 눈앞에 있었다.

녀석의 부드러운 머리카락, 녀석의 멋진 흑갈색 눈동자, 녀석의 섬세한 얼굴선, 소년 같기도 하고 청년 같기도 한 그 또래 특유의 복잡한 특징이 섞여 있는 녀석의 잘생긴 얼굴.

그 눈이 슬퍼 보여서, 정말로 슬퍼 보여서 가슴이 찡했다.

지금 이 순간, 네 슬픈 눈빛이 정말 진심처럼 느껴져서 나도 모르게, 지금 내 마음을 막고 있는 모든 걸 벗어던지고 싶게 만들어.

열 번 찍어 안 넘어가는 나무 없다던데 줄기차게 찍어대는 이 녀석 때문에, 아직 열 번도 다 안 채웠는데 벌써 도끼날이 심장에 반은 박혀 들어와서 희번덕거리는 것 같다.

내가 정말 아무 느낌이 없어서가 아니라, 그 느낌에 전부 다 점령당할까 봐 일부러 외면하고 있는 거라고 한다면 넌 뭐라고 할까?

"거 봐, 대답도 못 하면서."

"할 수 있어."

"그럼 해봐요."

"네가, 싫어."

"왜요."

아, 뭔 또 이유까지!

"그걸 꼭 말해야겠니?"

얄미운 녀석, 고개를 끄덕이고 있다. 이렇게 사람을 붙들고 휘저어댄다. 속 터져. 얼마나 속 터지는 줄 네가 알아?

뭐라고 하지? 대체 뭐라고 대답해야 정이 확 떨어질까?

"뭔데요, 대체. 제 어디가 그렇게 선생님 눈에 안 드는 건데요?"

"너, 너한테서…… 이, 입 냄새 나!"

뎅.

이게 뭐야.

더 이상 주책 맞을 수 없는 소릴 해버렸다. 하지만 어쨌든 이로써 정나미는 떨어뜨렸을 거라 생각했는데, 왜 이렇게 흘러가는 거지? 오히려 녀석이 냉장고 문을 탕! 쳤다. 귀 옆으로 바람 소리가 들릴 정도였다. 손으로 자기 무게를 지탱한 채 녀석이 씩 웃었다.

"진짜 화날라 그러네."

일단 의도는 적중했네, 뭐.

근데 오히려 얼굴 거리는 가까워졌네? 아니, 점점 더 가까워지고 있네? 이젠 내 턱까지 잡혔네? 무슨 드라마의 한 장면처럼 터프하게 들어 올리고 있네?

"지금 뭐, 뭐 하는 거야?"

"입 냄새 난다면서요. 정말 나는지 확인시켜 주려고요."

"아, 아니거든! 그거 아니거든! 뻥이었어. 그럴 리가 있어? 오히려 되게 깔끔하지. 넌 그야말로 깔끔의 표상이야. 도리어 엄청 달콤할 것 같아."

헉! 내가 지금 뭐라는 거지?

입술이 지척까지 다가왔다. 지은은 완전히 굳어선 버석 얼었다. 저, 접근 금지! 더 이상은 안 돼! 오, 마이 갓!

질끈 감았던 눈을 서서히 떴다. 다행히 입술이 닿기 바로 직전에 재걸이 멈춘 것 같았다. 이게 아쉬운 거야, 다행인 거야? 재걸이 지은의 턱을 지그시 누른 채로 말했다.

"선생님, 지금 안 피했어요. 아세요?"

젠장.

"오늘 수확은 그걸로 할게요."

그러곤 녀석이 멀어졌다. 턱이 화끈거린다. 얼굴 전체가 화끈거린다.

그리고 보니 나, 안 피했네.

충분히 피할 수 있었는데, 아니, 그 정도까지 다가오지도 못하게 할 수도 있었는데. 육두문자를 내뱉든, 니킥을 하든 그럴 수 있었는데 그러지 않았다.

지은은 멍하니 재걸에게 물었다.

"넌 자존심 상하지도 않아? 신경질도 안 나? 네가 뭐가 부족해서?"

"그러는 선생님은 어디가 부족해요?"

"절대 아니지."

"그래서 좋아한다고요."

역습을 당했다.

결국, 재걸의 손을 잡고 현관으로 갔다.

"신발 신어. 그리고 가."

재걸이 쳐다봤다. 하지만 그 눈을 마주할 수가 없었다. 괜한 화풀이란 건 안다. 이 화는 재걸이 아닌 자신에게 향하는 거다. 비겁한 자신에게 향하는 못난 분풀이. 아는데도 잘 제어가 안 됐다.

"이제 다 끝났어. 우리가 여기서 배워야 할 교훈은, 끝나서 다행이란 것뿐이야. 그러니까 똑같은 말 계속 하게 하지 마. 네 감정 따윈 상관없어. 이제 각자 자기 갈 길을 가자. 아까 물었지? 왜 널 싫어하냐고. 똑같이 묻자. 넌 왜 날 좋아하니. 단번에 대답할 수 있어?"

"제가 좋아한 사람은, 교사로서 자질이 아주 부족한 날라리 같은 사람. 하지만 한 인간으로서 참 따뜻한 여자. 둘 다 선생님이었어요. 그 사람이 어느 순간부터 신경 쓰이고 절 두근거리게 했어요. 이 정도론 이유로 부족해요?"

가슴이 찡했다.

뭐야, 이 자식, 연습했어? 어떻게 그렇게 한 치의 머뭇거림도 없이, 마치 기다렸다는 듯 대답할 수 있는 거야. 그런데 그 말이 너무 고마워서, 정말이지 힘들어 죽겠다. 너무 화가 나서 갑자기 손에 잡히는 대로 모조리 재걸에게 마구 던지고 말았다.

"그만 좀 해, 이 자식아! 나도 좀 살자! 너 왜 그렇게 눈치가 없니? 어쩜 그렇게 잘났어!"

슬리퍼, 구둣주걱, 먼지털이, 오래된 신발, 전기선, 녹슨 열쇠고리, 고장 난 우산. 여기에 잡동사니가 다 있었구나.

"기껏 네 몸에서 벗어났는데 아직도 내가 네 눈치 보면서 이렇게 골 아프게 살아야겠니? 그래, 벽지에도 네가 있고 천장에도 있고 다 있어. 버릇없이 사람 설레게나 하고, 철없는 그 고백을 믿고 싶게 만들고, 사람 진짜 피곤하게 만드는 애야, 너!"

"선생님은 그 이상이에요! 그래도 그런 답 없는 사람인 당신을 좋아한다고요!"

"그래서 안 된다고! 아니라고! 널 보면 설레고, 널 보면 그냥 다 놓고 싶고, 그게 널 좋아해서겠어? 그 상황이었다면 네가 아니라 누구였다고 해도 난 마음을 기댔을 거야! 너도 마찬가지고!"

재걸이 뭐라고 말하려는 것 같았지만 지은은 듣지 않았다.

"가령 내가 아니라 영어선생이나 음악선생이었어도 넌 그 사람을 좋아하고 있었을 거야. 아니라고 하지 마. 심지어 그 사람들이 나보다 더 예쁘기까지 해!"

"뭐라는 거예요?"

"시끄러워! 난 외로움에 익숙한 사람이야! 혼자 있는 것에 익숙했던 사람이라고! 그래서 이렇게 막무가내로 외로움을 걷어내 주는 인간이랑 같이 있으면 어쩔 수 없이 지고 말아, 지고 만다고!"

여섯 살이 어리다는 이유로, 이 녀석의 진심일지도 모르는 감정을 무시했다. 철없는, 그저 덜 여문 순간적인 감정이라고 매도하고 있다. 그렇지 않으면 어느 순간 같이 불을 지피고서 장작을 처넣어 버리고 있을 것 같다.

"나 그렇게 강한 사람 아냐. 도덕적인 사람은 더더욱 아냐. 근데 나 같은 인간이 대체 왜 세상의 잣대, 시선, 손가락질 따위를 신경 쓰고 있는 거냐고. 대체 왜 날 이렇게 만드는 거야? 그딴 거 제일 신경 안 쓰고 멋대로 살아온 인간을!"

지은은 씩씩거리며 재걸을 노려봤다.

그 많은 말을 쏟아내느라 숨이 다 찼다. 감정은 격하게 흥분한 상태였고, 이마엔 식은땀까지 맺혔다.

녀석이 노려봤다.

"그럼, 그렇게 하면 되잖아요. 세상 잣대 따위, 본성대로 다 신경 쓰지 말고 선생님 마음만 보면 되잖아요! 선생님 마음은 어떤데요? 한 번도 안 들려줘 놓고!"

"넌 내가 후회했으면 좋겠니?"

재걸의 눈동자가 굳었다.

"그래, 후회쯤 할 수도 있어. 그런데 그걸 감수할 정도의 애정이 없어."

"진짜, 잔인한 사람이네요. 그거 알려주려고 그렇게까지 화냈던 거예요? 그렇게 귀찮았어요?"

"그래, 귀찮아. 그리고 걱정돼. 앞으로 네 앞에 얼마나 많은 인생이 펼쳐져 있을지 그걸 생각하면 가려다가도 멈칫해져. 넌 그 길을 절대 걸어보지 않고도 이걸로 됐다고 확신할 수 있어? 난, 뺏기 싫어."

재걸의 눈빛이 흐려졌다.

"그런데도 만약 네 기억 속에서 내가 작아지지 않으면, 그때 돌아와. 아마 그때 난 딴 남자랑 결혼해서 애 낳고 잘살고 있을 테니까."

재걸의 씁쓸하게 웃었다.

"선생님은 이 와중에도 농담을 하네요. 그래요. 오늘 정말, 최악이었어요. 이럴 줄 알았으면 따라오지 않는 건데."

"미안해."

재걸의 팔을 쓸어주었다. 그리고 녀석의 눈앞에서 손가락을 딱 엇갈렸다.

"레드 썬! 착각에서 깨어나. 이제 집에 가는 거야. 그리고 두 번 다시 여기 오지 마."

12화

**날라리 티쳐와 나**

　일방적이고 혼자서만 진지했던, 아니, 그렇다고 매도된 감정은 단칼에 끊겼다.

　"그러고 보니, 담임이 만든 밥 못 먹었네."

　밥은 먹고 싸울 걸 그랬다.

　중간부터 담임이 흥분해 버리는 바람에 할 말도 제대로 못 했다. 정말 다혈질인 여자다. 자신이 그렇게나 괴롭혔나 싶을 정도로.

　그러니 이제 털고 일어나야지.

　그런데 왜 자신은 또 여기에 있는 걸까, 대체!

　정신을 차리고 보니 또 그 다 쓰러져 가는 빌라 앞이었다.

　"젠장!"

　투덜거리며 돌아서려는데 그때 빌라 입구로 낯익은 형체 하나가 쑥 나왔다. 물론 담임이었다.

어디를 가려나 본데…… 근데 뭐 하고 있는 거야, 저 여자는?

재걸의 이마가 확 찌푸려졌다.

모자를 푹 눌러쓰고, 몸 전체를 덮는 카키색 우비에 선글라스까지 덮어쓴 게, 누가 봐도 수상한 꼴이었다. 하다못해 이젠 '공공의 적'이라도 찍나? 비도 안 오는데 우비 입고 어디 가서 연쇄살인이라도 저지르려는 건가?

더 의심스러운 건, 품에서 뭔가를 꺼내서 조작해 보고 있었는데, 그건 3단봉이라고 불리는 호신용 경봉이었다. 다 접어놓으면 짧지만 펴면 두세 배 정도 길어지는, 상당히 의문스러운 물건이었다. 그걸 공중에 휙 휘둘러 보더니 마음에 드는 듯 다시 접어선 품 안에 쑥 넣었다. 그러곤 어디론가 바람처럼 사라졌다.

"저 여자가 정말. 도대체 저걸로 또 뭘 하려고."

이런 상황에서 뒤를 안 밟는 인간이 있다면 전 재산이라도 바치고 싶었다.

❈　❈　❈

지은은 어두운 거리를 걸으며 어떤 두 사람을 조심스레 쫓고 있었다. 우비에 모자를 푹 눌러쓰고 품 안엔 경봉을 숨긴 채 좌우를 살피며 쫓아가는 꼴이 누가 봐도 딱 묻지 마 살인마 태세였다.

곧 모텔 간판이 눈앞에 드러나자 지은은 얼른 전봇대 뒤에 몸을 확 숨겼다.

우르릉, 쾅쾅!

천둥이 내리치는 것 같았다.

"양미성, 저 녀석이 진짜……."

보고도 믿기지 않았다.

그날 사고 전에 양미성을 목격한 건 정말 천운이었다. 만약 그때 자신의 눈으로 보지 않았으면 믿지 않았을 것이다. 어떤 중년 남자를 만나고 있는 양미성을 보지 않았다면. 물론 그땐 구급차에 실려가는 바람에 둘을 놓치고 말았지만.

그래서 자신의 몸으로 돌아오자마자 미성을 상담실로 불러 앉혔다.

"미성아, 음, 그게 말이다. 너 원조교제하니?"

"아뇨."

당연히 발뺌했다.

이 정신 나간 인간 같으니. 설사 그렇다고 한들 제대로 대답하겠는가 말이다.

그래서 결국 직접 나섰다. 일찍부터 미성을 쫓아 이렇게 미행을 한 것이다.

저 빌어먹을 변태 새끼가 미성을 모텔로 데리고 들어가려 한다. 지은은 번개처럼 튀어 나가 두 사람의 앞을 확 막아섰다. 남자가 멈칫하고 미성의 동공이 터질 듯 커졌다.

"서, 선생님?"

"뭐? 선생님?"

남자가 핼쑥해져선 미성과 지은을 번갈아 봤다. 겁을 집어먹고 슬슬 뒤로 물러나고 있다.

"까고 있네. 그렇게 겁이 많으면서 어떻게 이렇게 용기 있는 짓을 다 하셨어?"

지은은 피식 웃으며 품 안에서 경봉을 꺼내 확 휘둘렀다. 순식간에 경봉이 길어졌다.

아주 무시무시한 표정으로 겁을 주기 시작했다.

"내가 이걸로 댁을 알맞게 패주고 싶지만 한 번만 봐줄 테니까 댁은 가. 난 미성이랑 할 얘기가 있으니까."

"으아악!"

그런데 이 남자 왜 이래? 분명히 보내주겠다고 했는데 다짜고짜 눈이 허옇게 까뒤집혀선 지은에게 달려들었다.

"말할 거지? 신고할 거지? 니들끼리 짜고 날 함정에 빠뜨린 거지? 어떤 놈이야? 어떤 놈이 시켰어? 으아악!"

으악! 그건 그녀가 내지를 소리였다. 초식을 잡을 틈도 없이 습격당하는 바람에 지은은 열세를 타고 말았다. 목이 닥닥 졸리면서 남자 밑에 깔렸다. 아등바등하며 남자의 허여멀건한 손을 밀어내려고 했지만 어찌나 억세게 조이는지 숨도 쉴 수가 없었다.

컥! 뭐, 뭐야, 미, 미친놈이었잖아, 이거! 도대체 컥, 날 뭘로 착각하고 이렇게 오버하는, 컥, 거야. 말만 하고, 컥, 보낼 생각이었는데. 경봉도, 컥, 못 휘둘러 봤는데. 그거 컥! 배송료까지 7,950원에 주고 산 건데. 나 침 흘리는 것 같애.

"내가 이대로 당할 줄 알아? 죽어! 죽어!"

목이 졸린다. 손톱으로 손등을 마구 긁었다. 그래도 목이 졸린다. 다행히 미성이 정신 차리고 미친놈을 뜯어내려고 도와주고 있다. 애가 울고 있네? 고맙다. 그래도 미친놈은 꿈쩍도 안 한다. 점점 눈앞이 희미해진다. 눈자위가 뒤로 넘어간다.

아…… 난 이렇게 죽는구나.

그런데 그 순간 누군가가 바람처럼 나타나 현란한 발차기로 남자의 턱을 순식간에 날려 버렸다. 뒤집혀진 남자가 그대로 몇 미터는 날아갔다.

"켁! 콜록콜록!"

사망 직전에 풀려난 지은은 미친 듯 목을 만지며 잔기침을 터뜨렸다. 그러곤 얼른 돌아봤다.

역시나 실루엣이 눈에 익다 했더니, 나비처럼 날아서 벌처럼 날렵하게 발차기를 작렬시킨 주인공은 아는 얼굴이었다. 그 아는 얼굴이 가볍게 착지해서 서는 대신 그 미친놈에게 다시 달려들어 멱살을 잡고 주먹을 얼굴에 내리꽂았다.

어…… 저 미친놈은 문재걸이다.

지은이 얼른 달려들어 재걸을 떼어냈다. 남자는 반 빈사 상태로 쭉 뻗어 있었다.

지은은 재걸에게 미친 듯이 소리쳤다.

"야, 이 자식아! 니가 왜 또 여기 있어! 너 뭐야? 어디서 위험한 줄도 모르고!"

재걸이 사람 때린 게 처음인지 엄청 힘들어하며 숨을 몰아쉬었다. 그러다 확 노려봤다.

"그걸 말이라고 해요? 그러는 선생님은 정상이에요? 까딱하면 죽을 뻔했다고요!"

진짜 화난 것 같다. 미친 듯 소리치고 있다.

지은은 한숨을 내쉬었다. 그건 맞는 말이지만. 어? 그 순간 미성의 얼굴이 보였다. 낯빛이 하얗게 질려서 재걸을 쳐다보고 있다. 왜긴 왜겠는가. 같은 반의 문재걸이 눈앞에 있기 때문이겠지.

아뿔싸!

지은은 그대로 재걸을 잡아 일으켜 마구 떠밀며 소리쳤다.

"가! 얼른 가! 누가 오랬다고 와서 끼어들고 난리야? 네가 여기 있으면 애가 얼마나 창피하겠어! 가라고!"

순간 그 말을 들은 미성이 천천히 지은을 돌아봤다. 재걸도 멈칫했다. 지은은 차마 아무 말도 할 수 없었다.

이러려던 건 아니었는데, 문재걸이 여기 나타날 줄이야.

그래, 다 내 죄니라.

✠ ✠ ✠

재걸은 가로등 아래에서 발로 자갈을 툭툭 치며 지은을 기다리고 있었다.

바로 옆으로 난 골목을 꺾어 돌아가면 미성의 집이다. 담임은 지금 미성을 그 안으로 집어넣고 있었다.

"얼른 들어가."

"선생님……."

"질질 짜도 소용없어! 누구한테 얘기할 생각도, 그런 뜻도 아니었으니까 일단 들어가서 쉬라고."

"그치만 문재걸은 어떡해요."

"그 녀석 입 싼 녀석 아닌 거 알잖아. 아니면 내가 입을 틀어막아서라도 못 떠들게 할 테니까 걱정 마."

"그래도 창피해요."

"창피하긴 하니?"

미성이 쭈뼛거렸다.

"너, 뭐 잘못 생각하고 있는 거 아냐? 네가 창피해해야 할 사람은 문재걸이 아니라 너 자신한테야!"

지은도 부르르 떨고 미성의 몸도 가늘게 떨렸다.

"알아요. 그치만 그런 말 한두 번 들어본 줄 알아요? 선생님이 뭘 알아요? 아무것도 모르면서!"

"알 만큼은 알아. 부모님 때문이란 거! 지금은 부모님한테 실망한 게 다지만 언젠가는 너 자신한테 실망할 날이 올 거야. 그땐 너무 늦어서 도움받고 싶어도 아무도 안 도와줄 거라고. 하지만 지금은 도와줄 수 있는 사람이 있잖아. 바로 너."

다 들렸다. 담임의 목소리에 재걸은 설핏 미소를 지었다.

막 뒹굴면서 제멋대로 사는 것 같아도 가장 중요한 걸 아는 사람이다, 저 사람은.

"더 늦기 전에 너 자신을 소중하게 생각해. 난 오늘 아무것도 못 봤으니까."

그래서 자신은 저 이상한 여자를 이렇게나 좋아해 버린 것 같다.

✻ ✠ ✻

"하여튼 문재걸, 네가 문제야, 네가! 넌 그런 장면을 같은 반 남자애한테 들키고 싶겠니?"

돌아오는 길, 지은은 재걸에게 마구 투덜거렸다.

"그럼 어떡해요. 그 미친 새끼가 선생님 목을 조르고 있는데. 하마터면 황천길 갈 뻔했어요. 알아요?"

"왜 몰라? 진짜 저승 문에 한 발짝 들인 기분이었는데. 숨 막힌다는 게 얼마나 괴로운 건지 제대로 알았어. 근데 이상한 게 막판 되니까 정신이 몽롱해지면서 오히려 좀 편안해지는 거 있지? 기분도 막 좋아지고."

"시끄러워요! 그게 위험한 거라구요. 누군 아찔해 죽겠구만. 중간에 놓쳐서 찾느라 얼마나 진땀 흘렸는지 알아요?"

"쯧쯧. 하여튼 너도 병이다, 병. 고3이 어쩜 그렇게 주제 파악을 못 하고 정신 나간 선생이나 따라다니고 있냐, 그래. 이제 보니 이거 스토커 아냐?"

"어쩌다가 우연히 보게 된 것뿐이에요. 애초에 선생님이 깻잎 짓 하던 거 우연히 보게 됐다가 이 지경까지 온 거잖아요."

지은은 잠깐 생각해 봤다.

그도 그런 것 같군.

"앞으론 제발 더 이상 너와 나 사이의 우연이 존재하지 않길 바란다."

"언젠 운명의 빨간 실이 어쩌고 해서 사람 치 떨리게 하더니. 자기가 먼저 사람 싱숭생숭하게 만들어놓고 발 빼는 거 봐라, 치사하게."

지은이 피식 웃었다. 하긴 그땐 자신이 이 녀석을 말로 살살 꼬드기던 때였지. 제발 이 운명을 받아들이고 나 좀 그만 미워하라고.

"근데 양미성, 공부도 어느 정도 하고 집도 잘살지 않나?"

재걸이 갸웃했다. 그런 애가 뭐가 부족해서 원조교제 같은 걸 하냐는 소리겠지.

"부모 때문이야. 이혼 가정이지. 아버지의 바람기로. 그러니 가정이 평안했겠니? 관심 끌려고 어릴 때부터 사고 쳐 왔나 보더라. 어른들 잘못으로 애가 피해를 입는 거야."

깊은 한숨이 흘러나왔다.

정말이지 교사 일 하면서 느낀 건 아이들의 문제가 오로지 아이들의 문제인 경우는 없다는 거다.

"혹시 그때, 제 몸으로 교실에 있을 때 애들한테 들었다던 얘기가 양미성 얘기였어요?"

"응, 그 면에선 너한테 고마워. 너랑 몸이 바뀐 덕에, 교무실에 앉아 있는 거보다 훨씬 더 많은 걸 볼 수 있었거든. 그맘때 아이들의 생각, 고민, 아픔, 방황. 복도에 달린 CCTV만으론 파악할 수 없는 진짜를 알 수 있었지."

"그거 하느라고 그렇게 바빴단 소리였어요?"

"근데 다 알고서도 아무것도 못 하니까 엄청 신경 쓰이더라고. 하지만 그땐 문재걸이의, 문재걸에 의한, 문재걸을 위한 삶을 살고 있었으니까 함부로 나서지도 못하고 진짜 미치겠더라."

"그렇다고 치기엔 별로 절 위해 해준 것도 없는 것 같⋯⋯."

픽! 녀석의 복부에 주먹을 꽂아줬다.

이참에 삼단봉도 한 번 휘둘러 줘?

"근데 되게 웃긴 거 알아? 내가 미성이 정보 좀 더 캐려고 여자애들한테 접근하면 이상하게 분위기가 아주 묘해지는 거야. 문재걸이 양미성한테 관심 있는 줄 알고 기집애들이 아주 벌레 씹은 얼굴로 대놓고 비꼬고 퉁퉁거리고. 너 인기 많더라?"

재걸이 고개를 설레설레 저었다.

"그 인기남을 차버린 건 선생님……."

"다 왔다! 얼른 가라."

바로 재걸의 등을 확 떠밀었다. 진즉 돌려보냈어야 했는데 여기까지 같이 온 자신이 웬수다.

떨어져서도 잘사는 방법을 연습해야 하는데 자꾸만 이렇게 눈에 띄면, 너 졸업하고 나 서운해서 어떻게 살지?

"알았어요. 갈 때 가더라도."

재걸이 아주 가볍게 지은의 양팔을 차렷! 자세로 만들었다. 그러곤 주머니에서 밴드를 꺼내 지은의 이마에 붙여주었다.

"혹시 몰라서 갖고 다니길 잘했지. 자기 몸한테 미안하지도 않아요? 어떻게 그렇게 하루도 성할 날이 없냐."

투덜거리며, 마치 자기가 아픈 듯 인상을 찌푸리고 있었다.

자꾸 찡하게, 이 자식이.

"괜찮아요?"

"응, 고마워."

지은은 웃었다. 녀석이 뚱한 얼굴로 지은을 보며 말했다.

"그렇게 웃으면 좋아요?"

"웃어도 탈이야?"

"전 선생님 웃는 거 싫어요. 어떻게 웃을 수 있냐. 서운하지도 않나?"

"내가, 제자 하나는 잘 만난 것 같아서 좋아서 웃는 거야."

정말로 그랬다. 녀석이 밴드를 붙여주던 손길이 아직도 이마에 남아 있는 것 같다.

따뜻하다. 고맙다.

순간적으로 하나도 안 아팠다.

그 따뜻함을 욕심내고 싶어질까 봐 자꾸 무섭다.

"가봐. 무서우면 택시비 빌려줄까?"

"됐어요. 갈게요."

"그래."

그런데 녀석이 그대로 서 있다.

"왜?"

"한 번만, 안아봐도 돼요?"

웃고 있던 지은의 얼굴이 흐려졌다.

"되겠냐?"

"딱, 한 번만요. 선생님이 듣기 싫어하는 말 한마디도 안 할 테니까."

녀석이 쓸쓸해 보여서 지은도 그 말을 들어주고 싶었다. 하지만 그래선 안 되지 않겠는가.

"아니, 그러지 않는 게 나을 것 같아."

"그래요. 알았어요."

녀석이 돌아섰다. 터벅터벅 걸어가고 있는 녀석의 뒷모습을 물끄러미 바라봤다.

넌 그냥 좀 아프지? 난 되게 아파.

넌 그냥 좀 서운하지? 난 되게 되게 서운해.

넌 그냥 좀 슬프고 말 거지? 난, 아마도 영원히 서글플 것 같아.

"잘 가, 재걸아. 미안해. 그리고 정말 고마워."

낮은 소리로, 재걸에게 닿지 않을 말을 했다. 천천히 돌아섰다. 아마도 이것이 저 녀석과의 마지막 이별이겠지. 이제 더 이상은, 녀석도 같은 걸 되풀이하진 않겠지.

그래, 깔끔하게 끝내자.

잘한 거야, 이지은. 잘했어.

잘했어…….

그런데 왜 그랬을까. 자신도 모르게 확 돌아서서 그대로 재걸을 향해 달려가 등 뒤에서 녀석을 확 끌어안아 버리고 말았다.

녀석이 멈칫 서는 게 느껴졌다.

안는다.

이 녀석을 결국 자신이 안았다.

"돌아보지 마. 그냥 그러고 있어."

내 마음이 들키지 않도록.

"잠깐만 한심한 선생님이 될게. 내일이면 또 언제 그랬냐는 듯 뻔뻔하게 전혀 다른 소릴 하겠지만 잠깐만 이러고 있어줘. 미안해. 용서해. 아무런 반응도 하지 말고 내 마음 읽어보려고도 하지 말고, 그냥 참 이기적인 여자구나 생각해."

이 마음이 잘 갈무리될 수 있도록. 어쩌면 너보다 더 깊었을지 모를 자신의 착각과 애정이 여기서 끝나도록.

돌아보지 마, 재걸아.

"널 만난 건 나한테 엄청난 행운이었어."

그렇게, 자신의 인생에서 가장 스펙터클하고 끈질긴 악연으로 엮였던 문재걸과의 모든 인연이 끝났다.

"아우! 무슨 겨울방학이 이래?"

지은은 앉은뱅이책상을 그대로 확 뒤집어엎었다. 두꺼운 전공 서적이 땅바닥으로 쿵 떨어졌다.

연수, 또 연수. 거기다 승진 때문에 반강제로 하게 된 대학원 진학 준비까지, 그야말로 시험공부와 리포트로 까만 밤을 하얗게 지새웠다. 덕분에 방학을 방학답게 보내지도 못했다.

"집구석은 또 왜 이렇게 추운 거야?"

두꺼운 외투에 그것도 모자라 담요까지 친친 감고 있었는데도 집구석은 시베리아 한복판 같았다. 실내에서 입김이 나올 정도니.

"웃풍 안 세다더니 집주인! 다음에 전셋값 올리기만 해봐!"

동상이 걸릴 것 같은 손가락을 호호 불어가며 패대기쳤던 책상을 다시 바로 세우고 책들도 주워 올렸다.

"아, 귀찮아. 괜히 어질러 놨잖아."

달력이 보였다. 그러고 보니 이제 곧 새 학기가 시작이다.

지은은 멍하니 그 달력에 시선을 두었다. 졸업식이 지난 지도 꽤 됐다. 반 애들은 무사히 '진로와 진학'이라는 양 갈래 갈린 길로 나뉘어져 앞으로 나아갔다. 고3은 처음이라, 그걸 다 집어넣느라 정말이지 죽는 줄 알았다. 아무튼 이제 모두 자신의 앞에 펼쳐질 새로운 삶을 준비하고 있겠지.

'문재걸, 너도.'

재걸과는 그날 이후 보통의 교사와 제자 사이로 돌아갔다. 아니, 어쩌면 그 이하로. 재걸은 더 이상 빌라로 찾아오지도, 지은에게 말을 걸지도 않았다. 지은도 진학 상담 외의 그 어떤 접촉도 하지 않았다. 재걸은 다행히 모두가 원하는 최고 명문대에 입학했다. 그것도 번쩍거리는 수석으로.

그럴 줄 알았지만, 또 무사히 해낸 걸 보니 실로 대단한 아이란 걸 인정하지 않을 수 없었다.

"그렇게 넌, 너한테 어울리는 길이 있어. 그 기세 그대로 뻥 뚫린 고속도로를, 아니, 휘황찬란한 레드 카펫 같은 인생길을 걸어가라. 다 내 덕인 줄 알아, 이 자식아. 내가 그때 너 붙잡았으면 그러지도 못했어. 그래도 그렇지. 졸업식 날 인사 한 번 안 하고 휑가 버리냐? 매정한 자식. 마지막 인사쯤은 하고 싶었는데, 그것도 욕심인가."

중얼거리며 고량주 하나를 갖고 와 깔끔하게 한 잔 털어 넣었다.

"아…… 춥다."

술이 고픈 게 아니라 생존 수단이었다. 가령 러시아에서 보드카를 마시는 것과 같았다. 추위를 견디기 위해선 알코올이 최고였다.

성에가 잔뜩 끼어 창문이 뿌옇다.

초라한 방에서 온풍기가 시뻘겋게 화난 채로 혼자 켜져 있었다. 모든 게 다 1년 전의 겨울과 똑같았다. 달라진 것도 없고, 달라질 것도 없었다. 특별할 것도, 다를 것도 없는 그저 그런 평범한 하루인데 왜 이렇게 텅 빈 것처럼 고독하고 쓰릴까. 왜 올해 겨울은 유난히도 더 추울까.

"이래서 머리 검은 짐승은 거두는 게 아니라지."

가끔 제시카를 타고 달릴 때 느껴지던 그 바람이 그리워질 때도 있었다. 하지만 그러다가도, 녀석이 크게 다치고 경악할 만한 체인지가 이루어졌던 일이 떠오르면 고개를 설레설레 젓고 만다.

다시 떠올리기 싫은 기억이지만, 적어도 남다른 추억은 되리라.

"잘 지내고 있는 거지, 문재걸? 나도 뭐, 대충 얼어 죽지 않고 잘살고 있다."

언제부턴가 혼잣말하는 버릇이 생겼다.

"뭐 하고 있어? 문도 안 잠가놓고. 돌리니까 열리잖아!"

그때 어수선하게 소리치며 공주가 거실로 들어왔다. 지은은 담요를 덮어쓴 채 그런 공주를 쳐다봤다.

"인마, 왜 오고 난리야? 바빠 죽겠다니까."

"바쁘긴. 또 멍하니 있는 거 아닌가 싶어서 걱정돼서 왔더니만."

애가 뭘 들고 왔나 했더니 이불 세트였다. 보니 톡톡하고 두꺼운 게 오리털 이불 같다.

"이거 우리 시어머니가 시누 주려고 사놓은 건데 너 생각나서 바로 빼돌렸지. 나 잘했지?"

"삥 뜯을 데가 없어서 시어머니한테 뜯냐. 그러다 시집살이 당하면 어쩌려고."

"그래서. 갖고 가?"

"시집살이는 며느리라면 누구나 하는 거야. 그냥 놔둬."

두 사람은 잠시 후 진한 코코아 잔을 각자 감싸 쥐고서 이불을 함께 나눠 덮고 앉아 있었다.

"이제 좀 괜찮아?"

"응, 덜 춥네."

"그거 말고, 너 한동안 되게 멍했었잖아. 툭하면 정신 놓고 있다가 전엔 컵 떨어뜨려서 발등 깨고."

"그러게. 한동안 그랬었네. 참 신기하지? 너마저 없었으면, 그 녀석이랑 있었던 일들, 아예 없었던 것처럼 느껴졌을 거야. 너한테라도 사실대로 말해두길 참 잘한 것 같다."

"그러니까 내 말이 맞았지? 어쩐지 둘이 뭔가 있는 것 같더라니. 너 요즘, 네 엄마 돌아가셨을 때 같아. 넋 빠져 있는 게, 되게 허탈해하는 것 같다고 해야 하나. 그 녀석, 보고 싶어?"

"그게 그렇더라고. 누군가를 알고, 함께하는 것의 즐거움을 알아버린 이후의 외로움은 그전과는 비교도 할 수 없을 만큼 더 짙어지더라. 이래서 싫었던 거야. 빌어먹을 놈. 다 너 때문이라고!"

버럭 소리치자 그나마 마음이 좀 풀렸다.

"보고 싶냐고."

"글쎄."

이따금씩 가슴에 통증이 일면 습관처럼 어떤 얼굴 하나가 떠올랐다가 사라지곤 했다. 누군가를 가슴 안으로 들이는 것보다 밖으로 내보내는 게 더 힘들단 걸 요즘 깨닫고 있었다.

이건 미련이 아니다. 그리움도 아니다. 그저, 그냥 아주 약간 더 특별한 기억, 그저 그런 거겠지. 자신의 인생에 그 녀석처럼 깊이 관여된 인물도, 인연도 없었으니까. 그래, 그래서 그런 거겠지.

"아, 봄은 언제 오려나."

"딴소리하긴. 오지 말라고 해도 봄은 오게 돼 있다."

지은이 피식 웃었다. 공주엄마 정답!

"그래, 잊고 싶지 않은 기억도 언젠가는 잊게 되겠지."

"잊고 싶지 않은 거면 굳이 잊을 이유까지 있어? 기억하는 거 정도는 해도 되는 거 아냐?"

또 정답.

"이 미련한 년. 그깟 나이 차랑 학생인 게 뭐 대수라고. 양심도 없는 게 양심 있는 척하다가 킹카를 놓쳐 버리고 있어? 어차피 기다리고 있었으면 지금쯤 자연스럽게 졸업했을 거 아냐! 그럼 입장은 똑같아지는 거고 나이 차야 뭐, 요즘 연상연하가 대센데 그깟 일곱 살 차이 껌이지. 걔가 언제 결혼하자고 그랬냐? 그냥 사귀잔 거였겠지."

지은이 피식 웃었다.

"그러게. 난 한 번 사귀면 결혼하고 싶었나 봐."

"어이구, 이년. 욕심도 많다. 미쳤냐? 너 진짜 그 정도로 좋아했던 거야?"

지은은 고개를 푹 숙였다.

그냥, 주책 맞게도 눈물이 핑글 돌았다.

아, 가슴이 아프다. 그래, 나 이렇게 약해질 정도로 그 녀석을 좋아해 버렸고, 지금도 너무 보고 싶어.

"어머, 이 미친년. 울어?"

지은이 고개를 천천히 들었다. 눈물로 범벅된 얼굴로 흐엉 하며 물었다.

"근데 잡채 안 갖고 왔어?"

"헉! 놀라라. 울면서 무슨 잡채타령이야? 아, 알았어. 내일 만들어 올게."

"됐어, 이년아. 그렇게 타이밍 안 맞아서 어떻게 살래? 내일 당장 잡채 해와. 그리고 내일부터 한 번만 더 그 녀석 얘기하면, 뒤진다."

나무젓가락을 쪽 쪼갰다.

"오! 오늘은 운 좋겠는데?"

깔끔하게도 반이 딱 갈렸다. 컵라면 뚜껑을 열고 나무젓가락으로 면발을 휘휘 저었다. 공주가 잡채를 안 해온 바람에 오늘도 저녁은 편의점이었다.

한 젓가락 떠서 막 입에 넣으려는데 편의점 문이 확 열리며 교복 군단들이 우르르 몰려들었다. 입을 딱 벌린 채로 젓가락을 든 지은의 손이 멎었다.

"얼라려?"

저쪽도 지은을 발견했는지 패거리들이 흠칫했다. 목도리를 친친 감은 교복 군단들은 바로 짝다리들이었다.

"헉!"

짝다리들이 놀란다.

"뭘 그렇게들 놀라? 어쭈, 이것들 태도 봐라. 뭐 잊은 거 없냐?"

면발을 입안 가득 넣고 우물우물 씹으며 보란 듯 요구하자, 짝다리들이 잠시 쭈뼛거리더니 허리를 숙여 공손하게 인사를 했다.

"안녕하세요."

"오냐."

컵라면 용기를 들어 국물을 후르륵 마셨다.

"니들 아직 졸업 안 했냐?"

"이제 3학년인데요."

"그래? 하나같이 엄청 늙어들 보이길래 졸업반인 줄 알았지."

짝다리들이 욱했다가 바로 반사적으로 공손해졌다.

"그, 그럼……."

도망가려는 짝다리들의 뒷덜미를 턱턱 잡았다.

"밥들은 먹었냐?"


떡볶이, 김밥, 순대, 어묵까지, 한 상 그득히 차려져 있다. 지은은 짝다리들과 분식집에 옮겨 앉아 있었다.

"뭐 해? 먹어들."

"지, 진짜 먹어도 돼요?"

짝다리들이 의심의 눈초리를 풀지 않는다. 이거 먹여놓고 또 뭔 짓 하려고? 하는 깊은 불신의 눈.

"걱정들 말고 먹으라고. 아니면 내가 먹여주랴?"

녀석들이 얼른 달려들어 먹기 시작한다.

그래, 그래, 많이들 먹어라. 우리 사이에 수많은 악연이 있었으나, 어쨌거나 이것들 덕에 문재걸을 만난 것도 사실이니까.

"근데 진짜 선생님 맞아요?"

"왜? 아닌 것 같아?"

"네!"

"아니요?"

주책 맞게 긍정했던 짝다리2가 원조 짝다리한테 뒤통수를 얻어맞았다. 역시 원조 짝다리가 제법 서열을 아는 눈치다.

"근데, 늘 거기서 혼자 저녁 드세요?"

"그렇지, 뭐. 아, 잠깐 동안 누군가랑 딴 데서 먹은 적은 있었다."

"누구랑요? 앤이랑요?"

"그건 아니지만, 근데 그 녀석이 날 엄청나게 좋아했지. 내가 찼어."

근데 이것들이, 떡볶이 먹느라 정신없다. 지금 일부러 무시한 거지? 맞지?

"니들 또 내 구역에서 삥 뜯고 다닌 건 아니지?"

"아, 아니거등요? 우리도 이제 고3이라 정신 차렸거등요?"

"허이구, 18년을 못 차리던 정신을 수험생이라고 차리셨다고? 대단하네. 축하한다."

"정신 차려도 뭐라 그래. 하긴 아무도 안 믿긴 하더라."

"그치? 우리가 봐도 안 믿기긴 해. 낄낄."

저러고 있다.

"아무튼 그래서 요즘들 조용했었구나?"

"네. 잠깐 복수전을 계획하느라 바쁘기도 했었지만."

짝다리2가 또 주책 맞게 떠들다가 원조 짝다리한테 뒤통수를 딱! 맞았다.

"복수전? 무슨 복수전인데?"

이것들이 눈치를 보고 있네. 아무래도 그 복수전이 역시 자신이랑 관계있는 것 같은데.

"아, 아니에요. 그런 거 없었어요."

"빨리 안 불래?"

원조 짝다리가 미친 듯 짝다리2를 째려보더니 실토했다.

"별건 아니고, 학교 홈페이지에 폭력교사 떴다고 찌르려고 했어요. 얘, 얘가 먼저 그랬어요! 야, 너 썼던 거 있잖아."

"내, 내가 언제!"

"웃기지 마! 너 그거 프린트까지 해서 갖고 다녔잖아!"

"조용!"

짝다리들이 일시에 조용해졌다.

"내놔 봐."

지은은 짝다리3한테서 받은 프린트된 인쇄물을 읽어 내려갔다. 순간 지은의 낯빛이 허예지고 손이 덜덜 떨렸다. 보고 완전히 식겁했다. 만약 정말 올리기라도 했으면 그 후폭풍이 어땠을지, 뒷골이 다 당겼다.


―XX고의 폭력 교사를 고발합니다.

XX고등학교 교사인 이지은이란 사람은 선생님이란 지위를 이용하여 저와 제 친구들을 때려 전치 삼 주 이상의 부상을 입혔습니다. 처음 만났을 때부터 교복 입고 변태 짓을 하더니 야구방망이를 휘두르면서 돈을 빼앗고, 말을 안 듣자 결국 폭력을 썼습니다. 게다가 경찰서로 자기 제자를 불러 빼내달라고 한 것까지 두 눈으로 똑똑히 봤습니다. 이게 말이 됩니까? 이 사건을 고발하고 싶어서 글을 올립니다.


"폭력교사? 이것들이 누구더러 폭력교사래?"

지은은 짝다리들한테서 빼앗은 인쇄물을 읽어가면서 씩씩거리며 빌라로 돌아오고 있었다. 일단은 절대 올리지 말라고 주의를 받아놓고 인쇄물까지 챙겨오긴 했다. 물론 조건은 있었다.

이것들이 보는 눈은 있어갖고, 그때 경찰서에서 잠깐 본 문재걸한테 반했다고 소개를 해달란다. 물론 당당하게, 그러겠노라고 했다.

"하여튼 도움 안 되는 것들."

종이를 확 구기며 곧장 입구로 들어가려는데 그때 찌릉찌릉, 이상한 소리가 들렸다. 무심코 돌아봤던 지은의 심장이 순간 쿵 하고 떨어지고 말았다.

자전거 한 대와, 옆에 누군가가 서 있었다.

앞머리가 약간 더 길었다.

따뜻해 보이는 고급스러운 코트와 조금쯤 더 어른스러워진 얼굴. 자전거의 경적을 다시 한 번 장난스럽게 울리곤 그 녀석이 잘생긴 얼굴로 엷게 미소를 지었다.

신중한 미소.

겨울의 끝자락에 그 녀석이 서 있었다.

"문재걸?"

지은은 잠시 멍한 표정으로 있다가 얼른 고개를 흔들고 밝은 척 인사했다.

"오, 오랜만이다?"

왠지 연극조 같다.

"네, 오랜만이에요."

"근데 여긴 어쩐 일이야?"

좀 더 반갑게 맞아줄 수도 있는 건데, 다시 할까? 졸업한 제자가 담임을 찾아온 거다. 그냥 그렇게 자연스럽게 대하면 되는 건데 뻣뻣한 장작마냥 왜 이렇게 바보처럼 구는 걸까.

"졸업식 날 인사도 못 드렸잖아요. 그래서 마지막 인사하러 왔어요."

"으, 응."

'마지막'이라는 단어에 명치끝이 쿡 쑤시는 것 같다.

아, 나 대체 왜 이렇게 저 녀석한테만은 자연스러워지지 못하는 거지?

휴우. 그만하자, 이지은. 자, 얼른 졸업생을 대하는 선생의 모습으로 변신, 고고!

"그나마 양심은 있구나. 안 그래도 그 정도는 해야지라고 이 갈고 있던 참이었다."

"그동안 신세 많이 졌습니다."

녀석이 고개를 깊숙이 숙여 인사했다. 자신도 모르게 표정이 흐려지려 해서 얼른 바로 했다.

"오냐."

"선생님도 저한테 신세 많이 지셨죠?"

"그건 패스하고. 근데 그건 뭐냐? 자전거 타고 왔어?"

"아, 이거 선생님 주려고요. 선물이에요."

"⋯⋯선물?"

"네, 얼른 받아요."

녀석이 자전거 손잡이를 얼른 지은에게 떠넘겼다. 지은은 얼떨결에 자전거를 잡고서 녀석을 쳐다봤다.

"뜬금없이 웬 자전거?"

"오토바이 타고 또 사고 칠 것 같아서 예방용으로 드리는 거예요."

"별걱정을 다 한다. 내가 오토바이로 사고 치든 전봇대로 이빨을 쑤시든 네가 무슨 상관인데? 뭣보다 폼이 안 나잖아, 폼이! 이게 뭐야? 찌릉찌릉! 나 제시카 타고 다니던 여자야. 근데 애들 장난감도 아니고 장 보러 가는 애 엄마도 아니고 뭐야, 이건?"

"아, 줘도 뭐라고 해요? 오토바이는 위험하다고요!"

또 싸우고 있다.

"안전하고 말도 잘 듣는 녀석이니까 제시카처럼 가족이라고 생각하고 예뻐해 줘요. 제시카보단 좀 약한 애긴 하지만 그래도 이런 약한 애라도 있으면, 조금이라도 덜 외로울 거 아니에요."

순간 멈칫해 버렸다. 가슴이 찌릿했다.

뭐야, 걱정해 준 거냐? 또 어른스러운 척 사람 속상하게 저러네. 널 잃어서 땅을 치고 후회하게 할 짓 좀 하지 말아줬음 좋겠는데 계속 저런다. 아, 이 잔망스러운 것!

"손은 또 왜 이렇게 빨개요? 장갑도 안 끼고."

안 그래도 내려다보니 자전거를 잡은 손이 그새 빨갛게 얼어 있다. 신경 쓰지 말라고 말하려는데, 재걸이 자기 장갑을 벗더니 지은의 손에 끼워주었다.

언뜻언뜻 재걸과 손가락이 닿았다. 정말이지 심장이 아파 죽겠다.

"이런 날씨에 맨손으로 타고 다니면 손이 얼 거예요."

따뜻해진 건 손인데, 그 온기가 심장을 타고 눈시울을 뜨겁게 해서 자칫 눈물이 울컥 나올 뻔했다. 눈물을 막으려고 얼른 헛소리를 했다.

"너 내가 이런 거 선물 주고 그런다고 좋아할 줄 알면 정말 큰

오예다!"

그런데 재걸이 안 웃는다. 칫.

"그럼, 드릴 것도 다 드렸으니까 전 갈게요."

자전거 하나를 쥐어주고, 자기 장갑을 멋대로 끼워주고 녀석이 무뚝뚝한 얼굴로 이제 간다고 한다. 잠시 지은을 바라보다가, 멋쩍은 듯 자기 뒷목을 만진다. 그리고 다시 보더니.

"그럼, 이제 정말 안녕이니까, 더 이상은 못 오니까, 아니, 안 올 거니까, 여자친구도 곧 사귀고 선생님이 원하는 대로 멋진 삶을 잘살 테니까, 선생님도 사고 치지 말고 건강하세요."

한마디 한마디 신중하게, 천천히 말한 녀석이 그렇게 돌아섰다.

지은의 손이, 발이, 입술이 움찔했다. 자신도 모르게 뻗어가려는 걸, 달려가려는 걸, 붙잡으려는 걸 누르느라 힘껏 애써야 했다.

'그래, 이렇게 보내면 되는 거야. 아주 정상적인 안녕인 거지. 넌 내 질투를 끌어내려고 그런 말을 한 게 아냐. 그냥 넌, 잘살겠다는 소리야. 날 안심시켜 주려는 거야. 알아. 아니까⋯⋯.'

마치 눈이 펑펑 내리는 것 같다. 그 눈이 엄청나게 무겁게 쌓여서 어깨고 온몸을 짓누르는 것 같았다. 혹은 세상에서 가장 차가운 비가 내리는 것도 같다. 너무너무 차가워서 온몸이 으슬으슬 떨렸다.

녀석의 등.

녀석의 뒷모습.

녀석의 마지막.

자신의 마음.

아쉬움. 서글픔. 안타까움.

잠깐만. 조금만 더 보고 싶다. 함께 있고 싶다.

그 순간.

찌릉!

자신도 모르게 경적을 울렸다.

더 이상은 이 괴로움을 홀로 감당하기 힘들었다. 단 십 분만, 아니, 이십 분만이라도 좋으니까 함께 있자.

함께 있자.

녀석이 멈칫했다. 하지만 돌아보진 않았다.

찌릉찌릉!

그래도 안 돌아본다.

"무, 문재걸!"

거의 고함 수준으로 부르자 그제야 녀석이 돌아봤다.

"왜요."

뭐라고 하지? 아 놔, 뭐라고 하지?

"바, 밥은 먹었냐?"

하필이면 하고많은 말 중에 그 말이 나가냐.

그래도 그 정도면 양호하다. 그런데.

"먹었어요."

젠장!

"그, 그럼 과일이라도?"

"배불러요."

"그럼 물이라도 마시고 가, 이 자식아!"

결국 성질이 터졌다. 녀석이 뚫어지게 쳐다본다. 아, 나 왜 이렇게 긴장되지?

"됐어요."

힘 빠져.

"그 자식 되게 비싸게 구네! 그럼 이렇게 선물만 잔뜩 받고 입 싹 닦으라고? 넌 내가 그렇게 경우 없는 사람으로 보이니?"

"그렇게 보여요. 별로 보답받으려고 한 것도 아니고. 무엇보다 선생님 집에 들어가기 싫어요."

"뭐? 왜! 지저분해서?"

"선생님이 불편할 거 아니에요."

"부, 불편할 건 또 뭐 있어? 사람 되게 나쁘게 만드는 거 알아, 너?"

"그래요. 선생님 진짜 사람이 나쁘네요. 이제 와서 아무렇지도 않게, 자긴 아무 감정 없으니까 쿨하게 나올 수 있다 이거예요? 그거 보여주려는 겁니까?"

"그럼 넌 뭐, 아직 감정 있니?"

"없어요, 저도!"

"그럼 됐네! 서로 감정 다 정리됐으면 어차피 다 지난 일이겠다, 같이 주스 한 잔 정돈 마실 수 있는 거 아냐? 아예 안 보고 살 필요까진 없는 거 아니냐고. 옛 의리상 차 한 잔 못 먹여 보낼 정도로 우리가 남도 아니고! 또 부탁할 것도 있고!"

왜 이렇게 흘러가는 거지? 이럴 마음은 아니었는데, 가만두면 몸싸움이라도 붙을 것처럼 서로를 흥분해서 노려보고 있었다.

"좋아요, 선생님 마음이 정 그렇다면 못 들어갈 것도 없죠. 들어

갑시다!"

녀석이 성큼성큼 걸어서 지은을 확 스쳐 지나갔다. 지은은 그제야 한숨을 폭 내쉬고 녀석을 돌아봤다. 그제야 안도의 마음이 들긴 했는데.

"좀 더 이쁘게 부탁해 볼걸 그랬네."

"뭐가 이렇게 추워요?"

안으로 들어오자마자 녀석이 팔을 마구 문지르며 거실을 둘러봤다. 지은은 장갑을 벗어 서랍 위에 고이 놓고 주방으로 갔다.

"겨울엔 이래. 그니까 외투 벗지 않는 게 좋을 거야. 거기 전기장판 위에 앉아."

재걸이 앉았다. 지은은 이것저것 뒤지다가 언젠가 공주가 사다 주고 간 유자차를 꺼냈다. 전기포트의 전원을 눌렀다.

"유자차 괜찮아?"

"뭐, 아무거나요."

물이 금방 끓었다. 찻잔에 뜨거운 물을 따르자 유자 향이 방 안에 엷게 퍼졌다. 찻잔을 갖고 나가 재걸의 앞에 놓아주었다.

달그락, 하는 소리 외엔 누구도 먼저 말을 하지 않았다.

너무 고요하다. 그래서 미칠 것 같다. 억지로 불러다 앉혀놓고 이건 또 뭐 하자는 건지. 난 정말 솔직하지 못한 인간인가 봐.

"머리카락이 좀, 길었네요."

"응, 뭐, 덕분에."

재걸이 큭 웃었다. 다행이다. 녀석이 다시 웃어서. 그제야 가슴을 짓누르고 있던 커다란 돌덩이 하나가 내려간 것 같았다.

"너도 좀 긴 것 같다."

"네. 저도 덕분에요."

지은도 피식 웃었다.

"처음 몸이 바뀌었을 땐 선생님이 정말 한심하고 싫었는데."

팟! 재걸이 어쩌면 아주 진지한 말을 하려는 순간 같았는데 하필이면 전기가 확 나갔다. 둘 다 고개를 갸웃했다. 새까만 어둠 속에 앉아서 지은이 멍청하게 말했다.

"왜 이러냐, 이거? 네가 한 짓이니?"

"정전이네요."

"어이가 없다."

어쩌면 이렇게 얘와는 마지막 날까지 이 모양 이 꼴인 걸까.


"아직도 못 찾았어요?"

"이상하네. 분명 여기 넣어뒀던 것 같은데."

어둠 속에서 장님 코끼리 더듬듯이 양초를 찾는데 아무리 뒤져도 없었다. 이것저것 잡동사니들을 손으로 휘젓던 지은은 그냥 확 포기하고 말았다.

"아, 모르겠다!"

"정전도 잘 된다면서 양초도 안 사두고 뭐 했어요? 도대체 물가에 내놓은 어린애처럼 뭐 하나 믿을 게 있어야지."

"있었다니까? 못 찾는 거지! 그나저나 너 정신이나 제대로 챙기고 있어. 까딱 잘못하면 또 뒤바뀔지도 몰라. 어떻게든 꽉 붙들어!"

재걸이 휴대폰을 켰다. 액정 불빛만큼 주변이 좀 밝아졌다.

"무서운 소리 좀 하지 말아요."

"그러고 보니 이런 날은 귀신 얘긴데."

쯧쯧. 재걸이 혀를 찼다.

"돈 모아서 제발 좀 좋은 데로 이사나 가요. 아, 뭐가 이러냐? 나름 얘기 좀 하려고 했는데, 말할 생각이 싹 사라지게 만드네."

지은이 피식 웃었다. 그냥 설렁설렁 넘기고 있었지만, 녀석이 걱정스럽다는 듯 얘기해 줄 때마다 마음이 찌르르했다.

"재걸아, 휴대폰 좀 꺼봐."

"왜요."

"기왕 이렇게 된 거, 잠시 정전을 즐기는 것도 좋잖아. 요즘엔 워낙 밝은 세상에서만 살아서 내가 하고 싶은 말을 다 하질 못해. 남들 눈을 신경 안 쓸 수가 없으니까. 근데 이러고 있으니까 꼭 수학여행 온 것 같아서 좋네. 수학여행 가면 그러잖아. 불 꺼놓고 귀신 얘기하고 진실게임하고. 아! 기왕 이렇게 된 거 우리 진실게임이나 할까?"

"뭐예요, 그건."

"시끄럽고! 자, 나부터."

"뭐냐고요, 얼렁뚱땅."

"문재걸, 너 솔직히 말해봐. 한 번도 탈선한 적 없어?"

"있어요, 선생님으로 바뀌었을 때."

"그때 빼고!"

젠장.

"그럼 질문을 바꾸자. 한 번도 반듯한 모범생의 이미지를 벗고 일탈하고 싶었던 유혹은 없었어?"

"있었어요, 선생님 좋아했을 때."

"아, 그거 빼고!"

제길!

"이래선 게임이 진행되질 않잖아."

"딱 한 번."

"옳거니! 진짜? 있었어?"

"……도 없었네요. 아무리 생각해 봐도요."

"됐다. 관두자."

"왜 관둬요? 이번엔 접니다. 선생님은 첫사랑 있었어요?"

"치사하게 저는 피해 가고 나한텐 직구냐? 음, 첫사랑이라……. 그런 게 있었던가, 없었던가? 없었네."

"애초에 진실게임은 이래요. 결국 자기가 불리한 건 대답하지 않는다고요."

"그러게. 진짜 그런 것 같다. 근데 나 너 좋아하는 것 같아."

재걸이 멈칫했다. 아니, 그대로 굳어버린 것 같았다.

공기가 사악 식었다.

순간적인 정적.

"……뭐라고요?"

그걸 깬 건 재걸의 어이가 없다는 듯한 껄끄러운 반응이었다. 어두워서 다행이었다. 아니라면 이런 소린 꺼내지도 못했겠지. 그래, 자신은 미쳤다. 전기가 나가면서 정신도 함께 나갔다.

"지금 뭐라고 했어요?"

"응? 내가 뭐라고 했어? 별소리 안 했는데. 근데 나 너 보고 싶었던 것 같아."

재걸이 어둠 속에서 이젠 헛웃음을 흘렸다.

"또 그렇게 제 반응 보면서 장난하시는 거예요? 그러면 선생님은 재미있어요? 진실게임이니 뭐니, 결국 이런 장난치려던 거였냐구요!"

"화났어?"

"그럼 나지, 안 나요?"

"그래. 장난이라면 당연히 화내야지. 하지만 어두우니까, 아무도 안 보니까, 아무한테도 안 보이니까 내 인생 처음으로 내 마음을 사실대로 말할 용기가 생겼어. 나 너 이대로 보내주기 싫은 것 같아. 괜히 거절했다고 후회하는 것 같아. 최악의 경우 널 망치게 되더라도 붙들고 싶은 것 같아."

심장이 미친 듯 뛰고 귀에서 천둥소리가 나는 것 같다. 그래도 끝까지 말하는 데 성공했다. 다만 어두워서 재걸의 반응을 알 수가 없다. 하지만 그래서 더 편하기도 했다.

"돌아버리겠네, 정말."

근데 보이지 않아도 들을 수는 있었구나. 그걸 깜빡했네.

"그걸 지금 믿으란 거예요? 또 남 감정은 생각도 안 하고. 선생님은 왜 매번 그 모양이에요?"

"미안해. 그렇지만, 그런 거 아냐. 네 감정 생각 안 한 거 아니라고."

"그럼 뭔데요."

"말하지 못했을 뿐이야. 너라도, 나처럼 이러지 않았을까? 진심 따위 숨기고 장난치면서 가식 뒤로 피하지 않았을까? 네가 나였대도 아무렇지 않게, 나도 널 좋아한다고 당당하게 말할 수 있었을까? 너와 내가 이렇게 큰 차이가 나는데."

"무슨 차이요."

"하다못해 난 가족도 없고 친구도 공주밖에 없는 세상에서 가장 불쌍한 인간인데. 네가 빛이라면 난 어둠인데. 그날 우리 처음으로 몸 바꾸었을 때, 네 병실은 사람들로 북적였어. 그치만 내 병실은 그야말로 아무도 없었지. 그게 너와 나의 차이 같아서 난, 시간 날 때마다 너와 내가 어울리지 않는 이유를 백 가지는 만들어내. 너라면 나처럼, 이러지 않았을까?"

지은은 고개를 숙였다. 결국 이렇게 고백 발작을 터뜨릴 거면서……. 미친 거지.

"어차피 지나간 일이라면서요."

"그렇게 되길 바랐지."

"감정 다 정리됐다면서요."

"그럴 예정이었는데 왜 또 나타나서 겨우 진정돼 가는 사람을 홀랑 휘저어놓니?"

"선생님은 절대, 아니라면서요."

"그럼 나도 좋아, 헤, 얼씨구나 하면서 인 마이 포켓 하니?"

"잠깐만요. 혹시 포트 스위치 안 껐어요? 이상한 냄새가 나는 것 같은데."

지은이 펄쩍 뛰었다.

"뭐? 무슨 소리야? 아까 껐는데!"

휙 고개를 포트 쪽으로 돌렸다가 버럭 소리쳤다.

"야! 전기 나갔는데 무슨 포트 스위치가……!"

순간 지은의 눈동자가 확 벌어졌다. 바로 앞에 재결의 숨결이

다가와 있었다. 어둠 속에서, 그 숨결이 기다렸다는 듯 지은의 입술을 덮고 그가 지은의 몸을 확 끌어안았다. 엇갈리며 재걸의 입술이 지은의 입술에 다시 좀 더 깊게 겹쳐졌다.

따뜻하다고만 하기에는 조금 더 높은 온도로.

지은의 눈꺼풀이 파르르 떨렸다. 천천히 재걸의 입술이 떨어졌다. 녀석도 긴장한 것 같았다. 입술이 미세하게 떨리고 있었다.

심장이 터질 것 같다. 차마 어떤 말도 나오지 않았다.

"이 정도는 해도 될 자격 있죠?"

다시 이마에 입술이 닿았다. 가슴이 아프도록 저몄다. 콧잔등으로 그 부드러운 입술이 내려왔다. 꿈을 꾸는 것 같다. 아주 가슴 떨리고 두근거리는 꿈을.

다시 입술 앞에서 숨결이 느껴졌다. 하지만 그 입술은 더 다가오지 않고 머뭇거렸다.

"지금, 긴장했어요? 아니면 때리려고 준비하는 거예요. 왜, 아무 반응이 없어요."

"……만, 해……."

"네?"

"한 번 만, 더 해."

이번엔 지은이 재걸에게 다가갔다. 아스라이 보이는 윤곽을 따라 무릎걸음으로 바짝 다가가 녀석의 입술에 자신의 입술을 조심스럽게 포갰다. 재걸이 움찔했다. 잠시 그렇게 체온을 느끼듯 살짝 맞대고만 있다가 천천히 입술을 움직였다. 가만히 손을 뻗었다. 녀석의 머리를 안았다. 그리고 천천히 입술을 뗐다.

녀석의 뺨을 양손으로 감쌌다.

"보이지 않아서…… 진짜 좋다."

어느새 지은의 눈동자에 눈물이 고이고 있었다. 정말이지 오래 걸린 고백. '마침내'라고 표현하고 싶지만 그래도 여전히 자신은 방황 속에 있다. 나 잘한 걸까? 이래도 되는 걸까?

재걸은 그저 굳은 사람 같았다. 움직이질 못하고 있는 녀석의 얼굴에 자신의 얼굴을 가까이 한 채 눈물을 매달고서 애써 미소를 지어 보였다.

"적어도, 네가 차였던 건 사실이 아니었어. 미안해. 감정을 숨기기만 한 거. 거짓말만 한 거. 그런데 난 지금도 이러면 안 되지 않을까? 그런 생각이 들어. 알고 있으면서도, 네가 없는 사이에 내가 마음이 너무 아파서……."

녀석의 뺨을 손가락으로 어루만졌다. 정말 사랑스럽다는 마음으로.

"나 진짜 나쁜 선생이다. 그치?"

천천히 몸을 떼려는 순간, 그 손이 잡혔다. 그리고 그 순간 지잉 하는 소리가 들리더니 일제히 불이 확! 하고 들어왔다. 두 사람은 가까이에서 마주 앉은 채로 서로를 쳐다보고 있었다.

다시 모든 게 밝아진 세상.

잠시간의 피난처가 사라졌다.

그래서 지은이 황망한 표정으로 얼굴을 확 돌리려는 순간, 재걸이 손을 뻗어 지은의 얼굴을 움직이지 못하게 잡았다.

"피하기 없기예요. 선생님, 분명 저한테 키스했어요."

"그, 그만해. 누가 안 했대?"

"저 좋아하고 저 때문에 아프다고 했어요. 그동안 한 말들은 다

거짓말이라고 했어요."

"어, 어쩌라고."

"단지 한마디면 돼요. 그냥 가보자고."

지은의 표정이 흐려졌다.

"그냥 그 한마디면 되는 거니? 그래?"

재걸의 얼굴도 같이 슬퍼졌다.

"세상 잣대 따위 충분히 무시해 버릴 수 있는 사람이 해보지도 않고, 어울리지 않게 겁부터 먹는 걸 뭐라고 하는지 알아요? 용기 없는 것도, 신중한 것도 아니에요. 그냥, 그 모든 걸 극복하고 싶을 만큼 절 좋아하지 않는다는 거."

지은의 눈동자가 세차게 흔들렸다.

"선생님이야말로 착각한 거네요. 떨어져 있는 동안, 내가 이 녀석을 좋아하고 있었구나. 그저 외로운 거였는데. 그걸 착각하셨나 보네요."

지은의 눈에 눈물이 글썽거렸다. 아픈 소리를 하는 재걸이 그렇게 안쓰러울 수가 없었다.

"좋아해. 착각 아냐. 외로워서도 아냐. 그냥 널 좋아해. 그러니까 이제 마음 아픈 말 그만해. 내가 했던 말을 그대로 돌려받으니까 정말, 심장에 대못이 박히는 것 같다. 너무 아파."

재걸의 눈동자가 흔들렸다.

지은이 입술을 깨물었다. 그러다 눈물을 닦곤 또 입술을 깨물었다. 그러다 소리쳤다.

"아, 나 정말 미치겠다구! 내가 최악의 교사지만 하다하다 못해 이제 막 피어나는 머리에 피도 안 마른 제자를 이렇게 꼬드겨서야 되겠니? 겨우 열아홉 살짜리를 이렇게 유혹하고 있어야 되겠냐고. 근데 어떡해. 너 때문에 가슴이 찢어지고, 너 때문에 속상하고, 너 때문에……!"

재걸이 그대로 지은을 안았다.

"됐어요. 다 들었어요. 선생님한테서 그 말 들어내려고, 대체 얼마나 오래 기다렸는지 알아요?"

녀석이 웃고 있는 것 같다. 지은의 머리카락을 부드럽게 어루만졌다.

"고백받는 게 이렇게 기쁜 건지 처음 알았어요."

그건 네가 남의 고백을 단칼에 베어버렸기 때문이겠지.

"계속 생각해 봤어요. 오늘도 마지막이라는 핑계를 대고 오긴 했지만 사실은 그렇게 해서라도 선생님 얼굴 한 번 더 보고 싶었어요. 그러니까."

"응……."

"일단 가봐요. 만약에 나중에 제가 배신을 때리거나 전혀 다른 말을 하면, 그땐 선생님이 야구방망이나 삼단봉으로 절 때려주면 돼요. 괜히 골치 아픈 생각 하지 말고, 너무 자기 자신 괴롭히지 말고, 이 철없는 어린놈인 저랑 한 번 사귀어봐요."

지은이 피식 웃었다.

"정말 그거면 돼? 한 번 사귀는 마음으로, 그러다가 배신 때리면 때리고?"

"네."

"하지만 만약 그렇게 되더라도 안 때릴게. 후회도 안 할게. 그냥 이렇게 예쁘니까, 배신 때린 거 정돈 웃으면서 이해해 줄 수 있을

지도."

바라보며 녀석의 뺨을 어루만졌다.

따스한 기운이 온몸으로 번지는 것 같다. 지은은 다시 몸을 기대고 재걸의 품으로 좀 더 깊이 파고들었다.

"따뜻하다, 문재걸. 알아? 너, 엄청 따뜻해."

가슴에 뺨을 댔다.

"잠시, 이러고 있어도 되지?"

재걸이 고개를 끄덕였다. 머리칼이 부드럽게 어루만져진다.

"너무 편해서, 마음이 놓여서 정신이 번쩍 드네. 무슨 일이 있어도 문재걸, 육성회장님한테서 날 지켜줘."

재걸이 결국 웃음을 터뜨렸다. 그 미소가 보고 싶어 고개를 들었다가 녀석과 다시 시선이 마주쳤다. 그러고 보니 얘 아직 미성년잔가? 아니겠지? 졸업했잖아. 괜찮겠지? 나 잡혀가는 거 아니겠지? 순진한 애 꼬드기는 거 아니겠지? 아우, 어떡하지? 일단 일은 저질렀는데 어떡하지?

"또 고민하고 있다."

예리한 녀석.

"대체 뭐가 그렇게 걱정되는 건데요?"

네 젊음이. 네 팔팔한 젊음이! 나랑은 엄청나게 비교되는 그 등푸른 생선 같은 젊음이!

"다 걱정돼."

"나참."

"나참은 뭐가 나참이야? 내가 나이가 많잖아, 그것도 훨씬. 이 시키야!"

"어차피 나이는 먹어요."

"그렇구나! 너도 이제 곧 나이를 먹을 거니까 나랑 비슷해지겠네. 근데 나도 먹는다는 건 알아?"

"신경 안 써요. 어차피 선생님은 정신 연령이 어리니까."

어이가 없어서.

"그거 알아요? 누가 뭐라고 해도 전, 선생님이 대단해요. 세상에서 가장 사랑스럽고 멋지고 사랑받을 가치가 있는 사람이라고 생각해요. 사고 치고 철없고 못 말리는 그 성격조차도 저한테는 단점이 되질 못해요. 도저히 포기하지 못하겠어서, 이렇게 다시 왔어요."

"하긴 내가 봐도 내가 대단하지. 왜냐하면 난 사랑스러우니까."

재걸이 지은의 이마에 자신의 이마를 툭 기댔다.

"그 뻔뻔함까지도 좋아요. 제가 아는 뻔뻔한 여자 중에 가장 사랑스러워요. 정말, 좋아해요."

입술에 짧게 키스했다.

"절대 아프지 않게 할게요."

미더운 녀석.

"나도 그렇게."

몇 번이고 반복해서 입을 맞췄다. 하지만 그게 너무 길어지니 좀 곤혹스러웠다.

"그, 그만해……."

"와, 얼굴 빨개진 거 봐. 너무 귀엽다, 당신."

"뭐? 당신?"

이 자식, 붙어보잔거야? 울컥 승부욕이 올라와서 자신도 모르게 주먹이 나가려는 순간 재걸이 지은을 와락 끌어안고 머리카락에 자잘한 키스를 퍼부었다.

"언젠가 당신이 한 말 돌려줄게요. 당신을 만난 건, 저한테 엄청난 행운이에요."

서로의 얼굴을 만지고, 행복하게 웃고, 그리고 다시 입을 맞췄다. 부드럽게 입술이 섞였다. 달콤함이 꿈처럼 젖어들었다.

"아…… 그런데 아까 말한 부탁은 뭐예요?"

입술이 떨어지지 않은 채로 대답했다.

"별건 아니고, 언제 짝다리들 잠깐만 좀 만나볼래?"

5월.

계절의 여왕.

공주의 말대로, 결국 봄은 오고 지은의 빌라도 다시 따스함으로 가득 찼다.

"아, 나 몰라. 지각하겠네!"

지은의 하루는 시작부터 요란했다. 후다닥 가방을 메고 신발을 신고 현관문을 열고 튀어나왔다.

열쇠로 찰칵 문을 잠그고서 정신없이 돌아서다가 뭔가에 확 걸려서 철퍼덕 엎어지고 말았다.

"아, 무릎이야. 아, 도대체 누가 남의 집 앞에 박스를 둔 거야?"

버럭버럭 소리치는데 옆집 문이 확 열렸다. 그러고 보니 오늘 누가 이사 온다는 것 같았는데 떡이라도 돌리려나? 그렇담 이 박

스부터 처리해 주시지!

"저기요! 혹시 이 박스 그쪽 짐……."

그런데 어쩐지 지은의 말끝이 흐려졌다.

문손잡이를 잡고 있는 긴 팔. 왠지 눈에 익다.

성큼 나오는 긴 다리. 저것도 눈에 익다.

천천히 나타나는 상체, 완전히 눈에 익다.

그리고 마지막에 드러난 아주 바람직한 생김의 얼굴, 눈에 익는 정도가 아니라 사흘 전에도 갑자기 쳐들어와서 잔소리를 해대고 간 인간의 것이었다.

회식하는 건 또 어떻게 알고, 술 마셔서 떡 좀 됐다고 얼마나 야단야단이던지.

"무, 문재걸? 네가 왜 그 집에서 나와?"

"말했잖아요, 독립한다고."

참 간단하기도 하시네!

"우, 웃기고 있어! 독립했으면 독립했지, 왜 거기서 나오는 거냐고! 얼마나 더 사람을 말려 죽이려고. 학교도 먼 주제에!"

"감시해야죠. 사흘 전에도 당신, 어떻게 집에 들어왔더라?"

기, 기어들어 왔지? 아니지. 그럼 내 사생활은? 내 불량한 자유 시간은? 내 인권은!

"농담이지? 정말 거기서 살 거 아니지?"

"어차피 그 집에서 살 일이 더 많을 테지만."

"누구 맘대로!"

"아무튼 기대하세요, 앞으로 미친 듯이 잔소리해 줄 테니까."

대학생이 되어서도 여전히 영혼은 눈부시리만치 단정한 선도부장을 버리지 못하고 있는 문재걸이 싱긋 웃었다. 날라리 이지은의 앞날에 깜깜한 먹구름이 몰려올 예정이다.

'혹시 누가 저 녀석이랑 영혼 바꿔줄 사람 없나요?'

Epilogue

**영원히 영혼이…… 뭐야, 이건!**

그녀의 일요일을 깨우는 건 톡톡하게 세탁된 하얀 시트에서 풍기는 상큼한 시트러스 향과 은은하게 감도는 헤이즐넛의 향기, 그리고……

"도대체 언제까지 잘 거예요? 어제 어떻게 들어왔는지 기억은 나요?"

잔소리였다.

그러고 보니 어제 또 무슨 일을 저지른 모양이다. 왜냐하면 회식이 있었으니까. 회식 다음 날 아침은 늘 이렇듯 분위기가 살얼음판처럼 쌔했다.

지은이 숙취 때문에 딱딱 아픈 머리를 누르며 일어나자, 재걸이 깔끔한 셔츠와 바지 차림으로 자신의 거지 같은 주방에 서서 뭔가를 만들고 있었다.

북어국이네.

"커피 향이 나던데 내 거야?"

"제 거예요."

녀석이 서슬 퍼렇게 노려보며 커피를 절대로 안 줬다.

"난 술 깨려면 커피 마셔야 한다고."

"건강에 안 좋아요. 북어국 먹어요!"

진짜 엄청나게 째려본다.

어차피 커피 얻어먹긴 글렀겠다, 지은은 부스스 일어나 욕실로 가서 일단 씻고 나왔다. 식탁에 가서 앉으니 재걸이 북어국과 진짜 취향 아닌 현미 잡곡밥을 포함한 오첩반상을 탁 차려주었다.

"있지, 재걸아. 밥해 주는 건 고마운데, 나 쌀밥 먹고 싶거든?"

"건강에 안 좋아요. 잡곡밥 드세요!"

미치겠다. 홍길동도 아닌데, 쌀밥이 먹고 싶어도 먹고 싶다고 말도 못 하고.

"나 진짜 현미밥 싫다구. 소화도 더 안 되는 것 같고 맛도 없어."

"어제 국어선생님이 바래다준 거 기억은 해요?"

"잘 먹을게."

지은은 어쩔 수 없이 밥을 국에 말아 꾸역꾸역 억지로 밀어 넣었다. 술 마시고 난 다음 날엔 제아무리 해장국이라도 아무것도 안 들어가는 체질이었는데. 저 녀석이 일명 애인이 된 후론 무엇 하나 자기 멋대로 할 수가 없었다.

잘 먹이고, 잔소리. 해 입히고, 잔소리.

뭐든 잔소리, 잔소리.

열 받으면 안 해주면 되지, 먹이고 입히면서 잔소리하는 저 녀석의 저 귀찮아 죽을 것 같은 개성을 어찌하면 좋을까.

"많이 화났어? 근데 진짜 어젠 안 마시려고 했거든."

"어쩜 그렇게 변명이 늘 똑같아요? 레파토리 바꿀 때 되지 않았어요?"

"네가 사회생활을 알아? 교장선생님이 자꾸 술을 주시는데 어쩌라고. 넌 교수님이 술 주시는데 거절할 수 있니?"

"거절했어요. 전 제 주량만큼만 마신다고 직접 말씀드렸습니다."

잘났다.

"그야 네가 아직 대학생이니 그렇지, 사회랑 대학이랑은 비교가 안 되거든? 내가 아는 어떤 선생님은 대출받아서 최고급 세단으로 바꿨다더라. 이유가 뭔지 알아? 회식 후에 교장, 교감 태워다 주려고! 이게 바로 사회라고."

"그래서, 그런 짓까지 해가면서 승진하고 싶으세요?"

"꼭 그렇단 건 아니고. 아무튼 너 자꾸 이러면 곤란해. 나도 내 생활이 있다고."

"제가 언제 술 마시는 거 갖고 타박했어요? 마시고 나서 어떤 상태로 누구 등에 업혀서 왔느냐, 그걸 말하는 거잖아요."

아, 큰일 났다. 저 자식, 육하원칙 엄청 좋아하는데 또 육하원칙에 딱 맞춰서 반성문 쓰는 거 아닌지 모르겠다.

"정말 당신은 구제불능이에요."

"너도 마찬가지야. 아, 숨 막혀. 너 진짜 심하게 간섭증 있는 거 알아?"

순간 재걸이 무시무시할 정도로 차가운 표정으로 지은을 봤다.

"얼마 전에 국어가 청혼했었죠? 당신은 얼떨결에 반지 받아왔었고."

"그치? 내가 잘못했지? 회식이 무슨 대수야? 교장선생님이 술을 주건 말건 몰래 버려 버리면 되는 건데, 안 그래? 앞으론 꼭 그렇게 할게."

멍청하게, 얼마 전에 국어선생이 청혼한 반지를 핸드백에 넣어서 갖고 오고 말았다. 그게 어떻게 된 거냐 하면, 국어선생이 자신을 불러내서 매우 진지하게 청혼을 한 것이다. 애인의 정체가 정체인 만큼 학교 안에선 남자친구 없다고 말하고 다녔더니 쭉 싱글인 줄 알았던 모양이다. 그러면서 자기랑 시골로 내려가서 같이 살자나?

그래서 자신은 아니다. 애인이 있다고 말했더니, 그때부터 텐션이 올라서 엄청 술을 퍼마시기 시작하는 것이었다. 어찌나 비탄에 빠져서 괴로워하는지 자신도 한 잔 두 잔 같이 마셔주다가 그만, 엄청 취해서 테이블에 있던 걸 마구 집어오고 말았다. 재떨이까지 들어 있는 거 보고 깜짝 놀랐다. 거기에 청혼 반지가 끼어 있었을 줄이야.

그런데 그 와중에 정말 필요한 휴대폰은 안 챙겼단 거. 덕분에 청혼 사실까지 재걸에게 걸리고, 재걸은 휴대폰을 전해주러 온 국어선생님한테 청혼 반지와 함께 한마디를 덧붙여서 돌려주었다고 한다.

"죄송하지만 제 여잡니다. 시골은 혼자 가시죠."

그래서 온 동네방네 소문이 나고 말았다. 선생님들도 난리 나고, 교장선생님도 신기해하고, 어젠 그 사람들 진정시키느라 어쩔 수 없이 술을 마셔야 했다. 따지고 보면 이게 다 문재걸 탓인데. 그러니까 졸업한 지 몇 년이나 지났는데도 아직도 선생님들 뇌리에 그렇게 깊이 박혀 있으래?

"미안해, 난 정말 처치 불가능한 바보야."

"일단 밥부터 먹어요."

오늘도 재걸은 먼저 어른스럽게 넘어가 주었다. 정말이지 멋진
녀석.

그때로부터 4년이 지났다. 재걸의 나이 방년 이십사 세, 지은의
나이 서른하나.

서른하나다, 서른하나!

자칫 옷 한 번 잘못 입으면 아줌마로 불릴 나이요, 청춘은 꺾어
진 지 이미 오래고, 노처녀로 불린 지도 이미 한참이나 지났는데
자신은 아직도 한 치도 성장하지 못한 것 같다. 별로 그러고 싶은
마음도 없었고.

그런데 녀석은 갈수록 멋져지고 미치도록 잘생겨지고 섹시해지고
완벽해지고 자기 관리도 확실하고 그 어느 것에도 틈을 보이지 않는
다. 저런 녀석을 두고 이렇게 정신 못 차리고 사고나 치고 있으니.

이젠 저 녀석이 질려서 떠난다고 해도 뭐라고 할 말이 없었다.

차이면 차일 뿐, 왜 차느냐고 묻지도 못할 것 같다.

뭐, 제대로 한 게 있어야지 불만이라도 갖지.

그동안도 여러 번 재걸에게 걸려서 난리가 났었다. 제시카랑 같
은 모델이 훨씬 더 업그레이드되어서 나왔기에, 도대체 사고 트라
우마도 없는지 몰래 사려다가 걸려서 혼나고, 재걸의 멋진 스포츠
카를 끌고 나갔다가 접촉 사고가 났는데 하필이면 접촉한 차의 주
인이 조폭이라 한판 뜨다가 맞아 죽을 뻔한 걸 겨우 구해져서 또
엄청 혼나고.

손들고 벌 서고, 잔소리는 옵션이요, 반성문은 눈 감고도 쓸 수 있게 되었다.

하긴, 그러고도 자신을 아직 버리지 않은 거 보면 문재걸은 엄청난 인내력의 소유자인 게 분명하다. 아니면 자신이 그 정도로 치명적인 매력의 소유자든가.

푸핫!

웃고 있는데 재걸이 현관문을 열고 들어왔다. 어? 쟤 언제 나갔었어? 딴생각하고 있는 사이에 집에 갔다 온 모양이다.

아니, 그것보다, 그 차림새가 지은을 슬슬 뒷걸음치게 했다. 서둘러 숟가락을 놓고 도망가려고 했지만 딱 걸렸다.

"거기서 정지."

"오, 오늘은 좀 쉬면 안 될까? 알다시피 내가 술이 덜 깨서 몸이 안 좋아."

"그럴수록 더 빼먹으면 안 된단 것 정돈 알죠?"

운동이다! 이 녀석이 일요일마다 자신을 끌고 나가서 운동을 시키는 것이다. 자긴 자전거를 타는 주제에 지은은 헐떡거리며 조깅을 해야 했다.

"몸 바뀌었을 때 보니까 당신 몸이 안 좋더라고요. 허약해서 금세 골골거리겠어요. 난 당신이랑 평생 행복하게 살고 싶거든요."

언젠가 그 말을 하며 지은을 트레이닝의 길로 내몬 것이다.

난 건강하다고! 누가 들으면 금방 병으로 픽 쓰러지기라도 한다는 소리 같다.

"진짜 토할 것 같다니까?"

"토해요. 난 당신의 어떤 모습도 사랑스러우니까."

도대체 저 말이 정말 애정의 극치로 들리는가? 자신이 보기엔 그로테스크한 협박으로만 들렸다. 죽도록 운동해라. 아니면 내가 널 가만히 안 둘 테니까!

도대체 여자친구가 아니라 국가대표를 만들려는 건지.

"헉헉!"

정말이지, 헉헉, 왜 자신이 이 꿀 같은 휴일 날, 헉헉, 이렇게 강변을 달리고 있어야 하는 걸까, 헉헉.

"너도 같이 뛰던가!"

"글쎄요, 제 몸한텐 별로 필요 없거든요."

누구 때문이긴 누구 때문이겠는가. 바로 저 징글징글하게 사람을 말려 죽이려 하는 미친 녀석 때문이지. 어제 회식이 문제였다. 하필이면 국어선생한테 업혀오는 바람에.

그래도 많이 피곤하다고 하면 조깅에서 빼주기도 하고, 발마사지도 해주고 그랬었는데. 오늘은 결코 그냥 넘어가 줄 기미가 보이지 않았다. 오히려 열 트랙은 더 뺑뺑이를 돌아야 용서해 줄 것 같다.

아무래도 많이 화난 것 같지?

"헉헉!"

"문재걸, 니네 학교는, 일요일에 연구 수업 같은 거도, 헉헉, 안 하니? 뭐 좀 동아리 활동 같은 거라도, 헉헉, 좀 하고 그러지?"

"그럴 시간이 어디 있어요. 당신 감시하기에도 바쁜데."

뭐가 어째!

"한 번만 더 외간 남자 등에 업혀서 와봐요."

"이 시키가 진짜! 지금 협박했지? 그래, 좋아. 만약 또 업혀오면 그땐 뭐 어쩔 건데?"

"요즘 산악자전거 봐두고 있어요."

돌아버리겠다.

날라리 선생 이지은과 모범 대학생 문재걸의 '이지은 선도하기' 풍경은 여전했다.

상쾌하기는커녕 토할 것 같은 조깅을 마친 후 지은은 샤워를 마치고 거실로 나왔다. 모처럼의 일요일이니 자기 잘난 친구들이나 만나지, 재걸은 남의 집 거실 소파를 차지하고 앉아 다리를 꼬고서 책을 읽고 계셨다.

틀어놓은 라디오에서는 재즈풍의 음악이 흘러나오고, 재걸은 순식간에 남의 집을 분위기 있는 북 카페로 만들어놓았다. 워낙 장신이라 그런지 아무렇게나 다리를 꼰 모습이 상당히 잘 어울린다. 부드러운 머리카락이 창문을 통해 들어온 바람에 살랑살랑 나부꼈다. 높은 콧날 때문에 재걸은 옆모습이 참 멋졌다.

그런 아름다운 연인의 모습을 확 째려보던 지은은 커피를 마시려고 주방으로 갔다. 전기포트의 전원을 넣는데 갑자기 뒤에서 따뜻한 기운이 그녀를 안아왔다. 책 보는 것 같더니 도대체 언제 온 건지 갑자기 뒤에서 나타나서 귓가에 '훅' 하고 숨결을 불었다.

"안 간지럽거든? 나 지금 커피 마실 거거든?"

"많이 화났어요?"

"어머, 제가 코치님한테 왜 화를 내겠어요. 우리의 목표는 전국체전 금메달인데."

재걸이 뒤에서 지은을 끌어안은 채로 큭 웃었다. 신경질 나게도, 녀석의 품은 참 넓다.

"그러니까 그런 무방비한 사고 치지 말아요. 제가 얼마나 더 약이 올라야 만족하실래요?"

"약이 올라? 참 어이없는 소리 한다, 너. 널 졸졸 따라다니던 그 젊고 팔팔한 쭉쭉빵빵 계집애들은 아무 문제도 없는 것 같지?"

"와, 우리 선생님 질투하시네."

재걸이 장난치듯 몸을 바싹 기대고 지은의 목덜미에 얼굴을 묻었다.

"난 당신이 질투해 줄 때가 제일 좋더라. 늘 손에 안 잡혀서 안절부절못하는데, 가끔 이렇게 질투해 주면 살맛 나."

재걸의 체온이 지은을 감쌌다. 그리고 그 미소, 친절해진 어조, 넓은 가슴이 되게 따뜻하고 좋아서 지은은 금방이라도 마음이 풀리려 했다. 재걸도 지은을 이렇게 안고 있으면 너무도 행복해서 언제부턴가 툭하면 그녀를 끌어안곤 했다.

"넌 살맛 나겠지, 난 죽을 맛이었어, 이 자식아. 전에 집까지 찾아와서 술 먹고 행패 부리던 모델 출신과 동기 기억 안 나? 와, 진짜 내가 그거 너한테서 떼어내느라고 죽는 줄 알았지."

"뒤통수 때려서 쫓아 보냈었던가?"

그거 말고도 여럿 있었다. 보는 앞에서 떼어낸 게 그 정도고, 남몰래 떼어낸 건 말로 다 못 할 정도였다.

"내가 그때마다 너 빵빵이 돌렸으면 넌 지구 반 바퀴는 돌았어야 해."

"알았어요. 미안해요. 오늘은 내가 좀 심했어요."

그러면서 녀석이 지은의 정수리에 입을 맞췄다. 이러니 이 녀석을 미워할 수가 없는 거다.

"알았어. 용서해 줄 테니까 이거 좀 놔봐. 나 커피 마실 거야."

"커피보다 애정행각은 어때요?"

그러더니 녀석이 지은을 빙글 돌리곤 성큼 다가왔다. 그 바람에 식탁에 쿵 하고 밀렸다.

"아……."

아파서 소리 낸 거였는데 녀석이 살짝 흥분한 것 같다. 사람을 식탁 사이에 가두고서 양팔로 식탁 가장자리를 붙잡은 채 녀석이 싱긋 웃었다. 농도로 보나 뭐로 보나 저 미소는 위험하다.

손이 슬금슬금 팔을 타고 올라오려고 했다.

자신도 모르게 탁 때렸다.

상처받았나 보다.

"이러겠단 거죠?"

"미, 미안. 아팠어?"

살펴보려는데 그대로 손목이 확 잡혔다. 입술이 부딪치듯 다가왔다. 식탁에 등이 다시 부딪쳤지만, 이번엔 아프단 표시도 못 했다. 촉촉한 입술이 부드럽게 지은의 입술을 감쌌다. 지은도 두근거리며 그의 키스를 받았지만 너무 길어져서 산소가 살짝 부족해지기 시작했다.

"저기, 네 마음 알았으니까 나머진 커피 마시고 2부에서 하면 어떨까?"

"무슨 소리예요, 아직 1부도 다 안 끝났는데."

그러면서 지은의 허리를 확 끌어당기곤 입술을 으득 깨물 듯이 밀어붙여 왔다.

확실히 일곱 살 어린 녀석의 열정을 담아내기에 자신은 그릇이 작은 것 같다. 어제 숙취와 방금 전의 조깅만 아니었어도 이 녀석의 입술을 깨물어가며 달려들 사람은 자신이었을 텐데. 그게 좀 아쉬웠다.

✠ ✠ ✠

그녀가 갑자기 달라졌다. 말수도 적어지고 마주쳐도 힘없는 표정으로 잠깐 웃고는 피곤하다고 들어가서 잤다. 초인종을 눌러도 문을 열어주지 않아 하루 종일 얼굴도 보지 못한 날도 있었다. 휴대폰도 안 받고 결국 경비아저씨한테 부탁해서 문을 따고 들어갔더니 지은이 혼자 술을 마시고 있었다.

TV를 켜놓고, 상도 없이 김치 하나만 놓고 깡소주를 마시는 폼이 딱, 아랫집 아저씨와 다를 바가 하나도 없었다.

"도대체 뭐 하는 거예요? 며칠 동안 전화도 안 받고 사람 피해 다니더니 겨우 혼자 이러고 있었어요?"

어이가 없어서 재걸이 화를 냈다.

"오, 문재걸. 너 그 재킷에 바지 진짜 잘 어울리는구나. 그 셔츠도 예쁘다. 눈동자 색도 오늘따라 더 멋지고 머리는 언제 했니? 어쩜 그렇게 깔끔해? 뉘 집 자식인지. 아, 참! 육성회장님 자식이지? 육성회장님은 진짜 무서워. 자꾸만 나만 따로 만나자고 해."

재걸의 눈빛이 변했다.

"설마, 또 어머니 만났어요? 그래서 이러는 거예요?"

"웃기고 있다. 내가 그깟 일로 풀이라도 죽을 것 같아? 왜 이래? 나 이지은이야!"

꽤 취한 것 같다.

"그럼 도대체 무슨 일인데요."

"그게, 재걸아."

아무래도 무슨 일이 있는 것 같아 재걸이 지은의 앞에 앉았다.

"대체 뭔데요."

"미안해."

"알긴 알아요? 그건 됐으니까 도대체 뭔지나 말하라고요."

"그래. 알긴 아는데…… 근데, 근데."

"혹시 또 선생님 아버지 찾아왔어요?"

지은이 울먹이기까지 하는 것 같아서 재걸은 심장이 다 웅성거렸다. 답답해서 미칠 것 같았다. 단순한 주사로 보이진 않았다. 아무 일도 없는데 이렇게 틀어박혀서 술을 마신 적은 지금까지 한 번도 없었다. 그래서 여러모로 걱정이 됐다. 자기 어머니가 아니면 그녀의 아버지일 것이다. 하지만 지은은 고개를 저었다.

"그런 거 아냐."

"그럼요. 말을 해야 알죠."

"나, 전근 가게 됐어."

순간 재걸의 눈이 커졌다.


지금까지 둘의 연애는 그런대로 평탄한 편이었다. 육성회장님의 강하다 못 해 폭발할 것 같은 반대와, 꽤 많은 나이 차이와, 재걸을 미친 듯이 좋아해서 따라다니는 여자애들과의 육탄전과 시기 질투, 음모와 암투 등등, 그 정도야 뭐 어느 연애에서나 있을 수 있는 일이니 이 정도면 아주 평탄한 것 아닌가?

재걸이 군대 갔을 때도 지은은 기다려 줬…… 다기보다 그냥 있었다. 어차피 자신이 어디를 가겠는가. 그러니 전혀 고무신 거꾸로 신을 생각이 없었음에도 군화가 혼자 미쳐서 날뛰었다. 만약 조금이라도 이상한 눈치를 보이면 그대로 탈영해 버리겠다고 협박에 위협을 하니 지은은 얌전히 교편만 잡고 있는 것 외엔 아무것도 할 게 없었다.

물론 입대 전에 한 번 더 시련이 있긴 했다.

바로 육성회장님을 만나는 것.

그야말로 연애가 너무 평탄해서 지은은 정말이지 미칠 것 같았다.

아, 육성회장님!

그분을 과연 어떻게 만나면 좋을까. 반응은 또 어떨까? 돈 봉투를 던질까, 물을 끼얹을까. 설마 청부살인을 시키는 건 아니겠지?

어쨌든 싫다고 싫다고 버티다가 재걸의 손에 이끌려 지은은 육성회장님 앞에 앉게 되었다.

생글.

몇 년도 더 지났지만 그날 느낀 그 두려움을 어찌 잊을 수 있으랴.

지은은 얌전하게 앉아 생글 웃었다. 육성회장님도 처음엔 같이 생글 웃었다.

"어머, 오늘 재걸이가 여자친구 소개해 주겠다고 했는데, 근데 얼굴이 눈에 익……."

거기에서 말은 끊겼다. 더 이상 말을 잇지 못하고서, 고상하신 얼굴로 으헉! 하는 이상한 소리를 내는 걸 보니, 기억나셨나 보네.

"혹시, 선생님?"

"그, 그동안 건강하셨어요?"

히죽.

"건강이야, 어제까진, 아니, 방금 전까진 건강했는데, 제가 잘 이해가 안 가네요. 우리 재걸이가 오늘 정말 사랑하는 사람을 보여준다고 해서 기다리고 있는데 왜 선생님께서 여기에 있죠?"

"이 사람이에요, 제가 사랑하는 사람."

재걸이 그야말로 단칼에 터뜨렸다. 육성회장님의 고상한 얼굴이 또 한 번 격변을 했다.

"어머. 에이, 얘가 장난을 다 하네. 농담이겠지."

이어서 현실도피.

"혹시 선생님이 소개해 주셨어요? 그치? 선생님이 소개해 준 거지?"

자기 위안까지.

"저 어머니 설득하려고 선생님 소개해 드린 거 아니에요. 제 유일한 사람이니까 어머니가 절 사랑하시면 선생님한테 예의 지켜주시고 잘 대해주시길 부탁드릴게요."

"문재걸 너, 설마 그때 사고 후유증이 다시 재발한 건 아니니? 엄마랑 뇌 CT 찍으러 다시 가자, 지금 당장!"

"후유증도 아니고 잘못된 것도 아니에요. 그럼 오늘은 여기까지만 하고 다음에 또 보여 드릴게요. 저 혼자 보기도 아까운 사람이라서요. 가요, 선생님."

"잠깐, 선생님? 그렇게 그냥 가시면 안 되지 않을까요?"

"잠깐만, 재걸아."

자신을 데리고 나가려는 재걸의 손을 살짝 밀치고 지은은 육성회장님을 바라보았다. 어쨌거나 이 일은 자신과 육성회장님이 담판 지을 일이었다.

"일단 차 한 잔 드세요."

"알겠습니다."

"루이보스티예요. 향이 좋더군요."

"감사합니다."

두 사람은 차분하게 차를 마셨다. 그런 두 여자를 재걸이 낮은 한숨을 삼키곤 바라보았다. 자신의 어머니도 특이한 걸로 둘째가라면 서러운 사람이고, 이지은씨는 아예 내놓은 인물이니, 재걸로서도 두 사람이 대화를 나누기로 한 이상 끼어들 수는 없다는 판단이었다.

고상은 여사가 찻잔을 내려놓고 자세를 바로 했다. 지은도 똑같이 찻잔을 놓고 등을 곧게 펴고는 고 여사를 바라보았다. 우아한 고 여사의 얼굴엔 범접하기 어려운 기품 같은 것이 어려 있었다. 지은의 얼굴엔, 잘난 연인을 빼앗기지 않기 위해 언제라도 맞짱 뜰 기개가 숨어 있었다.

고 여사가 먼저 스타트를 끊었다.

"아시는지 모르겠지만 저 녀석이 고집이 세죠. 제 아들이라도 한 번 결정한 건 번복하지 않는 애예요."

"좀 그런 편이죠, 문재걸이."

"그러니 저 녀석 앞에선 대화가 안 될 것 같으니 언제 따로 만나죠, 내일이라도."

"아니요. 전 여기서 얘기하고 싶습니다."

혼자 나갔다가 무슨 봉변을 당하려고.

고 여사의 당근 섞인 제안을 지은은 여유롭게 쳐냈다. 너무도 처지는 조건이라 일대일은 무리였다. 무슨 일이 있어도 방패가 옆에 있는 데서 협상해야 했다.

고 여사의 입술 끝에서 섬세한 경련이 일었다.

그 뜻은 바로, '그렇게 나간다 이거지?'였다.

"좋아요. 그럼 여기서 얘기를 하죠. 생각해 보니 그렇게 길게 끌 일도 아닌 것 같으니까요."

"질문하십시오."

"나이 차가 너무 많다는 건 아시죠?"

"아시다시피 아드님께서 워낙 정신연령이 높고 성숙해서 지금껏 별문제 없었습니다."

"사제지간이었던 건요? 이게 가능하기나 한 일인가요?"

"저도 불가능한 줄 알았는데 가능하게 되더군요."

고 여사의 눈썹이 낚싯줄에라도 걸린 듯 걸려 올라갔다.

"한때 학생이었던 아이와 연애라도 하시겠단 말인가요?"

"죄송하지만, 이미 하고 있습니다."

"제가 반대할 거란 건 예상하셨겠죠?"

"마냥 찬성하시는 게 오히려 이상할 일이지요."

"지금 저와 말장난하시는 것 같으신데요."

"재걸이한테 전부 맡겨둘 순 없으니 말씀드리겠습니다. 저도 쉽지 않게 내린 선택이었어요. 하지만 지금은 그 선택에 긍지를 갖고 있습니다. 한 번도 후회한 적 없고 앞으로도 하지 않을 것 같습니다. 받아들이기 힘드시겠지만 이해해 주시길 바랍니다."

"전 도저히 그렇게 될 것 같지 않군요, 절대로."

"그럼, 기다리겠습니다. 그건 되겠죠?"

"아뇨, 안 됩니다."

"루이보스티 잘 마셨습니다. 과일 향이 좋네요."

결국 어떤 결론도 나지 않은 채 1차전은 끝났다. 1차전 이후 고 여사는 끈질기게 지은을 따로 만나길 원했지만 지은은 끈질기게 도망 다녔다.

그사이에 재걸은 고 여사를 설득하기 위해 영혼이 바뀌었던 얘기를 했다. 어머니는 매우 놀라며, '어머? 그랬니?'라며 전혀 안 믿었다고 한다.

그리고 드디어 2차전에서 고 여사는 새로운 방법을 고안해 냈다.

"좋습니다, 선생님. 문재걸 저 녀석이 저렇게 포기를 못 하니 긍정적으로 지켜보죠."

웬일로 찬성을 했지만 지은은 긴장했다. 선수끼리 이런 데 홀랑 속아 넘어갈 리가 없었다.

"좋아, 문재걸. 제대하고 나서도 두 사람 마음이 변하지 않으면 그땐 생각해 보마."

바로 군대라는 변수에 기댄 것이다. 그렇게 조건을 걸어놓고 고 여사는 아마도 회심의 미소를 지었을 것이다.

"제대하면 선생님 나이가 몇 살인지는 아시죠?"

그런 따끔한 일침도 잊지 않았다.

"아마도 나이도 있고 떨어져 있는 시간도 기니까, 그냥 둬도 자연스럽게 헤어질 것이라 생각하신 거겠지. 육성회장님 역시 한 방이 있는 분이라니까."

"뭐예요, 그건."

"그래서. 헤어질래?"

"미쳤어요? 그 소리 한 번만 더 해봐요."

"그래, 그럼 헤어지지 말자."

그렇게 결론이 났다. 그리고 지은은 재걸을 기다렸고, 나이는 더 먹었지만 결국 제대 후에도 두 사람은 헤어지지 않았다. 그래서 고 여사는 새로운 수를 고안해 냈다.

"그래, 좋다, 문재걸. 일단 졸업할 때까지 두고 보자. 졸업하고 나서도 두 사람 마음이 변하지 않으면 그때 결정할 테니까."

그래서 졸업한 후에도 쭉 사랑할 생각이었는데, 하필이면 얼마 전에 지은의 전근이 결정 난 것이다. 고 여사는 쌍수를 들고 환영했다. 그리고 예의 그 패턴을 사용했다.

"변수가 생겼구나, 문재걸. 좋다. 선생님은 전근 가시고 우리 아들은 대학 마치고, 그때까지 두 사람 마음이 변치 않으면 그땐 결혼해라."

이번엔 아주 큰 걸 던졌다.

결혼이라.

보니까 아예 불가능하리라고 단정 지은 모양이다.

하지만 지은은 전처럼 그렇게 태평할 수가 없었다. 이유는 바로 문재걸 때문이었다.

이제 서른하나. 내년이면 서른둘! 문재걸이 대학 마치고, 자신도 전근에서 돌아오면 그땐 몇 살이 되어 있을지 모른다. 그때까지도 자신은 문재걸의 늙은 연인이자 노처녀일 테지.

무엇보다 전근 간다고 했을 때 재걸의 반응이 가장 문제였다.

"그래요?"

그게 다였다. 오히려 고 여사한테 즐거운 소식을 전한 결과만 됐다.

그날 그 반응을 떠올릴 때마다 지은의 머리꼭지에서 김이 확확 났다.

"그래요? 그래요오? 그게 다야? 넌 나랑 떨어져 있어도 괜찮단 거지? 난 나름 고민했는데. 지금까진 어찌어찌 쿨하게 지내왔는데 이젠 몸까지 멀어지면 의심 마귀에 사로잡히고 말겠지. 이 녀석이 지금 뭘 하고 있을까, 어떤 년이 꼬시고 있을까, 왜 연락이 없지? 왜 문자를 씹어! 그러면서 집착할 게 눈에 빤히 보이는데. 그러는 동안 난 서서히 미쳐 갈 테지. 그런데 넌 그 정도 반응이라 이거지?"

그냥 그렇게 서운했다.

예전에는 이 정도는 아니었는데 아마도 자신 혼자 서른을 넘어가면서 뭔가가 조급해진 건지도 모르겠다. 자신이 갖고 싶은 건, 미치도록 잘생기고 끝내주게 미끈한 데다 똑똑하기까지 한 명문대 남친이 아니었다. 그냥, 가정이었다. 얼른 가정을 갖고 싶었다.

재걸을 연인으로 만든 이상 쉽게 욕심부리지 못하는 부분이라고 생각하고는 있었다. 절대 그걸 드러내지도 않았다. 사실 그렇게 간절한 줄도 몰랐다.

하지만 역시 여자는 나이가 들어가면 약해지는 모양이었다. 서른을 넘어가면서 느꼈다. 자신이 갖고 싶은 건 가정이다. 남편이랑 한집에서 오순도순 살며 아이도 낳고, 그 아이와 김밥 싸들고 피크닉도 가고 싶고, 그냥 그렇게 평범하게 살고 싶은 모양이었다.

안 그래도 풀 죽은 그녀에게 공주년이 기름을 퍼부었다.

"뭘 고민해? 야, 너 시집갈 나이야, 인간아. 물론 네 남친 괜찮지. 죽이지! 그렇지만 걘 이제 막 스물네 살인 팔팔한 청춘이다, 너? 처음에야 어땠는지 모르겠지만 이제 슬슬 네가 지겨워질걸? 딴 여자한테 눈 돌아가고 사회를 알고 세상을 알면서 현실이 눈에 들어오는 거야. 그러니까 정신 차리고 이제 너도 너한테 맞는 남자 찾아. 그런 킹카랑 그만큼 사귀었으면 행복하고 좋았지, 뭐. 대신 차이기 전에 먼저 차! 그래야 덜 비참하지."

충분히 비참했다.

하지만 뭐, 그까이 꺼 그렇게 비참한 건가? 별수 없는 거지 뭐. 처음부터 이렇게 돼도 괜찮다고 시작한 거 아니었어? 사람이 화장실 들어갈 때랑 나올 때 마음이 다르면 안 된단 거다.

나 이지은이다. 입 밖으로 뱉은 말은 무조건 지키는 이지은.

그러니까 벌하지 않겠다.

슬슬 가고 싶다고 하면 가야지. 자신은 문재걸 따위 없어도 잘 살 수 있다.

"그래. 난 잘살 수 있어. 지금까지 충분히 아껴주고 잘해줬짜나. 네가 먼저 배신 때려도 내가 절대루 야구방망이나 삼단봉 휘두르지 않기로 약속해짜나? 그러니까 난 괜차나. 으헝! 가도 돼. 안 잡아!"

괜찮기는커녕 어느 날 결국 날 잡고 술주정의 진수를 보여주고 있었다.

"됐어. 난 약해지지 않아. 상처받지도 않아. 나는 문제없어! 지금까지 즐거웠다. 그러니까 꺼져. 네가 떠나기 전에 내가 먼저 차주지!"

　재걸이 팔짱을 낀 채 다리를 꼬고 소파에 앉아 있었다. 그가 피곤한 듯 뒷목을 문지르곤 지은을 다시 쳐다봤다.

　"어이없어. 지금 귀엽게 주사 부리는 거예요?"

　"넌 이게 주사 같으냐? 아니? 이별의 선언이거든? 난 상처받지 않는 대쪽 같은 여자 이지은이라 이거야!"

　또다시 술을 콸콸 채우는데 재걸이 와서 술병을 확 빼앗았다.

　"뭐야, 너? 지금 모 하는 건데?"

　"그 정도에 취할 사람도 아니면서 취한 척하지 마세요."

　지은이 멈칫했다.

　녀석은 정확했다. 겨우 한 병도 안 비워놓고선 맛 간 척하다니. 이 정도는 자신에게 음료수였다.

　재걸이 눈앞에서 천천히 앉았다.

　"방금 전에 뭐라고 했어요? 이별의 선언? 헤어져도 괜찮다. 잘 살 수 있다. 안 잡는다고 했어요? 그렇게 쉽게 포기할 수 있는 거예요? 어떻게 그렇게 아무렇지 않게 막말을 하냐."

　"아, 아……."

　재걸이 갸웃했다.

　"아, 아무렇지도 않을 것 같니, 이 자식아?"

　결국 눈물이 펑 터졌다. 질질 짜면서 재걸을 노려보자 재걸이 고개를 절레절레 저으며 다가와 눈물을 닦아주었다.

　"우는 거 보니까 그나마 좀 마음이 풀리네. 엄청 상처받을 뻔했는데."

　지은은 고개를 휙 돌렸다.

"보지 마. 얼마나 흉할지 안 봐도 비디오야."

"흉하지 않아요. 오히려 고맙지. 아직도 선생님은 나한테 딱 그 정도 마음밖에 없구나, 얼마나 서운했는데. 진짜 이렇게 아무렇지 않게 안녕을 말할 수 있는 사람이구나. 언제라도 준비하고 있는 사람이었구나 싶어서 엄청 실망할 뻔했어요."

"그럼 뭐, 여기서 엄청나게 더 매달려 주랴? 주접의 진수를 보여줘?"

재걸이 한숨을 내쉬었다.

"일단 짚고 넘어가죠. 제가 언제 선생님한테 헤어지자고 한마디라도 했어요? 왜 물어보지도 않고 오해해서 혼자 달리는 건데요? 쓸데없이 넘겨짚고서 울고 짜고 할 성격도 아니면서."

"아닌 것 같지? 아니, 나 그런 성격이야. 나도 똑같이 소심하고 사람 피곤하게 만드는, 그냥 그런 여자라구. 난 그렇게 강하지도, 쿨하지도, 멋지지도 않은 피해의식 쩌는 서른 넘은 여자라고!"

결국 재걸이 쿡쿡 웃기 시작했다.

"이 자식이, 웃냐?"

"아, 나참, 왜 이렇게 땅굴도 귀엽게 파냐? 난 왜 당신이 무슨 말을 해도 이렇게 사랑스럽지?"

"시, 시끄러! 내가 이제 와서 그깟 사탕발림 말 몇 마디에 넘어갈 것 같아? 전근 가도 상관없었잖아, 너. 내가 슬슬 질린 거잖아. 아니야?"

"이렇게 버라이어티한데 도대체 질릴 틈이 어디 있다고 삽질이에요?"

"뭐얏? 삽질?"

"여기도 삽. 저기도 삽. 온통 삽 천지네요. 그 삽질로 파놓은 땅굴만 수십 개고. 아무튼 됐고. 여기서 더 파다간 우리 선생님 팔 너무 아프게 생겼으니까."

갑자기 녀석이 지은의 손을 갖고 갔다.

"실은 좀 더 멋지게 하려고 타이밍 노리고 있었는데 더 오버하기 전에 얼른 정리해야겠어요."

그리고 그가 품에서 꺼내 지은의 손에 끼워준 건 반짝거리는 예쁜 반지였다.

지은은 멍하니 그 반지를 내려다보았다. 어, 이건 뭐지? 눈을 깜빡거리다가 얼른 고개를 마구마구 저어 정신을 차렸다. 그리고 다시 봤더니 여전히 반지였다. 재걸이 지은의 손을 잡은 채 그대로 말했다.

"이지은 씨, 나랑 결혼해 줄래요?"

지은의 눈이 휘둥그레졌다. 뭔가 굉장히 놀라운 말을 들은 것 같은데 귀에서 위잉, 하는 이명이 일어서 정신이 멍했다.

"아, 나 잘 안 들려. 지금 뭐라고 했어?"

"들릴 때까지 천 번이고 만 번이고 청혼할까요? 사랑하는 날라리 선생님, 저와 결혼해 주실래요?"

그가 싱긋 웃었다. 지은은 울컥해서 뭐라고 말을 할 수가 없었다.

"그날 아무 반응도 보이지 않은 건, 이 순간을 더욱 빛내기 위해서였어요. 선생님이 이렇게 속으로 대하소설을 쓸 줄 알았으면 그러지 않는 건데. 많이 속상했어요?"

그걸 말이라고 하니, 이 자식아?

그때 재걸이 지은의 뺨을 만지작거리며 말을 이었다.

"선생님이 한 말이잖아요. 우리가 빨간 실로 묶여 있다면서요. 자기가 묶어놓고 멋대로 풀지 말아요."

지은은 가슴이 찡했다.

"그래서 하는 말인데. 음, 선생님, 휴직하면 어때요?"

"뭐?"

"전근 같은 거 어차피 보내줄 생각도 없었지만, 실은 시기를 맞추고 있었거든요. 전근은 포기하고 휴직해요. 그리고 유학 가요, 함께."

지은의 눈이 휘둥그레졌다.

"유학? 너 지금 유학이라고 했냐?"

"왜요? 싫어요?"

"내가, 공부하기 그렇게 싫어하는 내가, 밖으로 나가서까지 공부를 하라고? 그걸 지금 말이라고 해?"

"전 유학 가야 해요. 하고 싶은 공부도 많고, 처음부터 갈 생각이었어요. 하지만 애초에 혼자 갈 생각은 없었으니까 선생님은 저랑 같이 가야 하는 건데, 안 가겠단 말이죠?"

"그러니까, 내가 어이없게 외국까지 나가서 공부를 할 사람이 절대 아니지만, 네가 간다면 나도 갈래."

너무도 쉽게 든 백기에 재걸이 결국 웃음을 참지 못했다.

"정말 선생님은 못 말려요. 하지만 허락해 줘서 정말 안심이에요. 휴우, 어떻게 설득하나 고민하고 있었는데."

"그래서 그동안 시큰둥한 표정으로 무뚝뚝하게 군 거였어?"

"시큰둥하긴. 진지하게 고민하고 있었던 것을."

"난 네가 가자고 하면 어디든 가. 여기서 서른하나나 거기서 서른하나나."

"그 서른하나 얘기는 그만하고요."

"그래. 네가 유학을 가야 할 녀석이란 걸 어쩌면 염두에 두지 못하고 있었던 것 같다. 넌 반드시 가야 하니까, 하지만 난 혼자 남으면 진짜 불안할 것 같으니까, 이제 난 어떤 것에도 끄떡없는 이지은이 아니라 좀 소심한 이지은이 됐으니까, 나 너한테 꼭 붙어 있으려고 따라갈래."

"이런 말을 하는데도 왜 싫지 않을까. 난 그게 참 궁금해."

"얼렁뚱땅 말끝 자르지 말고. 그래, 좋아. 유학 가자. 까짓것, 팔자에 없는 공부 또 하지 뭐. 네 옆에 있으려면 어차피 죽을 때까지 공부해야 할 것 같으니까. 그러니까 내일부터 나가서 로또 사자."

"로또는 왜?"

"유학 경비 벌어야 할 거 아냐!"

"나참, 제가 단순히 팔팔한 연하에 잘생기기만 해서 최고의 남친 먹은 것 같아요? 플러스 돈도 많거든요. 할머니한테 받은 유산이 좀 있어서 선생님 안 굶기고 공부시킬 만큼은 돼요."

"이, 이 자식, 내가 너한테 그런 짐까지 지울 줄 알아? 근데 얼마나 되는데?"

"못 말려. 아무튼 선생님은 쓸데없는 생각 마시고 술이나 끊어요!"

재걸이 지은을 확 잡아당겼다.

그대로 얼굴이 잡혀 부드럽게 키스당했다. 지은의 눈꺼풀이 살짝 떨리며 서서히 감겼다. 취기 때문인가, 세상이 한 바퀴 뻉 도는 것 같다. 아니다. 정말 몸이 뻉 돈 거였다. 재걸이 지은의 뒷머리를 안은 채 바닥에 눕히고서 키스하고 있었다.

입술이 엇갈리고 손이 지은의 팔을 타고 내려갔다. 지은의 눈꺼풀이 움찔했다. 재걸의 숨결이 뜨거웠다. 손도 화상을 입을 정도로 온도가 높았다. 녀석이 무엇을 원하고 있는지 느껴졌다.

함께 밤을 보낸 적은 부지기수였다. 하지만 키스와 애무는 있었지만 아직 마지막까지 간 적은 없었다. 가슴이 두근두근했다.

입술이 가슴께를 더듬었다. 지은은 조그맣게 한숨을 흘렸다. 그 숨결에 자극받은 듯 재걸은 뜨거워진 몸으로 지은을 와락 끌어안았다. 그리고 귓가에 조심스럽게 키스하고 떨리는 목소리로 속삭였다.

"괜찮죠?"

"응……."

"걱정돼요? 무서워요?"

"아니."

"그런데 왜 떨어요."

"넌 왜 떨어."

"그냥…… 그냥."

"나도 그냥."

귓불에 입을 맞췄다. 하지만 여전히 두 사람의 떨림은 멎지 않고 있었다. 둘은 서로의 그 떨림이 너무도 사랑스러웠다.

"그런데 고백할 게 있는데요. 실은 저도 좀 겁나요."

지은이 빙긋 웃었다. 손을 뻗어 재걸의 등을 다독이듯 꼭 끌어안아 주었다.

"사랑해, 재걸아."

재걸의 눈이 크게 떠졌다.

"지금, 뭐라고 했어요?"

"사랑한다고. 넌, 안 그래?"

재걸의 눈동자가 흐려졌다. 천천히 입을 맞췄다. 한참을 부드럽게 입술이 섞이다가 재걸이 지은의 목에 입술을 댔다.

"당신이 날 사랑하는 것보다 더, 내가 당신을 사랑해요."

서로를 바라보았다. 지은의 눈동자에 눈물이 핑글 돌았다. 또르르 흘러내린 그 눈물을 닦아주고 머리카락을 다정하게 쓸어 올렸다. 지은의 눈동자가 잘게 떨렸다. 손도 떨리고, 온몸으로 떨림이 번졌다.

재걸은 지은의 손을 잡아 자기 가슴 앞으로 끌어 심장 위치에서 꼭 붙였다. 그리고 말했다.

"아프지 않게 할게요."

지은이 천천히 눈을 감았다.

근데 저거, 전에 한 말인데.

그러고 보니 기억났다. 처음으로 재걸에게 자신의 마음을 있는 그대로 고백한 날, 재걸이 그녀에게 해준 말이었다.


"절대 아프지 않게 할게요."


그때 그 말은 정말이지 믿음직하고 사랑스러운, 고마운 말이었다. 당신의 마음을 아프게 하지 않을 거다. 그런 다짐, 의지, 약속.

그리고 문재걸은 그 순수한 다짐, 의지, 약속을 단번에 19금으로 바꾸어 완성시켰다. 그야말로 팔팔한 젊음! 의 진수를 보여주었다.

고 여사의 낯빛이 하얘졌다.

결국 전근을 그만두고 함께 유학을 가기로 결정했다는 통보에 저렇게 몇 번째의 경악을 하는 것이었다. 재걸의 의지가 워낙 강해서 집안의 다른 사람들은 대부분 설득되었다.

재걸의 아버지마저도 재걸의 결정을 꺾지 못하고, 또한 지은을 꽤나 마음에 들어 해서 이미 둘의 결혼을 허락한 상태였다. 그런데 고 여사만이 아직까지 미련을 못 버리고 있었다.

"그, 그래, 좋다. 유학 가렴. 같이 가. 유학 갔다 온 후에도 두 사람 마음이 변치 않으면, 결혼은 그때 해, 반드시!"

어쩐지 선선히 허락해 주는가 싶었더니 역시나 또 같은 패턴이었다. 언젠가는 통하리라 생각하고 계속 던지는 게 아닐까 싶을 정도로. 정말이지 의지의 한국인이었다. 한 번 꽂힌 게 있으면 끝까지 밀고 나가는 재걸의 성격이 누굴 닮았는지 딱 알 수 있었다.

"유학 마치면 선생님 몇 살인지 아시죠?"

그 말도 역시 잊지 않았다.

이렇게나 헤어지길 기도하는 애끓는 모정이 느껴져서 지은은 죄스러울 뿐이었다. 하지만 어쩌겠는가. 자신이 묶어놓은 운명의 빨간 실을 자신이 풀면 안 된다는데.

아무튼 수많은 우여곡절 끝에 드디어 함께 유학길에 오르는 날.

비행기가 이륙하고 기내에서 아주 사소한 문제가 있었다. 기류

가 불안정해서 기체에서 약간의 불안정한 진동이 일었다. 하지만 기내에 있던 사람들에게는 엄청나게 커다란 진동이 가해져서 짐이 여기저기서 떨어지고 비명 소리가 터지고, 사람들이 한쪽으로 획 밀리고 쓰러졌다.

그 바람에 함께 앉아 있던 재걸과 지은도 한쪽으로 확 쏠리며 어딘가에 쿵 부딪쳤다.

하지만 큰 사고로 이어지지는 않아서 정말이지 다행스럽게도 기내가 안정되고 수습되는 그때, 지은과 재걸이 천천히 눈을 떴다.

하지만 그 순간 둘만 아는 어떤 변화로 둘은 그야말로 기겁하고 말았다.

오, 오, 마이 갓! 서, 설마!

"무, 문재걸? 너, 너 또 왜 내 안에 들어갔어!"

"그러는 당신은 왜 또 제 몸 훔쳐 갔어요?"

으, 으악! 아무리 네 몸을 내 몸처럼, 당신 몸을 내 몸처럼 아끼고 사랑한다고 해도, 이건 아니잖아!

또 바뀌어 버렸다.

유학 생활이, 참으로 다채로워질 것 같았다.

FIN

# 작가 후기

영혼 체인지는 이제 너무도 많이 쓰여서 어쩌면 식상하기까지 한 아이템입니다.

하지만 그 흔한 아이템으로 풀어보고 싶은 이야기가 있어서 이 글을 시작하게 되었습니다. 정확히 말하면 캐릭터겠지요.

제가 좋아하는 말괄량이 여자 캐릭터와, 조금은 무뚝뚝하고 차갑지만 한 여자에게만은 간절한 사랑을 바치는 남자 캐릭터. 그냥 그대로 풀어 갔으면 어쩌면 심심하고, 자칫 잘못하면 사제 간의 금단의 사랑이라는 묘한 주제로도 흘러갔겠네요.

하지만 둘의 몸을 바꾸고 나니 즐겁게 작업할 수 있었습니다. 전혀 다른 성향을 가진 두 사람이, 그것도 교사와 제자라는 입장의 두 주인공이 완전히 바뀐 모습으로, 예전에는 상상도 못 했던 전혀 다른 자신의 모습으로 살아간다. 꽤나 신나서 작업한 것 같습니다. 다만 두 주인공이 헷갈리는 경우를 빼면요.

겉은 재걸인데 속은 지은이고, 겉은 지은인데 속은 재걸이고.

아무래도 이런 부분이 약간 머릿속을 빙글빙글 돌게 하더군요. 이 녀석은 이런 성격인데 겉모습은 전혀 다른 모습으로 비춰지니 이럴 땐 어떻게 행동했을까? 지은처럼 보이게 하기 위해서 애를 쓰고 있겠지? 와,

이럴 땐 참 곤란하겠다, 뭐, 그런 상상을 하면서 쓰다 보니 어느 땐 머리가 터질 것도 같더군요. 얘는 누구? 나는 누구? 여긴 어디?

하지만 원하던 대로 결론을 맺을 수 있어 다행이었습니다. 실은 에필로그로 재걸이 군대를 가기 전에 몸이 바뀌어서 지은이 군 생활을 체험하고 재걸은 여군으로 들여보낼까 하는 생각도 했는데 그건 너무 짓궂더군요. 두 번째 가상 설정은, 신혼부부의 영혼 체인지. 새신랑 새 신부가 영혼이 바뀌었다, 뭐, 그런 얘기로 쓸까 했지만, 역시나 나머지 부분은 상상에 맡기는 게 나을 것 같아서 유학 직전으로 마무리를 지었습니다. 어찌 되었건 두 사람은 인연이다, 그런 의도였는데 잘 전달되었는지 모르겠습니다.

쓰다 보니 로맨스적으로 좀 부족한 건 아닐까 싶어서 걱정도 되었지만, 그래도 나름 이 이야기야말로 로맨스다, 라고 저 혼자 생각하고 있습니다. 상대방을 완벽하게 안다는 건 불가능한데, 이렇게 상대방의 몸에서 생활한 사람이 과연 그 사람이 아닌 다른 사람을 사랑할 수 있을까. 아무리 정상으로 돌아오더라도 그때 가졌던 애정은 쉽게 사라지지 않을 것 같다. 그런 생각을 해보았습니다.

부족한 글을 출간할 수 있게 해주신 청어람 출판사에 감사드립니다.

달리는 실력으로 머리를 쥐어뜯으며 컴퓨터 앞에 앉아 사경을 헤매는 절 언제나 응원해 주는 가족에게도 감사하고, 부족한 글을 읽어주시는 독자님들께 가장 깊은 감사를 전합니다.

이정숙 드림.